Casey Daniels

SEX & TOD & ROCK 'N' ROLL

PEPPER
MARTINS
DRITTER
FALL

Autorin: Casey Daniels
Deutsch von: Dorothee Danzmann
Lektorat: Oliver Hoffmann
Korrektorat: Andrea Bottlinger und Thomas Russow
Art Director: Oliver Graute
Umschlagillustration: Oliver Graute

1. Auflage 2010
ISBN 978-3-86762-059-8
Originaltitel: Tombs of Endearment
Gedruckt in der Tschechischen Republik, GEMI s.r.o., Prag

Feder&Schwert im Internet:
www.feder-und-schwert.com

Über die Autorin

Vor einigen Jahren bewarb sich Casey Daniels auf einem historischen Friedhof in der Nähe ihres Wohnortes als Fremdenführerin. Den Job bekam sie zwar nicht, dafür aber die Idee zu ihrer Pepper-Martin-Reihe. Dank ihres Vaters, eines Clevelander Polizisten, der Sherlock-Holmes-Geschichten mochte und seine freien Tage – oftmals in Begleitung Caseys – damit verbrachte, nach gestohlenen Autos zu suchen, lernte sie Krimis schon früh lieben.

Später las sie nahezu alle Kriminalromane derer sie habhaft werden konnte, und nach wie vor gehören Agatha Christie und Arthur Conan Doyle zu ihren Lieblingsautoren. Casey Daniels studierte Englisch und arbeitete früher als Journalistin und Lehrerin. Die Zeit, in der sie nicht schreibt, verbringt sie mit ihrer Familie. Sie strickt gerne, liebt Gartenarbeit und – natürlich – Spaziergänge über Friedhöfe, um Inspiration und Ideen für neue Geschichten zu finden. Casey Daniels lebt im Nordosten Ohios.

Für Anne und David

KAPITEL 1

„DAS IST EINER der wirklich tollen Aspekte der Arbeit auf einem Friedhof. Sie ist interessant, sie bildet einen weiter, und sie macht auch noch Spaß. Du darfst dich heute den ganzen Tag im Staatsarchiv in die Akten knien und Einwandererpapiere sichten. Ist doch aufregend, was?"

Ich muß sicher nicht extra betonen, daß diese Worte nicht aus meinem Munde stammten. Die Frau, die sich hier so begeistert über das Leben als Angestellte des Garden-View-Friedhofs ausließ, war Ella Silverman, verantwortlich für die Öffentlichkeitsarbeit Garden Views und damit meine Chefin. Nur Ella bringt es fertig, die Aussicht auf einen Tag zwischen staubigen alten Akten auf der Suche nach staubigen alten Infos total toll zu finden.

Als ich auf Ellas Ankündigung nicht mit dem von ihr erwarteten Enthusiasmus reagierte, versuchte sie, nämlichen Enthusiasmus künstlich zu erzeugen. Sie warf mir über meinen Schreibtisch hinweg ein strahlendes Lächeln zu, wobei sie gleichzeitig den Notizblock liebevoll streichelte, den sie aus ihrem Büro mitgebracht hatte. Dieser enthielt eine Liste – eine sehr lange Liste! – mit Namen. Alles Bewohner Garden Views (so nennt Ella die Leute, die hier begraben liegen), über die sie gern ausführlichere Informationen gehabt hätte als in unseren Unterlagen vorhanden. „Also wirklich, Pepper!" gurrte meine Chefin. „Freu dich doch wenigstens ein kleines bißchen. Stell dir nur vor, was du da im Archiv alles lernen kannst!"

Brav dachte ich an alles, was man meiner Meinung nach in Archiven lernen kann. Fast wäre ich eingeschlafen. Glücklicherweise hatte ich in den Monaten, in denen ich nun schon als Garden Views einzige Fremdenführerin tätig war, vor allem eins gelernt: wie man schnell und gekonnt meisterhafte Ausflüchte erfindet.

Vielleicht sollte ich an dieser Stelle noch erwähnen, daß die Arbeit als Friedhofsfremdenführerin nicht die einzige Beschäftigung war, der ich nachging. Nebenher fungierte ich noch als der Welt einzige Privatdetektivin für Tote. Soweit ich das beurteilen konnte, gab es außer mir niemanden, der das große Pech hatte, Verstorbene nicht nur sehen, sondern auch mit ihnen sprechen zu können. Diese toten Leute schienen immerfort etwas von mir zu wollen, und zwar in der Regel Dinge, die im Widerspruch zu dem standen, was man im wirklichen Leben von mir erwartete (noch dazu führten die Ansprüche, die die Toten an mich stellten, sehr häufig dazu, daß irgendwer mich bedrohte, zusammenschlug und/oder auf mich schoß). Ist es denn unter diesen Umständen ein Wunder, daß ich inzwischen zur Meisterlügnerin mutiert war? Anders war mein Leben gar nicht mehr zu meistern. Ich log, wenn nötig, mit einem Lächeln auf den Lippen und einem fröhlichen Liedchen im Herzen.

„Klar bin ich begeistert!" Ich richtete mich kerzengerade auf, bis ich wie ein folgsames kleines Schulmädchen vor Ella saß. „Aber kommst du wirklich einen ganzen Tag lang ohne mich aus? Du selbst hast gestern bei der Mitarbeiterbesprechung gesagt, daß die Feiertage unmittelbar bevorstehen und ..."

Meine Chefin nickte nachdenklich. „Du denkst an die Geisterjäger, die hier jedes Jahr kurz vor Halloween auftauchen."

Nein, an Halloween hatte ich nicht gedacht, als ich die Feiertage erwähnte. Halloween versuchte ich zu verdrängen. Glauben Sie mir, von unheimlichen Begegnungen im Dunkeln hatte ich die Nase voll. Was mich betraf, durften die lieben Verstorbenen gern bleiben, wo sie hingehörten, und damit meine ich, nur falls das immer noch nicht klar sein sollte, möglichst weit weg von mir.

Ich hatte meinen Teil getan. Es war mir gelungen, Hand in Hand mit zwei toten, aber leider beileibe nicht von uns gegangenen „Bewohnern“ unseres Friedhofs zwei Mordfälle mit paranormalem Touch aufzuklären, einen im vergangenen Frühjahr, den zweiten kurz darauf. Wobei das mit dem Hand in Hand aus gutem Grund nur bildlich gemeint und nicht wörtlich zu verstehen ist. Den Rest des Sommers und nun auch schon den Herbstanfang hatte ich ohne Begegnungen der geisterhaften Art verleben dürfen und so sollte es – toi, toi, toi! – bitte auch bleiben.

Genauer gesagt: Dafür zu sorgen, daß es so blieb, war momentan mein Ziel im Leben.

„Eigentlich meinte ich das Weihnachtskonzert, von dem du gestern gesprochen hast.“ Ich konzentrierte mich lieber auf meine Unterhaltung mit Ella, als noch weiter über die Toten nachzudenken, die ich kennengelernt hatte, und darüber, wie die Arbeit für sie beide Male um ein Haar dazu geführt hatte, daß ich mich dauerhaft zu ihnen gesellte. Es konnte nicht schaden, meiner Chefin zu zeigen, daß ich bei der gestrigen Besprechung aufgepaßt hatte. „Dann sagtest du noch was von einem feierlichen Baumschmükken“, fügte ich hinzu, „und von Chanukka-Festivitäten und der Kwanzaa-Feier für die Gemeinde, die der Friedhof ausrichtet. Es bedeutet doch sicher eine Menge Arbeit, das alles vorzubereiten.“

„Das stimmt. Andererseits machen wir das alles jedes Jahr, und ehrlich gesagt könnte ich die Vorbereitungen im Schlaf erledigen. Die Geisterjäger sind allerdings eine andere Sache.“

Wie es im Sprichwort so schön heißt: In der Not frißt der Teufel Fliegen. Die Not war die Recherche, zu der Ella mich verdammen wollte. Wenn eine Debatte über Geister (eine rein theoretische natürlich!) unsere Unterhaltung in eine andere Richtung lenken und mir das Staatsarchiv ersparen konnte, dann war ich dafür zu haben. Zögerlich, aber zu haben.

Mein Nicken imitierte das Ellas, eine Geste, die ihr zeigen sollte, daß derselbe Geist uns beide beseelte, mochten wir auch verschiedene Körper bewohnen. „Die Geisterjäger. Ist doch klar, daß ich lieber hierbleiben sollte. Falls du Hilfe brauchst. Sie haben den Friedhof ja praktisch überrannt."

„Ach, das geht jedes Jahr so." Besonders glücklich schien Ella darüber allerdings nicht zu sein.

„Können wir sie nicht irgendwie draußen halten?"

Ellas Achselzucken sprach Bände. „Der Friedhof ist öffentliches Gelände, wir können den Leuten nicht verbieten zu kommen. Solange sie nichts kaputtmachen, keinen Aufruhr verursachen und niemandem im Weg sind, dürfen sie tun, was sie wollen."

„Was genau tun sie denn?"

„Nach Geistern suchen natürlich." Ellas Lächeln war charmant, aber undurchsichtig.

Mir konnte sie damit nichts vormachen. „Du findest, sie verschwenden ihre Zeit."

„Ich glaube, wenn es Geister gäbe, hätte inzwischen wohl mal einer von uns einen zu Gesicht bekommen. Siehst du das anders?"

Kleine Notlügen sind eine Sache, dicke, fette Lügen eine ganz andere. Von daher umging ich die Frage lieber und kam wieder auf unser eigentliches Thema zu sprechen. Bei dem es, wenn ich mich recht entsann, darum ging, zu verhindern, daß ich zu einem Tag in der Recherchehölle verdammt wurde.

„Hör mal, du kannst diese Geisterjäger unmöglich allein in Schach halten", plädierte ich. „Du brauchst mich. Ich bleibe lieber hier und unterstütze dich."

„Ach, ich glaube nicht, daß das notwendig ist!" Ella tat meine Besorgnis mit einem Achselzucken ab. „Klar, die sind schon ein seltsamer Haufen, unter dem Strich jedoch eigentlich harmlos."

„Harmlos mögen sie sein, aber für heute sind Beerdigungen angesetzt und ..."

„Dafür haben wir den Sicherheitsdienst."

„Aber die Besucher ..."

„Die nächste Führung ist erst wieder Ende der Woche. Am Freitag hast du dann die vierte Klasse mit ihrem Projekt über befreite Sklaven, die bei uns begraben liegen, hier."

Ach ja, die Schulklasse! Beim Gedanken an die lieben Kleinen zitterten mir die Knie. Was sage ich: Meine Beine zitterten bis hinunter zu den kalbsledernen Jimmy-Choo-Stiefeletten. Verstehen Sie mich nicht falsch: Das Leben befreiter Sklaven finde ich durchaus interessant. Aber Viertkläßler? Mal ehrlich, dagegen klingt doch ein Trip ins Staatsarchiv glatt wie ein Spaziergang im Park.

Oder?

Mit Schaudern erinnerte ich mich an meinen letzten Ausflug ins friedhofseigene Archiv: Der Dreck dort hatte sich so tief in meine Haut eingegraben, daß ich anschließend nicht nur eine, sondern gleich zwei porentiefe Reinigungen vornehmen mußte. Ein Aromatherapiebad hatte ich mir auch noch gegönnt, sonst wäre der Schaden nicht zu beheben gewesen. Das Staatsarchiv war bestimmt tausendmal so groß wie unseres! Ich rechnete mir das alles Pi mal Daumen kurz durch und kam zu dem erschütternden Ergebnis, daß nach einem solchen Besuch bestimmt auch noch eine Haarbehandlung mit heißem Öl und eine Maniküre fällig waren, wollte ich mich wieder halbwegs sauber fühlen.

Ich habe ja wirklich nichts dagegen, mich von Zeit zu Zeit ein wenig zu verwöhnen! Da geht es mir nicht anders als jeder jungen Frau von fünfundzwanzig. Aber eine Draufgängerin bin ich nicht, es lag mir fern, die kosmetischen Mächte über Gebühr herauszufordern. Bei mir rangierte die Liebe zur Sauberkeit ganz weit vorn auf der Prioritätenliste – gleich neben dem festen Entschluß, mich nie mehr in irgendwelche Mordermittlungen hineinziehen zu lassen.

Das mit den Mordermittlungen konnte ich Ella schlecht sagen, dann hätte ich ja gleich auch die ganze Sache mit meinem Nebenjob als Privatermittlerin für die Toten, aber mitnichten von uns Gegangenen beichten müssen.

Meine Abneigung gegen langweilige Recherchen würde sie jedoch auch nicht verstehen, da war ich ziemlich sicher, und wenn es darum ging, irgend etwas zur Imageverbesserung des Garden-

View-Friedhofs zu unternehmen, konnte Ella so zäh und verbissen wie eine Bulldogge sein.

Eigentlich sah sie auch ein wenig aus wie eine Bulldogge, mit ihrem kleinen, gedrungenen Körper und in dem braunen Kostüm, das sie an diesem Tag zu einer weißen Bluse trug. Aber wie eine liebe, warmherzige Bulldogge, keine schlimme, bissige. Das mit dem lieb und warmherzig mochte daran liegen, daß sie etliche Ketten aus blauen und gelben Perlen um den Hals trug, Farben, die Bulldoggen ja eher fremd sind. Auch die circa zwei Dutzend Armreifen aus bunten Perlen, die sich den Platz an ihren Handgelenken teilten, trugen zu dem insgesamt eher lieben Bild bei.

Der Gedanke an Hunde brachte mich auf Kinder. Der Gedanke an Kinder wiederum ließ mich abschweifen, und ich landete wieder beim Thema Viertklässler.

Ich sprang auf. Auch ohne die eingangs erwähnten Stiefeletten überrage ich Ella um Haupteslänge – vielleicht verlieh dieser Größenvorteil mir ja gewisse Autorität und meinem Anliegen somit mehr Nachdruck. „Jetzt, wo du diese Viertklässler erwähnst – kommen die wirklich schon diese Woche? Dann muß ich mir schleunigst meine Notizen zu der Tour durchlesen und noch mal die Gräber besuchen. Jedes einzelne, damit ich sicher sein kann, daß ich weiß wo sie sind."

„Pepper, Pepper, Pepper." Ella war vom Nicken zum Kopfschütteln übergegangen. Eine eindeutige Botschaft: Ich konnte mich auf eine der mütterlichen Standpauken gefaßt machen, die Ella so gut beherrschte, weil sie sie ständig an ihren drei Teenagertöchtern erproben durfte. Sie zupfte an dem großen runden Ohrring, der ihr am linken Ohr baumelte. „Wir kennen uns inzwischen gut genug, um ehrlich miteinander zu sein. Warum hörst du nicht auf, um den heißen Brei herumzureden und sagst mir einfach die Wahrheit? Hast du keine Lust, ins Archiv zu gehen und diese Recherche für mich zu erledigen?"

Das war *die* Gelegenheit, reinen Tisch zu machen.

„Natürlich will ich die Recherche für dich erledigen!" versicherte ich.

Ich weiß, ich weiß: Lügen, daß sich die Balken biegen, ist nicht die beste Art, reinen Tisch zu machen. Schimpfen Sie mich ruhig ein Weichei, aber ich brachte es nicht über mich, Ellas rosarote Brille zu zerstören, die ihr einflüsterte, Arbeit sei so ungefähr das Beste, was einem im Leben passieren konnte, besonders unsere. Ich brachte es nicht fertig, ihr die Illusionen zu rauben, weil Ella nämlich nicht nur meine Chefin ist, sondern auch noch meine Freundin.

Natürlich war sie auch die Frau, die mich – es war erst wenige Monate her – in die Sklaverei verkauft hatte. In den Frondienst bei der ekelhaftesten Autorin in der Geschichte der *New-York-Times*-Bestsellerliste.

Dafür hatte ich echt noch was gut bei ihr. Aber ich selbst schuldete ihr auch etwas. Nämlich auf eine leicht verquere Art ein dickes Dankeschön.

Ohne meine kurze Showeinlage als Sekretärin der größten Schriftstellerin aller Zeiten, Merilee Bowman, hätte ich den Mord an Merilees Schwester Didi nicht aufklären können, und dann wäre ich nie in den Genuß der tausend Dollar Extraeinnahmen gelangt, die Didis Enkelin mir seitdem zukommen ließ. Diese Enkelin war mir für meine Hilfe dankbar und hatte nichts dagegen, einen Teil des ihr unerwartet in den Schoß gefallenen Reichtums mit der übrigen Menschheit zu teilen.

Keins dieser Details war für Ellas Ohren geeignet, und so behielt ich sie schön für mich. Nur so gelang es mir weiterzulügen, ohne eine Miene zu verziehen. „Du weißt, wie ich Recherche liebe. Mir kommt es bloß so gemein vor, daß ich mich den ganzen Tag im Archiv vergnügen darf, während du hierbleiben und dich mit so langweiligen Dingen ..."

„Oh, mach dir um mich keine Sorgen." Ella grinste und wandte sich zur Tür. „Heute langweile ich mich bestimmt keine Sekunde. Ich sitze an einem Artikel für den nächsten Rundbrief. Es geht um Albion Cade Mitford, ein faszinierendes Thema. Der Mann hat den Flaschenöffner erfunden, und er liegt hier bei uns begraben."

Was hätte ich bitteschön darauf noch sagen sollen? Mir blieb nichts anderes übrig, als meine Lenden zu gürten (rein bildlich gesprochen natürlich) und mich auf die Socken zu machen. Zum Staatsarchiv, das am anderen Ende Clevelands lag.

Meine Laune besserte sich erst, als ich unsere Bürogebäude verlassen hatte, in meinen Mustang geklettert war und Richtung Haupteingang fuhr. Vielleicht war der Auftrag gar nicht so fürchterlich, wie ich anfangs angenommen hatte. Die Sonne schien, aber eine gewisse Kälte in der Luft kündete von Herbst und anderen Temperaturen. Garden View ist stolz auf seine Landschaftsgärtner, und zwar zu Recht, wie ich finde. Wohlwollend betrachtete ich die Bäume, die rechts und links die Rasenflächen zierten und die Straßen säumten, die sich durch die gut 120 Hektar große Fläche voller Grabsteine, Mausoleen und Grabstätten wanden. Die Blätter wechselten gerade die Farbe. Um mich herum leuchteten kleine goldene Flecken und die ersten Anfänge von Orange und Rot. Nicht mehr lange, und die bunten Blätter würden der letzte Jubelschrei sein, an dem wir uns erfreuen durften, ehe wir uns in einem weiteren langen, trostlosen Winter an den Ufern des Eriesees einrichteten.

Ich war so sehr in die Betrachtung der Bäume versunken gewesen, daß ich kaum auf die Straße geachtet hatte. Als ich endlich wieder nach vorn sah, entdeckte ich direkt vor mir eine kleine Gruppe Menschen.

Ich stieg in die Eisen, sonst hätte ich sie plattgefahren.

Sie schienen gar nicht bemerkt zu haben, welche Gefahr ihnen gedroht hatte. Sie waren alle zu sehr mit ihren seltsamen technischen Geräten befaßt und konzentrierten sich so ausschließlich auf ihre Instrumente und auf das, was sie dort ablasen, um es lautstark allen anderen mitzuteilen, daß sie noch nicht einmal beim Klang meiner quietschenden Bremsen aufschreckten.

Ich streckte trotzdem den Kopf aus dem Fenster und sagte: „Tut mir leid." Denn ehrlich gesagt hätte es mir wirklich leid getan, wenn ich einen von ihnen über den Haufen gefahren hätte. Ehe ich weiterfuhr, wartete ich erst einmal ab, bis sie es alle sicher bis auf die andere Straßenseite geschafft hatten.

„Geisterjäger!“ murmelte ich vor mich hin. Als ich am Haupteingang anhielt, von wo aus man sich in den normalen Straßenverkehr der Stadt einfädelt, warf ich einen letzten Blick in den Rückspiegel. Die Geisterjäger umschritten gerade langsam und feierlich ein besonders skurril anmutendes Mausoleum, die Augen fest auf ihre Instrumente geheftet, die Gesichter so feierlich, daß kein Zweifel bestehen konnte: Hier wurde Wissenschaft betrieben. Ernste, ehrbare Wissenschaft.

Der Anblick entbehrte nicht einer gewissen Komik. Nein, mehr noch: Wenn man bedachte, was ich alles wußte, konnte man ihn nicht anders als völlig grotesk nennen. Ich grinste – zum ersten Mal, seit Ella mir beigebracht hatte, daß ich an diesem Tag meine gesamte Arbeitszeit in engem und persönlichem Kontakt mit Stapeln staubiger Akten verbringen würde. Klar wußte ich, daß die Geisterjäger mich nicht hören konnten, aber ich schaffte es nicht, der Versuchung zu widerstehen. „Ich weiß etwas, was du nicht weißt!“ summte ich leise vor mich hin, während ich mich auf die Mayfair Road rollen ließ und mein Autoradio einschaltete.

Es war auf einen Oldiesender eingestellt, obwohl ich den eigentlich nie höre, und eine Baritonstimme erklang. Einschmeichelnd, elektrisierend, erregend – und viel, viel zu vertraut.

Die Stimme von Damon Curtis'. Damon, der Bürgerschreck, der Dichter, mit seiner Band Mind at Large eine Legende des guten alten Hippie-Rock 'n' Roll, und sobald ich diese Stimme hörte, war die gute Laune, in die mich der Anblick der fast schon bunten Bäume versetzt hatte, mit einem Schlag wie weggeblasen. Mit einem wütenden Schnauben stellte ich die Musik ab.

„Klar weiß ich was, was diese Geisterjäger nicht wissen!“ knurrte ich vor mich hin. Sie müssen wissen, ein paar Monate zuvor war ich eines Abends an der Rock Hall of Fame hier in Cleveland vorbeigegangen (zu der auch ein Museum gehört) und hatte dort Damon Curtis gesehen. Er hatte draußen vor der Tür des Museums gestanden und mich beobachtete. Seit diesem Abend kannte ich keine Sekunde Frieden mehr.

Seit jenem Abend bekam ich jedes Mal, wenn ich ein Radio einschaltete oder einen Laden betrat oder durch ein Einkaufszentrum schlenderte, einen Song von Mind at Large zu hören.

Zufall?

Kaum – und das kann ich Ihnen auch gern erklären.

Damon Curtis ist tot. Seit neunzehnhunderteinundsiebzig.

Jawohl, Sie haben richtig verstanden. Tot, aber nicht von uns gegangen. Ganz und gar nicht.

Um ehrlich zu sein hatte ich meinen ganzen Sommer damit zugebracht, ihm aus dem Weg zu gehen.

Ich weiß, ich weiß, das klingt arg nach vergeblicher Liebesmüh. Denn wie kann man einem Geist aus dem Weg gehen, wenn dieser wild entschlossen ist, einen zu finden?

Ehrlich gesagt weiß ich auf diese Frage keine Antwort. Ich weiß nur eins: Obwohl Damon Curtis auf dem Garden-View-Friedhof begraben liegt (er starb während einer Konzerttournee auf dem Trip – und ich verwende diesen Begriff hier nicht zufällig – nach Cleveland), hatte ich auf dem Friedhof bislang nicht das kleinste geisterhafte Fitzelchen von ihm zu Gesicht bekommen.

Wofür ich wem auch immer aus ganzem Herzen dankbar war.

Aber ich bin nicht blöd. Da ich Damon draußen vor der Rock Hall gesehen hatte, und zwar nur dort und nur in jener einen Nacht, hatte ich mich in der Gegend seitdem tunlichst nicht mehr blicken lassen.

Bis zu diesem Tag war mir das auch gut gelungen. Mal abgesehen von Damons Musik, die mir immer wieder zu Ohren kam und die ich nur schwer einzuordnen vermochte – tanzen konnte man darauf jedenfalls nicht, und die Texte trieften nur so vor Symbolismus, so daß ich nie sicher sein konnte, wovon ein Lied überhaupt handelte –, hatte ich es irgendwie geschafft, jegliche weitere Verstrickung in die Abenteuer der anderen Seite zu meiden.

Eigentlich hätte mich dieser Gedanke fröhlich stimmen müssen, und bestimmt wäre ich auch fröhlicher gewesen, hätte mich der Verkehr nicht so genervt, der die Euclid Avenue entlangkroch. Diese stellte als eine der Hauptverkehrsadern der Stadt die schnellste Verbindung zwischen Friedhof und Staatsarchiv dar und war an diesem Morgen derart verstopft, daß ich es nicht mehr aushielt. Statt mich brav Stoßstange an Stoßstange mit den anderen Verkehrsteilnehmern weiterzuschieben, bog ich bei der nächsten mir halbwegs vielversprechend erscheinenden Abzweigung rechts ab – und kollidierte fast mit dem Bautrupp, der direkt vor meiner Nase dabei war, die Straße aufzugraben.

„Hier lang, Süße!" Ein Typ mit Schutzhelm und einer reflektierenden Weste in Neonorange am Leib lotste mich um den ganzen Schlamassel herum. Folgsam gehorchte ich seinen Anweisungen und versuchte danach, mich wieder allein zurechtzufinden, mußte aber feststellen, daß ich mich in diesem Teil der Stadt zu schlecht auskannte. Nachdenklich kaute ich auf meiner Unterlippe herum. Wenn ich an der nächsten Hauptstraße links abbog und dann einen großen Bogen um die Innenstadt schlug ...

Mein toller Plan ging prompt in die Binsen, als ich mich hinter der nächsten Kreuzung inmitten der Überreste eines Unfalls wiederfand, an dem unter anderem ein Schwertransporter und ein Strommast beteiligt gewesen waren. Überall lagen Stromleitungen herum, und eine Straßenseite war komplett durch die riesigen Lastwagen der Stadtwerke und einen Arbeitstrupp, der die Leitungen neu zusammenbaute, blockiert.

Ich hätte vor Wut am liebsten ins Lenkrad gebissen, aber an diesem Punkt gab es wenig, was ich noch hätte tun können. Außer warten. Was ich auch halbwegs geduldig tat. Als ich endlich an der Reihe war, fuhr ich langsam um die Unfallstelle herum, die Zähne vor Ärger fest zusammengebissen. Um mich abzulenken – und Ablenkung konnte ich jetzt weiß Gott gut gebrauchen –, versuchte ich es erneut mit dem Radio.

Sie spielten gerade ein Lied von Mind at Large – und Damon Curtis.

Was ging mich das an?

Ich schaltete auf einen anderen Sender.

Der dasselbe Lied durch den Äther an mein Ohr dröhnen ließ.

Als ich laut schreiend kundtat, was ich von dieser Scheiße hielt, fühlte sich der Bulle angesprochen, der mitten auf der nächsten Kreuzung den Verkehr regelte. Krampfhaft lächelnd winkte ich dem Mann zu, damit er nicht dachte, meine Flüche hätten ihm persönlich gegolten, und als er mit der Hand nach links zeigte, bog ich gehorsam dorthin ab. Etwas anderes blieb mir auch gar nicht übrig, wollte ich es mir mit diesem Gesetzeshüter nicht verderben.

Als das Verkehrschaos in seiner Gesamtheit endlich hinter mir lag, ragte direkt vor mir die Rock Hall of Fame auf.

„Das kann nicht sein", flüsterte ich erschüttert. Aber Fakten sind nun mal Fakten, und die Rock Hall in ihrer ganzen Pracht aus Glas und Chrom war unweigerlich ein solcher. Das stattliche Gebäude lag glitzernd in der Morgensonne, strahlend wie das Lächeln einer Schönheitskönigin.

Wild entschlossen richtete ich meinen Blick in die entgegengesetzte Richtung. So schnell würde ich mich nicht reinlegen lassen.

„Nein!" verkündete ich laut und deutlich, wobei meine Stimme hoffentlich ebenso fest klang, wie ich entschlossen war. „Auf keinen Fall lasse ich mich von einem weiteren Geist in einen weiteren Fall verwickeln, was immer nur bedeutet, daß ich mein Leben riskiere. Für jemanden, der sowieso schon tot ist. Da denke ich noch nicht mal drüber nach! Anhalten werde ich auch nicht. Ich ..."

Meine Tirade wurde rüde unterbrochen, als mein Wagen ruckartig scharf nach rechts zog, als hätte ein anderes Paar Hände das Steuerrad übernommen. Ich schlitterte auf die Bordsteinkante zu, und wenn ich nicht mit voller Wucht auf die Bremse getreten hätte, wäre der Mustang glatt auf dem Bürgersteig gelandet. Ich schaltete den Motor aus und stieg aus.

Man brauchte kein Mechanikergenie zu sein, um zu sehen, daß mein rechter Vorderreifen platt wie ein Pfannkuchen war.

„Verdammter Mist!" Ein paar Leute, die gerade vorbeigingen, drehten sich um. Wahrscheinlich dachten sie, mein Stoßseufzer hätte dem platten Reifen gegolten.

Wie hätten die Guten denn auch ahnen können, daß dieser Plattfuß mein geringstes Problem war.

Immer noch leise vor mich hin fluchend, fischte ich eine Handvoll Münzen aus meiner Handtasche und fütterte damit die Parkuhr. Als ich forschen Schrittes auf den Eingang der Rock Hall zumarschierte, kochte Feuer in meinem Blut, und in meinem Kopf brodelten Mordgelüste.

Beides wurde auch durch den Anblick des riesigen Plakates nicht gedämpft, das an einer großen Schautafel hing und ein Konzert von Mind at Large ankündigte. „Sie rocken noch – nach all den Jahren", stand unter zwei Bildern der Band darauf. Eins davon war in jüngster Zeit entstanden (die Bandmitglieder wirkten alt und müde), das andere vor vierzig Jahren. Damals, als Damon Curtis noch jung, heiß und sexy gewesen war – und sehr, sehr lebendig.

KAPITEL 2

Von meinem Standort direkt im Eingang der Rock Hall konnte ich an den hohen Glasfassaden um mich herum zu den schweren, weißen Wolken hinaufsehen, die sich über dem Haus zusammenballten. Dabei waren die Wolken beileibe nicht das einzige, was hier faszinierte. Clevelands Rock Hall war immerhin ein in Glas und Chrom gegossener Tribut an alles, was am Rock neu und witzig und aufmüpfig gewesen war, und schon bald wanderte mein Blick von der freien Natur zu dem farbenfrohen Durcheinander im Innern der Halle. Direkt neben mir waren mehrere überdimensionale, in leuchtenden Farben bemalte Gitarren ausgestellt, an der gegenüberliegenden Wand hingen hoch über dem Boden zwei riesige Neonschilder, die einst bei der Show irgendeiner Band als Hintergrunddekoration gedient hatten. Neben den Schildern baumelte ein monströser Hot Dog mit allem Drum und Dran, einschließlich Brötchen und Relish. Darüber nachzudenken hatte ich jedoch keine Zeit.

Ich bezahlte den Eintritt, wobei ich den Blick fest auf die riesige Schautafel gerichtet hielt, die den bevorstehenden Auftritt von Mind at Large ankündigte, und dann machte ich mich auf zu meiner ganz eigenen Geisterjagd.

Was allerdings leichter gesagt als getan war.

Die Rock Hall präsentierte sich mir als das reinste Labyrinth aus Lärm, Licht und Farben. Je mehr Ausstellungsstücke ich umrundete, desto schlimmer verirrte ich mich. Endlich hatte ich Glück, und mir lief ein Typ über den Weg, der ein T-Shirt der Rock Hall trug und somit hier arbeitete.

Ich erkundigte mich nach der Abteilung für Urgeschichte.

Er warf mir einen verständnislosen Blick zu. Seufzend erklärte ich, auf der Suche nach Damon Curtis zu sein.

Natürlich ging er wie wohl jeder normale Mensch davon aus, daß ich nach den Exponaten suchte, die sich um Damon Curtis drehten. Ich beließ den Mann in dem Glauben, dankte für die Auskunft und ging seiner Wegbeschreibung folgend an die Arbeit.

Wie sich herausstellte, hatte man Damon Curtis in der Rock Hall gleich eine ganze Wand gewidmet. Je näher ich ihr kam, desto langsamer wurden meine Schritte, denn ich wollte erst einmal abwarten, bis die Putzfrau ihre Arbeit beendet hatte, die gerade die gläsernen Schaukästen polierte. Irgendwie schien mir diese Frau nicht in derselben Liga zu spielen wie der Mitarbeiter, der mir den Weg erklärt hatte. Womit ich sagen will, daß der Mann einen sauberen, gepflegten Eindruck gemacht und eine gebügelte Leinenhose plus Polohemd getragen hatte, sie hingegen ...

Die Frau trug einen Flatterrock in Purpur und Pink, der ihr knapp bis zu den knochigen Knien reichte. Dazu ein orangefarbenes T-Shirt, etliche Nummern zu klein. Das mit dem T-Shirt mochte Absicht sein: Sie hatte so gut wie keine Kurven vorzuweisen, und nur bei einem Hemd, das derart eng saß, kam man nicht umhin zu sehen, daß sie keinen BH trug. Sie mochte an die sechzig sein, und glauben Sie mir: Es war in der Tat ein weiser Modeguru, der Frauen einst riet, ab einem gewissen Alter ihr Haar kurz zu tragen. Diese Frau trug ihr Haar lang und offen; glatt und gerade hing es ihr den halben Rücken hinunter, grau wie das Fell einer Feldmaus, mit zahlreichen weißen Strähnchen durchsetzt. Die Frisur umrahmte ein langes, knochiges Gesicht, das man an einem guten Tag und wenn man milde gestimmt war vielleicht als schlicht bezeichnet hätte. Schlaffe Wangen und tiefe Ränder unter den Augen: Der Gesamteindruck ließ an einen sehr, sehr traurigen

Esel denken, und das, obwohl die Frau bei der Arbeit einen Song von Mind at Large vor sich hin sang.

Noch ein letztes Mal wischte sie über den inzwischen blitzblanken Schaukasten, dann hatte sie mich entdeckt und hörte auf zu singen. Ihre Augen leuchteten auf. „Der Tod ist ein alter Vertrauter“, verkündete sie. Ich ging davon aus, daß es sich hier um eine Textzeile aus einem Song von Mind at Large handelte.

„Na dann: auf den Tod!“ Ich reckte den Daumen in die Höhe, muß aber gestehen, daß ich ziemlich erleichtert war, als sie endlich fertig zu sein schien und ging.

Meine Gabe machte mir das Leben schwer genug, schräge Lebende konnte ich nicht auch noch gebrauchen.

Nun hatte ich die Exponate endlich für mich allein, konnte ein paar Schritte zurücktreten und das Gesamtbild auf mich wirken lassen.

„Damon Curtis – Götzendiener oder amerikanisches Idol?“ stand auf einem großen Schild, dem Mittelpunkt der Ausstellung, die aus Schautafeln, Rahmen und Glaskästen bestand, in denen anhand von Schaustücken Fragmente aus dem Leben des Rockstars gezeigt wurden.

Papierfetzen mit handgeschriebenen Liedtexten, Plattencover, eine Lederjacke mit so vielen Fransen, daß jeder Cowboy stolz gewesen wäre, sie zu tragen. Ein Foto, auf dem die Band zusammen mit einem etwas älteren Mann zu sehen war, dessen kahler Schädel neben den stolzen Mähnen der Musiker wirkte wie ein ... na ja, wie ein kahler Schädel eben. Es gab Backstagepässe, Eintrittskarten für Konzerte und sogar ein paar Zeugnisse aus Damons Grundschulzeit. Im Zentrum des Ganzen prangte ein überlebensgroßes Schwarzweißfoto von Damon. Ich warf einen Blick darauf und holte tief Luft. Ich starrte das Foto an, und ehrlich gesagt sabberte ich ein klein wenig.

Das eine und bisher einzige Mal hatte ich Damon aus der Ferne gesehen. Natürlich war mir aufgefallen, daß er gut aussah. Aber glauben Sie mir, es gibt einen Unterschied zwischen gut aussehen und „Oh mein Gott!“

Damon Curtis gehörte ganz klar in letztere Kategorie.

Die schwarzen Locken fielen ihm derart zerzaust bis auf die Schultern, daß man unwillkürlich denken mußte, er sei eben erst aus dem Bett gekommen.

Woraufhin man sich natürlich ebenso unwillkürlich fragte, was er in dem Bett wohl getrieben haben mochte – und mit wem.

Die Augen waren so dunkel wie sein Haar, und selbst auf dem blassen Foto sah es aus, als lodere ein Feuer darin.

Sein Körper ... sein Körper war zum Sterben schön!

Damon stand vor einem mit einer durchsichtigen Gardine verhängten Fenster. Der Vorhang filterte das Sonnenlicht, so daß das Ganze etwas von einem Aquarellgemälde erhielt. Das weiche Licht umspielte Damon von hinten wie eine Liebkosung, zeichnete die löchrigen Jeans nach, die ihm tief auf der Hüfte saß, die bloße Brust und den schlanken, athletischen Körper. Ein feiner schwarzer Flaum zog sich pfeilförmig von der Brust bis hinunter zur Taille, und direkt neben seinem Herzen prangte ein winziges sternförmiges Tattoo. Über Damons linker Schulter war ein Riß in der Gardine. Ein Streifen ungefiltertes Sonnenlicht streifte die linke Gesichtshälfte und fiel kometengleich auf den Betrachter.

Das alles sah auf eine psychedelische Sechziger-Jahre-Art irgendwie gespenstisch aus. Gleichzeitig wirkte es total selbstverliebt und egozentrisch und war so ungefähr das Schärfste, was ich je gesehen hatte.

Eigentlich war es in der Rock Hall ziemlich kalt.

Mir jedoch wurde so heiß, daß ich befürchten mußte, mich gleich selbst in Brand zu stecken.

Daß ich das Atmen eingestellt hatte, bekam ich erst mit, als meine Lungen sich schmerzhaft meldeten und nach Luft schrien. Der kurzfristige Sauerstoffentzug löste allerdings auch meine Erstarrung. Ich schüttelte mich, holte tief Luft, befahl meinen Hormonen streng, sich gefälligst zusammenzureißen, und rief mir ins Gedächtnis, daß Damon Curtis, sexy oder nicht, nichts weiter war als ein großes gespenstisches Ärgernis.

Eins, mit dem ich mich so schnell wie möglich befassen mußte, ehe es mir noch mehr von meiner kostbaren Zeit raubte.

„Hier bin ich also", verkündete ich. Zwar befand sich außer mir keine Menschenseele in der Nähe der Exponate, aber ich sah mich sicherheitshalber doch noch einmal um, damit auch wirklich niemand mir zuhörte und noch auf die Idee kam, ich sei durchgeknallt. „Das wolltest du doch, oder? Du wolltest mich sehen? Mit mir reden? Nun, hier bin ich."

Anders, als es diese Fernsehshows immer darstellen, halten echte Geister nicht viel von großen Auftritten. Zumindest nicht die, mit denen ich bisher zu tun hatte. Wenn sie auftauchen wollten, tauchten sie auf. Einfach so. Sie sahen dabei aus wie ganz normale Lebende. Ohne schimmernde Aura, ohne durchsichtig zu sein. Eigentlich unterschieden sich die Toten, die ich bisher kennengelernt hatte, gar nicht sehr von den Lebenden. Nur, daß niemand außer mir sie sehen konnte und daß sie körperlos waren, weswegen sie in allen Angelegenheiten, die diese Welt betrafen, nicht selbständig zu handeln vermochten, also zum Beispiel keine Türen öffnen oder Buchseiten umblättern konnten – und noch ein Unterschied besteht natürlich zu den Lebenden, ein gravierender Unterschied: Die Lebenden sind lebendig und die Geister eben nicht, und wenn ein Geist eine lebende Person berührt, dann wird die zum Eiszapfen. Ich muß es wissen. Gus Scarpetti, mein erster Klient, hatte mir einmal einen Stoß versetzt, um mich aus der Gefahrenzone eines rasant vorbeifahrenden Autos zu schaffen. Dieser kurze Körperkontakt hatte gereicht: Ich war tagelang bis auf die Knochen durchgefroren gewesen.

Na ja – große Auftritte hin oder her, von Damon Curtis war weit und breit nichts zu sehen.

Was sollte ich davon halten? War das jetzt eine gute Nachricht oder eine schlechte?

Sicher war ich mir nicht, und während ich noch dabei war, das Nichtauftauchen meines Geistes zu verdauen, rückte ich langsam zu der kleinen Ausstellung vor, um mir die einzelnen Exponate genauer anzuschauen.

„Damon ist ein überdurchschnittlich kluger Junge“, hatte seine Lehrerin in der zweiten Klasse sein Zeugnis kommentiert, „hat aber manchmal noch Probleme mit der Selbstbeherrschung.“

„Rockstarlehrling!“ murmelte ich.

„Ihre Hausarbeit zeigt durchaus einen Funken Originalität“, hatte sein Professor im Grundkurs Englisch am College befunden. In besagter Hausarbeit ging es um irgendein Drama von Shakespeare, und sie war gleich neben einer Infotafel ausgestellt, auf der stand, Damon sei ohne Abschluß vom College abgegangen, und zwar kurz nachdem er eben diese Hausarbeit mit dem letztlich vernichtenden Kommentar darunter zurückbekommen hatte. „Nur stehen Ihre Ideen oft zusammenhanglos im Raum“, hieß es in der Beurteilung weiter, „und Sie verfolgen sie nicht bis zu einem logischen Schluß. Sie neigen dazu, selbst da, wo es nicht angebracht ist, ausschließlich mit Gleichnissen und Metaphern zu arbeiten. Sie verwenden Symbole, die häufig vage und vieldeutig sind und von daher verwirren.“

„Damit wäre wohl geklärt, warum man die Songs nicht versteht“, flüsterte ich vor mich hin.

Der Totenschein.

Das war ein Exponat, das mich leicht aus der Fassung brachte. Obwohl die Toten ja sozusagen mein Metier sind (sowohl auf dem Friedhof als auch im Nebenberuf).

Erschüttert starrte ich auf den Schaukasten, wo auf einem Vordruck des statistischen Landesamtes die nackten, harten Fakten genannt wurden.

„Todesursache: Herzversagen.“

Nun ist mein Vater ja Arzt (vielleicht sollte ich doch lieber sagen, er war Arzt, immerhin hat er nach dieser kleinen Sache mit dem Versicherungsbetrug seine Approbation verloren), ich selbst hatte jedoch nie irgendwelche Ambitionen, in seine Fußstapfen zu treten. Allerdings braucht man kein medizinisches Wunderkind zu sein, um zu wissen, daß letztlich jeder an Herzversagen stirbt. So sind sie, diese Herzen: eben noch brav gepumpt und dann ... aus und vorbei. Viel half mir der Totenschein also nicht weiter. Da war die Infotafel daneben schon mitteilsamer.

„Am 22. Juli 1971, als sich Mind at Large gerade im Rahmen einer Konzerttournee in Cleveland aufhielt, starb der Sänger der Band, Damon Curtis, an einer Überdosis Drogen. Die Polizei Clevelands konnte trotz umfangreicher Ermittlungen nicht feststellen, ob es sich bei der Einnahme dieser Überdosis um einen Unfall handelte oder ob Curtis im Einklang mit all den gequälten Seelen, die so viele seiner dunklen, von düsterer Poesie beherrschten Verse bevölkerten, die bewußte Entscheidung traf, seinem Leben ein Ende zu setzen. Curtis wuchs auf einer Farm in Illinois auf. Seine streng religiösen Eltern hatten sich stets geweigert, den kometenhaften Aufstieg von Mind at Large und die Berühmtheit ihres Sohnes überhaupt nur zur Kenntnis zu nehmen und lehnten es auch nach seinem Tod ab, sich um den Leichnam und die Beerdigung zu kümmern. Damon Curtis wurde auf dem Garden-View-Friedhof in Cleveland zur letzten Ruhe gebettet."

Zur Ruhe gebettet, ja. Aber ohne dort wirklichen Frieden zu finden.

Darüber dachte ich nach, während ich zum nächsten Schaukasten ging, in dem einige von Damons „düsteren Versen" ausgestellt waren. Der erste Text sah aus wie im Eifer des Gefechts auf den nächstbesten Zettel gekritzelt – mit einem leuchtend grünen Magic Marker auf eine Pizzaschachtel. Der aus diesem Gekritzel entstandene Song hatte sich innerhalb eines knappen Monats mehr als zwei Millionen Mal verkauft und Mind at Large in den Charts an den Beatles, den Stones und den Doors vorbeikatapultiert, so daß man sie fürderhin an vorderster Front der psychedelischen Pop-Bewegung hatte bewundern können. So erklärte es jedenfalls der Text neben der Pizzaschachtel.

„Dragon's Breath – der Odem des Drachen."

Dieses Lied war ewig lange vor meiner Zeit populär gewesen, aber ich kannte es trotzdem. Als ich vorhin im Auto unterwegs gewesen war, hatten es zwei Sender zur gleichen Zeit gespielt. Ob ich nun wollte oder nicht, die Melodie dröhnte durch meinen Kopf, als ich die Textzeilen las.

„Echsenhaut und Teufelsschwingen.
Blutige, verdorbene Seele.
Ich überlasse, Liebste, dich jetzt deiner Hitze, deinem Schweiß.
Satt, befriedigt.
Mein schwarzer Schmetterlingsleib,
Naß von der Puppe."

Bei dem Echsenhaut- und Teufelsschwingenzeug war ich mir nicht sicher. Aber worum es beim nassen Schmetterlingsleib in der nassen Puppe ging, war mir schon klar, da brauchte ich nicht erst lange über Gleichnisse und Metaphern nachzudenken. Kein Wunder, daß die Welt Damon für einen Götzendiener gehalten hatte. Damals in den Sechzigern, als er „Dragon's Breath" aufgenommen hatte, fanden bestimmt nicht nur Mrs. und Mr. Curtis daheim auf der Farm in Illinois den Text und die dazugehörige pulsierende Musik heftig anstößig.

„Ich überlasse, Liebste, dich jetzt deiner Hitze, deinem Schweiß. Satt, befriedigt. Mein schwarzer Schmetterlingsleib, naß von der Puppe."

Die Worte strömten mir durch den Körper, begleitet von leisen Schauern – weil jemand sie mir ins Ohr flüsterte.

Man mußte kein Genie sein – weder ein dunkles noch ein normales –, um die glutheiße Baritonstimme wiederzuerkennen.

„Wurde auch langsam Zeit, daß du dich blicken läßt."

Ich war kurz davor, meine Einschätzung in bezug auf große Auftritte neu und laut zu überdenken, ließ es dann aber sein. Ein gewisses Maß an Drama ist bei einem Rockstar anders als bei anderen Geistern wahrscheinlich völlig normal. „Wir müssen reden. Du bist mir in letzter Zeit ziemlich auf die Nerven gegangen."

Ich drehte mich um.

Reden? Daraus würde wohl erst mal nichts werden.

Denn hinter mir war niemand.

Ich knurrte einen Fluch, den Bauer Curtis und seine Frau nicht gutgeheißen hätten. Daraufhin kicherte es irgendwo rechts von mir. Blitzschnell fuhr ich herum: niemand zu sehen.

„Na schön!" Um zu zeigen, wie satt ich diese Spielchen und die ganze Angelegenheit hatte, schlug ich mit der flachen Hand auf den Glaskasten mit Damons Hausarbeit. „Wenn du so sein möchtest: bitteschön. Tu dir keinen Zwang an. Ich bin gekommen, weil ich mit dir reden wollte. Aber wenn du findest, du müßtest dich zieren und es mir schwermachen, dann haben wir einander nichts zu sagen. Ich haue ab. Aber laß dir eins gesagt sein: kein einziges Lied von dir mehr im Radio, daß das mal klar ist. Ich werde es nicht mehr dulden. Auch keine Reifenpannen mehr, wenn ich in der Gegend bin. Du kannst den Scheiß einfach sein lassen, ich reagiere da nicht mehr drauf. Ich komme nicht wieder her, da kannst du anstellen, was du willst. Du hattest deine Chance und hast sie verspielt."

Mit diesen Worten stürmte ich davon, ohne auch nur einen Blick zurückzuwerfen. Meine Laune hatte sich durch die kurze Konfrontation allerdings nicht gebessert. Wütend fegte ich durch das Museum, auf der Suche nach der Rolltreppe, die mich wieder ins Erdgeschoß befördern sollte.

Das Pech wollte es nur, daß mir auf halbem Wege dorthin ein Pulk Besucher entgegenkam, der genau dorthin wollte, wo ich gerade herkam. Die Leutchen gehörten zu einer Reisegruppe und hatten viel Zeit. Als sie wie ein Mann stehenblieben, um mit offenen Mündern Kostüme anzustarren, die einst Berühmtheiten wie David Bowie und Elton John getragen hatten, saß ich in der Falle. Hier war kein Durchkommen mehr und auch kein Platz, um einen Bogen um die Gruppe zu schlagen.

Wage es nur keiner, mir Klischeedenken zu unterstellen! An dem Spruch, Rotschöpfe würden schneller explodieren als Leute mit anderer Haarfarbe, ist absolut nichts dran, und etwas anderes will ich nie wieder hören. Jede klar denkende Frau hätte wohl ungeduldig mit dem Fuß auf den Boden geklopft, hätte sich ebenso leise murrend über die Verzögerung beklagt, und da ich nun einmal eine klar denkende Frau bin, klopfte und murrte auch ich, mehr nicht.

Beides nützte mir allerdings wenig. Weder mein wippender Fuß noch mein verhaltenes Grummeln brachte die Reisegruppe dazu, das Tempo zu erhöhen. Als sie endlich genug gestaunt hatten, schoben sich die Leutchen langsam einer nach dem anderen an mir vorbei. Damit das überhaupt möglich war, mußte ich mich flach an den nächsten Schaukasten drücken. Dazu rang ich mir ein steifes Lächeln ab, mehr war an Höflichkeitsgesten nicht mehr drin.

„Guten Morgen!" zwitscherte eine ältere Dame, die meine saure Miene nicht hatte abschrecken können.

„Vielen Dank, Schätzchen", sagte der Mann hinter ihr.

„Wie nett von Ihnen, uns vorbeizulassen!" bedankte sich die nächste Dame.

Ich gönnte allen kaum mehr als ein kurzes Nicken. Bis ich den letzten Mann in der Truppe entdeckte.

Der war im Gegensatz zu allen anderen kein Rentner – obwohl er inzwischen fast einer hätte sein können, hätte er länger als bis zum Jahr 1971 gelebt. Er trug dasselbe wie auf dem irren Schwarzweißfoto, nämlich die zerrissene Jeans, die ihm auf den Hüftknochen hing und oben herum nichts. Seine Brust war nackt, und erst jetzt entdeckte ich ein kleines Detail, das ich auf dem Foto übersehen hatte: An einem der Zacken des goldenen Sterns, der in der Nähe seines Herzens in die Haut seiner Brust eintätowiert war, hing eine zierliche kleine Träne. Er war nicht so groß, wie ich erwartet hatte. Als er mir gegenüberstand, hätte ich ihm eigentlich direkt in die Augen sehen können – wenn deren Blick denn auf den meinen geruht hätte. Tat er aber nicht. Damons Blick war vollauf damit beschäftigt, ganz langsam über meinen Körper zu wandern.

Dieser verzehrende Blick warf mich glatt eine geraume Weile aus der Bahn und verschlug mir die Sprache! Mir, die ich in allen Lebenslagen cool bis ins Mark war. Mir, die ich schon mal verlobt gewesen war und die ich mir, nachdem mein feiger Verlobter mich feige hatte sitzenlassen, geschworen hatte, mich von dieser ganzen Scheiße mit der großen Liebe nie wieder weichkochen zu lassen. Mir!

Wie gut, daß ich diese hehren Vorsätze noch im Kopf hatte. Aber es war leichter gesagt als getan.

Viel leichter gesagt als getan – weil mir die Hitze den Nacken hochschlich und meine Wangen in Flammen standen, weil meine Beine sich anfühlten wie aus Gummi. Zu meiner Verteidigung kann ich nur anführen, daß ich vorher noch nie derart nah an eine Legende herangekommen war, weder an eine lebende noch an eine tote. Vielleicht war ja was dran an diesem Getue um Rockstars: Hätte Damon Curtis mich in diesem Moment gefragt, ob ich mit ihm nach Afrika durchbrennen oder zum Mond fliegen oder mich gleich hier mit ihm auf dem Boden ...

Bei dem bloßen Gedanken wurde mir ganz anders. Um ihn loszuwerden, rief ich mir streng ins Gedächtnis, daß der Mann da vor mir total heiß wirken mochte, in Wirklichkeit aber eiskalt war. Ich himmelte einen eiskalten toten Typen an, und wenn ich schlau war, dann vergaß ich das nicht so schnell wieder.

Ich entsann mich meiner Mission. Ich dachte daran, wie ich mir den ganzen Sommer über Mühe gegeben hatte, Damon zu meiden und trotzdem hier in der Rock Hall gelandet war.

„Damon Curtis", legte ich los, „du verdammter Huren..."

„Nein, nach dem suchen wir gar nicht." Wie sollte der Mann, der jetzt hinter Damon aufgetaucht war, auch wissen, daß zwischen ihm und mir, der Person, die er vor sich sah, ein Geist stand. „Wir suchen Elvis."

„Oh, Elvis!" Damon grinste. „Der Typ ist ein Gott!"

„Darüber brauchen wir uns nicht zu unterhalten."

„Nein?"

Ich kehrte sowohl der Frage als auch dem Mann hinter Damon, der sie gestellt hatte, den Rücken und bahnte mir unter hastigen Entschuldigungen einen Weg durch die Menge. Dabei achtete ich nicht weiter darauf, ob der Geist mir folgte oder nicht. Jetzt, wo er sozusagen Kontakt hergestellt hatte, würde er schon nicht wieder verschwinden. Darauf zählte ich.

Kurz entschlossen schlüpfte ich in einen kleinen Kinosaal, wo in einer Endlosschleife ein Schwarzweißfilm über die Geschichte des Rock lief. Ich war die einzige Zuschauerin und brauchte ein paar Sekunden, um mich in der Dunkelheit zurechtzufinden. Wände und Sitzbänke im Raum waren dunkel; das Video zeichnete flackernde schwarzweiße Flecken darauf. Als Damon neben mir auftauchte, brach sich das Licht an seiner nackten Brust wie bei einem Stroboskop.

„Letzte Chance!" sagte ich. Damit meinte ich Damons letzte Chance, mir zu sagen, warum er mir auf die Nerven ging – nicht meine letzte Chance, ihm an die Wäsche zu gehen. Ich ermahnte mich innerlich, das bloß nicht zu vergessen. „Kein Hokuspokus mehr. Wir reden jetzt oder gar nicht."

Erst einmal biß Damon nicht an, auch wenn mir irgend etwas an seinem Gesichtsausdruck verriet, daß er mit einer so offenen, freimütigen Konfrontation nicht gerechnet hatte. Wenn ich sage, er biß nicht an, dann meine ich damit, daß er nicht so reagierte, wie ich es erwartet hätte. Er legte den Kopf schräg und musterte mich mit hochgezogenen Brauen und schmalen Lippen. „Du möchtest reden?" fragte er, ganz der entspannte Hippie, bis zum Schluß und darüber hinaus. „Na, dann rede."

„Hallo?" Um irgendwie zu ihm durchzudringen, fuchtelte ich Damon mit der Hand vor dem Gesicht herum. „Schon vergessen? Du bist derjenige, der aufgetaucht ist, um nach mir zu suchen." Ich wußte nicht, was in dem Film gerade los war, der in meinem Rücken über die Leinwand lief, aber die Musik wurde lauter und das Flackern hektischer. Licht und Schatten huschten über Damons Gesicht. Mir wurde davon schwindelig, und ich ließ mich auf die nächstbeste Bank fallen.

„Hör mal, ich brauch nicht noch mehr Klienten", flüsterte ich leise.

Damon hockte sich neben mich. Im Wechselspiel von Licht und Schatten – wir sahen beide nach vorn zur Leinwand – wirkte sein Gesicht grau. „Da habe ich aber was anderes gehört", sagte er. „Wenn es um spezielle Fälle geht, dann sollst du ... na ja, es gibt da diesen Typen, der sagt, in solchen Fällen wärst du die Expertin."

Gus Scarpetti, klar, wer anderes kam da nicht in Frage. Ich war versucht zu fragen, wie es Gus ging, wollte mich aber nicht von meinem eigentlichen Thema ablenken lassen. „Gus übertreibt gern, dafür ist er bekannt."

„Er sagt, du hättest seinen Fall aufgeklärt, und den anderen auch, den mit dem Mädel, das ein Buch geschrieben hat."

„Dann soll ich also auch für dich einen Fall übernehmen? Nein danke. In so etwas lasse ich mich nicht noch mal hineinziehen. Diese Fälle enden alle in einer Sackgasse, das habe ich alles schon mal erlebt." Ich stand auf und drehte mich mit dem Rücken zur Leinwand, teils, weil es sich so konzentrierter reden ließ als mit dem ständigen Flackern in den Augen, teils, und das überwog eigentlich, weil ich die Verunsicherung abschütteln wollte, die beim Gedanken daran, was ich sonst noch zu sagen hatte, wie eine feuchte Hand über meinen Nacken strich. „Jedesmal, wenn ich meine Nase irgendwo reinstecke, wo sie nach Meinung von irgendwem anders nicht reingehört, versucht jemand, mich umzubringen", erklärte ich Damon – und gleichzeitig auch noch einmal mir selbst, um es nur nicht zu vergessen. „Nicht gerade das, was ich unter Spaß verstehe."

„Oh Baby!" Damon streckte die Hand aus. Aber offenbar wußte er, wie diese Dinge liefen. Er zog sie zurück, ehe sie bei meinem Arm angekommen war. „Jetzt verstehe ich endlich, was dich so nervös macht. Entspann dich. Ich will ja gar nicht, daß du etwas Gefährliches machst. Was ich von dir will, ist wirklich ganz einfach."

„Ermittlungen in einem Mordfall sind nie einfach." Das wußte ich haargenau! Erbost wandte ich Damon den Rücken zu und tigerte erregt zum anderen Ende der Sitzreihe. Dabei fiel mir etwas ein, was mich herumfahren ließ. „Du bist an einer Überdosis gestorben. So steht es jedenfalls auf der Schautafel in der Ausstellung."

„Du hast sie gelesen, hm?" Damon stand auf und reckte sich. Sein Körper war schlank, und er bewegte sich mit der Geschmeidigkeit eines Panthers. Da wandte ich mich doch lieber wieder der Leinwand zu.

Damon trat hinter mich. Das wußte ich, auch ohne mich umzudrehen: Die Luft wurde irgendwie anders. Sie wurde nicht kälter, wie sie es laut der Geisterjäger im Fernsehen tut, wenn ein Geist anwesend ist. Oh nein. Meine Temperatur schoß plötzlich in die Höhe, und in meinem Hals bildete sich ein Kloß. Insgesamt war mir zumute, als habe jemand sämtlichen Sauerstoff aus dem kleinen Kino gesaugt.

„Die Schautafel in der Ausstellung hat recht, was die Überdosis betrifft." Damons Stimme liebkoste mein Ohr. „Ich war leichtsinnig, habe nicht aufgepaßt. Ich dachte, ich würde mich auskennen, aber ich war absolut geil auf einen Fix ... ich war wohl nicht vorsichtig genug."

„Dann war es also ein Unfall?" Meiner letzten Klientin war eine Zeitlang nicht klar gewesen, ob sie Selbstmord begangen hatte oder nicht; ich war dankbar, daß Damon nicht so veranlagt zu sein schien. Die Erleichterung darüber hielt allerdings nicht lange an. Ich wandte mich um. „Aber wenn du kein Mordopfer bist, warum soll ich dann ermitteln?"

Damon trat einen Schritt zurück, woraufhin mir das Atmen sofort wesentlich leichter fiel. „Das hat nichts damit zu tun, daß ich ... na ja ... du weißt schon."

„Daß du tot bist?" Wenn er es nicht aussprechen mochte, würde ich es eben tun.

Damon sprach weiter, als hätte er meinen Einwurf gar nicht mitbekommen. „Es geht um das, was seitdem passiert ist. Darum sollst du dich kümmern. Du sollst dich einfach nur mit Vinnie unterhalten."

Ich ging meinen geistigen Rolodex der Fakten durch, die ich über Mind at Large gesammelt hatte, seit mir klargeworden war, daß Damon mich verfolgte. Soweit ich mich entsann, war Vinnie Pallucci der Keyboarder der Band gewesen und hatte nach Damons Tod die meisten Songs geschrieben, mit denen die Gruppe auftrat.

„Du willst, daß ich zu einem wildfremden Mann gehe und mich mit ihm darüber unterhalte, wie du dich versehentlich umgebracht hast?"

„Du hörst mir nicht zu!" Damon holte tief Luft und atmete langsam wieder aus. „Das spielt keine Rolle mehr. Aber meine Lieder ... meine Musik ist das einzige, was jetzt noch zählt. Verstehst du?"

Nein, tat ich nicht. Andererseits nehme ich an, so etwas versteht nur wirklich, wer selbst Musiker ist. Ehe ich ihm das sagen konnte, war der Film zu Ende, und die Tür am anderen Ende des Kinos öffnete sich automatisch. Draußen warteten Leute, die die nächste Vorstellung sehen wollten. Hier konnten wir nicht länger bleiben. Wir duckten uns in den nächsten leeren Flur.

„Ich möchte nur eins von dir", sagte Damon. „Bitte geh zu Vinnie und sag ihm er soll aufhören, meine Songs zu klauen."

„Aber dafür gibt es doch Anwälte, oder/und das Urheberrecht – so etwas existiert doch auch für Musik. Wissen die Leute nicht, welche Songs du geschrieben hast und welche nicht?" Gleich darauf beantwortete ich mir letztere Frage selbst. „Mein Gott, über dich steht einfach alles im Internet. Da stöbern irgendwelche Leute auch noch das kleinste Detail aus deinem Leben auf und interpretieren deine Geschichte. Manche behaupten sogar, du wärst gar nicht tot, sondern würdest dich irgendwo auf einer Insel im Pazifik versteckt halten oder als buddhistischer Mönch ..."

„Du hast dich ja mächtig genau über mich informiert." Damon grinste. „Wie habe ich dir so gefallen?"

„Mir gefällt es, wenn man mich in Ruhe läßt." Eine bessere Antwort als die Wahrheit. Die nämlich lief darauf hinaus, daß ich am liebsten zu Damons Füßen dahingeschmolzen wäre. „Gut, das kann ich wohl vergessen, denn du läßt mich nicht in Ruhe, und das heißt, diese Sache mit Vinnie und den Songs ist wichtig. Jedenfalls dir. Also laß uns weitermachen, ja? Du sagst mir, was du von mir willst, und ich sage dir, daß ich es nicht mache. Dann verschwindest du in einer Rauchwolke, und fertig sind wir."

„Es macht mich an, wenn ein Mädchen so resolut daherkommt."

„Ich bin kein Mädchen, ich bin eine Frau." Eigentlich hätte ich das nicht extra betonen müssen, aber vielleicht war Damon ja, da er doch irgendwie von Anno dazumal stammte, in der Frage der Gleichberechtigung der Geschlechter nicht so ganz auf dem neuesten Stand. „Ob ich resolut bin oder nicht und ob dich das anmacht oder nicht, darüber reden wir nicht."

„Die Leute reden über nichts anderes." Damons Lachen stahl sich als leises Kitzeln meinen Rücken hinauf. „Politik, Religion, die Börse und was Wassermelonen gerade kosten: Eigentlich geht es immer nur um Sex."

Na prima, der Mann hörte sich langsam so an wie einer seiner Songs. Ich mußte ihn schleunigst zum eigentlichen Thema zurückbringen. „Möchtest du, daß ich deinen Anwalt anrufe?" fragte ich. „Das ist kein Problem, das kann ich gern tun. Ich weiß nur nicht genau, wie ich ihm erklären soll, daß sich sein seit mehr als dreißig Jahren toter Klient um das Urheberrecht sorgt."

„Es geht nicht um die Songs, die ich damals geschrieben habe." Verzweifelt schüttelte Damon den Kopf. „Es geht um die neuen Songs, die ich in meinem Kopf geschrieben habe. Seit damals, einundsiebzig, seit ich mir den Schuß Orange Sunshine unter die Haut gejagt habe."

Himmel hilf! Für einen Typen, in dessen Songs der Tod ungefähr so präsent war wie bei uns auf dem Garden-View-Friedhof, hatte der Mann ziemliche Probleme damit, das schlimme T-Wort laut auszusprechen. Ich half ihm erneut auf die Sprünge. „Seit der Nacht deines Todes? Wolltest du das damit ausdrücken?"

Damon schwieg, ohne meine Vermutung zu bestätigen oder ihr zu widersprechen. Ich hatte es satt, um den heißen Brei herumzureden. „Willst du mir etwa sagen, dieser Vinnie klaut Songs, die du gar nicht geschrieben hast, als du noch am Leben warst? Was soll das sein – ET nach Hause telefonieren? Vinnie setzt sich mit dir in Verbindung, du singst ihm deine Songs vor und ..."

„Nein. So läuft es ganz und gar nicht. Vinnie setzt sich nicht mit mir in Verbindung, er hat Macht über mich. Er channelt mich."

KAPITEL 3

„WAS?“

Gut, das war nicht die bohrendste Frage, aber eine andere war mir auf die Schnelle nicht eingefallen. „Channeln? Wie wenn man beim Fernseher die Kanäle wechselt?“

„Channeln wie in Besitz von meinem Geist ergreifen und mich zwingen zu tun, was er will.“

Ich dachte darüber nach, es ergab jedoch irgendwie keinen Sinn. Aber auch die Existenz von Geistern hatte ich mir nicht vorstellen können, bis sich die ersten in mein Leben drängten. Hat man erst einmal angefangen, auch die eher gespenstische Seite der Realität mit in den Alltag einzubeziehen, trifft man ziemlich schnell auf immer mehr Dinge, deren Existenz man sich vorher nie hätte träumen lassen. Ich jedenfalls wußte mittlerweile so einiges, was ich, ehe meine „Gabe“ mir ihre häßliche übersinnliche Fratze gezeigt hatte, persönlich nie für möglich gehalten hätte.

„Willst du damit sagen, daß Vinnie dich zwingt, Songs für ihn zu schreiben?“ hakte ich nach, weil ich ganz sicher sein wollte, daß ich auch alles richtig verstanden hatte. „Und das geht, obgleich du doch tot bist?“

„So in der Art.“ Damon mochte einst der Meister der düsteren Lyrik gewesen sein, aber die Sache mit dem Channeln war anscheinend auch für ihn nicht leicht nachzuvollziehen. „Ich erkläre mir das so“, fuhr er fort. „Der Körper ist wie ein Auto, und um ein Auto starten zu können, braucht man Strom aus einer Batterie. Richtig?"

Mit Autos kannte ich mich ungefähr so gut aus, wie ich mich früher mit Geistern ausgekannt hatte, aber das mit dem Strom und der Batterie klang einleuchtend, also nickte ich. „So einem Auto ist es egal, woher der Strom kommt. Ihm ist egal, wo du die Batterie gekauft hast oder von welchem Hersteller sie ist. So oder so: Das Auto springt an und läuft."

„Aber warum ist das nun dasselbe wie beim Channeln?"

„Weil Vinnies Körper sozusagen das Auto ist, wenn er mich channelt, und mein Bewußtsein ist die Batterie, die er anzapft. Sein Körper funktioniert noch, aber der Strom kommt von mir."

Himmel – beim bloßen Gedanken an diesen Vorgang wurde mir ganz anders. Um meiner Verwirrung Herr zu werden, setzte ich mich in Bewegung, und da ich im Augenblick echt nicht viel zu unserer Unterhaltung beitragen konnte, funktionierte das auch prima. Wir liefen, und Damon redete.

„Er tut das jetzt schon seit Jahren", erzählte er. „Er hat die Sache total im Griff. Er ruft nach mir, und ob ich will oder nicht, ich muß seinem Ruf folgen. Sein Körper saugt mich sozusagen auf, und ich werde zu der Energie, die diesen Körper zum Laufen bringt. Währenddessen zwingt er mich, Songs für ihn zu schreiben."

Unwillkürlich fiel mir der Pizzakarton mit den leuchtend grünen Gedichtzeilen ein. „Was ist denn daran so schlimm?" wollte ich wissen. „Du bist ein Songschreiber, und jeder Songschreiber will, daß seine Worte zum Leben erwachen. Das mit dem Channeln müßte dich doch eigentlich glücklich machen."

„Du kapierst es tatsächlich." So wie Damon das sagte, mit einem leichten Staunen und doch begeistert, hörte es sich an, als hätte ich eine besondere Leistung vollbracht. Das Kompliment ging mir runter wie Öl. „Es gibt nicht viele Leute, die das wirklich verstehen", fuhr er fort. „Du bist wohl selbst Künstlerin."

Nur, wenn es darum ging, Modeaccessoires zusammenzustellen. Das hätte ich vielleicht sogar erwähnt, nur fiel mir gerade noch rechtzeitig ein, was man zu Damons Zeiten unter Mode verstanden hatte. Schmutzige Jeans und T-Shirts und als Accessoires jede Menge Hippieperlen. Muß ich noch extra betonen, daß mir beim bloßen Gedanken an diese „Mode“ kalte Schauer über den Rücken liefen?

„Du frierst, wenn ich in der Nähe bin.“

Damons Bemerkung traf mich unerwartet, aber ich reagierte sofort. „Nein. Das ist es nicht.“

„Dann wird dir wohl warm, wenn ich in der Nähe bin? Sehr warm?“

Das sagte er leise, mit einem dunklen Unterton in der Stimme – oh je, wie konnte ich da leugnen, daß mir in seiner Nähe ganz heiß wurde? Ich versuchte es mit einem verkniffenen Lächeln und indem ich darauf beharrte, beim Thema zu bleiben, dennoch. Dabei half mir, daß wir inzwischen in der Eingangshalle der Rock Hall angekommen waren und uns dem überlebensgroßen Poster gegenüber wiederfanden, auf dem das bevorstehende Konzert von Mind at Large angekündigt wurde.

„Welcher ist Vinnie?“ wollte ich wissen.

Eine Rock-Hall-Angestellte – eine junge, muntere Blondine, deren Namensschild sie mir als „Sarah“ vorstellte – fühlte sich angesprochen. Sie wies auf das Poster. „Ganz links ist Vinnie. Dann kommen Ben, Alistair, Mighty Mike und Pete. Glaube ich wenigstens.“

Nachdenklich musterte ich das Foto und die fünf Typen darauf, die allesamt gut und gern sechzig sein mochten. Wie anders sie doch aussahen als auf dem Poster draußen, das Mind at Large zu Damons Zeiten zeigte, als die Bandmitglieder noch keine vierzig Jahre harten Rock auf dem Buckel gehabt hatten.

In der alten Gang war Alistair der Niedliche gewesen – jetzt kam er mit Silberhaar, schlaffen Wangen und einer Brille, deren Gläser ungefähr so dick waren wie der Boden einer Colaflasche daher. Mighty Mike verdankte seinen Spitznamen, hatte ich mir sagen lassen, der Begeisterung weiblicher Fans, die von seiner breiten Brust und den kräftigen Schultern nicht genug bekommen konnten. Jetzt hing ihm ein mächtiger Bauch über den Gürtel, während Pete so dünn geworden war, daß ich mir vorstellen konnte, wie ein scharfer Windstoß ihn vom Poster fegte, und was Vinnie betraf ...

Ich trat einen Schritt zurück, um mir den dunkelhaarigen Typen ganz links außen im Bild genauer ansehen zu können. Er trug das Haar so lang wie Damon, wobei dieser Stil bei ihm eher schäbig als attraktiv wirkte. Sein T-Shirt war abgetragen, die Jeans reichlich mitgenommen und sein Grinsen breit.

„Ich muß gestehen, ich bin kein großer Fan von denen", vertraute mir Sarah leise an, als könne sie es sich nicht leisten, daß irgendwer in der Rock Hall das hörte. Offenbar war ihr wichtig, daß ich keinen falschen Eindruck von ihr bekam. „Mal ehrlich: Das Zeug, das die singen, ist doch schräg, oder? Einer Menge Leute scheint es aber zu gefallen, vor allem den älteren. Irgendwer hat mir mal erzählt, dieser Vinnie schreibt sämtliche Texte für die Band. Aber das wissen Sie wahrscheinlich. Nicht, daß ich finde, Sie wären alt oder so!" fügte sie hastig hinzu, obwohl ich noch gar nicht richtig dazu gekommen war, mich angesprochen zu fühlen und beleidigt zu sein. „Ich wollte damit nur sagen, daß das ja wohl fast jeder weiß."

„Absolut jeder – in dieser Welt und darüber hinaus", beruhigte ich die junge Frau.

Die dachte nun, ich wolle sie veräppeln. „Die Bühne wird da draußen stehen." Sie wies auf den großen Platz vor der Rock Hall. „Wir rechnen mit Zehntausenden. Alle sagen, es wird die größte Veranstaltung, die Cleveland seit wer weiß wie langer Zeit erlebt hat."

Ganz automatisch fühlte ich mich an das letzte „größte" gesellschaftliche Ereignis Clevelands erinnert, eine Veranstaltung, an der ich teilgenommen hatte, weil das im Zuge meiner Ermittlungen notwendig geworden war. Damals hatten meine Ermittlungen zur Entthronung einer der größten Ikonen der literarischen Welt geführt – ein erschütternder, einschüchternder Gedanke, meine

Arbeit für Damon könne ähnliche Auswirkungen auf die Musikwelt haben.

Da ich ohnehin gerade über meine Ermittlungen nachdachte, konnte ich ebensogut gleich damit anfangen. „Hat Vinnie denn immer schon die Songs für die Band geschrieben?" wollte ich von der jungen Blondine wissen.

Die Frau verdiente wirklich einen Bonuspunkt für Ehrlichkeit: Sie zuckte die Achseln. „Schätze schon. Vinnie Pal – so nennen ihn alle, niemand sagt Pallucci – soll ja ein Genie sein. Habe ich gehört. Viele Leute hier finden seine Songs einfach genial."

„Seine Songs sind Scheiße."

Wie bitte? Der Kommentar kam von Damon und überraschte mich nun doch, da die fraglichen Songs ja angeblich alle von ihm stammten. Ich konnte ihn schlecht danach fragen, solange wir uns noch in Hörweite Sarahs befanden, also verabschiedete ich mich von ihr, eilte in den Museumsladen und kauerte mich dort hinter einen Ständer mit Rock-Hall-Tragetaschen.

„Ich bin verwirrt", flüsterte ich. „Ich dachte, die Songs wären alle von dir."

„Ja, das sind meine Songs, irgendwie jedenfalls – Versionen von meinen Songs."

Diesmal sparte ich mir das „Was?" Mein Gesicht sprach Bände.

„Es ist so", erklärte Damon. „Vinnie channelt mich, und ob ich will oder nicht, ich muß gehen. Dorthin, wo auch immer er ist. Wenn ich dort ankomme, schlüpfe ich in seinen Körper, und er zwingt mich, Songs für ihn zu schreiben. Aber dann ... verdammt!" Damons Lippen wurden vor Ekel ganz schmal. „Paß auf: In meinem Kopf sind die Songs perfekt, jeder einzelne von ihnen. Aber wenn sie aus mir herauskommen und Vinnie durchlaufen, werden sie irgendwie verwässert. Ich verstehe nicht wie, aber es ist voll der Hammer, Mann, und total peinlich."

„Du bist tot, Damon. Wie kann dir irgend etwas peinlich sein?"

Eine Mutter mit kleinem Sohn an der Hand hatte gerade vorgehabt, sich die Tragetaschen anzusehen. Als sie mich hörte, zog sie ihr Kind hastig mit sich fort.

Damon schenkte keinem der beiden mehr als einen flüchtigen Seitenblick. „Es kann mich kirre machen. Ich habe die Schnauze voll, und deswegen will ich, daß du zu Vinnie gehst und mit ihm redest. Sag ihm, er soll aufhören. Denn wenn er das tut, kann ich vielleicht ..."

Anscheinend konnte ich inzwischen richtig gut zwischen den Zeilen lesen – jedenfalls, was die Geister betraf. Ich spürte deutlich, daß noch nicht alles gesagt war, daß hier noch mehr auf dem Spiel stand, worüber Damon nicht reden mochte.

Ich bin ein höflicher Mensch, von daher bohrte ich nicht weiter nach und hätte Damon gern seine Privatsphäre gelassen. Aber wenn er mich dazu bringen wollte, seinen Fall zu übernehmen, kamen wir mit Höflichkeit nicht weiter. Da waren Offenheit und ein wenig Respekt gefragt.

Wenn mir Damon nicht die Wahrheit und nichts als die Wahrheit erzählte, zeugte das weder von Offenheit noch von Respekt mir gegenüber.

„Denn wenn er das tut ..." Mit sanftem Drängen wiederholte ich den Anfang von Damons Satz, in der Hoffnung, er würde ihn diesmal für mich beenden. Als er es nicht tat, pfiff ich auf Höflichkeit, kniff die Augen zusammen und nagelte ihn mit einem finsteren Blick fest. „Du verschweigst mir etwas. Paß auf, ich sage dir jetzt mal was, und ich finde, das solltest du ernst nehmen. Ich arbeite nicht für dich, wenn du Geheimnisse vor mir hast."

Konnte ich denn ahnen, daß einer der Angestellten des Ladens gerade dicht neben mir ein Regal auffüllte? Der hatte mich gehört und kam näher. „Sie wollen hier arbeiten? Bewerbungsformulare liegen vorne an der Kasse aus."

Mit einem Lächeln bedankte ich mich. Dann sah ich mich suchend nach einem Fleckchen um, wo ich meine Unterhaltung ungestört weiterführen konnte. Nicht weit entfernt stand eine kleine Bühne, so eine provisorische, die man überall schnell auf-

und wieder abbauen konnte. Dahin machte ich mich auf, in der Hoffnung, dort eine gewisse Privatsphäre vorzufinden.

„Gut", wandte ich mich, kaum angekommen, mit gedämpfter Stimme an Damon. „Nun sag schon – wenn Vinnie aufhört, dich zu channeln – was dann? Was passiert dann?"

Damon zuckte die Achseln. „Das weiß ich nicht genau."

„Aber du hast so eine Ahnung."

Er wich meinem Blick aus und sah hinüber zur Eingangshalle mit ihren wilden Displays. Als er mich wieder ansah, war sein Gesicht so grau, wie es vorher in dem kleinen Kino gewesen war. „Vinnie ist der Grund dafür, daß ich immer noch hier bin", sagte er. „Vinnie Pal hat Macht über mich und läßt einfach nicht los. Seinetwegen kann ich diese Ebene nicht verlassen, kann nicht auf die andere Seite hinüberwechseln." Ein junges Paar ging an uns vorbei. Die beiden hielten Händchen, summten den Song mit, der leicht quäkend aus den Lautsprechern drang, und stießen im Takt der Musik mit den Hüften aneinander.

„Es ist anders, wenn man ... du weißt schon."

„Tot ist?" Als ich das Wort aussprach, das Damon so verzweifelt zu umgehen bemüht schien, musterten mich die junge Frau und der junge Mann mit schrägen Blicken. Die beiden steuerten direkt auf einen der Wachleute zu, und halten Sie mich ruhig für paranoid: Mir gefiel die Vorstellung nicht, sie könnten mich dem Mann als öffentlich agierende Durchgeknallte melden. Seufzend verließ ich die Bühne und strebte dem Ausgang der Rock Hall zu.

„Wir müssen uns woanders unterhalten", flüsterte ich aus dem Mundwinkel. „Du liegst auf dem Garden-View-Friedhof, wir können uns doch dort treffen. Heute abend, nach Büroschluß."

Damons Gesicht, bereits aschfahl, wurde noch einen Tick bleicher. „Du könntest doch aber auch einfach hierher kommen."

Inzwischen standen wir am Ausgang und bei dem Wachmann dort, der mich, wie mir nicht entgangen war, deutlich intensiver musterte als die anderen Leute um sich herum. Ich schnappte mir eine Informationsbroschüre über die Rock Hall, hielt sie mir vor den Mund und senkte die Stimme, bis wirklich nur noch ein leises, wenn auch ungeduldiges Zischen zu hören war. „Nur hat die Rock Hall heute abend nicht lange geöffnet, und ehe du es auch nur vorschlagen kannst: Nein, ich habe nicht vor, mich als Einbrecherin oder Fassadenkletterin zu versuchen. Meine Arbeitszeit geht bis fünf. Ich lasse mir eine Ausrede einfallen, weswegen ich Überstunden einlegen muß – damit mache ich meine Chefin sehr, sehr glücklich. Sagen wir also um sieben bei dir am Grab.

„Aber …"

„Willst du, daß ich deinen Fall übernehme?"

„Ja, aber …"

„Sieben Uhr. Heute abend." Mit diesen Worten schob ich mich durch die Schwingtür. „Bei dir am Grab."

Hundert Prozent sicher war ich mir nicht, aber ich glaube, Damon nickte, ehe er verschwand – in einer eindeutig nach Marihuana duftenden Rauchwolke. Er verschwand – und in meinem Kopf blitzte ein funkelnagelneuer Gedanke auf.

Ich hatte ein Date! Seit Urzeiten zum ersten Mal wieder. Ein Date mit einem heißen, total sexy Typen.

Schade nur, daß er tot war.

Ich schaffte es an diesem Tag wirklich noch ins Staatsarchiv. Obwohl es schon ziemlich spät war, als ich dort ankam, mußte ich doch erst einmal warten, bis jemand aus einer Werkstatt in der Nähe der Rock Hall kam und an meinem Wagen den Reifen wechselte. Aber ich konnte immerhin schon mal einen Teil der Recherchen erledigen, die Ella mir aufs Auge gedrückt hatte, und als Beweis dafür bei meiner Rückkehr zum Garden-View-Friedhof einen ordentlichen Stapel Kopien von Einwanderungsakten vorlegen. Die dienten mir als perfekte Ausrede, als Ella ein paar Minuten nach fünf den Kopf in mein Büro steckte und sich wunderte, mich dort noch anzutreffen.

„Das ist meine Pepper, wie ich sie kenne und liebe!" Ella richtete ein so strahlendes Lächeln auf mich, daß es mühelos einmal durch den Raum schoß und mir das Herz wärmte. „Da sitzt du hier und machst Überstunden, weil du gleich alle Infos, die du heute gesammelt hast, in unsere Datenbank übertragen willst. Habe ich recht?"

Vielleicht stecke ich ja hier und da mal ein Lob ein, auch wenn es nicht genau den Nagel auf den Kopf trifft, aber unverschämt mag ich nicht werden. Zweifelnd musterte ich den Stapel Papiere auf meinem Tisch. „Na ja, vielleicht nicht gleich alle Infos."

„Ich würde dir ja zu gern helfen." Das meinte sie ernst, glauben Sie mir! Ich bete oft, mein Leben möge interessanter sein, war ich erst einmal so alt wie Ella jetzt. „Aber in der Schule ist heute Elternsprechtag", fuhr sie fort. „Meine Mädchen haben zwar gesagt, den könne ich getrost vergessen, weil mir die Lehrer nichts über sie erzählen könnten, was ich nicht schon längst wüßte, aber du weißt ja, daß ich ihnen das nicht abkaufe."

Das wußte ich in der Tat. Ella war die verantwortungsbewußteste Mutter, die ich kannte, was ich ihr auch umgehend mitteilte. Woraufhin sie mir eine gute Nacht wünschte und mich dem Datenregister überließ. Ich warf einen Blick auf die Bürouhr und verglich den Zeigerstand mit der Höhe des Papierstapels. Gut – wenn ich nicht allzu viele Fehler einbaute, konnte ich wirklich noch einen Teil davon abtragen, ehe es Zeit für mein Rendezvous mit Damon wurde.

Rendezvous, Date – schon wieder dachte ich in diesen Kategorien. „Hör auf damit!" befahl ich mir streng. „Hör auf, dieses Treffen Date zu nennen. Tote Männer verabreden sich nicht." Na gut, und was war mit quietschlebendigen Frauen, die sich einbildeten, sich mit toten Männern verabreden zu können? Das war doch krank! Viel zu krank, um auch noch groß darüber nachzudenken.

Also stürzte ich mich statt dessen auf die Arbeit, indem ich mir meinen Computer vorknöpfte und mir Zugang zur Datenbank des Friedhofs verschaffte. Ich hatte den Stapel Einwandererpapiere etwa zur Hälfte abgetragen, als mein Telefon klingelte.

„Es ist nach fünf. Ich wundere mich wirklich darüber, daß du noch im Büro bist."

Ein paar Sekunden lang verschlug mir diese Bemerkung die Sprache. Bis ich die Stimme des Sprechers erkannt hatte.

Da bildete sich mir ein Kloß im Hals, das Herz blieb mir stehen und die Hormone, die ich so streng zur Ordnung gerufen hatte, nachdem sich Damon einen Weg in mein Leben erspukt hatte, sprangen auf und nahmen Habachtstellung ein, um gleich darauf wie die Irren auf und ab zu hüpfen und laut hurra zu schreien.

Am Telefon war Quinn Harrison. Der Mann, den ich das letzte Mal gesehen hatte, als ein paar Monate zuvor ein Schlägertyp mit mehr Muskeln als Hirn in seinem Besitz versucht hatte, mich von einer Brücke zu werfen.

Sagte ich Mann?

Ja, Quinn gehörte zu dieser Spezies, das ließ sich nicht leugnen. Er war ein Mann und noch dazu ein höchst attraktiver. Aber außerdem war er Bulle. Um genau zu sein: Kriminalbeamter, und er arbeitete für das Morddezernat. Von daher auch unsere Tendenz, immer wieder aufeinanderzutreffen.

Nicht, daß ich mich darüber beschweren will! Wenn ich mein Leben betrachte, so steht ein Zusammentreffen mit Quinn ganz oben auf meiner Wunschliste. Gleich neben der Sehnsucht nach einem Treuhandfonds dem Wunsch, sämtliche mit meiner Gabe zusammenhängenden Heimsuchungen mögen endlich aufhören, und dem Traum vom roten Jaguar, der eines Morgens einfach so, ohne daß irgendwelche Bedingungen daran geknüpft sind, vor meiner Haustür steht. Das Problem ist nur, Quinn findet, ich solle mich um meine eigenen Angelegenheiten kümmern und nicht um Mordfälle, und ich kann ihm unmöglich erklären, daß manche Mordfälle meine Angelegenheiten sind, weil ich für die und mit den Opfern arbeite. Mit den Toten also.

Jeder kann sich wohl vorstellen, wohin eine solche Konstellation führt.

Obwohl er ebenso heiß auf mich ist wie ich auf ihn (und glauben Sie mir, ich spreche hier von reichlich heiß), hält mich Quinn im Grunde seines Herzens für jemanden, der sich in Sachen einmischt, die ihn nichts angehen. Der seine Nase überall hineinsteckt, sich damit in Schwierigkeiten bringt und ihm und seiner Arbeit somit in die Quere kommt.

Abgesehen davon, daß ich komplett scharf auf ihn bin, finde ich, Quinn ist engstirnig, ein Dickschädel und viel zu rasch mit seinem Urteil bei der Hand. Gut, ich neige also dazu, ihm von Zeit zu Zeit in die Quere zu kommen und er neigt dazu, von Zeit zu Zeit aufzutauchen und mir das Leben zu retten. Das heißt doch aber nicht, daß ich ihm irgendwelche Erklärungen schuldig bin, oder? Schon gar nicht angesichts der Tatsache, daß die einzige Erklärung, die ich liefern könnte, ihm eigentlich nur einen Schluß offenläßt: Ich sei ein Fall für die Klapsmühle.

Nach unserer letzten Begegnung auf der Brücke hatte mir Quinn seine Visitenkarte in die Hand gedrückt, auf der nicht nur seine Dienstnummer stand, sondern auch seine privaten Telefonnummern. Ich sollte ihn anrufen, wenn mir danach war, reinen Tisch zu machen und ihm anzuvertrauen, was in meinem Leben geschah. Ich weiß nicht, wie oft ich seitdem dastand, die Visitenkarte in der einen, das Handy in der anderen Hand. Bestimmt mehr als ein Dutzend Mal.

Aber angerufen habe ich nie.

Verrückt, ich weiß. Aber Quinn wollte Antworten, und Antworten waren genau das, was ich ihm nicht geben konnte.

Blieb noch die Frage, warum er jetzt anrief.

Ich verbannte die Überraschung aus meiner Stimme. „Wenn du geglaubt hast, ich sei nicht hier, warum rufst du dann an?“ fragte ich ihn.

„Autsch – getroffen. Voll erwischt.“ Quinns Lachen klang tief und wohlwollend. „Du spielst doch so gern Detektivin. Los, an die Arbeit! Sag du es mir: Warum rufe ich dich an?“

Ich haßte Spielchen. Wahrscheinlich ging es Quinn ähnlich, er hatte einfach nicht das richtige Temperament für solchen Schwachsinn. Quinn war eher der Typ, der erst schoß und dann Fragen stellte, wenn Sie verstehen, was ich meine. Er redete nicht nur ungern um den heißen Brei herum, er hätte, hätte man ihn danach gefragt, die Existenz heißen Breis überhaupt geleugnet, und wäre er irgendwann gezwungen gewesen zuzugeben, daß heißer Brei manchmal und unter gewissen Umständen doch existieren könnte, dann hätte er sich eher einen Weg direkt hindurch gesucht, als irgendwelche Umwege zu machen.

All diese Überlegungen verschafften mir eine Erkenntnis: Worum es bei diesem Telefonat auch gehen mochte, Quinn fühlte sich nicht wohl damit. Ich stürzte mich auf diesen Hinweis wie der Terrier meiner Tante Sally auf einen Knochen. Quinn fühlte sich nicht wohl bei diesem Telefonat, ihm war unbehaglich zumute? Pech gehabt! Er schuldete mir noch was für all die durchwachten Nächte, in denen ich dagesessen und seine Telefonnummer angestarrt hatte.

„Gut – warum könntest du anrufen?“ Das sollte so klingen, als dächte ich wirklich nach. „Vielleicht weil du festgestellt hast, daß du ohne mich nicht leben kannst? Genau! Du konntest monatelang an nichts anderes denken. Du hast von mir geträumt, hast auf meinen Anruf gewartet. Du bist des Nachts in kaltem Schweiß gebadet aufgewacht und hast dich verzweifelt gefragt, wann denn nun endlich das Telefon klingelt, und heute hast du es einfach nicht mehr ausgehalten.“

Typisch Quinn: Er ließ meine Ausführungen unkommentiert, stritt nichts ab, gab aber auch nichts zu. „Das sagst du doch jetzt bloß, weil es haargenau das ist, was du in den vergangenen Monaten durchgemacht hast“, konterte er.

„Aber ich bin hier nicht diejenige, die zum Hörer gegriffen hat!“

Ich konnte mir vorstellen, wie Quinn jetzt lächelte. Mehr noch: Ich meinte fast, dieses Lächeln durchs Telefon hindurch sehen zu können. Kein glückliches Lächeln, denn das kam bei Quinn nicht vor, das kannte er überhaupt nicht. „Du hast mich kalt erwischt, aber ich werde den Teufel tun und das zugeben“ – so ein Lächeln war das.

Daß er nichts zugeben wollte, daraus konnte ich ihm keinen Vorwurf machen. Ich hätte nämlich in der Richtung auch nichts zugegeben.

„Also ..." Ich stand auf und reckte mich. Sitzen zu bleiben, wenn ich mit Quinn sprach, war so gut wie unmöglich.

Recken allein half aber auch nicht, dazu brauste viel zuviel Strom durch meine Adern. Ich kam mir vor wie auf Drogen. Um ein wenig von dieser Energie abzubauen, drehte ich schnell eine Runde durch mein winziges Büro und nahm mir auch gleich noch das Sekündchen Zeit, das man braucht, um den Hörer vom Ohr zu nehmen und den Knopf für die Anruferkennung zu drücken. Die Anzeige wies einen Privatanruf aus. Quinn rief also nicht vom zentralen Gerichtsgebäude aus an, in dem die Polizeiverwaltung Clevelands untergebracht war und er sein Büro hatte. Er rief von seinem Handy oder von zu Hause aus an. So oder so: Es ging also nicht um etwas Geschäftliches. Der Anruf war privat. Das Kribbeln in meinen Adern nahm zu.

„Du hast an mich gedacht, habe ich recht?" Hoffentlich klang ich sorglos und unbeschwert – er sollte bloß nicht auf die Idee kommen, ich hätte umgekehrt an ihn gedacht.

„Habe ich das behauptet?"

„Brauchst du gar nicht, du hast es bereits bewiesen. Du hast mich angerufen."

„Ich rufe an, weil ..." Er holte tief Luft, wie ein Mann, der sich darauf vorbereitet, am tiefen Ende in den Swimmingpool zu springen. „Ich habe da diesen VI ..."

Er unterbrach sich und wartete. Jetzt sollte ich wohl nachhaken und fragen, was ein VI sei und mich als absoluter Neuling auf dem Gebiet der Privatermittlungen outen. Wie wenig Quinn mich doch kannte! Wenn ich nicht gerade unterwegs war und Übeltäter jagte, saß ich vor dem Fernseher. Ich hatte mein Quantum „Law and Order" und „CSI" intus, hatte mehr als eine Folge mehr als einmal gesehen, und keine einzige dieser vor dem Bildschirm verbrachten Stunden war verschwendete Zeit. Was Polizeijargon betraf, hatte ich einiges gelernt. „Einen vertraulichen Informanten hast du?" sagte ich, als sei das nun wahrlich keine große Sache – insgeheim rechnete ich allerdings fest damit, daß Quinn schwer beeindruckt war. „Beim Morddezernat hat man für einen vertraulichen Informanten aber nicht gerade viel Verwendung. Das ist doch eher was für Bullen bei der Sitte. Oder beim Drogendezernat."

„Nun, ich war früher beim Drogendezernat." Soviel hatte er mir bisher noch nie über seine Vergangenheit anvertraut, worin ich so etwas wie einen kleinen Sieg sah. „Jetzt ist er nicht mehr mein vertraulicher Informant. Er war es mal, aber er ist es nicht mehr. Ab und zu jedoch finde ich den Kontakt zu ihm immer noch ganz praktisch."

„Moment! Ich will sehen, ob ich alles richtig verstanden habe. Dein vertraulicher Informant hat dich angerufen und dir gesagt, du sollst bei mir anrufen?"

„Nein, er hat mir nicht gesagt, daß ich bei dir anrufen soll! Er weiß noch nicht einmal, daß du existierst."

„Dann redest du also im Büro nicht über mich?"

„Er kommt nie ins Büro."

„Warum wollte er dann, daß du mich anrufst?"

„Wollte er doch gar nicht." Als Quinn diesmal tief Luft holte, geschah es aus reiner Verzweiflung. „Er rief an, um mir zu sagen, daß er Eintrittskarten hat. Für ein Baseballspiel. Wie du gewiß weißt, sind die Indians in den Playoffs."

Das war mir neu. Aber ich war auch kein großer Sportfan. Sozusagen gar nicht. Das verschwieg ich wohlweislich, denn in diesem Moment hatte ich mein Aha-Erlebnis. Endlich wußte ich, wo der Hase im Pfeffer lag, was als nächstes kommen würde. Eintrittskarten zu einem wichtigen Baseballspiel und ein Telefonanruf, der praktisch im Zentrum all meiner Gebete gestanden hatte, seit Quinn damals auf der Brücke dem Schurken, der mich hatte ermorden wollen, Handschellen angelegt hatte, um dann zu verschwinden.

Ein Date, ein Date! Nicht mehr lange, und ich kriegte eine Einladung zu einem Date!

Von einem Typen, der noch lebte.

Leicht fiel es mir nicht, aber ich machte einen auf total cool. „Dein Informant besorgt dir Karten? Wie nennt man das? Bestechung? Oder Schmiergeld?“

„Quatsch. Ich habe die Karten bezahlt, und zwar den vollen Preis.“

„Ach so, und jetzt suchst du nach jemanden, der mit dir zu dem Spiel geht.“

Oh – wie war Quinn doch froh, den kniffligen Teil hinter sich zu haben! Den Teil, in dem gefragt werden mußte: Willst du mit mir ausgehen? Das hörte ich seiner Stimme an, in der Erleichterung mitschwang. Was natürlich nicht bedeutete, daß er sich jetzt gleich zu unsterblicher Liebe bekennen würde. Oder auch nur zum bloßen Mögen. „Ein Dutzend Leute bei mir auf der Arbeit hätten sich gefreut, wenn ich sie angerufen hätte, das weißt du genau. Jeder von denen würde gern mit mir zu diesem Spiel gehen. Das ist nämlich inzwischen ausverkauft.“

„Aber von den Leuten hast du keinen angerufen. Du hast mich angerufen.“

„Ich dachte ...“

„Was dachtest du? Daß ich mich für Sport interessiere?“ Mein Lachen sprach Bände – ich und Sport, das war schon eine ziemlich gewagte Kombination.

„Du mußt mich nicht immer gleich für blöd halten! Ich weiß, daß du kein Sportfan bist. Aber das bedeutet nicht, daß es nicht schön würde. Ich dachte an ein Abendessen in der Stadt vor dem Spiel und hinterher einen Schluck im Warehouse District. Wie steht's – kann ich dir damit das Angebot versüßen?“

„Kannst du!“

„Dann kommst du mit?“

Bis zu diesem Punkt war die Sache eigentlich ziemlich gut gelaufen. Aber dann mußte ich natürlich alles verpatzen, indem ich die entscheidende Frage stellte. „Wann denn?“

„Heute abend.“ Ich schluckte laut und vernehmlich, was Quinn aber nicht hören konnte, da er einfach weitersprach. „Ich weiß, das ist etwas kurzfristig, der Anruf wegen der Karten kam eben erst. Aber da du immer noch im Büro hockst, kann ich wohl davon ausgehen, daß du für heute abend noch nichts anderes vorhast. Ich kann dich im Büro abholen und …"

„Heute abend kann ich nicht."

Am anderen Ende der Leitung herrschte eine Nanosekunde lang Schweigen, gefolgt von einem vorsichtigen: „Du willst mich schon wieder verarschen."

„Nein. Wirklich nicht. Ich kann nicht mitkommen. Nicht heute abend."

„Weil …"

Ich erwog, ihm die Wahrheit zu sagen. Ungefähr anderthalb Sekunden lang. „Ich bin verabredet", sagte ich.

Was natürlich nicht die ganze und auch nicht nichts als die Wahrheit war, aber doch eine Version derselben, und Quinn hätte jetzt wenigstens etwas sagen können. Um zu zeigen, daß er meine Offenheit zu schätzen wußte.

„Was?" Meine Stimme klang ein wenig scharf, als sie die Stille durchschnitt. Wer wollte mir meine defensive Haltung verdenken? Ich hatte dem Mann gerade die Wahrheit gesagt – irgendwie –, und nun durfte ich doch wohl erwarten, daß er sie mit Fassung trug. „Glaubst du etwa, ich hätte nie Dates?"

„Ich glaube nicht, daß du heute abend ein Date hast. Denn dann wärst du nicht immer noch im Büro."

„Vielleicht warte ich im Büro auf mein Date."

„Du wartest auf dem Friedhof? Nein, sag mir nichts, laß mich raten. Dein Date ist tot."

Er hielt sich wohl für witzig. Oder sarkastisch. Er konnte unmöglich ahnen, wie nahe er der Wahrheit gekommen war. Sie können mich jetzt meinetwegen für eine Masochistin halten, die sich gern strafen läßt: Ich beschloß, Quinn reinen Wein einzuschenken. Er wollte über meinen Nebenjob als Privatermittlerin Bescheid wissen? Bitte, das konnte er haben.

„Um ehrlich zu sein: ja", sagte ich. „Er ist tot, und da ich leider nicht weiß, wie ich Kontakt zu ihm aufnehmen kann, muß ich hier warten, bis er sich blicken läßt. Also muß ich leider auf das

Spiel verzichten. Aber wenn das Angebot auf einen Schluck im Warehouse District noch gilt ..."

Wie ich in den Hörer schnurrte – jeder Typ mit einem Funken Selbstachtung wäre da doch schwach geworden. Quinn jedoch kam scheinbar ohne Selbstachtung aus. „Ich bin nicht auf der Suche nach einem Teilzeitdate", erklärte er. „Oder nach hanebüchenen Ausreden. Wenn du heute abend schon eine andere Verabredung hast, dann muß ich das akzeptieren. Das kann ich auch. Du mußt nicht versuchen, mir mit irgendwelchen albernen Geschichten um den Bart zu gehen, das ist nicht notwendig."

„Vielleicht sind die Geschichten ja gar nicht so albern."

„Egal."

Quinn war bereit gewesen, über seinen Schatten zu springen und mich anzurufen – da schuldete ich es ihm, ihm auf halbem Weg entgegenzukommen. „Wie wäre es mit ein andermal?" schlug ich vor.

„Ich dachte, dies wäre schon dies andere Mal."

„Hätte es sein können, wenn du mir Zeit gegeben hättest, mir Zeit zu nehmen."

„Auch egal."

„Das sagtest du bereits."

„Du hast mich vom Thema abgebracht."

„Können wir es ein andermal machen?"

„Klar." Ehe mein Ego und all diese munteren Hormone jubilieren konnten, fügte er hinzu: „Aber dann mußt du schon bei mir anrufen."

„Aber ..."

„Ich lösche deine Nummer aus meinem Handy."

„Aber ..."

„Ich nehme deine Karte aus dem Rolodex im Büro."

„Aber ..."

„Auf Wiedersehen, Pepper."

„Auf Wiedersehen", sagte ich ganz automatisch brav. Da plärrte mir aber schon das Freizeichen ins Ohr.

Okay. Das war das. Einen lebendigen Typen hatte ich an diesem Abend schon geschafft, ein Toter stand mir noch bevor. Konnte mein Liebesleben noch mehr den Bach runtergehen?

Es gab nur eine Möglichkeit, es herauszufinden.

Ich warf einen Blick auf die Uhr, nahm meinen Pullover und ging hinaus auf den stockfinsteren Friedhof, um nach meinem Date zu suchen.

KAPITEL 4

Ich hatte unlängst mein sechsmonatiges Jubiläum als Mitarbeiterin des Garden-View-Friedhofs begehen können. Von allein hätte ich das nicht bemerkt und erst recht nicht gefeiert, aber Ella war und blieb nun einmal Ella, und weil das so ist, machte sie eine große Sache daraus. Sie lud mich zum Mittagessen ein und nutzte die Gelegenheit zu einer kurzen Bewertung meiner Arbeit. Vor mir läge zwar noch ein langer Weg, bis ich das Friedhofsgeschäft in all seinen Feinheiten aus dem Effeff beherrschte, führte sie aus, aber ich hätte in der kurzen Zeit schon gewaltige Forschritte gemacht. Laut Ella eignete ich mir jeden Tag mehr Wissen über die Geschichte unseres Friedhofs und der hier beerdigten Menschen an. Besonders erwähnte sie die Tatsache, daß ich bereits zwei Rundgänge eigenständig erarbeitet und sämtliche dafür nötigen Recherchen allein bewältigt hatte. Auch meine Beiträge für den Friedhofsrundbrief lobte sie, und zum Schluß bescheinigte mir Ella noch, eine gute Teamplayerin zu sein. Sie schaffte es sogar, die häßliche Episode aus dem letzten Sommer zur Sprache zu bringen: Damals hatte man mich von meinem Job als Friedhofsfremdenführerin beurlaubt, und ich war trotzdem bereit gewesen, Ella einen großen und, wie sich bald schon herausstellen sollte, ziemlich gefährlichen Gefallen zu erweisen.

Ich lernte schnell, gut und viel, faßte Ella noch einmal zusammen, und obwohl mich das alles lange nicht so sehr begeisterte wie sie, konnte ich ihr in diesem Punkt wirklich nicht widersprechen.

Eins der Dinge, die ich in den vergangenen Monaten gelernt hatte, war, daß ich mich nach Dunkelwerden nicht gern allein auf dem Friedhof aufhielt. Dabei bin ich kein Angsthase, das dürfen Sie nicht falsch verstehen. Mich stört nicht so sehr die Dunkelheit wie das Alleinsein. Das verdanke ich meiner Gabe. Schließlich wußte ich besser als irgend jemand sonst, daß Alleinsein manchmal noch lange nicht bedeutet, daß außer einem selbst wirklich niemand da ist.

Das alles ging mir durch den Kopf, während hinter mir die Tür am Haupteingang des Verwaltungsgebäudes mit einem leichten Zischen zuschlug. Automatisch glitt mein Blick über den Parkplatz und das lange, still daliegende Stück Friedhof dahinter, von dem ich im Licht der Nachtleuchten nur einen Teil erkennen konnte. Ich wollte sicher sein, daß dort niemand auf mich wartete. Ein Geist war mehr als genug, und ich hatte schon Damon, um den ich mich kümmern mußte. Ich wollte nicht, daß mir irgendeine andere Erscheinung auflauerte, um meine Dienste in Anspruch zu nehmen.

Soweit war alles ruhig, und mit einem Seufzer der Erleichterung kletterte ich in meinen Mustang und verriegelte die Tür, obwohl ich damit außer mir selbst wohl niemandem etwas vormachen konnte. Ich wußte aus schmerzlicher Erfahrung, daß Geister, wenn sie wollten, jedes Schloß und jeden Riegel ignorieren und problemlos in meinem Auto auftauchen konnten, ob ich nun die Knöpfe herunterdrückte oder nicht. Aber irgendwie ist was dran an dem Spruch von der Hoffnung, die als letztes stirbt. Den hat bestimmt jemand geprägt, der mit aufdringlichen Spukgestalten zu tun hatte.

Straßenlaternen kennen wir auf dem Garden-View-Friedhof nicht, und die Straßen, die durch unser Gelände führen, sind so pittoresk wie alles andere hier auch. Sie gleiten über Steinbrücken und schlängeln sich durch kleine Haine, alles sehr malerisch. Die Straße, auf der ich fuhr, wand sich durch den neueren Teil des Friedhofs. Ich folgte ihr eine Weile, ehe ich abbiegen mußte, denn mein Ziel war nicht das Haupttor im älteren Friedhofsteil, wo die Berühmten und Reichen unserer Stadt mit großem Pomp begraben wurden, um dann in ausladenden Mausoleen zu ruhen. Ich war auf dem Weg hinunter in das Tal, das an einen kleinen Abschnitt von Garden-View angrenzt.

„Bizarr." Das Wort kam mir unversehens über die Lippen, während ich, beide Hände am Steuer, den Mustang vorsichtig durch eine Haarnadelkurve lenkte, denn die Straße war hier besonders eng und führte relativ steil bergab. Am Fuß des Hügels öffnete sich das angrenzende Tal zu einem Feld hin, auf dem die Leute aus der Umgebung ihre Hunde Gassi führten. Rechts von mir sah ich eine Reihe von Gräbern, die in den Hügel eingelassen worden waren. Einst, vor langer, langer Zeit, waren sie die reinsten Schmuckstückchen gewesen, aber mittlerweile war dort schon seit Jahren niemand mehr begraben worden, und die Familien, die sich hier früher hingebungsvoll um ihre lieben Verstorbenen und deren Ruhestätten gekümmert hatten, waren inzwischen selbst zu lieben Verstorbenen geworden. Der Gärtnertrupp von Garden View kümmerte sich nach Kräften um diese Gräber, aber, wie Ella begeistert klargemacht hatte: Ich hatte in den letzten sechs Monaten viel gelernt. Unter anderem wußte ich jetzt, daß auf jedem Friedhof ein gewisses Maß an natürlichem Verfall stattfindet – das sollte jetzt keine schräge Anspielung sein! – und daß man Vandalismus nie völlig wird abstellen können, ganz gleich, wie sehr man es versucht und was man in dieser Hinsicht unternimmt. Wie dem auch sei: Die Gräber, an denen ich vorbeikam, hatten schon bessere Zeiten gesehen. Sowohl die Stufen, die zu ihnen hinaufführten, als auch die Säulen, die sie zierten, wiesen Risse auf und waren vielfach geflickt. Die Buntglasfenster fehlten oder waren zerbrochen. Man hatte Zement in die so entstandenen klaffenden Löcher gefüllt, und in der Dämmerung beobachteten mich diese Quadrate aus hellerem Material wie starre, weit aufgerissene Augen.

„Bizarr!" Ich befahl meiner hyperaktiven Phantasie zu schweigen und kroch vorsichtig immer weiter, auf dem Beifahrersitz die Karte, die ich mir im Büro ausgedruckt und auf der ich mir den

Weg zu Damons Grab markiert hatte. Im Tal war es dunkel und viel zu ruhig. Genau deswegen hatte man Damon dort begraben, hatte ich irgendwo gelesen. Fernab der Geschäftigkeit und der Menschenmassen auf dem stärker frequentierten Teil des Friedhofs. Laut den Unterlagen in unserem Archiv hatte Damons Manager und Agent die Beerdigung arrangiert und war der Meinung gewesen, ein schwer zu lokalisierendes Grab sei der beste Garant gegen Scharen pilgernder Fans.

Theoretisch kein schlechter Plan. Aber der Agent hätte wissen müssen, wie schwer es ist, wilde, verrückte Rockfans zu bändigen. Als ich mich dem Grab näherte, mußte ich erkennen, daß sich eine Menschenmenge darum versammelt hatte. Allerdings waren das keine unverwüstlichen Fans, auch das war schnell klar. Die Leute hier hatten Taschenlampen, Kameras und Geigerzähler dabei.

Geisterjäger. Sie hatten wieder einmal nichts als ihre Instrumente im Kopf, und ich mußte laut mit meiner Autotür klappern, ehe sie überhaupt von meiner Anwesenheit Notiz nahmen.

„Der Friedhof ist geschlossen." Seltsam körperlos hallte meine Stimme durchs Tal. „Sie dürfen sich hier nicht mehr aufhalten."

„Das sagen Sie doch bloß, damit Sie selbst in Ruhe auf Geisterjagd gehen können. Sie wollen allein die Lorbeeren einheimsen." Ein Typ, der allem Anschein nach der Chef der fröhlichen Truppe war, kam mit ausgestreckter Hand auf mich zu. „Brian!" stellte er sich vor. „Das hier sind John, Theo, Angela und Stan." Die anderen Geisterjäger hatten kaum einen flüchtigen Blick für mich übrig, was ich ganz in Ordnung fand, interessierten sie mich doch ebenfalls nicht. Trotzdem winkte ich ihnen freundlich zu. „Sie wollen wohl auch Ermittlungen anstellen?" erkundigte sich Brian.

„Ich arbeite hier!" teilte ich dem Mann mit. „Mit Ermittlungen habe ich nichts am Hut."

Wenn es mir nicht gelang, die Geisterjäger loszuwerden, stimmte das sogar. Unmöglich, mich mit Damon zu unterhalten, solange sie sich hier in der Gegend herumtrieben. „Ich habe länger gearbeitet und wollte den Hinterausgang nehmen." Eine vage Handbewegung in eine unbestimmte Richtung sollte Brian denken lassen, ich sei nur zufällig auf dem Heimweg hier vorbeigekommen. „Was haben Sie denn hier vor?"

„Wir suchen natürlich nach Damon Curtis." Die Antwort kam von Stan, der einen gelben Geigerzähler auf mich richtete und eine Messung vornahm. Der Zähler war nett zu mir, wofür ich ihm dankbar war: Er piepte weder, noch summte er. So verlor Stan schnell das Interesse, ließ von mir ab und schritt statt dessen im Kreis um den schlichten Grabstein herum, den ich im Schein von Theos Taschenlampe als den von mir gesuchten erkannte.

„Damon Michael Curtis" stand darauf. Keine Daten und nichts über Mind at Large, Platinalben, Welttourneen und Millionen kreischender Fans. Hinter dem Stein mit dem Namen markierte ein weiterer, flach liegender Stein das Grab selbst. Er war ungefähr so groß wie ein Doppelbett, und im Laufe der Jahre hatten ihn Fans, die unternehmungslustig genug gewesen waren, die Pilgerreise bis hierher zu unternehmen, in einen Schrein verwandelt. Aus farbenfrohen Glasbechern zwinkerten mir Kerzen zu, deren Licht sich in einer Flasche Johnny Walker Black und in einem guten Dutzend CDs von Mind at Large spiegelte und auch einen Styroporbecher mit der Aufschrift „City Roast" sowie eine Bong beleuchtete.

„Ich arbeite schon seit einer halben Ewigkeit hier", sagte ich zu Brian. „Aber daß Damon Curtis hier spuken soll, habe ich noch nie gehört."

„Er muß hier spuken!" Angela hatte unsere Unterhaltung mitbekommen und eilte zu uns herüber. „Ein junger Rockstar – ein tragischer Tod." Sie preßte ihre Digitalkamera an die Brust. „Der Stoff, aus dem große Heimsuchungen gemacht sind."

„Gut möglich, aber ..."

„Wollen Sie wirklich behaupten, daß nie jemand etwas über Curtis hat verlauten lassen? Absolut niemand?"

Die Frage kam von Brian, also wandte ich mich wieder ihm zu. Er trug eine dieser Westen mit ungefähr hundert kleinen Taschen, die ich bisher nur bei Anglern gesehen hatte, und war gerade dabei, diese abzutasten. Erst zog er aus der einen ein Notizbuch, steckte es wieder ein, fand einen Kugelschreiber und steckte auch den wieder ein – bis er gefunden hatte, was er suchte: zwei AA-Batterien. Er reichte sie an John weiter, der neben ihm stand, in der Hand einen Kassettenrekorder, dem offenbar der Saft ausgegangen war.

„Kassettenrekorder?" fragte ich laut und ungläubig, denn der Anblick dieses Gerätes ließ mich nun doch stutzig werden. John trug meine Skepsis mit Fassung; wahrscheinlich war er als Geisterjäger an so etwas gewöhnt und reagierte nicht immer gleich beleidigt.

„Für das ESP", erklärte er, während er die alten Batterien aus dem Rekorder entfernte und die neuen hineinschob. „Das elektronische Stimmphänomen. Manchmal kann man die Geister nicht sehen, und auch keins der anderen Instrumente zeichnet irgendwelche Hinweise auf, aber wenn man mit ihnen redet, dann antworten sie. Wobei man sie während der Unterhaltung nicht hören kann, sondern erst später, wenn man die Aufnahme abspielt. Ich kann Ihnen sagen, das ist ziemlich heftig! Wir haben ein paar irre Sachen aufgezeichnet."

Noch ein paar Monate zuvor wären solche Aussagen bei mir zum einen Ohr rein- und zum anderen gleich wieder rausgegangen, ohne daß ich mir darüber den Kopf zerbrochen hätte. Wie die meisten Leute mit gesundem Menschenverstand hielt ich Geisterjäger für arme Irre. Arme Irre mit Hingabe an die Sache, das schon, und einige von ihnen gingen sogar regelrecht wissenschaftlich vor. Aber ich hatte bei meiner Arbeit auf dem Garden-View-Friedhof inzwischen genügend von diesen Leuten zu Gesicht bekommen und wußte, es ging den meisten von ihnen eigentlich nur um ihre Ausrüstung. Kraß gesagt waren sie allesamt Techno-Junkies.

Wie gesagt: Noch ein paar Monate zuvor waren diese Geisterjäger und ihr Treiben mir herzlich gleichgültig gewesen. Das hatte sogar dann noch gegolten, als ich mich bereits mit der realen

Existenz von Geistern hatte abfinden müssen. Gut, sie waren da, hatte ich gedacht – aber konnte man sie mit Hilfe von Apparaten aufspüren, die im Dunkeln knistern und piepen? Wohl kaum!

Davon war ich ziemlich überzeugt gewesen.

Bis mir anläßlich einer Party Dan Callahan aufgelauert hatte.

An dieser Stelle muß ich wohl etwas ausführlicher werden. Dan ist Hirnforscher. Besser gesagt: Ich hatte den Mann ursprünglich für einen Hirnforscher gehalten. Ich hatte ihn im Krankenhaus kennengelernt, nachdem ich gestürzt war und mir den Kopf auf einer Treppenstufe von Gus Scarpettis Mausoleum angeschlagen hatte. Dan hatte die Scans meines Hirns etwas seltsam gefunden und sich meinen Kopf von daher gern ein wenig genauer ansehen wollen. Ich hatte ihn für einen dieser langweiligen Intellektuellen gehalten, die im wesentlichen aus Hirn bestehen und auch nichts anderes im Kopf haben – bis zu dem schicksalhaften Tag, an dem er mir das Leben rettete. Danach hatte er angefangen, mich zu verfolgen. Wobei ich ihn allerdings nie richtig erwischt hatte, weswegen ich ihn auch nicht fragen konnte, was er eigentlich im Schilde führte – bis zu der oben erwähnten Party.

Bei der Dan wie aus dem Nichts aufgetaucht war und mir ein Foto unter die Nase gehalten hatte. Es zeigte mich neben zwei ziemlich nebelhaften weißen Flecken.

Neben zwei Geistern.

Ich hatte gewußt, daß die beiden Nebelflecken Geister waren, aber Dan hätte das eigentlich nicht wissen dürfen. Er hatte auch nicht offen zugegeben, daß er es wußte, aber das war im Laufe unserer Unterhaltung ziemlich klar geworden.

Reichlich verwirrend, das Ganze, finden Sie nicht auch? Ich hatte nicht einmal geahnt, daß es Kameras gab, mit denen man solche Bilder aufnehmen konnte. Dan hatte mir noch einen rätselhaften Rat mit auf den Weg gegeben, als er mich damals auf der Party wieder verließ: Ich hätte mich auf Kräfte eingelassen, die ich unmöglich verstehen könnte, und das sei gefährlich. Wenn ich schlau sei, würde ich die Finger von solchen Sachen lassen.

Dann hatte er noch gesagt, weitere Warnungen würde es nicht geben.

Gut, zurück zur Szene auf dem Friedhof, wo mir gerade ein Schauer den Rücken hinaufkroch. Das war auch gut so, denn die Kälte zwang meinen Kopf zum Umdenken. Statt mich weiterhin zu fragen, was Dan dieser Tage wohl treiben mochte, konzentrierte ich mich wieder auf die Dinge, um die es hier gerade ging.

Um Geisterjäger.

Die man mit ihren technischen Geräten durchaus ernst nehmen mußte – siehe das Foto, das Dan mir auf der Party gezeigt hatte. Die, wenn alles schiefging, heute den großen Coup landeten, indem sie Hinweise auf einen gewissen geisterhaften Klienten von mir einfingen.

John und sein Kassettenrekorder befanden sich bereits wieder auf dem Weg zu Damons Grab, also wandte ich mich an Brian. „Aber noch haben Sie hier doch nichts aufgenommen?“ fragte ich. „Sie haben nichts gesehen und auch keine von diesen ESO ...“

„ESP“, korrigierte er. „Leider haben Sie recht. Bislang konnten wir hier an Curtis' Grab noch nichts aufnehmen. Noch nicht – möchte ich betonen! Deshalb versuchen wir es ja auch immer wieder. Wenn wir die ersten sind, die einen Hinweis auf seinen Geist registrieren und technisch festhalten können, dann sind wir berühmt. Dann kommen wir noch auf die Titelseite vom ‚Rolling Stone‘.“

Gott sei Dank war es so dunkel, daß Brian nicht sehen konnte, wie ich mich kurz nach etwas Holz umsah, auf das ich jetzt gern geklopft hätte, ehe ich im Brustton der Überzeugung verkündete, es habe nie auch nur den geringsten Hinweis auf die Anwesenheit von Damon Curtis gegeben. Hastig fügte ich hinzu: „Jedenfalls nicht hier an seinem Grab.“

Ich bezog mich natürlich auf die Tatsache, daß man Damon zwar nicht hier auf dem Garden-View-Friedhof gesehen hatte, dafür jedoch eindeutig woanders, in der Rock Hall nämlich. Wo ich ihn persönlich getroffen hatte. Ich hatte die Geisterjäger mit dieser Bemerkung nicht bewußt ablenken wollen, aber wie es sich herausstellte, wirkte sie Wunder. Die Jäger spitzten wie ein Mann die Ohren, und ehe ich mich versah, fand ich mich als Mittelpunkt eines Kreises höchst interessierter Personen wieder, die darauf warteten, daß ich weitersprach. Wodurch ich jetzt allerdings doch in eine leichte Bredouille geriet. Was sollte ich den Leuten bloß sagen?

Die Wahrheit: Ich konnte darauf beharren, daß Damon meines Wissen nie auf dem Friedhof aufgetaucht war. Allerdings hatte ich es damit schon versucht, ohne daß man mir geglaubt hätte.

Was, wenn ich die Rock Hall erwähnte? Das wollte ich nur ungern tun, fürchtete ich doch, sie würden mir dann zu viele Fragen stellen und vor allem genau wissen wollen, wie es dazu kam, daß ich von Damons Anwesenheit dort wußte, und vor allem fand ich, es sei kein feiner Zug von mir, wenn ich den netten Leuten in der Rock Hall eine Bande Geisterjäger auf den Hals hetzte.

Aber vor allem mußte ich diese Verrückten loswerden, wenn ich mich mit Damon treffen wollte, ohne daß sie Wind davon bekamen.

Fieberhaft kramte ich in meinem Hirn nach einem Plan.

„Okay – Präsident Garfields Denkmal!“ platzte ich heraus. Das klang zwar selbst in meinen eigenen Ohren ziemlich weit hergeholt, aber anscheinend sind Geisterjäger per Definition aufgeschlossene Leute, die sich mit allen möglichen Vorstellungen anfreunden können. Statt mir mitzuteilen, ich erzähle Unsinn, beugten sie sich interessiert näher heran. Hastig schmückte ich meine Geschichte aus. „Gut – ich erzähle mal in groben Umrissen, was ich weiß“, sagte ich. „Soweit ich gehört habe, treibt sich Damon drüben beim Denkmal rum, um den Präsidenten zu nerven. Sie wissen doch, wie diese alten Hippies drauf waren: immer gegen das Establishment und so.“ Ich warf einen Blick über die Schulter, wo oben auf dem Hügel ein riesiges Denkmal den Hauptteil des Friedhofs und die umliegende Landschaft beherrschte. „Ich kam da vorhin vorbei“, fuhr ich fort. „Da treibt sich noch eine zweite Gruppe Geisterjäger herum. Es würde mich nicht wundern, wenn

Damons Geist denen schon über den Weg gelaufen wäre. Scheint mir eine gute Nacht dafür, oder?"

Das sahen Brian und die anderen offenbar auch so. Hektisch suchten sie ihre Ausrüstung zusammen und sprangen in den Geländewagen, der in der Nähe stand, und dann waren sie auch schon verschwunden, noch ehe ich *elektronisches Stimmphänomen* hätte sagen können.

Ich stand allein auf weiter Flur, im Dunkeln, und wartete auf einen Geist.

Es war Anfang Oktober und ziemlich kühl. Ich schlang die Arme um mich.

„Damon!" zischte ich, und meine Stimme hallte klein und verängstigt durch die Finsternis. „He, ich bin die Geisterjäger los. Du kannst rauskommen." Niemand antwortete. Ich sah mich um. „Damon? Bist du hier?"

„Ist irgendwer von uns irgendwo? Oder haben wir uns verirrt, Amöben, die sich gegen den Strom der Zeit und der Veränderung wehren? Verflucht. Von Verzweiflung getrieben. Hohl, ohne Moral, bluttriefend."

Ich erkannte den Text eines Liedes von Mind at Large. Die Stimme kannte ich auch. Ich hätte nur nicht sagen können, woher sie kam.

Weder in der Nähe des Grabes noch auf dem Feld hinter mir war von Damon irgendeine Spur zu entdecken. Ich starrte in die Finsternis, die sich hinter den flackernden Kerzen ausbreitete. „Komm schon, Damon! Ich habe einen harten Tag hinter mir, ich habe keine Lust mehr auf Spielchen."

„Zu spät für Liebesmüh. Wer will jetzt noch Zebras in mondfinstere Wesen verwandeln? Zu spät, zu lange schon, Druck, Sünde, keine Reue, kein Bedauern über den Tod."

„Ja, ja, den Song erkenne ich auch wieder." Damon sollte ruhig mitbekommen, wie satt ich das alles hatte. „Komm schon, Mann, wir haben viel vor." Ein kalter Schauer kroch mir den Rücken hinunter. „Es wird mir auch langsam zu kalt hier."

„Ich könnte dich wärmen. Du könntest meinen Leib wieder heiß werden lassen."

Das war kein Liedtext. Jedenfalls keiner, den ich kannte. Ich fuhr herum, dorthin, von wo die Stimme an mein Ohr gedrungen war. Welch große Überraschung: Damon war nirgends. Jedenfalls sah ich ihn nicht.

„Komm schon, wir müssen das alles doch nicht noch mal aufführen!" stöhnte ich. Ich fand es leichter, mich auf meine Verärgerung zu konzentrieren, als mir einzugestehen, was die Stimme an meinem Ohr meiner Libido antat. „Ich dachte, das hätten wir heute nachmittag abgehakt. Ich bin aufgetaucht, du hast dich geziert, ich habe dir gesagt, daß ich für solchen Scheiß nicht viel übrig habe, und jetzt ziehst du die Nummer glatt noch mal ab! Ich habe vorhin eine echte, ernsthafte Verabredung mit einem echten, lebendigen Typen sausen lassen, um mich mit dir treffen zu können. Von daher kann ich dir sagen: Wenn du mich hier verarschen willst, dann werde ich stocksauer. Das meine ich ernst, Damon, wenn du deinen Geisterarsch nicht herschaffst, bis ich bis drei gezählt habe, siehst du mich nur noch von hinten. Also? Eins ... zwei ..."

Aus dem Augenwinkel nahm ich in etwa sechs Metern Entfernung einen weißen Schimmer wahr, aber als ich mich dorthin umwandte, sah ich nur Düsternis. Oder? Nein, da war er wieder. Wie Mondlicht, das auf einen Bürgersteig fällt – und Damon tauchte auf. In hautenger Lederhose und weißem Hemd mit weiten Ärmeln, das bis zum Bauchnabel aufgeknöpft war. Seine bloße Brust sah aus wie aus Marmor gemeißelt.

„Das wurde aber auch Zeit!" knurrte ich, was mir als Begrüßung weniger indiskret vorkam als ein kräftiges „Hipp, Hipp, Hurra!"

„Komm hier rüber, ich will nicht so schreien müssen. In der Dunkelheit tragen die Stimmen total weit, und ich möchte die Geisterjäger nicht auf falsche Gedanken bringen. Hinterher glauben die noch, hier geht wirklich was ab."

Damon rührte sich nicht vom Fleck.

Seufzend marschierte ich zu ihm hinüber. „Komm schon, da drüben können wir uns hinsetzen!“ Damit meinte ich seine flache Grabplatte, aber irgendwie hatte Damon das wohl nicht richtig verstanden. Jedenfalls rührte er sich immer noch nicht, als ich in die entsprechende Richtung sah.

Als ich näher an ihn heranrückte, mußte ich dazu noch feststellen, daß er nichts richtig ansah. Seine Augen wirkten leer, sein Blick war glasig. Er starrte stumpf geradeaus in die Dunkelheit.

„Hallo!“ Ich wedelte ihm mit der Hand vorm Gesicht herum. „Erde an Damon? Ist wer zu Hause?“

Als Damon endlich reagierte, klang seine Stimme so leer, wie es vorher sein Blick gewesen war. „Einen Joint hast du wohl nicht dabei, was?“

Hätte er sich die Mühe gemacht, zu mir herzusehen, dann wäre ihm gewiß nicht entgangen, daß mein Lächeln leicht gequält wirkte. „Selbst wenn ich einen hätte: Rauchen könntest du den doch nicht. Du bist tot, schon vergessen?“

Damon zuckte zusammen, als hätte ich ihm eine Ohrfeige verpaßt. „Natürlich habe ich das nicht vergessen“, meinte er. „Gehen wir. Wir reden in deinem Büro.“

„Ich habe keine Lust, den ganzen Weg zum Büro zurückzufahren. Komm.“ Ich ging auf sein Grab zu. „Ich wette, der große Stein ist noch warm von der Nachmittagssonne. Da können wir uns hinsetzen.“

„Oder auch nicht.“

Auf halbem Weg zum Grab blieb ich stehen und drehte mich um. Damon hatte sich keinen Millimeter vom Fleck bewegt.

Woraufhin es mir endlich wie Schuppen von den Augen fiel.

„Warst du etwa noch nie hier?“ fragte ich erstaunt. „Du hast dein eigenes Grab noch nie gesehen? Deswegen scheust du dich so, näher heranzugehen. Du hast noch nie ...“

„Ich ...“ Ein wenig hilflos zog Damon die Schultern hoch und ließ sie gleich wieder sinken. „Ich habe nie ...“ Er wandte den Blick ab, und als er mich wieder ansah, lag ein seltsames Glitzern in seinen Augen. Als solle ich bloß wagen, seine Behauptung in

Zweifel zu ziehen. „Meine Sachen sind in der Rock Hall“, sagte er mit fester Stimme. „Ich bin bei meinen Sachen geblieben.“

„Klar, deine Sachen sind in der Rock Hall. Aber dein Körper ist hier begraben.“ Ich lauschte meinen eigenen Worten, und mir kam eine Erkenntnis. „Du weißt aber schon, daß du tot bist?“ fragte ich vorsichtig.

„Klar.“ Damons Stimme klang wie ein Knurren. „Das habe ich die ganzen Jahre über gewußt. Es ist bloß so ...“

„Daß es ein Unterschied ist, ob man es vom Kopf her weiß oder es sich richtig mit dem ganzen Sein eingesteht?“

Damons Schweigen sprach Bände – ich hatte den Nagel auf den Kopf getroffen. Meine Wut schmolz dahin wie Butter an der Sonne und wich einem anderen Gefühl, das ich nicht sofort genau benennen konnte, das mir aber einen leichten Schlag in die Magengrube versetzte.

„Komm!“ Ich ging zurück und trat neben Damon. „Du brauchst dir das Grab nicht allein anzuschauen. Ich bin bei dir.“

Damon holte tief Luft, atmete langsam wieder aus, und genauso langsam gingen wir auf den Grabstein zu, auf dem sein Name stand. Ohne die Taschenlampen der Geisterjäger konnte man hier inzwischen so gut wie nichts mehr sehen, weswegen ich mir eine der Kerzen vom improvisierten Schrein holte, um sie vor die in den Granit gemeißelten Buchstaben zu halten.

„Damon Michael Curtis.“ Dem Licht der Flamme folgend zog Damon die Buchstaben mit dem Zeigefinger nach, während er die Worte ablas. „Das macht es dann ja wohl offiziell.“

Ja, so konnte man das sehen. Damon hatte zwar mehr als dreißig Jahre lang Zeit gehabt, sich mit seinem Tod abzufinden, aber ich ließ ihm jetzt gern noch ein paar Minuten.

Ich setzte mich neben die Kerzen und anderen Devotionalien auf den flachen Stein und sah ihm dabei zu, wie er den Anblick seines Grabsteins verdaute. „Es war ein gutes Leben“, sagte er nach einer Weile. „Ich hatte eine verdammt schöne Zeit.“

„Ja – und jetzt?“

Als er mich ansah, flackerte das Licht der Kerzenflamme in seinen Augen und ließ sie glitzern. Wie ungeheuer lebendig er aussah! Aber er war nicht lebendig, und als er sich nun zu mir setzte, befahl ich mir streng, das nur nicht zu vergessen.

„Mein Leben war ein einziges großes Happening", sagte Damon. „Es war total geil, auf der Bühne zu stehen, der absolute Kick. Das Bewußtsein zu erweitern war toll ... und erst die Frauen!" Ganz in die Erinnerung versunken legte er den Kopf in den Nacken, ein breites Grinsen im Gesicht. „Das Leben war ein wunderbarer Trip. Aber jetzt ..." Das Grinsen verschwand. „Ich langweile mich. Ich langweile mich jetzt schon mehr als dreißig Jahre."

Ich hätte mit irgendeinem Klugscheißerspruch über Sex und Drugs und Rock' n' Roll kontern können, aber die ruhige Verzweiflung in Damons Gesicht hieß mich schweigen.

Sie half mir auch bei der Entscheidung, seinen Fall doch zu übernehmen.

„Dann sollten wir lieber was dagegen unternehmen", sagte ich munterer, als mir zumute war, „und nach dem, was du mir heute nachmittag erzählt hast, sollten wir bei diesem Vinnie anfangen."

„Ja. Bei Vinnie Pal. Wenn wir ihn daran hindern können, meinen Geist weiterhin auf dieser Ebene festzuhalten, dann kann ich auf die andere Seite hinüberwechseln."

Rein von der Theorie her klang das sehr logisch, das mußte ich zugeben. Beim genaueren Hinsehen jedoch zeigten sich schnell Lücken in Damons Logik.

Ich beschloß, vorsichtig vorzugehen. „Versteh mich bitte nicht falsch", sagte ich, „es ist echt nicht so, als würde ich dir nicht glauben. Aber andererseits kann ich mir nicht vorstellen, daß dieser Vinnie nur nach dir zu rufen braucht, und schon kommst du angerauscht, egal, wo er ist. Wenn das so einfach wäre, würde es doch jeder machen. Leute würden ihre Liebsten in der Nähe behalten, und bestimmt hätte schon jemand herausgefunden, wie man berühmte Ärzte und Wissenschaftler nach ihrem Tod am Gehen hindert, damit sie weiterhin die tollen Sachen machen, die sie zu Lebzeiten gemacht haben. Scheiße, meine Mutter hätte ihre Putzfrau bestimmt noch Jahre nach deren Tod nicht hergegeben! Mom sagte immer, niemand konnte ein Bad so gut putzen wie Louise."

„Aber wenn du allen möglichen Leuten erzähltest, sie könnten dasselbe tun wie Vinnie, die Kraft herbeirufen und irgend jemanden channeln. Glaubst du, das würde dir jemand abnehmen?"

Ich dachte nach. „Wahrscheinlich würden sie sagen, ich gäbe Schwachsinn von mir. Sie würden denken, ich sei durchgeknallt. So wie sie einen für durchgeknallt halten, wenn man sagt, daß man an ..."

„Geister glaubt?"

Ich hatte es mittlerweile geschafft, mich mit meiner Gabe abzufinden, sie zu akzeptieren. Auch wenn ich mich nicht hundert Prozent wohl damit fühlte. Aber das war nicht immer so gewesen. „Anfangs habe ich gedacht, ich sei verrückt", gestand ich Damon.

„Anfangs? Als du das erste Mal jemanden von uns getroffen hast?"

Ich nickte. „Ich dachte, ich sähe Gus, weil ich vor seinem Mausoleum gestürzt war und mir den Kopf an einer der Treppenstufen angeschlagen hatte. Danach ist er nämlich das erste Mal aufgetaucht."

„Aber dann hast du gemerkt, daß du nicht verrückt bist, daß es wirklich eine Gabe ist."

Mein Lachen klang skeptisch. „Aber es ist nicht unbedingt eine, die ich haben möchte."

„Das meinst du nicht ernst, oder?" Damon wandte den Kopf, um mir in die Augen sehen zu können. „Du müßtest total happy sein! Es ist doch echt abgefahren, was du da drauf hast: Du kannst dich mit Toten unterhalten! Für ein Mädchen, das so klug ist wie du ..."

„Klug? Na klar!"

Damon kniff die Augen zusammen, als würde ihm das helfen, mich besser zu verstehen. „Du hältst dich nicht für klug?"

„Die meisten Menschen achten wohl eher auf meinen Körper als auf meinen Verstand."

„Dein Körper ..." Wir saßen so dicht nebeneinander, daß ich hätte schwören können, die Hitze in Damons Blick zu spüren, den er von meinen Augen abwärts bis hinunter zum Hals und noch weiter gleiten ließ. „Du bist umwerfend", befand er, als sei das keine große Sache, sondern die schlichte Wahrheit. „Aber erzähl mir nichts! Jeder Typ, der dich kennenlernt, hat doch schnell gerafft, daß du mehr zu bieten hast als einen tollen Körper. Du bist klug, du bist witzig und nach allem, was ich habe läuten hören, schreckt dich so schnell gar nichts. Für Gus hast du dich sogar mit der Mafia angelegt."

Ich wandte den Kopf ab, ehe Damon mitbekam, daß meine Wangen in Flammen standen.

„Komm schon, kleines Mädchen, sehne dich nach allem, was möglich ist." Das war eine Zeile aus dem berühmtesten aller Mind-at-Large-Songs, und Damon sprach sie mir nicht vor, er sang sie. Sanft und gleichzeitig elektrisierend strich seine dunkle Stimme über meine Haut. „Lache, renne nackt über die fruchtbaren Wiesen, berausche dich an deiner Macht."

Ich wandte mich um, fest entschlossen, einen knallharten Spruch über mein Verhältnis beziehungsweise Nichtverhältnis zu Oldies loszuwerden. Das schien mir immer noch besser, als ihn anzuflehen, er möge irgendwie einen Weg finden, wie mein Ich aus Fleisch und Blut mit seinem Ektoplasma zusammenkommen konnte. Ich hätte ihn auch gebracht, hätte ich mich nicht unversehens mit Damons Mund konfrontiert gesehen, der sich nur eine Handbreit von meinem entfernt befand.

„Du bist tot!" Das galt mindestens ebenso mir wie meinem Gegenüber – ihm, weil er es ja vielleicht wieder vergessen hatte, mir, damit ich es nicht vergaß. Wahrscheinlich wäre meine Mahnung auch überzeugender rübergekommen, hätte mir nicht ein dicker Kloß aus Erwartung die Kehle halb zugeschnürt. „Wir können nicht ..."

„Ach, aber wenn wir könnten!" Damon wich zurück, ein bedauerndes Lächeln in den Augen und auf den Lippen. „Was war das da eben für eine Sache mit dem Typen, der heute abend mit dir ausgehen wollte?" fragte er.

Ich brauchte noch eine Sekunde, um mich daran zu erinnern, daß ich atmen mußte, und eine weitere, ehe mir klar war, wovon – oder über wen – er redete. Quinn. Ich beförderte die Frage mit einem Achselzucken in den Bereich der unwichtigen Dinge. „Ach, nur so ein Typ eben."

„Du hast kein Interesse?"

„Schon, aber ..."

„Er ist nicht dein Typ."

„Schon, aber ..."

„Du hast Angst, daß er dir wehtun könnte."

Nichts hätte ich lieber getan, als ihm in diesem Punkt zu widersprechen, aber das war gar nicht so einfach, wenn man bedachte, daß er ja recht hatte. Statt nun aber mein jämmerliches, nichtexistentes Liebesleben offenzulegen, entschied ich mich für eine schnelle, wenn auch nicht ganz korrekte Erklärung. „Ich war mal verlobt. Mein Verlobter hat die Verlobung gelöst."

„Davon willst du dich abhalten lassen, jede Sekunde deines Lebens zu genießen?" Damon lachte. Kein fröhliches Lachen, mehr so, als könne er nicht fassen, wie bekloppt manche Leute waren. „Laß dir eins gesagt sein, und zwar von jemandem, der weiß, wovon er spricht. Schnapp dir jedes Fitzelchen Leben, das du irgendwie erwischen kannst und laß es nicht mehr los. Amüsier dich, Mädel, genieß dein Leben. Du hast nur eins."

„Was, wenn ich das tue und sich herausstellt, daß es falsch war?"

Er grinste. „Richtig oder falsch ist doch egal. Es geht darum, es zu tun!"

Da war ich mir nicht so sicher. Schließlich hatte ich es schon einmal getan, und dabei war nichts weiter herausgekommen als ein gebrochenes Herz. „Joel ist ein feiger Hund", erklärte ich Damon. Ich fand es wichtig, daß er das erfuhr, auch wenn ich nicht hätte sagen können warum. „Das einzige, was er mir hinterlassen hat, ist ein Haufen emotionalen Ballasts."

„Dann solltest du ihm ein Dutzend Rosen schicken, um dich bei ihm zu bedanken."

Ich starrte Damon verblüfft an. Er lachte. „Du kapierst es echt nicht. Um diesen Ballast geht es, um sonst nichts. Egal, ob die Gefühle wirr sind oder nicht, sie sind das einzige, was zählt. Nur dadurch spüren wir uns, sie schieben uns weiter durch unsere Lebenszeit, sind unser Motor. Ohne sie wärst du nichts als eine leere Hülle."

„Aber eine zufriedene leere Hülle."

„Willst du mir etwa weismachen, du wünschtest, der Typ hätte sich nicht vom Acker gemacht?"

Darauf antwortete ich nicht sofort. Ich dachte an meine letzte Begegnung mit Joel: An jenem Morgen hatte ich auf meinem Anrufbeantworter eine Nachricht von meiner Floristin vorgefunden. Sie bedauerte sehr, daß wir nun doch nicht zusammenarbeiten würden, und erinnerte mich taktvoll daran, daß so kurz vor dem geplanten Hochzeitstermin eine Stornogebühr von fünfzig Prozent der Gesamtsumme fällig sei. Verblüfft hatte ich bei Joel im Büro vorbeigeschaut, um ihm von diesem merkwürdigen Anruf zu berichten. Ich kam gerade rechtzeitig, um sein Telefonat mit der Harfenistin mit anzuhören, die auf unserem Hochzeitsempfang hatte spielen sollen und der er gerade mitteilte, ihre Dienste würden nun doch nicht gebraucht.

„Er ist ein Lügner und ein hinterhältiges Arschloch!" Das war meine felsenfeste Überzeugung – ich spürte es bis in die Knochen.

„Wolltest du ihn deswegen heiraten?"

„Natürlich nicht! Ich wollte ihn heiraten, weil ..."

So sehr ich mich auch anstrengte, ich konnte mich nicht erinnern, warum ich Joel Panhorst hatte heiraten wollen. Als ich das zugab, grinste Damon, glatt und zufrieden. „Treib's mit dem neuen Typen", sagte er. „Sieh zu, daß du die alte Geschichte aus deinen Knochen kriegst."

„Du bist mir ja der wahre Romantiker."

„Romantik gibt es nur in Büchern. Hier geht es um das wahre Leben." Damon stand auf und baute sich vor mir auf. Schimpfen Sie mich ruhig seicht, aber der Blick auf den Reißverschluß der engen Lederhose – nachdem er mir gerade empfohlen hatte, mir durch einen munteren Fick unglückliche alte Männergeschichten aus dem Kopf zu schaffen – half meiner Selbstbeherrschung nicht gerade weiter. Ich erhob mich ebenfalls. „Du bist ein Zyniker!" stellte ich fest.

„Du hast Schiß, ein Risiko einzugehen."

„Du bist ziemlich neugierig. Vor allem, wenn man bedenkt, daß dich das alles gar nichts angeht."

„Ich kenne mich in diesen Dingen besser aus als du. Immerhin bin ich tot."

„Du ..." Gut, er hatte es nie ausdrücklich und laut und deutlich gesagt, aber wahrscheinlich sind Künstlertypen wie Damon nie direkt, wenn es um persönliche Infos geht. Da spielt wohl diese ganze Chose mit den Gleichnissen und den Metaphern mit rein, und ich durfte mal wieder zwischen den Zeilen lesen. „Du hast die Überdosis wegen einer Frau geschluckt", schlußfolgerte ich.

In Damons Augen blitzte es gefährlich. „Ich habe es dir doch schon gesagt: Es war ein Unfall. Ich habe nie eine Frau so ernst genommen, das kannst du mir glauben. Keine Frau, keine einzige. Ich habe sie nur alle gebumst, um es aus dem Kopf zu kriegen."

„Hat es funktioniert?"

„Nein."

Mit solcher Offenheit hatte ich nun nicht gerechnet. Trotzdem war ich nicht länger bereit, mir seine guten Ratschläge anzuhören, sondern wollte mich wieder auf meinen neuen Fall konzentrieren. „Stiehlt dir Vinnie deswegen die Songs?" bohrte ich nach. „War er eifersüchtig? Vielleicht hast du mit irgendeiner Frau rumgemacht, mit der du nicht hättest rummachen dürfen."

Er zuckte die Achseln, als sei das keine große Sache. „Mit seiner Frau, aber er ist drüber weg. Deswegen hat er nicht angefangen, mich zu channeln. Es ging ums Geld, er wollte reich werden."

„Hat das funktioniert?"

„Na hör mal!" Aufgebracht tigerte Damon hinaus in die Finsternis, kam aber gleich wieder zurück. „Die Frage kannst du nicht ernst meinen. Mind at Large war so berühmt, wie es nur geht. So berühmt wie die Stones und die Doors, eine Zeitlang berühmter als die Beatles. Ohne meine Songs hätte sich die Band unmöglich so lange so hoch oben in den Charts gehalten."

„Was immer noch nicht erklärt, wie Vinnie das Ganze konkret bewerkstelligt."

Damon fuhr sich mit der Hand durch das Haar. „Alles hat Mitte der Sechziger angefangen", sagte er. „Fünfundsechzig oder sechsundsechzig, so genau weiß ich es nicht mehr. Wir waren auf Tour in Kalifornien. Dort haben wir Melicant und Badnor kennengelernt."

„Auch eine Rockgruppe?"

„Hexen."

„Oha!" Ich streckte die Hand aus und wich zurück. „Jetzt machst du mir Angst, Damon. Willst du damit sagen ..."

„Daß wir mit Magie herumgespielt haben. Klar. Wir alle. Wir probierten ein paar Zaubersprüche aus und veranstalteten ein paar heidnische Versammlungen. Das meiste davon war recht interessant, einiges war umwerfend. Letztlich unterschied sich die Magie aber nicht von allem anderen, was wir so ausprobierten: Nach einer Weile wurde es langweilig. Wir haben das Interesse verloren – alle bis auf Vinnie."

„Er bringt dich mit Hilfe von Hexerei dazu, Songs für ihn zu schreiben?"

„Hexerei ist es nicht, nicht im eigentlichen Sinne. Jedenfalls nicht die Hexerei, mit der wir damals rumspielten. Vinnie war gut darin, er war der beste von uns. Wir anderen haben es mehr so aus Spaß betrieben und weil wir es geil fanden, Frauen nackt ums Lagerfeuer tanzen zu sehen." Damon zwinkerte. „Aber Vinnie glaubte wirklich daran. Er ist einen Schritt weitergegangen."

Ich schluckte. Vernehmlich. „Schwarze Magie?"

Damons weißes Hemd schimmerte im Dunkeln wie Sternenlicht. „So nennt man das wohl. Was immer es auch ist, er ist verdammt gut darin."

„Ach, und ich soll ihm jetzt sagen, er muß damit aufhören?"

„Ich will, daß du ihm sagst, diese Geschichte mit mir und seiner Süßen spiele keine Rolle mehr. Er muß mich gehen lassen. Sonst ..." Damon ballte die Fäuste und lockerte sie wieder. „Ich kann nicht immer noch in dieser Welt und nicht Teil davon sein. Das schaffe ich nicht mehr lange. Es bringt mich um."

„Du bist bereits tot."

„Es bringt meinen Geist um, Pepper. Siehst du das denn nicht?" Er hielt mir die linke Hand vor die Augen. Jetzt erst fiel mir auf, daß sie anders aussah als der Rest seines Körpers. Ich konnte fast hindurchsehen. „Wenn ich nicht bald gehen kann, verschwinde ich gänzlich", fuhr Damon fort. „Dann bin ich nicht mehr in dieser Welt und nicht in der anderen. Wirst du mir helfen, Pepper?"

Ja, ich wollte ihm helfen – aber ich erhielt keine Gelegenheit, ihm das zu sagen. Ein Geländewagen raste den Hügel herunter. Die Geisterjäger waren wieder da.

„Da oben beim Denkmal spielt sich nichts ab", rief Brian, noch ehe er und seine Kumpane sich aus dem Auto geschält hatten. „Die anderen Geisterjäger, von denen Sie erzählt hatten, haben wir auch nicht gesehen. Wir dachten, die seien vielleicht hier runtergefahren. Da wollten wir es auch nochmal hier versuchen. Haben Sie irgend etwas mitbekommen?"

Ich weigerte mich, zu Damon hinüberzusehen. „Nichts."

„Aber irgendwas geht hier ab!" Stans Gesicht glühte vor Erregung. Er richtete seinen Geigerzähler direkt auf Damon. Er knisterte wie verrückt.

Brian gab Angela das Signal zum Fotografieren. Ihr Blitzlicht explodierte direkt vor meinen Augen und blendete mich. „Hier, nehmen Sie." Er drückte mir ein elektronisches Thermometer in die Hand. „Lesen Sie es ab."

Das tat ich. Als sich meine Augen wieder ans Dunkel gewöhnt hatten, sah ich, daß die Luft dort, wo Damon stand, kälter war. Resolut schaltete ich das Thermometer aus. „Nichts zu erkennen", teilte ich Brian mit, „und wenn ich Sie wäre, würde ich mich hier nicht mehr lange aufhalten. In ein paar Minuten kommt der Sicherheitsdienst auf seinem Rundgang vorbei. Wir sollten uns alle verdrücken."

Damon hatte mich verstanden. Während die Geisterjäger umherstapften, sich gegenseitig ihre Messungen zuriefen und ungeheuer aufgeregt wirkten, verschwand er in der Dunkelheit.

Stans Geigerzähler hörte auf, irre Geräusche von sich zu geben. Er schaltete ihn aus, dann wieder an, nur um zu sehen, ob er funktionierte. „Was ist passiert?"

Ich zuckte die Achseln und machte mich auf Richtung Mustang. Merkwürdig: Ich fühlte mich nicht mehr halb so mies, wenn ich an den neuen Fall dachte, wie ich mich noch am Nachmittag gefühlt hatte.

Nicht einmal die Vorstellung, mich mit einem Typen unterhalten zu müssen, der schwarze Magie praktizierte, und das auch noch ziemlich gut, entmutigte mich.

Ein wenig Glanz von all dem, was Damon zu mir gesagt hatte, lag noch in meinem Lächeln. Ich war klug, tapfer und gab so schnell nicht auf.

„Komm schon, kleines Mädchen, sehne dich nach allem, was möglich ist." Während ich ins Auto stieg und wegfuhr, sang ich das Lied leise vor mich hin. „Lache, renne nackt über die fruchtbaren Wiesen, berausche dich an deiner Macht."

Ich hatte den Hügel bereits wieder hinter mir gelassen und war durch das Seitentor auf die Hauptstraße eingebogen, die wieder Teil der wirklichen Welt war, als mir der Rest des Textes einfiel und meine Wangen zum Glühen brachte.

„Öffne dich mir. Gib mir deinen Leib, deine Seele, deine Liebe. Gib mir alles, was du bist."

KAPITEL 5

Am nächsten Morgen war ich immer noch bestens gelaunt. Warum auch nicht?

Ich war klug. Ich war hübsch. Ich sprach mit den Toten, und die Toten sprachen mit mir. Manchmal sangen sie sogar.

Ich fühlte mich danach, himmelhoch zu jauchzen, aber keine Bange: Es bestand nicht die Gefahr, daß ich durchdrehte. Vielleicht war ich früher einmal, was Männer betraf, geistig nicht so ganz auf der Höhe gewesen (wofür Joel wohl das beste Beispiel war), aber diese Zeiten waren vorbei. Ich wußte genau, wohin meine Beziehung zu Damon führte: nirgendwohin. Absolut nirgendwohin. Aber unsere kleine Unterhaltung am Vorabend hatte mich wachgerüttelt. Dank Damon wußte ich nun wieder, daß ich eine Menge zu bieten hatte und daß es allerhand gab, worauf ich mich freuen konnte.

So sehr hatte mich die neue Erkenntnis am Vorabend beflügelt, daß ich doch glatt noch bei Quinn angerufen hatte.

Der war natürlich beim Baseballspiel. Als sein Anrufbeantworter ansprang und ich Quinns betörend tiefe Stimme hörte, legte ich sofort auf. Mir war nicht danach, telefonisch Fangen mit ihm zu spielen, eine Nachricht zu hinterlassen, auf seinen Rückruf zu warten, der dann vielleicht auch in Form einer Nachricht ... und so weiter. Nein, ich wollte das Steuer fest in der Hand behalten, das gefiel mir deutlich besser.

Schließlich war ich eine Frau mit Selbstvertrauen, die auf sich zählen konnte, die furchtlos war und die Sachen im Griff hatte. Also gehörte das Steuer in meine Hand und nirgendwo sonst hin.

Während ich meinen Mustang aufs Friedhofsgelände lenkte und mich an den hellen Flecken erfreute, die die Morgensonne aufs Pflaster malte, summte ich einen Mind-at-Large-Song vor mich hin. Für neun Uhr war ein Treffen mit Ella angesetzt, und danach wollte ich die Tour noch einmal durchgehen, die ich für die vierte Klasse geplant hatte. Abgesehen von diesen beiden Fixpunkten stand weiter nichts in meinem Terminkalender, und wenn ich Glück hatte, fiel Ella das erst auf, wenn ich schon ein wenig hatte Detektiv spielen können. Ich wollte mir zusätzliche Infos über Vinnie Pal beschaffen, damit ich einen Plan aushecken konnte, wie ich am besten an ihn herantrat, um ihm Damons Problem vorzutragen.

Danach ...

Lächelnd bog ich auf den Parkplatz für Angestellte ein, wo ich meinen angestammten Platz ansteuerte, wo der Schatten eines großen Baumes dafür sorgte, daß es im Mustang immer hübsch kühl blieb. Ich schaltete den Motor aus, schnappte mir meine Handtasche und langte auf den Rücksitz, wo sich in einer Plastiktüte das alte Mayonnaiseglas mit dem Salat befand, den ich mir als Mittagessen mitgebracht hatte, und war noch nicht einmal richtig auf dem Weg in mein Büro, da hatte ich meinen Tag im Kopf bereits fix und fertig durchorganisiert. Erst wollte ich mich um die Angelegenheiten kümmern, die heute beruflich auf meiner To-Do-Liste standen (sowohl meine Tätigkeit als Friedhofsfremdenführerin als auch meinen Nebenberuf als Privatdetektivin betreffend) und mich dann meinem Privatleben zuwenden. Zu dem Behufe hatte ich mir Quinns Telefonnummer auf einem gelben Notizzettel notiert und in meiner Handtasche versenkt: Nach getaner Arbeit stand als Belohnung ein Anruf bei Quinn auf dem Programm.

Es ist schwer, alte Gewohnheiten abzulegen, und als ich an das Gespräch mit Quinn dachte, erhob sich in meinem Bauch heftig flatternd ein Schwarm Schmetterlinge und drohte, mir den ganzen schönen Schwung durcheinanderzuwirbeln, mit dem ich bisher durch den Morgen geglitten war. Ich befahl den Schmetterlingen, gleich wieder zu landen. Seit dem vergangenen Abend war ich eine neue Frau, eine Frau mit Selbstvertrauen, die sich so schnell durch nichts erschüttern ließ. Alles an mir zeugte von meiner neuen Lebenseinstellung: wie ich das Kinn in die Höhe reckte, wie ich beim Gehen die Hüften schwang, das energische Klappern meiner Absätze auf dem Kopfsteinpflaster, als ich auf die Friedhofsverwaltung zuging. Die neue Pepper diente niemandem mehr als Fußabtreter. Sie war nicht bedürftig, sie war nicht ängstlich, sie jammerte nicht und es gab niemanden, weder auf dieser Welt noch in der nächsten, der das zu ändern vermochte. Außer vielleicht ...

„Joel?"

Mit einem Ruck blieb ich am Fuß der Treppe stehen, die zum Verwaltungsgebäude führte, und starrte den Mann im grauen Nadelstreifenanzug, der sich mir in den Weg gestellt hatte, entgeistert an.

„Joel? Was zum Teufel ..."

„Ich freue mich auch, dich zu sehen, Pepper."

Joels Lächeln war breit und wirkte total echt. Er beugte sich vor und hauchte mir ein Küßchen auf die Wange, als seien wir uralte Freunde.

Was wir, wie ich mir ins Gedächtnis rief, nie gewesen waren. Freunde, meine ich. Unsere Beziehung hatte nicht als zwanglose Freundschaft begonnen, mit langen Gesprächen und diesem ganzen Sich-in-Ruhe-kennenlernen, was, will man meiner Mutter Glauben schenken, von grundlegender Bedeutung ist, soll die Beziehung zwischen einem Mann und einer Frau wirklich und auch langfristig funktionieren. So war es mit Joel und mir nicht gelaufen. Man hatte ihn mir auf der Hochzeit einer Freundin vorgestellt. Die Anziehung, die wir füreinander empfanden, hatte sich schlagartig eingestellt und war unwiderstehlich gewesen. Bereits vor dem Ende des Festes hatte er sein Date sitzenlassen und ich das meine, und ehe noch jemand „bis daß der Tod euch scheidet" hatte sagen können, lagen wir schon in einem Hotelbett und trieben es wild miteinander.

Joel war ein erfolgreicher Finanzberater und stammte aus einer Familie, die noch reicher war als meine. Meine Eltern gerieten vor Freude ganz aus dem Häuschen.

Ich war ein Mädchen, dessen Eltern dem richtigen Country Club angehörten, in einem exklusiven, fast schon noblen Vorort lebten und wußten, wie man es schaffte, in den besten Kreisen zu verkehren. Es schadete nicht, daß mein Vater Schönheitschirurg und Joels Mutter so etwas wie verschönerungssüchtig war. Seine Eltern sahen unsere Verbindung als eine, die im Himmel geschlossen worden war.

Das waren alles spitzenmäßige Neuigkeiten. Wahrscheinlich wäre es mit uns beiden auch munter so weitergegangen, hätte Joel nicht wenige Wochen vor der von mir bis hinunter zum letzten Blütenkelch minutiös durchgeplanten Märchenhochzeit die ganze Sache abgeblasen.

Da stand er nun vor mir – und ich befahl mir streng, die üble Geschichte vom Ende unserer Beziehung nicht zu vergessen. Aber wie gesagt: Es ist schwer, alte Gewohnheiten abzulegen.

Mein Kopf wußte haargenau, daß Joel ein elender Schweinehund war, ein Arschloch erster Güte. Die Tatsache, daß mein Vater seinen Status als Arzt gegen den eines verurteilten Strafgefangenen eingetauscht hatte, war für ihn wichtiger gewesen als das Wissen darum, daß er mit seinem Verhalten mein Leben ruinierte.

Trotzdem tat mein Herz bei seinem Anblick einen kleinen Sprung.

„Ausgerechnet du und ausgerechnet hier!" Meine Stimme schaffte es nur mit Mühe, sich am Kloß hinten im Hals vorbeizuschieben. Dann schoß mir ein schrecklicher Gedanke durch den Kopf. „Es ist doch niemand gestorben, oder?" erkundigte ich mich besorgt. „Mein Gott – du bist doch nicht hier, um ..."

„Eine Grabstelle zu kaufen? Nein, nichts dergleichen." Joel machte eine wegwerfende Geste. Erleichtert sah ich ihn mir genauer an: der Anzug wie immer teuer, der Haarschnitt von Meisterhand und die Sonnenbräune bestimmt nicht im Laden gekauft. Was bedeutete, er mußte in letzter Zeit im Sommerhaus der Familie in Jackson Hole gewesen sein. Joel war nicht entgangen, daß ich das registrierte. Gelassen fuhr er sich mit der Hand durchs sandfarbene Haar, das so dicht und wellig war wie eh und je. Kaum hatte er die Hand weggezogen, da saß jede einzelne Haarsträhne auch schon wieder dort, wo sie hingehörte. „Deswegen bin ich nicht hier", wiederholte er.

Ich bin nun wirklich nicht oft um Worte verlegen, aber irgendwie hatte mich die unverhoffte Begegnung mit meiner Vergangenheit wohl doch etwas unvorbereitet getroffen. Mir wollte eigentlich nur eine logische Erklärung für Joels Anwesenheit hier einfallen – eine ziemlich gewagte allerdings. „Du bist hier, weil du mich sehen willst?"

Joels Lächeln wurde noch ein wenig breiter. Er lachte leise vor sich hin, und ich mußte daran denken, daß ich einmal vor langer Zeit dieses Lachen für etwas unglaublich Kostbares gehalten hatte. Ich hatte gedacht, es sei so tief und reich und wahr wie Joel selbst – und sexy wie die Sünde. Sexy klang es leider immer noch. „Natürlich", sagte mein Ex. „Hast du Zeit? Können wir uns unterhalten?"

Es war gar nicht mal so sehr, was er sagte, sondern wie er es sagte. Unterhalten – das Wort traf mich wie ein Blitz. Kann mir jemand einen Vorwurf daraus machen, daß ich das Szenario gedanklich bis zum logischen Schluß durchspielte?

Joel wollte, daß ich ihn zurücknahm.

Der Gedanke klebte in meinem Hirn wie ein zerkauter Kaugummi am Pult eines Erstklässlers. Mein Magen schlug Kapriolen, in meinem Kopf drehte sich alles. Ich rief mir ins Gedächtnis, daß eine Heirat dieser Tage nicht mehr der Traum meiner schlaflosen Nächte war und Joel nicht mehr der Mann, den ich wollte.

Oder?

Ich spielte auf Zeit und wagte einen weiteren Blick in seine Richtung. Weil ich so groß bin, haben mir Männer, die mich überragen, schon immer gefallen. Soweit ich mich erinnere, war seine Größe von einem Meter fünfundneunzig eines der ersten Dinge, die mir an Joel auffielen. Dazu sein schlanker, durchtrainierter Körper, bei dessen Anblick man unwillkürlich an einen Langstreckenläufer denken mußte, und das Gesicht, das eher distinguiert als hübsch wirkte. Joels Augen sahen bei einem bestimmten Lichteinfall aus, als brenne darin blaues Neonlicht. Seine Hände waren groß und stark, und auch wenn ich genau wußte, daß jetzt weder die rechte Zeit noch der rechte Ort dazu war, fiel mir sofort wieder ein, daß der Mann fantastisch massierte. Wie oft war aus etwas, das als simple Massage begann, um die liebe kleine Pepper ein bißchen aufzulockern, heißer Sex geworden ...

Ich schluckte den Kloß in meinem Hals hinunter, dazu auch noch gleich Tausende von aufgeregten, hormongesteuerten kleinen Bläschen, die sich in meiner Stimme einzunisten drohten. „Klar können wir reden. Hinterm Haus steht ein Picknicktisch, an dem wir Angestellten bei schönem Wetter Mittagspause machen. Da könnten ..."

„Hätten wir es in deinem Büro nicht gemütlicher? Du hast doch ein Büro, oder?"

Natürlich! Ich dachte an dessen Winzigkeit, meinen ungemütlichen Besucherstuhl und das Chaos, das zurückgeblieben war, nachdem ich das Friedhofsarchiv nach Informationen über Damon durchforstet hatte. Nein, das machte alles keinen guten Eindruck. In mein Büro wollte ich Joel nur ungern mitnehmen, besonders, nachdem mich ein Blick in Richtung Vordereingang davon überzeugt hatte, daß sich Ella die Nase an ihrem Bürofenster plattdrückte. Bestimmt hatte ihr jemand gesteckt, daß sich hier draußen ein Mann herumtrieb, und jetzt hatte sie deutlich mitbekommen, daß Joel und ich einander kannten. Ella und ihre Fragen konnte ich jetzt überhaupt nicht gebrauchen. Resolut setzte ich mich Richtung Picknicktisch hinter dem Haus in

Bewegung. Joel blieb nichts anderes übrig, als mir gehorsam zu folgen.

In meinem Kopf drehte sich nach wie vor alles in solch rasantem Tempo, daß ich den Mund erst wieder aufbekam, als ich meine Handtasche und die Plastiktüte mit meinem Mittagsbrot auf den Tisch geworfen und mich hingesetzt hatte.

Ein paar Meter von mir entfernt trat Joel von einem Fuß auf den anderen. Ich verstand ihn. So stolzen Typen wie ihm fiel es schwer, zu Kreuze zu kriechen.

„Nun?“ Ich beugte mich vor und stieß ihn an. „Wie hast du mich gefunden?“

Er ließ sich auf die Bank neben mich fallen. „Es hat sich irgendwie herumgesprochen, daß du hier arbeitest.“

Die Vorstellung, unsere früheren Freunde könnten die Köpfe zusammenstecken und mit bedauerndem Schnalzen darüber tratschen, wie schwer es doch die arme Pepper Martin getroffen hatte, und daß sie jetzt – stell dir bloß vor! – als Fremdenführerin auf einem Friedhof arbeitete, stimmte mich nicht gerade froh. Andererseits sprach ja wohl kaum einer von meinen Exbekannten mit Toten! Wenn man es recht betrachtete, hatte ich ihnen einiges voraus.

Ich strich glättend über meine braune Wollhose und den cremefarbenen Pullover, der mein Haar noch feuriger aussehen ließ, und mußte ein Grinsen unterdrücken, als ich aus den Augenwinkeln mitbekam, wie Joel mir zusah. „Du wußtest also, daß ich hiersein würde“, drängte ich sanft, „und wolltest dich mit mir unterhalten.“

„Ja. Klar.“ Ein Lächeln huschte über Joels Gesicht. Er stand wieder auf und ging hinüber zu der Steinmauer, die seinen Kopf überragte und die Begrenzung des Friedhofs markierte. Als er wieder zu mir zurückkam, wirkte er irgendwie verunsichert und schien nicht recht zu wissen, wo er anfangen sollte. Ich hätte kulant sein und ihn aus seiner Qual erlösen können, fand aber ehrlich gesagt, er verdiene es, ein bißchen zu leiden und sich zu winden. Wenigstens ein bißchen.

Joel setzte sich. „Es geht um unsere Verlobung."

„Natürlich." Geistig-seelisch bereitete ich mich schon auf seine Entschuldigung vor.

„Weißt du, Pepper, die Sache ist die ..." Joel stand auf und sah auf mich herunter. „Ich will den Ring wiederhaben."

„Was?" Ohne mir dessen richtig bewußt zu sein, war ich auch aufgesprungen und stand vor ihm, die Hände empört in die Hüften gestemmt. Mann, war ich dankbar dafür, daß er gleich zur Sache gekommen war und ich nicht noch mehr Hirnschmalz an eine mögliche Versöhnung hatte verschwenden müssen! Ein Spruch wie der mit dem Ring, und sofort wußte ich wieder, weswegen ich Joel nicht leiden konnte: Er war eine mißratene, dreckige, stinkende Ratte. „Du bist den ganzen Weg hier raus gekommen, um mir zu sagen, daß du etwas wiederhaben möchtest, das mir als Geschenk überreicht wurde?"

„Nein. Ich bin den ganzen Weg hier raus gekommen, um dir mitzuteilen, daß ich wiederhaben möchte, was von Rechts wegen mir gehört."

„Den Ring, den du mir geschenkt hast."

„Natürlich habe ich ihn dir geschenkt, nur ..." Ich hatte mich bereits umgedreht und war weggegangen, und Joel hatte Mühe, mich einzuholen. Aber, wie ich schon sagte: Seine Beine waren länger als meine, und offenbar waren all die Jahre mit all den Tennisstunden nicht für die Katz gewesen. Er schaffte es, mich zu überholen und sich mir erneut in den Weg zu stellen. Dann weigerte er sich, mich vorbeizulassen. „Du erinnerst dich bestimmt an die Geschichte, die an diesem Ring hängt. Ich weiß, daß du dich daran erinnerst. Du weißt, wie wichtig dieser Ring den Panhorsts ist."

„Ja, ja. Das habt ihr mir ja oft genug vorgekaut." Ich verdrehte die Augen – die Geschichte war mir bis zum Erbrechen vertraut. „Dein Großvater hat den Ring in einem kleinen Antiquitätengeschäft am linken Seineufer gekauft und deiner Großmutter überreicht, als sie zusammen auf dem Eiffelturm standen. Die beiden haben in Paris geheiratet und hatten das Pech, immer noch dort zu sein, als die Nazis auftauchten. Deine Oma hat den Ring aus dem Land geschmuggelt, indem sie ihn in den Saum ihres Kleides einnähte. Wen interessiert das denn heute, und wenn ich jetzt so drüber nachdenke: Wie bescheuert waren die Leutchen eigentlich? Wer macht schon Urlaub in einem Land, in dem jeden Moment feindliche Truppen einmarschieren können?"

Joel verschränkte die Arme vor der Brust, obwohl er so riskierte, die italienische Seidenkrawatte zu zerknittern (leuchtend blau, haargenau zu seinen Augen passend). „Das spielt doch hier keine Rolle."

„Hier spielt überhaupt nichts eine Rolle, denn diese Unterhaltung findet gar nicht statt."

„Oh doch. Der Ring gehört von Rechts wegen der Familie Panhorst, und du bist keine Panhorst."

„Ich bin keine Panhorst, weil du nicht wolltest, daß ich eine werde, und ..." Er machte den Mund auf, um mich zu unterbrechen, doch ich hob warnend die rechte Hand. „Damit zu dem Thema gar nicht erst Unklarheiten auftauchen: Ich bin verdammt froh darüber, keine Panhorst zu sein."

„Dann dürfte es dir ja auch nichts ausmachen, den Ring zurückzugeben!"

Wenn Joels Argumente irgendwo eine Logik beinhalteten, fand ich sie zumindest nicht. Ich wollte es nicht einmal versuchen, also wandte ich meinem Ex den Rücken zu, schnappte mir meine Handtasche und wühlte darin herum. Es war drei Tage vor dem Zahltag. Meinen Scheck von Harmony, Didi Bowmans Enkelin, hatte ich bereits erhalten, das Geld aber schon wieder ausgegeben. Mehr als einen Zehner fand ich nicht. Den knüllte ich zusammen, drehte mich um und warf ihn Joel an den Kopf.

„Wenn du so dringend Geld brauchst: hier! Den Ring müßtest du erst verkaufen, meine Kohle hast du gleich."

Joel wurde knallrot. Er bückte sich nicht, um den Zehner aufzuheben, sah ihn noch nicht einmal an. Mich dafür schon, mit eisigem Blick. „Mir geht es finanziell ziemlich gut."

„Oh, das freut mich für dich." Meine Worte troffen vor Sarkasmus. „Wenn du mich jetzt bitte entschuldigen würdest, auf mich wartet Arbeit – bei der es mir übrigens, falls es dich interessiert, auch ziemlich gut geht."

„Ja, klar. Als Fremdenführerin auf einem Friedhof."

Joels Stimme ließ mir das Blut in den Adern gefrieren. Was gar nicht mal einfach war, wenn man bedenkt, daß dort gerade noch flammender Zorn getobt hatte, mit den entsprechenden Temperaturen. Ich war nie besonders stolz auf meine Arbeit gewesen, aber immerhin verdiente ich meinen Lebensunterhalt auf ehrliche Art und Weise. Zumindest, solange es um Gruppenführungen auf dem Friedhof ging. (Die kurze Zeit, in der ich auf der Lohnliste der Mafia gestanden hatte, ließ ich mal außen vor, davon konnte Joel ja auch nichts wissen.)

Außerdem bestand mein Leben nicht nur aus dem Fremdenführerdasein auf einem Friedhof. Ich war außerdem noch Privatermittlerin und eine verdammt gute obendrein. Mühsam gelang es mir, mich soweit zusammenzureißen, daß ich Joel nicht anschrie. „Was bildest du dir eigentlich ein?" fragte ich, so ruhig ich konnte. „Wie kommst du dazu, mich zu kritisieren? Hättest du mich nicht sitzengelassen ..."

„Hätte dein Vater nicht gegen das Gesetz verstoßen ..."

„... dann wäre ich überhaut nicht hier."

„... dann wäre mir die Peinlichkeit einer Bekanntschaft mit deiner Familie erspart geblieben."

„Nur damit du es weißt: Ich tue hier eine Menge mehr, als nur ..."

„... mit netten alten Damen nette kleine Runden zwischen süßen Marmorengeln zu drehen? Was für ein Abstieg, Pepper, was für ein Abstieg! Du verstehst doch wohl, warum die Leute sich das Maul zerreißen. Ich meine, es ist doch unbegreiflich ..."

„... daß du hier auftauchst und meinen Ring zurückverlangst! Nur weil du nicht ..."

„... daß du hier arbeiten mußt, um finanziell über die Runden zu kommen. Unbegreiflich und irgendwie ziemlich traurig. Ich brauche dein Geld jedenfalls nicht. Ich will den Ring nicht wiederhaben, um ihn zu ..."

„... verhökern? Erzähl mir nichts, natürlich willst du ihn verhökern. Versuch bloß nicht, mir Schuldgefühle einzureden! Der gute alte Opa, die liebe alte Großmama, von wegen! Dir geht es nur darum, den Ring zum nächsten Juwelier zu schleppen und einen schnellen Dollar zu machen. Warum ich mir da so sicher bin? Das ist nun wirklich kein großes Geheimnis! Geld ist das einzige, was dich interessiert, das weiß jeder. Geld ist das einzige, was dich je interessiert hat. Warum solltest du sonst plötzlich hinter dem blöden Ring hersein?"

„Um ihn meiner neuen Verlobten zu geben."

Wut hin oder her: Das verschlug mir nun doch kurz die Sprache. Nicht, daß es mir etwas ausgemacht hätte, Joel mit jemandem verlobt zu wissen, der nicht Pepper Martin hieß. Ehrlich! Sein Auftreten gerade hatte mir wieder einmal deutlich vor Augen geführt, warum ich nicht mit ihm verlobt sein wollte. Oder, um ehrlich zu sein, mit sonstwem. Aber etwas vom Kopf her verstehen und denselben Gedanken emotional verarbeiten können zwei ganz verschiedene Paar Schuhe sein.

Jedenfalls geriet ich ein wenig ins Wanken, als hätte mir jemand einen Tritt in den Magen verpaßt. Das war genau die Reaktion, auf die Joel gehofft hatte. Als er sah, wie mir der Mund offenstehen blieb, machte sich auf seinem Gesicht ein häßliches Grinsen breit.

„Wie ich sehe, macht es dir immer noch was aus."

„Einen Dreck tut es."

„Deswegen siehst du auch so bestürzt aus."

„Es gibt einen ganz erheblichen Unterschied zwischen bestürzt und überrascht." Ich wies mit dem Zeigefinger auf mein Gesicht. „Was du da siehst, ist Überraschung. Ich kann mir einfach nicht vorstellen, daß irgendeine Frau ein Arschloch wie dich haben will."

„Du wolltest mich haben."

„Ein klarer Fall von vorübergehender geistiger Verwirrung."

„Sicher doch! Du hättest die Hochzeit durchgezogen, wenn ich sie nicht abgeblasen hätte."

„Wofür ich dir ewig dankbar sein werde."

„Diese Dankbarkeit kannst du mir wunderbar beweisen, indem du den Ring zurückgibst."

Ich hatte mir an diesem Morgen vor Verlassen des Hauses die rote Mähne zurückgekämmt und zum Zopf geflochten – nur deswegen riß ich mir jetzt nicht einzeln die Haare aus. Daß ich vor Wut anfing zu kreischen, konnte der Zopf allerdings nicht verhindern.

„Du nervst, Joel Panhorst! Du gehst mir so auf den Keks, das kann ich gar nicht beschreiben!" Gut möglich, daß ich dem Mann das in der Vergangenheit schon ein oder zweimal an den Kopf geworfen hatte, aber es konnte ja wohl kaum schaden, ihn erneut daran zu erinnern. „Ich habe es dir einmal gesagt, und jetzt sage ich es dir noch mal: Der Ring war ein Geschenk! Dadurch gehört er mir. Du kannst nicht einfach herkommen und Sachen verlangen, die mir gehören, weil du sie ..."

„... weil ich sie Simone Burnside geben will." Gelassen griff Joel in seine Gesäßtasche, zog seine Geldbörse heraus, klappte sie auf und hielt mir ein Foto des glücklichen Paares unter die Nase. Simone sah aus, als sei sie etwa dreißig Zentimeter kleiner als ich. Eine dieser winzigen Blondinen mit zartem Lächeln und Porzellanhaut. In diesem Fall mit Klamotten, die bestimmt mehr gekostet hatten, als ich in zwei Monaten verdiente. „Simone ist Anwältin." Joels Grinsen wurde immer breiter. „Außerdem auch schon Partnerin. In der Kanzlei Smith, Hoover und Burnside."

„Ich freue mich ja so für dich", zischte ich. „Jetzt sieh zu, daß du Land gewinnst." Das meinte ich ganz ernst, und um das zu beweisen, fixierte ich mein Gegenüber mit einem Blick, der einen klügeren Mann gewiß in Angst und Schrecken versetzt hätte.

Dumm war Joel nicht, wohl aber verdammt zäh, wenn es um Geld und Besitz ging. Das war eine der Eigenschaften, die ihn zu einem so guten Finanzberater und einem so schlechten Verlobten machten.

„Der Ring gehört mir." Joel rührte sich nicht von der Stelle. „Ich werde ihn Simone überreichen. Nächsten Monat findet unsere offizielle Verlobungsfeier statt, und komme, was wolle: Ich werde ihr dabei den Ring überreichen. Ich habe es ihr versprochen, Pepper, und ich habe nicht vor, meine Verlobte zu enttäuschen."

„Ach nein? Das ist ja mal ganz was Neues."

„Das war jetzt ein Schlag unter die Gürtellinie."

„Nicht so tief unter die Gürtellinie wie eine Hochzeit abzusagen, ohne der Braut Bescheid zu geben."

Offenbar kam die Botschaft jetzt endlich bei ihm an. Langsam wich die Farbe aus Joels Gesicht. „Willst du damit sagen, Simone soll für etwas leiden, das ich dir angetan habe? Das ist gewissenlos, Pepper!"

Ach ja? Der Gedanke ließ meine Laune beträchtlich steigen. Zum ersten Mal, seit sich mir Joel an diesem Morgen in den Weg gestellt hatte, lächelte ich ehrlich und aus tiefstem Herzen. Ich versetzte ihm einen sanften Klaps auf den Arm. „Kopf hoch! Ich will mich nicht revanchieren. Ich versuche nicht, dein Leben so zu ruinieren, wie du meins ruiniert hast. Aber leider ... leider könnte ich dir den Ring gar nicht zurückgeben, selbst wenn ich wollte. Ich habe ihn verkauft. Gleich nachdem ich erfuhr, daß du die Hochzeit abgeblasen hast."

Joel war unter der Sonnenbräune kreidebleich geworden. Sein Mund öffnete und schloß sich, ohne daß etwas herausgekommen wäre. Wie bei einem amerikanischen Zander, den man gerade aus dem Eriesee gezogen hat und der nun nach Luft schnappend am Ufer lag. „Verkauft?" stieß er schließlich verzweifelt hervor.

„Na klar! Was hätte ich sonst damit machen sollen? Mein Paps hockte im Knast, der Besitz meiner Familie hatte sich in Luft aufgelöst, der Mann, der mich lieben und auf Händen hatte tragen sollen, hatte mir deutlich zu verstehen gegeben, daß ihm sein Ruf mehr wert war als ich. Aber andererseits ..." Ich glaube, Joel war zu entsetzt, um meinen großäugigen, unschuldigen Gesichtsausdruck zu bemerken, aber ich tat dennoch mein Bestes. „Den Teil kennst du ja, oder? Schließlich warst du dieser Mann. Nachdem der Ruf der Familie Martin ruiniert und ihre Bankkonten geräumt waren, schwand dein Interesse an mir spurlos dahin. Du hast mich fallenlassen wie eine heiße Kartoffel."

„Aber ... verkauft? Du hast den Ring meiner Großmutter verkauft? Vielleicht ist es noch nicht zu spät, vielleicht kann man ihn noch zurückkaufen. Wo hast du ihn hingebracht? Zu welchem Juwelier?"

Lachend griff ich nach der Plastiktüte mit meinem Mittagessen, packte meine Handtasche fester, und als ich diesmal davonstapfte, war Joel viel zu erschüttert, um mich daran zu hindern. „Da würdest du nie kaufen. Du hast sicher auch noch nie davon gehört. Ich bin in den ersten Juwelierladen gegangen, an dem ich vorbeikam. Die haben dann auch prompt ein paar Riesen über die Theke geschoben."

„Ein paar Tausender?" Joels Adamsapfel hüpfte auf und ab. „Für einen dreikarätigen Diamanten?"

Ich versetzte ihm im Vorübergehen einen aufmunternden Schlag auf die Schulter. „Hör mal, manchmal muß man als Mädchen einfach tun, was ein Mädchen tun muß. Da beißt die Maus keinen Faden ab."

„Aber Pepper ..."

Ich hatte bereits einigen Abstand gewonnen und konnte es mir leisten, auf die Verzweiflung in Joels Stimme einzugehen. Ich blieb stehen und drehte mich um.

„Aber Pepper!" stammelte er. „Der Ring ist ein Familienerbstück."

Mit einem strahlenden Lächeln landete ich meinen letzten Coup. „Glücklicherweise ist es nicht meine Familie."

Meine Stimme klang selbstbewußt, mehr noch, befehlsgewohnt. Ich sah zu, daß ich fortkam. Ich wollte mir diesen Moment auf keinen Fall und durch nichts verderben lassen. Es wäre wirklich ein Jammer gewesen, hätte Joel mitbekommen, daß mein gerade neugewonnenes Selbstbewußtsein durch seinen Besuch einen heftigen Schlag erlitten hatte. Da half auch aller Sarkasmus wenig.

Wenn man entdecken mußte, daß der Mann, mit dem man mal verlobt war, prima über die Sache hinweggekommen ist und mit seinem Leben weitergemacht hat, während das eigene Leben immer noch so still und reglos daliegt wie ein Teich bei Windstille – das konnte einem Mädchen schon die Laune verderben.

Wenn man noch dazu entdeckte, daß die neue Frau in seinem Leben hübscher, reicher und viel, viel erfolgreicher war als man selbst und keineswegs darauf angewiesen, auf einem Friedhof zu arbeiten, dann half das auch nicht gerade weiter.

Im Bett war sie wahrscheinlich auch noch besser als ich. Ich meinte das Platschen fast zu hören, mit dem meine Selbstachtung auf dem Boden aufschlug.

Neben der Eingangstür zum Verwaltungsgebäude stand ein Mülleimer. Ich knüllte den gelben Zettel zusammen, auf den ich Quinns Telefonnummer notiert hatte, und warf ihn fort.

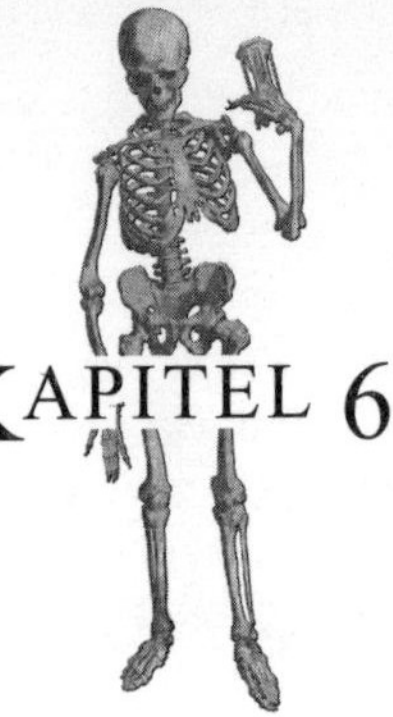

KAPITEL 6

Die Begegnung mit Joel ließ mir noch lange keine Ruhe. Den ganzen Morgen über versicherte ich mir immer wieder, daß Simone mit der Wespentaille und dem aussichtsreichen Anwaltsposten ihren Joel Panhorst von mir aus gerne behalten durfte.

Das war die Wahrheit, nichts als die Wahrheit und die ganze Wahrheit – Hand aufs Herz und nicht gelogen! Ich spürte es tief in meinem Herzen.

Leider ließ sich der Rest von mir nicht ganz so schnell davon überzeugen, so sehr ich mich auch bemühte. Besonders mein Ego tat sich schwer mit der Erkenntnis.

Trotzdem riß ich mich zusammen und erledigte alles, was ich mir für diesen Tag vorgenommen hatte. Ich wimmelte Ellas mütterliche, aber naseweise Fragen nach dem Mann im Nadelstreifenanzug geschickt ab und schaffte es, die Besprechung mit ihr in Rekordzeit durchzuziehen. Dann schleppte ich mich durch meinen Proberundgang auf den Spuren befreiter Sklaven. Anscheinend hatte niemand von meinen Kollegen mitbekommen, was am frühen Morgen beim Picknicktisch hinter der Verwaltung abgegangen war: daß man Pepper Martin mit der häßlichen Wahrheit einen Schlag über den Kopf gezogen hatte. Daß man ihr vorgeführt hatte, was ihr Leben war: eine Veranstaltung im Leerlauf. Ihr Job der größte Witz der Weltgeschichte, ihr Liebesleben unter dem Strich einfach nicht vorhanden.

Außerdem war sie nicht bereit, Risiken einzugehen und irgend etwas an diesem Zustand zu ändern. Auch das war an diesem Morgen klargeworden.

Warum das so war?

Die Antwort ist schlicht und einfach.

Joels Besuch hatte mich auf sehr ernüchternde Art wieder einmal daran erinnert, was geschah, wenn ich mein Herz verschenkte, wenn ich es jemandem gegenüber öffnete: Man trampelte darauf herum, es wurde zerquetscht, und generell schlecht behandelt. Dieser Gedanke ließ mich einfach nicht los.

Als die Zeit zum Mittagessen kam, und ich mir meinen Salat sowie meine Flasche fettarme Salatsoße aus dem Kühlschrank im Aufenthaltsraum der Angestellten holte, spürte ich, daß eine Pause erforderlich war. Ich mußte dringend kurz mal aufhören, mich unausgesetzt in Selbstmitleid zu suhlen und nichts, fand ich, lenkt besser ab als ein Ründchen Detektivspielen.

Ich verrührte Salat mit Soße, bewaffnete mich mit einer Plastikgabel, schleppte mein Mittagessen in mein Büro, schloß die Tür hinter mir und fuhr den Computer hoch. Als nächstes loggte ich mich im Internet ein und googelte Vinnie Palluccis Namen. Noch fehlte mir ein konkreter Plan, weswegen die Suche anfangs unstrukturiert verlief, denn eigentlich wußte ich nicht genau, wonach ich suchte. So erhielt ich Tausende von Treffern und hatte die Qual der Wahl: Wollte ich mir Babyfotos von Vinnie ansehen oder mich über seine drei Scheidungen informieren? Im Detail! Ich brauchte eine Weile, bis ich auf einer der neueren Webseiten gelandet war, die der Rock Hall.

Unter dem Titel „Ein Treffen mit dem Großvater des Rock" wurde dort auf eine Veranstaltung hingewiesen, die sich mit Leben und Werk der Band Mind at Large befassen sollte, und zwar unter Anleitung der Musiklegende Vinnie Pallucci.

Ich klickte mich zur entsprechenden Seite durch, überflog die Informationen, und als ich fertig war, hatte sich meine Stimmung deutlich gebessert. Zum ersten Mal, seit Joel mich gebeten hatte, ihm seinen Verlobungsring zurückzugeben.

Anscheinend wollte Vinnie Pallucci schon lange vor Halloween und dem großen Mind-at-Large-Konzert nach Cleveland kommen. Noch besser: Da er zu den Sponsoren der Rock Hall gehörte, sollte er im Rahmen von deren Veranstaltungsprogramm an den folgenden drei Mittwochabenden einen Kurs über die Band und deren Einfluß auf die moderne Rockmusik geben.

Ich zog meinen Terminkalender zurate – vielleicht war mein Leben ja doch nicht so jämmerlich ereignislos, wie ich insgeheim befürchtete. Hatte ich an den Abenden, an denen Vinnies Workshop stattfinden sollte, schon etwas vor?

Fehlanzeige: Mein Terminkalender zeichnete sich an sämtlichen Tagen durch gähnende Leere aus. Also verlief mein Leben doch so jämmerlich ereignislos, wie ich befürchtet hatte.

Was in diesem Fall allerdings von Vorteil war.

Ich zückte meine Kreditkarte und meldete mich umgehend zur Teilnahme an Vinnies Kurs an.

Schon bald befand ich mich auf dem Weg zur Schule des Hardrock, wo sich hoffentlich auch Gelegenheit zu einem kleinen Gespräch unter vier Augen mit Vinnie Pal ergeben würde.

Genau hätte ich gar nicht sagen können, was ich erwartet hatte. Hippies wahrscheinlich. Bunte Leutchen mit Perlenketten, die nach Patschuli und Marihuana dufteten.

So war ich überrascht, als ich in den Seminarraum der Rock Hall kam, der mühelos hundert Personen Platz geboten hätte, und dort auf etwa zwanzig adrett gekleidete Männer und Frauen mittleren Alters traf, die allesamt aussahen wie die Freunde, mit denen meine Eltern im Country Club Tennis zu spielen pflegten (ehe ein paar Bullen der Bundespolizei meinen Vater in Handschellen abführten natürlich, denn danach hatte sich jeder einzelne dieser Freunde umgehend verkrümelt und Mom war nach Florida geflüchtet, um fürderhin möglichst weit vom Ort ihrer Schande entfernt ihr Dasein zu fristen).

Noch größer wurde meine Überraschung beim Anblick der einzigen Teilnehmerin, die nicht so gediegen gestylt daherkam wie die anderen. Es handelte sich um die magere Langhaarige, die ich am Tag meiner ersten Unterhaltung mit Damon beim Putzen der Schaukästen angetroffen hatte, die ihm und Mind at Large gewidmet waren. Die Frau hatte sich einen Platz genau in der Mitte der vordersten Reihe gesichert, wo sie nun saß und an einem Kaffeebecher mit dem Aufdruck „City Roast" nippte.

Ein Kaffeebecher mit dem Aufdruck „City Roast" ... ja, ja, ich weiß, so etwas nennt man in unserem Gewerbe einen Hinweis. Auch ich hätte in diesem Becher einen Hinweis erkennen müssen und es wahrscheinlich sogar getan, wenn ich denn aufgepaßt hätte. Nur kam ich zu spät, was mir peinlich war, und ich dachte, alle würden nur mich ansehen, und das nahm mich dann doch sehr in Anspruch. Mir war nämlich gerade vorher im Auto noch eingefallen, daß ich vielleicht falsch angezogen war. Daß es vielleicht doch nicht so gut käme, wenn ich aussah, als wäre ich nur aufgelaufen, um den Ruf eines Mannes auf die Probe zu stellen, der ein Dutzend Grammys sein eigen nannte. Aber da hatte ich mich natürlich längst umgezogen und die Wohnung verlassen, und es war viel zu spät für irgendwelche Skrupel. Jetzt stand ich da, in meiner engen schwarzen Hose, dem leuchtend grünen Pullover und hochhackigen Pumps, die mich gut und gern noch einmal sechs Zentimeter größer machten, als ich ohnehin schon war, und war schlichtweg nicht zu übersehen.

Entschuldigungen murmelnd drückte ich mich an einem Pärchen vorbei, das in einer der vorderen Reihen direkt am Gang Platz genommen hatte, und schlängelte mich bis zu einem der mittleren Plätze durch. Kaum hatte ich es mir halbwegs gemütlich gemacht, als auch schon ein Angestellter der Rock Hall nach vorne trat und eine kurze Einführung zum besten gab.

„Ich habe Schule immer gehaßt."

Es wunderte mich wenig, Damon auf dem leeren Stuhl neben mir zu finden. Er hatte sich seit dem Tag, an dem ich mich für diesen Kurs angemeldet hatte, nicht mehr blicken lassen, was mir nur recht gewesen war. Ich hatte eine Weile gebraucht, um den Schlag zu verdauen, den Joels Besuch mir versetzt hatte. Ich hatte mir noch ein paarmal ernsthaft ins Gewissen reden und mir den einen oder anderen Tritt in den Hintern geben müssen, ehe ich wieder so tun konnte, als sei Damons Fall das einzige, was mich im Augenblick beschäftigte. Nun brannte ich darauf, Damon von meinem Plan zu berichten. Ich beugte mich über meine Handtasche und tat, als suche ich fieberhaft nach einem Stift, während ich ihm antwortete.

„Ist doch egal, ob du die Schule gehaßt hast oder nicht. Der Kurs hier ist total perfekt."

„Heißt das, Vinnie kommt auch?"

„Er ist der Ehrengast." Auch wenn der Raum nicht überfüllt war, konnte ich nicht ewig in meiner Handtasche herumwühlen und vor mich hinmurmeln, ohne Aufmerksamkeit zu erregen. Entschlossen zog ich Notizbuch und Kugelschreiber aus der Handtasche und setzte meinen Teil der Unterhaltung schriftlich fort.

„Ich will versuchen, mich nach dem Unterricht mit ihm zu unterhalten."

„Gut!" Damon mußte sich nicht darum sorgen, ob jemand ihm zuhörte. Er streckte die Beine aus, lehnte sich zurück und drapierte den linken Arm über die Rücklehne des leeren Stuhls links von sich. Die nächste Nachbarin in der Reihe saß zwei Stühle weiter. Anscheinend war das nicht weit genug: Als Damon sich so ausbreitete, fing sie an zu zittern und zog sich einen mit Kürbissen und neckischen Teddybärchen verzierten Pullover über. Die Teddybären trugen Hüte ...

„Was willst du zu ihm sagen?" wollte Damon wissen. Genau diese Frage beschäftigte mich ebenfalls. Seit dem Tag, an dem ich nicht wenige meiner sauer verdienten Dollar hingeblättert und mich für diesen Kurs angemeldet hatte. Einen ausgereiften Plan nannte ich leider immer noch nicht mein eigen, es gab aber schon ein paar Anfangsüberlegungen.

„Erst einmal erzähle ich ihm, daß er meiner Meinung nach der wunderbarste Sänger der Welt ist."

Damon verzog angewidert das Gesicht. „Ist er nicht!"

„Ein bißchen Schmeichelei kann nicht schaden und bringt einen oft ganz schön viel weiter."

„Ihn bringt das dazu, daß er sich aufbläht wie ein Ochsenfrosch!"

„Er hat Lob verdient, er ist ein Star."

„Er ist eine Fälschung!"

„Aber ich muß ihm erzählen, daß ich ein Fan von ihm bin. Anders geht es nicht."

„Was dann?"

Mein Achselzucken sagte wohl alles. Trotzdem führte ich es noch aus: „Ich muß mich mit ihm unterhalten. Allein." Das letzte Wort unterstrich ich zweimal. „Ich muß ihm zeigen ..."

„Meine Damen und Herren!" Der Mann am Rednerpult war fertig und wies mit schwungvoller Geste auf die Tür. „Vinnie Pal! Mr. Vinnie Pallucci!"

Für stehende Ovationen hatte ich noch nie viel übrig, konnte mich aber in diesem Fall nicht ausschließen, da mir sonst die Gelegenheit entgangen wäre, einen ersten Blick auf Vinnie Pal zu werfen.

Der so gar nicht aussah wie der Typ auf dem Poster in der Eingangshalle ...

Natürlich nicht! Ich versetzte mir eine mentale Ohrfeige. Der Typ, der als Antwort auf die schwungvolle Geste durch die Tür getreten war, war groß, schwarz und stämmig wie ein professioneller Ringer. Er trug einen dunklen Anzug und eine Ray-Ban-Sonnenbrille – die er sich jetzt mit einem Ruck von der Nase riß, um einen aufmerksamen Blick über die versammelte Menge gleiten zu lassen.

Der Leibwächter – klar! Anscheinend war die Luft rein: Der Mann winkte durch die Tür hindurch jemandem zu, der im Flur gewartet hatte.

Jetzt erst gesellte sich der wahre Vinnie Pal zu uns. Es ist eine Sache, einen Star auf einem Foto zu sehen oder zuzuschauen, wie er bei den MTV Music Awards über die Bühne stolziert. Ihn aus nur wenigen Metern Entfernung live zu erleben ist etwas ganz anderes. Während um mich herum höflich geklatscht wurde und einige Leute ihre Kameras zückten, sah ich mir diesen Vinnie Pallucci ganz genau an. Von Kopf bis Fuß sozusagen.

Er war kleiner als ich, trug Jeans, die aussahen, als hätten sie schon lange keine Waschmaschine mehr von innen gesehen, und trotz des kühlen Wetters draußen nur ein graues, kurzärmliges Polohemd. Sein Bauch wölbte sich über dem Gürtel, und in Anbetracht seines Alters war seine Haarfarbe (schwarz) wohl eher ein Produkt der Chemieindustrie als seiner Gene. Ehrlich gesagt fand ich, ein Typ mit soviel Schotter könnte sich ruhig einen besseren Friseur suchen und sich von Zeit zu Zeit mal die Haare waschen, damit sie ihm nicht so schlaff und strähnig auf die Schultern hängen.

„Schwarze Magie?" Um uns herum wurde soviel Lärm veranstaltet, daß ich nicht zu befürchten brauchte, mich könne jemandem hören. Ich wandte mich zu Damon. „Wie ein Hexer sieht der Typ aber nicht gerade aus."

„Wie soll ein Hexer denn deiner Meinung nach aussehen?"

Ich schüttelte den Kopf. „So nicht. Ich dachte, er wäre ... ich weiß auch nicht ... angsteinflößend. Oder wenigstens irgendwie hartgesotten, clever, immer ganz wach und lauernd. Der da vorn sieht aus wie der alte, ewig besoffene Onkel von irgendwem."

„Das Aussehen kann täuschen."

Ohne Zweifel – aber ehe ich noch mehr sagen konnte, hob Vinnie beide Arme, ein Signal an die Massen, die Begeisterungsstürme einzustellen.

„Danke. Vielen Dank!" rief er laut und enthusiastisch, als stünde er auf der zentralen Bühne einer Arena, und Tausende von Fans jubelten ihm zu. Er zog einen Stuhl vor die Bankreihe, setzte sich und sah sich um. „Ihr seid fantastisch." Bildete ich mir das nur ein, oder stutzte er kurz, als er die magere Frau mit dem Kaffeebecher entdeckte? Nein, ich hätte schwören können, daß sein Blick etwas länger an ihr hängenblieb.

Ich beugte mich dicht an Damon heran und deutete mit dem Kinn vorsichtig in Richtung Putzfrau. „Wer ist das?“ fragte ich flüsternd.

Damon folgte kurz meinem Blick. Er schüttelte den Kopf. „Die sehe ich heute zum ersten Mal.“

„Vinnie nicht. Er kennt sie.“

Wir kamen nicht mehr dazu, uns weiter zu unterhalten. Vinnie ließ weiterhin den Blick über die Sitzreihen wandern, und als er zu dem Punkt kam, an dem Damon saß, kniff er ganz leicht die Augen zusammen, und ein Funken Interesse glomm darin auf. Konnte er dank seiner schwarzen Magie Damon sehen? Nein, sein Interesse galt gar nicht dem Sitz neben mir, sondern meinem – Vinnie starrte eindeutig in meine Richtung. Ich warf Damon einen raschen Seitenblick zu, der besagen sollte, mein Plan stehe nun fest, und setzte mich kerzengerade hin. Das war zwar die Hölle für meine Rückenmuskeln, erlaubte Vinnie jedoch einen guten Blick auf das, was ihn offenbar an mir interessierte. Prompt warf er mir ein wohlwollendes Lächeln zu.

Glauben Sie mir, einfach war es nicht, diese superaufrechte Haltung beizubehalten! Aber die Mühe lohnte sich: Immer wieder kehrte Vinnies Blick zu mir zurück, während der Mann sich in einem endlosen Monolog über seine ersten Jahre bei Mind at Large erging. Himmel hilf, der Typ war deutlich im Rentenalter und ziemlich fett, und sein Umgang mit seinen Haaren ließ wie bereits erwähnt einiges zu wünschen übrig ...

Aber jedesmal, wenn er zu mir herübersah, strahlte ich ihn an wie ein Groupie seinen Lieblingsstar.

Der Unterricht endete mit Vinnies Versprechen, in der kommenden Woche mit der Geschichte der Band fortzufahren. Danach gab es für ihn allerhand Hände zu schütteln und Autogramme zu verteilen, und ich durfte mich entspannen.

„Du willst dich ihm doch nicht etwa an den Hals werfen?“

Das war das erste, was Damon seit Unterrichtsbeginn von sich gegeben hatte, und ich konnte ihm nicht verdenken, daß er angesäuert klang. Tot oder lebendig, für Rockstars geht es darum, sich in Szene zu setzen, und meinem Geist gefiel es überhaupt nicht, unsichtbar und stumm hier hocken zu müssen, während Vinnie Pal sich sämtliche Verdienste für den Erfolg von Mind at Large auf die Fahnen schrieb. Allerdings war Damons Beitrag zum Aufstieg der Gruppe nicht unerwähnt geblieben: Vinnie hatte sich nach Beendigung seines Vortrags erkundigt, ob es noch Unklarheiten gäbe, woraufhin die magere Frau in der ersten Reihe nach Damon gefragt hatte. Zweimal. Beide Male hatte Vinnie seine Antwort mit einem theatralischen Kopfschütteln eingeläutet.

„Traurig, traurig. Daß Damon sein Leben so verschwendete. Er hatte Potential. Er hätte etwas aus sich machen können."

„Er singt in seinem Grab." Dieser Kommentar der mageren Frau weckte unruhiges Gemurmel. „Er strahlt wie eine Sonne, und die Würmer laben sich an seinem Herzen."

Vinnie verzog das Gesicht – wer konnte es ihm verdenken? Aber gleich darauf hatte er sich wieder im Griff und brachte ein Lächeln zustande: eins zu null für ihn. „Sie haben recht, manche Menschen sind wie Glühwürmchen. Sie strahlen hell, sie flackern, sie erlöschen. Damon hat ein paar ganz gute Sachen ..."

Neben mir ertönte ein leiser, unflätiger Fluch.

„... abgeliefert, doch sein Talent hatte keine Zeit zu reifen."

Ich wollte weder auf den Fluch noch auf Vinnies Einschätzung näher eingehen, mußte ich doch befürchten, daß Damon ziemlich empfindlich reagierte. Kurz entschlossen schnappte ich meine Handtasche, drückte mir das Notizbuch an die Brust, stand auf und trat ans Ende der Sitzreihe, wo ich stehenbleiben mußte, bis die Leute, die beim Gang saßen, auch aufstanden, um zu gehen. Vorn wartete die magere Frau darauf, ein paar Worte mit Vinnie wechseln zu dürfen. Nach all dem Geschwätz über Damon und Würmer – Gott, mir war immer noch schlecht! – wunderte mich das wenig. Die beiden sprachen kurz miteinander, dann verschwand die Frau ziemlich hastig.

Ich sah zu, wie sie ging, ehe ich mich Damon zuwandte. „Ich werde mich ihm nicht an den Hals werfen", zischte ich. „Ich wollte nur höflich sein, deswegen habe ich ihm während des Vortrags zugelächelt, und wenn irgendwie die Hoffnung darauf besteht, daß ich irgendwo ungestört ein Gespräch mit ihm führen kann, dann werde ich auch weiterhin freundlich zu ihm sein."

Ich sah Vinnie an: alt, aufgebläht und müde.

Ich sah Damon an: jung, umwerfend und so sexy wie nur irgendein toter Typ, den ich je zu Gesicht bekommen hatte.

„Es würde mir leichter fallen, wenn du nicht dabei wärst", erklärte ich und bot ihm gar nicht erst die Gelegenheit, mir zu widersprechen. Wahrend ich mich brav hinter den anderen Leuten einreihte, die Vinnie die Hand schütteln wollten, scheuchte ich Damon mit einer verstohlenen Kopfbewegung Richtung Tür.

Ich kann nicht mit hundertprozentiger Sicherheit sagen, ob er gleich ging oder nicht. Ich weiß nur, daß er nirgendwo in der Nähe herumlungerte, als ich an der Reihe war, mich ein wenig im Glanz von Vinnies Ruhm zu sonnen.

Der Rockstar streckte mir die Hand hin, und als ich sie ergriff und schüttelte, dauerte es ein klein wenig zu lange, ehe er meine Hand wieder freigab. „Sag", meinte er. „Was macht ein heißes kleines Törtchen wie du auf so einer Veranstaltung?" Als Anmache war das denkbar lahm, aber wenn es sein muß, kann ich kichern wie das letzte aller albernen kleinen Gänschen – und jetzt kam es drauf an, also kicherte ich.

Siehe da: Es funktionierte. Vinnie musterte mich von oben bis unten, und was er sah, mußte ihm wohl gefallen haben, denn sein Lächeln wurde immer breiter. Bis es ungefähr den Umfang seiner Taille erreicht hatte. „Dann bist du ein Rock' n' Roll-Fan?"

„Ich bin ein Fan von Mind at Large."

„Nun mach mal halblang!" Er versuchte, sich bescheiden zu geben, was er allerdings in den Jahren im Rampenlicht gründlich verlernt hatte. „Als wir ganz groß waren, gab es dich noch gar nicht."

„Sie sind immer noch ganz groß." Irgendwie kriegte ich es hin, daß das so klang, als rede ich wirklich vom Ruhm der Band und nicht von Vinnies Bauch. „Ich habe all Ihre CDs, ich kenne die Texte von jedem Song, den Sie je geschrieben haben. Besonders die neuen Sachen. Sie sind ein Genie."

Vinnie widersprach mir nicht. Er gab dem Leibwächter, der an der Tür ungeduldig mit dem Fuß auf den Boden klopfte und immer wieder ostentativ auf die Uhr sah, zu verstehen, daß er nicht mehr lange zu warten bräuchte, ehe er seinen Blick erneut von meinem Scheitel bis zu den Fußspitzen wandern ließ. Besonders lange verweilte er an der Stelle, wo ich mir das Notizbuch an die Brust drückte. „Bin ich der erste Rockstar, den du von nahem kennenlernst?"

„Der erste, der so berühmt ist wie Sie." Meine Stimme klang ganz atemlos vor Aufregung, dafür sorgte ich schon. „Mind at Large! Ihr seid doch Götter!"

Gut, wahrscheinlich trug ich etwas zu dick auf – das rechtfertigte aber noch lange nicht, daß mir Damon wütend ins Ohr zischte. Ich zuckte zusammen, war ich doch davon ausgegangen, daß er sich schon lange verzogen hatte. Ich schwankte, mein Schuh verfing sich an einem Stuhlbein, und wenn Vinnie mich nicht am Arm gepackt hätte, wäre ich wohl wie ein Stein zu Boden gegangen.

Er vergewisserte sich, daß ich wieder fest auf den Beinen stand und warf mir ein Tausend-Watt-Lächeln zu, ehe er sich bückte, um das Notizbuch aufzuheben, das mir aus der Hand gerutscht war. „Du wirst doch jetzt nicht in Ohnmacht fallen?" fragte er besorgt. „Manche Mädchen fallen ja in Ohnmacht, wenn sie mich sehen, aber du machst mir nicht den Eindruck ..."

Vinnie ließ seinen Satz unbeendet. Das lag daran, daß mein Notizbuch beim Fallen genau auf der Seite aufgeschlagen worden war, auf die ich meinen Teil der Unterhaltung mit Damon geschrieben hatte.

„Aber hallo! Du schreibst Gedichte!" Vinnie grinste. „Das hier hört sich glatt so an, als wäre es über mich."

Dann las er die Kommentare laut vor, die ich Damon gegenüber abgegeben hatte:

„Ich will versuchen, mich nach dem Unterricht mit ihm zu unterhalten.

Erst einmal erzähle ich ihm, daß er meiner Meinung nach der wunderbarste Sänger der Welt ist.

Ein bißchen Schmeichelei kann nicht schaden und bringt einen oft ganz schön viel weiter.

Er hat Lob verdient, er ist ein Star.

Aber ich muß ihm erzählen, daß ich ein Fan von ihm bin. Anders geht es nicht.

Ich muß mich mit ihm unterhalten. Allein. Ich muß ihm zeigen ..."

Vinnies glühender Blick wich keine Sekunde von mir. Der Star schob sich näher an mich heran und senkte die Stimme. „Du hast das Gedicht ja gar nicht zu Ende geschrieben, Baby. Du hast nicht gesagt, was du mir zeigen wirst, wenn wir allein sind."

Einfach war es nicht, aber ich kicherte wie der durch die Begegnung mit seinem Star völlig außer Rand und Band geratene Fan, der ich zu sein vorgab. „Das erfährst du erst, wenn wir allein sind!" gurrte ich.

Damit war der Deal so gut wie perfekt: Wir kamen überein, noch zusammen in eine Bar zu gehen.

Vinnie sagte, sein Fahrer (damit deutete er auf den Leibwächter, der Mann war offenbar in Doppelfunktion unterwegs) würde uns ins Synergy fahren, eine beliebte Bar unten im Warehouse District. Aber zu so einem intimen Beisammensein war ich noch nicht bereit. Schnell erdachte ich eine Ausrede über mein Auto, das bis um zweiundzwanzig Uhr den Parkplatz verlassen haben mußte, auf dem ich es abgestellt hatte, weil dieser dann zumachte und ich nicht mehr an das Auto herankam, und versprach, mich in einer halben Stunde direkt in der Bar mit ihm zu treffen. Ich hatte den Seminarraum schon hinter mir gelassen und war auf dem Weg nach draußen, als mich die Ungeheuerlichkeit dessen, was sich da gerade abgespielt hatte, mit der Wucht eines Hammerschlags traf.

Jetzt hatte ich schon zum zweiten Mal in einer einzigen Woche ein Date mit einem Rockstar, und diesmal war er nicht tot.

Weil es ein Wochentag war, war das Synergy lange nicht so voll, wie ich es an Freitagen und Samstagen schon erlebt hatte. Aber die Musik war laut, und die Anwesenden – in der Mehrzahl gutgekleidete junge Geschäftsleute – mußten schreien, wenn sie sich verständigen wollten. Vinnie hatte uns vorn am Tresen etwas zu trinken besorgt und glitt nun, als er zurückkam, neben mich auf die Bank in der Nische.

Die höfliche, der Menschheit wohlgesonnene Pepper wollte glauben, daß er das nur aus Rücksicht tat, weil er wußte, daß wir eng beieinandersitzen mußten, wenn wir uns unterhalten wollten. Die praktisch veranlagte Pepper wußte genau, daß es kein Zufall war, als sich sein Oberschenkel jetzt an meinem rieb.

Rechts von mir war die Wand. Ich rutschte ein wenig dichter an sie heran.

Vinnie nahm es nicht persönlich. Aber etwas sagte mir, daß er einfach nur abwartete, bis der richtige Zeitpunkt gekommen war. Rockstars brauchen nicht zu betteln, was er wahrscheinlich besser als jeder andere wußte.

Er schob mir das Glas zu, das er mir mitgebracht hatte und starrte dann nachdenklich auf den Inhalt des vor ihm stehenden Glases. Scotch pur. „Meine Ärztin würde mir den Kopf abreißen, wenn sie mich mit dem Zeug hier sähe“, meinte er und legte wie beiläufig den Arm auf die Rückenlehne unserer Sitzbank.

So tun, als sei ich ein Fan, war eine Sache, doch meine Opferbereitschaft hatte Grenzen. Ich rang mir ein mitfühlendes Lächeln ab, während ich gleichzeitig noch näher an die Wand rückte. „Irgendwie siehst du mir nicht aus wie einer, der auf die Ärzte hört.“

Vinnie gönnte sich einen großen Schluck Whiskey. „Das war mal so. Heute sind Ärzte und Rechtsanwälte die Leute, mit denen ich den größten Teil meiner Zeit verbringe."

„Hoffentlich heißt von den Anwälten niemand Simone."

Ich hatte witzig sein wollen, was Vinnie natürlich nicht ahnen konnte. Er trank sein Glas aus, fing den Blick der Barfrau auf und signalisierte, noch eins zu wollen. Als er sich wieder mir zuwandte, wurde sein Lächeln einen Tick intensiver. „Ein hübsches Mädchen wie du will doch wohl nicht über Ärzte und Anwälte sprechen, oder?" Er schob den Kopf vor, ich zog meinen zurück. „Du willst über mich sprechen, habe ich recht? Mich kennenlernen?"

Ich konnte nur hoffen, daß er das mit dem Kennenlernen nicht im biblischen Sinne meinte – aber wem wollte ich da etwas vormachen? Eine schauderhafte Vorstellung, die ich mit Geplapper aus meinem Kopf zu verbannen versuchte. „Ich habe Tickets für das große Konzert!" sagte ich. Klar war das eine fette Lüge, aber das konnte Vinnie ja nicht ahnen, und ich wollte wirklich nicht, daß er dachte, ich hätte es auf einen Kuhhandel abgesehen. Ein, zwei Backstagepässe im Austausch für ...

Ich schluckte meinen Ekel über das Bild, das mir in den Kopf kam, hastig hinunter und schnatterte aufgeregt weiter. „Ich weiß so viel über die Band! Ich finde es einfach unglaublich toll, daß ihr alle zusammen hier in der Stadt sein werdet."

„‚Sein werdet' stimmt nicht ganz." Die Kellnerin, die Vinnies Nachschub brachte, war um Jahre älter als die Barfrau und erkannte den Star sofort. Ihre Augen wurden groß. Grinsend zwinkerte Vinnie ihr zu. „Wir sind schon alle hier", erklärte er. „Wir leben heute praktisch über die ganze Welt verteilt, da schien es einfacher, sich gleich hier zu treffen, eine Weile vor dem Konzert. So können wir ein bißchen Werbung machen, und wir nehmen auch gerade eine neue CD auf." Verheißungsvoll hob er die Brauen. „Ich kann dir eine besorgen, ehe sie auf den Markt kommt. Würde kaum etwas kosten." Sein Blick glitt an meinem grünen Pullover hinunter. „Was du dafür sonst noch kriegst, Baby ... ich verspreche dir, das vergißt du so schnell nicht."

Wenn ich weiterhin einfach nur so dasaß und gar nichts unternahm, würde es mir bald hochkommen, also griff ich nach meinem Sour Apple Martini und genehmigte mir einen Schluck. Einen sehr kleinen Schluck. Der Wodka half, mein Lächeln zu ölen. „Ein Exemplar der neuen CD, wow. Vielleicht bringst du es mir nächsten Mittwoch zum Kurs mit."

„Vielleicht kommst du noch mit mir dorthin, wo ich wohne. Bernie wartet draußen im Auto, das hat einen verdammt großen Rücksitz, und er guckt uns auch bestimmt nicht im Rückspiegel zu – jedenfalls nicht die ganze Zeit." Inzwischen klemmte ich fast an der Wand, und als Vinnie die Stimme senkte und sich noch dichter an mich heranschob, konnte ich mich keinen Millimeter mehr zurückziehen. Ich saß in der Falle. „Es ist nicht weit bis zum Winton Place", gurrte Vinnie. „Ist gleich drüben an der Gold Coast, und wenn wir da sind, machen wir im Penthouse gleich weiter."

„Das wäre einfach toll." War das meine Stimme? Die so seltsam heiser klang? Ob Vinnie den Unterschied zwischen atemlos weil völlig begeistert und atemlos weil total angewidert kannte? Wollte ich etwas erreichen, so mußte ich dafür sorgen, daß er in dieser Frage noch ein Weilchen im Ungewissen blieb. „Wenn nicht heute abend, dann kann ich ja irgendwann mal vorbeikommen ..."

„Wann immer du willst, Baby. Tag oder Nacht." Er zwinkerte. „Ich sage dem Portier Bescheid, daß er dich reinläßt."

Ich genehmigte mir noch einen Schluck, ehe ich mit dem Finger ganz langsam und lässig eine Acht auf den Tisch malte, in der Hoffnung, damit seinen Blick von meinem Busen abzulenken. „Aber ehe wir uns bei dir treffen, würde ich mich gern mit dir unterhalten. Über etwas Wichtiges."

„Du redest, ich höre zu. Sobald ich fertig bin mit küssen."

Ich richtete mich geistig-seelisch auf das Schlimmste ein, aber ehe Vinnie seine Drohung wahr machen konnte, rettete mich das Auftauchen der Kellnerin, die Vinnie vorhin den zweiten Whiskey gebracht hatte. Sie kam in Begleitung des Kochs und zweier Gäste, die alt (oder voll) genug waren, um sich im Bann wahrer Rock' n' Roll-Größe zu wähnen.

Glauben Sie mir, ich hatte absolut nichts dagegen, daß diese sabbernden Fans dafür sorgten, daß Vinnie schon bald gar nicht mehr an mich dachte. Ganz im Gegenteil: Ich lehnte mich zurück und stieß einen leisen Seufzer der Erleichterung aus.

Da saß ich nun, fragte mich, wie ich Vinnie wohl zu einem Gespräch über Damon bewegen konnte und sah dem Affentheater zu, welches sich um mich herum abspielte. Die Kellnerin küßte Vinnie. Der Koch versetzte ihm einen begeisterten Klaps auf den Rücken. Die beiden Gäste baten ihn um je ein Autogramm auf je eine Cocktailserviette, und dann zückte auch noch wer eine Digitalkamera und bestand darauf, daß ein Foto von ihm und Vinnie gemacht wurde. Halleluja! Meine Rettung!

„Aber ich soll doch bestimmt nicht mit drauf!" zwitscherte ich und machte Anstalten, aus der Nische zu rutschen. Ich hätte wissen müssen, daß mich Vinnie so leicht nicht davonkommen lassen würde! Statt aufzustehen, damit ich mich an ihm vorbeidrücken konnte, grinste er und klopfte einladend auf seinen Schoß. Mein Weg in die Freiheit führte über ihn hinweg.

Wissen Sie was: Ich erspare Ihnen Details! Ich sage nur, daß ich froh war, als ich mir endlich einen Weg durch die Menge bahnen konnte. Ich schaffte es, die Fassung zu wahren, bis ich in der Nähe des Tresens angekommen war, wo ich mir den nächsten freien Barhocker schnappte, mich setzte und leicht zitternd beschloß, so schnell wie möglich die Fliege zu machen. Solange das noch ging.

Hieß das, ich wollte die Ermittlungen aufstecken?

Auf gar keinen Fall! Aber irgend etwas sagte mir, Vinnie würde erst einmal zu sehr mit seinen Fans beschäftigt sein, um mit mir ein ernsthaftes Gespräch über Damon zu führen. Also entschied ich mich, es an einem anderen Tag zu versuchen. Zum Beispiel an einem, an dem er nicht trank und nicht wild entschlossen war, mir an die Wäsche zu gehen.

Ich hatte gerade angefangen, in meiner Handtasche nach dem Autoschlüssel zu fahnden, als ich aus dem Augenwinkel draußen auf der Straße, vor dem großen Panoramafenster der Bar, eine Bewegung wahrnahm. An einem Wochenende wäre sie mir bestimmt nicht weiter aufgefallen, aber, wie ich schon sagte, es war ziemlich ruhig an diesem Abend, und ich sah soeben zum ersten Mal draußen jemanden vorbeigehen. Als ich mich samt Barhocker dem Fenster zudrehte, um einen besseren Blick zu haben, stockte mir der Atem.

„Heilige Scheiße!" Draußen war der Mann, den ich gesehen hatte, weitergegangen und nicht mehr zu sehen. Egal: Ein Blick hatte gereicht. Das Gesicht hätte ich überall wiedererkannt. Das da draußen, das war Dan Callahan gewesen. Genau, derselbe Dan Callahan, der mir weisgemacht hatte, er führe am örtlichen Krankenhaus Studien über das menschliche Hirn durch, und ich hatte ihm geglaubt, bis ich herausfinden mußte, daß ihn im Krankenhaus niemand kannte und daß der Raum, den ich für sein Büro gehalten hatte, in Wirklichkeit die Besenkammer war. Dan Callahan, der mir auf der großen Kostümgala zu Ehren einer berühmten Schriftstellerin aufgelauert hatte, um mir ein Foto zu zeigen, auf dem ich im Gespräch mit zwei Geistern zu sehen war.

Ich hatte Dan seit der schicksalhaften Gala nicht mehr gesehen, was nicht heißen mußte, er wäre niemals in meiner Nähe gewesen. Wenn ich eins gelernt hatte in den vergangenen Monaten, dann das: Hinter mir waren in einer Tour Leute her. Manche, weil sie mich mochten. Manche, weil sie etwas von mir wollten. Manche, weil sie mich töten wollten. Ich war mir in diesem Moment nicht sicher, in welche Kategorie ich Dan einzuordnen hatte, und war nicht bereit, irgendwelche Risiken einzugehen. So glitt ich vom Barhocker und begab mich Richtung Damentoilette.

Aber ich ging nicht hinein.

Genau wie ich gehofft hatte, gab es in der Nähe der Toilette eine Hintertür. Ich betete darum, daß ich beim Öffnen keinen Alarm auslösen würde, glitt nach draußen und landete in einer Seitengasse. Die wieder zurück zur Straße führte. Mein Timing war perfekt: Ich betrat den Bürgersteig dort genau in dem Moment, in dem Dan an der Ecke zur Seitengasse ankam.

Na und, war er baff? Das ließ sich schwer sagen. Das Licht einer nahen Straßenlaterne brach sich in seinen runden Brillengläsern, weshalb es mir unmöglich war, seine Augen zu sehen.

„Hallo, Pepper." Dan und ich waren etwa gleich groß, aber an diesem Abend verschafften mir meine coolen Stilettos einen eindeutigen Vorteil. Mein Gegenüber wich ein paar Schritte zurück, um mich genau betrachten zu können. „Klasse siehst du aus. Was für ein Zufall, dich hier zu treffen."

„Ja, echt ein Zufall, wie? Ich weiß nur nicht, was dich daran so wundert. Wo du mir die ganze Zeit nachschleichst."

„Ach ja? Ich schleiche dir nach?" Dan schob sich die Brille auf der Nase zurecht.

Eins der Dinge, die ich über Dan nicht erwähnt habe, ist die Tatsache, daß er unglaublich süß ist und küßt wie ein junger Gott. Beides Dinge, an die ich tunlichst nicht denken mochte, als ich ihn so in engen Jeans und Lederjacke vor mir stehen sah. Ich hatte schon genug um die Ohren, ein Anfall von Lust und Begierde war jetzt nicht angesagt. Ich verschränkte die Arme vor der Brust; vielleicht gelang es mir ja so, einschüchternd zu wirken. „Was führst du im Schilde?" erkundigte ich mich finster.

Dans Lederjacke knarrte, als er die Achseln zuckte. „Ich mache einen Spaziergang", meinte er, während er sich bei mir einhakte. „Wollen wir einen Kaffee trinken gehen?"

„Nein!" Ich schüttelte ihn ab, wobei ich einen Schritt zurücktrat. „Antworte gefälligst: Was willst du?"

„Ich? Nichts."

„Von wegen. Du bist schließlich auf dieser Party aufgetaucht und hast mir das Foto gezeigt, auf dem ich mit zwei Geistern zu sehen bin."

Ein feines Lächeln umspielte Dans Mundwinkel. „Habe ich gesagt, daß es Geister waren?"

Verdammt, der Mann hatte recht! Ich hätte mich ohrfeigen können. „Du hast es angedeutet."

Er grinste. „Nein."

„Du wolltest es andeuten."

„Nein."

„Warum hast du dir dann die Mühe gemacht, mir das Foto zu zeigen – und wie zum Teufel hast du ein solches Bild überhaupt gemacht? Wer hat denn schon die Ausrüstung, um Gei..." Nein, noch einmal würde ich ihm nicht die Genugtuung verschaffen, mich an meinen eigenen Worten aufzuhängen. „Wer hat denn schon die Ausrüstung, um durch ein Fenster hindurch so gute Fotos zu schießen? Du hast sie doch durchs Fenster geschossen, oder etwa nicht? Als ich in der Bibliothek des Bowman-Hauses war. Du hast mir nachgeschnüffelt."

„Mach dich nicht lächerlich." Dan brauchte dringend einen Haarschnitt – genau wie damals, als ich ihn in der Notaufnahme des Krankenhauses kennenlernte. Nach meinem Zusammenstoß mit den Treppenstufen von Gus Scarpettis Mausoleum. Als er den Kopf schüttelte, fiel ihm eine Strähne ins Gesicht. Ungeduldig strich er sie sich aus den Augen. „Ich schnüffle dir nicht hinterher, und ich laufe dir auch nicht nach."

„Ach ja? So bist du auch an das Foto gekommen, was? Indem du mir nicht hinterhergeschnüffelt hast und indem du mir nicht hinterhergelaufen bist."

„Ich mußte das Foto machen. Du hättest doch sonst nie auf mich gehört."

„Ich höre auch jetzt nicht auf dich."

„Aber das solltest du. Du beschäftigst dich mit Sachen, von denen du lieber die Finger lassen solltest. Du beschäftigst dich mi..."

„... Kräften, die ich nicht verstehe. Ja, schon klar. Weißt du was: Das hört sich an wie eine Textzeile aus einem schlechten Horrorfilm. Warum kommst du nicht zur Sache? Du glaubst, ich wüßte irgend etwas über Geister. Das würdest du nicht glauben, wenn du nicht selbst etwas über Geister wüßtest. Läufst du mir deswegen nach? Um herauszufinden, was ich weiß? Oder hast du nur vor, von Zeit zu Zeit aufzutauchen, Schwachsinnswarnungen von dir zu geben und wieder in der Nacht zu verschwinden?"

„Meine Warnungen sind kein Schwachsinn. Ich weiß, wovon ich rede."

„Ach ja?" Mir war gerade etwas eingefallen – vielleicht war es gar nicht so schlecht, daß Dan mir über den Weg gelaufen war. „Weißt du etwas über schwarze Magie?"

Dan wirkte verblüfft. Er nahm sich eine Minute Zeit, über die Frage nachzudenken. „Du machst doch jetzt nicht etwa auch noch mit ..."

„Ich mache mit gar nichts rum. Ich suche Informationen. Wenn du so viel über die andere Seite weißt ..."

„Was ich nie behauptet habe."

„Du hast auch nie behauptet, es nicht zu tun."

Dan stöhnte. Als hätte er Kopfschmerzen. Er legte den Kopf in den Nacken und ließ ihn von einer Seite zur anderen rollen. „Wir müssen miteinander reden!" sagte er und versuchte erneut, sich bei mir einzuhaken.

Wieder einmal war mir so gar nicht danach, behandelt zu werden, als müsse man mich an die Hand nehmen. Ich schüttelte ihn noch einmal ab.

Eine heftige Abwehr war es nicht gerade und als Konfrontation nicht eben dramatisch zu nennen, aber zufällig fuhr in diesem Moment ein Streifenwagen an uns vorbei, und der Bulle auf dem Beifahrersitz ließ sein Fenster herunter. „Alles in Ordnung?" fragte er.

„Alles wunderbar", versicherte ich ihm, und ich wußte, so würde es auch sein. Die Bullen waren noch nicht weitergefahren, da hatte Dan auch schon den Rückzug angetreten. Rückwärts. Richtung Seitengasse.

„Magie ist kein Spiel", sagte er. „Du mußt vorsichtig sein. Absolut vorsichtig. Sonst kommt noch jemand zu Schaden."

Mit dieser Schwachsinnswarnung verschwand er in der Nacht.

Als ich daheim ankam, hatte ich die Nase voll von meinen Ermittlungen, meiner Unfähigkeit, aus Vinnie Pal irgendwelche nützlichen Informationen rauszuleiern, und von Männern.

Besonders von Männern.

Gleich hinter der Wohnungstür schleuderte ich mir die Stilettos von den Füßen, knipste das Wohnzimmerlicht an und wünschte mir, ich hätte meinen Cocktail ganz ausgetrunken. Vielleicht hätte das geholfen, die quälenden Stimmen in meinem Kopf zum Schweigen zu bringen, die mich daran erinnerten, daß ich zu feige war, um Quinn anzurufen, zu verwirrt wegen Dan und seiner unheilverkündenden Botschaften und viel zu angewidert, um über Vinnie und eine weitere Kontaktaufnahme in naher Zukunft auch nur nachzudenken ... und dann war da natürlich auch noch Joel.

Nicht, daß mir das alles etwas ausmachte, versicherte ich mir entschieden, was mich allerdings nicht davon abhielt, einen tiefen Seufzer auszustoßen und mich auf schnellstem Weg in mein Schlafzimmer zu begeben. Ich gestattete mir nur selten den Luxus, in der Vergangenheit zu schwelgen, aber manche Abende waren einfach wie geschaffen für eine anständige Runde Selbstmitleid.

Dieser Abend war einer von ihnen.

Ich schaltete das Licht an und hockte mich im Schneidersitz vor meine Frisierkommode, um die unterste Schublade aufzuziehen. Unter meinen Wollpullovern und dem einzelnen Paar langer Seidenunterhosen, von denen meine Mutter steif und fest behauptet, auch ich werde eines Tages froh sein, sie anziehen zu können, wenn der eisige Clevelander Winterwind wehte, lag eine Holzschachtel mit einer lächelnden gelben Sonne darauf. Diese Schachtel zog ich heraus und öffnete sie.

Schon brach sich das Licht meiner Schlafzimmerlampe in dem dreikarätigen Diamanten, mit dem Oma Panhorst einst den Nazis ein Schnippchen geschlagen hatte. Jawohl, Sie haben recht gehört: in meinem Verlobungsring.

KAPITEL 7

„DU HAST IHM ERZÄHLT, du hättest den Ring verkauft.“ Man hätte meinen sollen, inzwischen sei es für mich ziemlich normal, daß irgendwelche Leute in meinem Leben aus- und eingingen, wie es ihnen gefiel – zumindest, solange es sich um Leute handelte, die sozusagen eher früher mal welche gewesen waren, und es war ja auch inzwischen ziemlich normal für mich, ich hatte mich echt daran gewöhnt.

Mit einer Ausnahme: wenn sie plötzlich in meinem Schlafzimmer auftauchten.

Beim Klang der Stimme sprang ich auf, fuhr herum und starrte mit weit offenem Mund die Frau an, die in meiner Schlafzimmertür aufgetaucht war.

Den rosa Morgenrock hätte ich überall wiedererkannt! Auch die lässig zwischen Zeige- und Mittelfinger baumelnde brennende Zigarette, die blankpolierten Fingernägel, deren grelles Rot der Farbgebung der Fahrzeuge der städtischen Feuerwehr in nichts nachstand, das stahlgraue Haar, dem man durch verschärften Einsatz von Lockenwicklern, Tonnen von Haarspray und heftigem Toupieren jeden Gedanken an ein Eigenleben ausgetrieben hatte. Auch das Gesicht – zerknittert wie ein vielbenutztes Bettlaken – war unverwechselbar und der Lippenstift, so lebhaft rot, so dick aufgetragen, daß man die Attitüde förmlich zu hören meinte, die dahinterstand: „Wag bloß nicht zu behaupten, das sähe jetzt nicht gut aus!“ Ach ja: Wie ein leuchtend rotes Sahnehäubchen klebte der Lippenstift auf diesem Mund, und formte genau an der Stelle, wo die Oberlippe zu einem Bogen geschwungen war, eine vollkommen irre kleine Spitze.

Diese Frau sah nun weiß Gott nicht so aus, als besäße sie Millionen. Im Gegenteil! Aber ich wußte es besser. Ihre Familie war mit einem simplen Marktkarren für Gemüse ins Lebensmittelgeschäft eingestiegen, um am Ende eine Megasupermarktkette ihr eigen zu nennen, die an der gesamten Ostküste zu Hause war. Ihr Mann hatte sich in den Tagen, als Aluminiumverkleidungen praktisch als Synonym für den amerikanischen Traum standen, als Vertreter für diese dumm und dämlich verdient. Hinter der Fassade der leicht exzentrischen Hausfrau verbarg sich ein messerscharfer Verstand, eine Entschlossenheit, die dem Begriff „eiserner Wille" eine völlig neue Definition abverlangte, und eine Persönlichkeit, die unter dem Strich ebenso pragmatisch war wie ihr Geschmack in modischen Fragen zweifelhaft.

„Oma Panhorst?" Ich blinzelte heftig, was aber natürlich nichts half. „Oma, was zum Teufel tust du hier? Du bist seit über einem Jahr tot!"

„Als hätte das irgend etwas zu bedeuten."

Womit sie natürlich recht hatte. Was mich allerdings nicht daran hinderte, ins Stottern zu geraten. „Aber ... aber dein Grab ist in New York!"

„New York, was ist das schon?" Sie wischte meinen Einwand mit einer Geste beiseite, weshalb mir Zigarettenrauch in die Nase stieg. „Ich habe mich gelangweilt."

„Da bist du nach Cleveland gekommen?"

„Ich bin bei meinem Ring geblieben."

Erst jetzt erinnerte ich mich wieder an den Diamantring, den ich immer noch fest in der Hand hielt. Ich sah auf ihn hinab, wie er da so glitzernd in meiner Handfläche lag, und hatte das Gefühl, mich rechtfertigen zu müssen. „Ich wollte ihn wirklich verkaufen!"

Oma Panhorst reagierte, wie es für sie typisch war: mit einem einzigen Blick, der schon Leute zwanzig Schritt weit weg aus den Schuhen gehauen hatte.

Gegen den ich allerdings immun war, weil ich ihn oft genug zu sehen bekommen hatte. „Ich wollte ihn verkaufen!" wiederholte ich hartnäckig, wobei ich das Kinn reckte, um wenigstens ein Mindestmaß an Selbstbewußtsein zu demonstrieren. Vielleicht half das ja, und ich brachte es fertig, mich nicht von Oma einschüchtern zu lassen. „Das hätte ich auch getan. Ich hatte nur immer zuviel zu tun."

„Zuviel zu tun, um dir schnell mal etwas Geld zu beschaffen? Selbst, als du es so dringend brauchtest?" Oma ließ sich auf mein Bett fallen. Sie schnippte die Asche von ihrer Zigarette, und ich sah besorgt zu, wie sie fiel – aber statt auf dem Boden zu landen, war sie unversehens einfach verschwunden. „Laß es gut sein, mich kannst du nicht verarschen. Versuch es gar nicht erst."

„Ich wollte dich nicht verarschen!" Natürlich hatte ich das gewollt, was Oma auch wußte. Genau wie ich wußte, daß sie es wußte. Was mich nicht daran hinderte, einen letzten tapferen Versuch zur Rettung meiner Würde zu unternehmen. „Ich hätte ihn im Handumdrehen verscherbelt. Bloß war ..."

„Bloß hast du es nicht getan." Da war er wieder, dieser Blick.

Gegen den ich mich nicht endlos wehren konnte. Ich ließ mich ebenfalls auf das Bett fallen, schnappte mir eins der Kopfkissen, drückte es hilfesuchend fest an mich und versuchte, mir darüber klarzuwerden, wie ich Oma Panhorst etwas erklären könnte, das ich selbst nicht recht verstand. Lange durfte ich nicht grübeln, dazu ließ mir meine Besucherin keine Zeit. „Ohne ihn bist du besser dran", meinte sie trocken, zog genußvoll an ihrer Zigarette und stieß den Rauch durch die Nase wieder aus. „Joel konnte dir doch nie das Wasser reichen."

„Wieso konntest du mir das nicht sagen, ehe du starbst?"

Genau wie zu ihren Lebzeiten war die Make-up-Grundierung auf Omas Gesicht ein paar Schattierungen dunkler ausgefallen als ihre natürliche Hautfarbe. Als sie grinste, zeichneten sich zu beiden Seiten des Mundes feine Haarrisse ab. „Da hätte ich mir den Mund fusselig reden können. Du hättest nicht auf mich gehört. Du mußtest es selbst herausfinden."

„So war es dann ja auch – allerdings auf die ganz harte Tour."

Inzwischen hätte ich gut ein wenig Mitleid vertragen können, aber Mitleid war nicht Omas Ding. Sie erwartete keins und teilte auch ganz sicher nie welches aus. Statt dessen kicherte sie leise. „Wenn ich dir gesagt hätte, daß ich meinen einzigen Enkel für einen elenden Schweinehund halte, dann hättest du mir doch nie geglaubt."

„Du hast recht." Ich drückte das Kopfkissen etwas fester an mich und ließ Revue passieren, was alles geschehen war, seit Joel sich bei mir gemeldet hatte. „Findest du, ich sollte den Ring zurückgeben?"

Oma zog lässig die rechte Schulter hoch – ihre Version eines Achselzuckens. „Gib ihn zurück oder verscherble ihn oder versteck ihn weiterhin in dieser Kommode, ohne ihn je anzustecken – bei dieser Sache kann dir niemand weiterhelfen. Niemand kann dir sagen, was du tun sollst. Das mußt du schon selbst herausfinden."

„Um mir dies zu sagen, bist du den ganzen Weg von den Toten bis hierher gekommen?"

Oma hob verärgert die Brauen. „Ich sagte doch, ich blieb bei dem Ring. Wenn du den Ring in Ruhe gelassen hättest, hättest du nie mitgekriegt, daß ich hier bin. Aber du mußtest ihn ja rausholen, um dich in Selbstmitleid zu suhlen."

Als ich keinerlei Anstalten machte, ihrer Sicht und Interpretation der Dinge zu widersprechen, fuhr sie munter fort: „Im übrigen lag der Ring bei mir nie offen herum. Eine hübsche kleine Holzschachtel in der Pulloverschublade? Da sieht doch jeder Einbrecher als erstes nach." Oma wippte mit dem rechten Fuß – sie trug die rosa Plüschpantoffeln, ohne die man sie zu Hause nie angetroffen hatte. „Wenn mir der Ring nicht am Finger steckte, war er in der Spitze meines rechten Hausschuhs. Sobald ich die Hausschuhe anzog, wanderte er in die Tasche meines Morgenmantels, der innen an der Schlafzimmertür hing." Sie lachte – ein Lachen, das prompt in Husten überging. „Nur gut, daß ich Joel den Ring schon zur Weitergabe an dich überlassen hatte, ehe ich starb. Meine Pantoffeln sind nämlich zusammen mit meinen anderen Sachen bei der Heilsarmee gelandet. Da wäre das gute Stück gleich mit weg gewesen." Sie hatte die Zigarette bis zum Filter geraucht und warf die Kippe einfach beiseite. Ich wußte aus Erfahrung, daß ich sie nie wiederfinden würde. „Was hast du jetzt vor?"

„Was den Ring betrifft?"

Oma hob die Brauen – zu einem dünnen Strich zurechtgezupft und dann mit einem dunklen Augenbrauenstift nachgezogen. „Was den Ring betrifft, was Joel betrifft, was den Rockstar betrifft, mit dem du in letzter Zeit rumziehst."

Meinte sie damit jetzt Vinnie oder Damon? Aber eigentlich war das egal. Ich schwieg – ein Schweigen, das Bände sprach.

„Hör mal ..." Fragen Sie mich nicht, wo diese Sachen immer herkommen, aber Oma hielt plötzlich eine neue Zigarette in der einen und ein grünes Plastikfeuerzeug in der anderen Hand. Die Zigarette richtete sie anklagend auf mich. „Für dich geht es um ein paar ziemlich wichtige Entscheidungen. Die darfst du auf keinen Fall überstürzt treffen."

Ich betrachtete den Ring. „Du meinst den hier."

„Ich meine alles! Den Ring, dein Leben. Du glaubst doch nicht, es würde leichter, oder?"

Das klang nicht gerade aufbauend und war gewiß nicht das, was ich jetzt hören wollte. Dementsprechend äußerte ich mich auch, aber statt mich aufzubauen, zündete sich Oma lediglich mit munterem Feuerzeugklicken die Zigarette an. „Ob es leichter wird oder nicht, hängt nicht von dir allein ab", verkündete sie, nachdem sie genußvoll den ersten Zug inhaliert hatte. „Tut es nie. Das zumindest habe ich gelernt, seit ich hinüberging, und noch eins: Das Leben kann ziemlich unordentlich sein, auch schmutzig. Darin ähnelt es der Liebe."

„Liebe?“ Soweit ich das beurteilen konnte, war es in unserem Gespräch bisher nicht um Liebe gegangen. „Du glaubst doch nicht etwa, ich wäre immer noch in Joel verliebt?“

Sie lächelte, und noch während ich zusah, flimmerte ihr Bild, als betrachte ich es durch die aufgeheizte Luft hindurch, die sich um ein Feuer herum bildet. „Ich sagte doch bereits, daß er nie gut genug für dich war.“

„Wenn es nicht um Joel geht, um wen dann? Quinn? Dan?“ Verwirrt vergrub ich mein Gesicht in dem Kissen. Eigentlich hätte Oma weder über meine Beziehung zu Quinn noch über die zu Dan Details wissen dürfen. Ich wußte ja noch nicht einmal selbst, was ich von den beiden halten sollte. Aus Quinn wurde ich nur schwer schlau, und Dan war das komplette Rätsel. Sie konnte doch unmöglich ...

„Damon?“ Mein Kopf fuhr hoch.

Ich warf einen Blick dorthin, wo Großmama gesessen hatte – und jetzt nicht mehr saß.

War das nicht mal wieder typisch? Ich suchte nach Antworten, und sie verschwand in einer Rauchwolke. Erbost hieb ich die Faust in mein Kopfkissen und teilte ihm mit, was ich von meiner Gabe hielt.

Der erste Geist in meinem Leben hatte mich in Mafiaangelegenheiten verwickelt, weswegen mich um ein Haar ein Profikiller ermordet hätte. Wegen des zweiten wäre ich fast von einer Brücke geworfen worden. Der dritte stopfte mir den Kopf mit Gedichten voll und heizte meine Libido an, was mich auch nicht weiterbrachte. Ein paar von den anderen hatten einfach nur genervt – und dieser hier? Der Geist von Oma Panhorst?

Scheiße! Sie hatte mich dazu kriegen wollen, über mein Leben nachzudenken. Über Entscheidungen, die ich bereits getroffen hatte, und über solche, die noch vor mir lagen.

Eigentlich sollte man meinen, Gespräche mit Toten seien zu etwas nütze. Daß einem die lieben Verstorbenen die richtigen Lottozahlen anvertrauen. Oder einem Bescheid sagen, was demnächst als Sonderangebot bei White House Black Market auftaucht.

Pustekuchen! Was bekam ich von den Toten?

Ratschläge, die eigentlich gar keine waren, und ein Schlafzimmer, in dem es nach Zigaretten stank.

„Na? Wie war es?"

Ich hatte gerade noch einmal über Oma Panhorsts Besuch nachgedacht und der Dose Luftreiniger nachgetrauert, die ich zur Gänze in meinem Schlafzimmer versprüht hatte, ehe ich am Morgen zur Arbeit aufgebrochen war.

Worauf sich Damons Frage bezog, war mir schleierhaft.

Ich warf meine Handtasche auf den Schreibtisch, dazu die Tüte mit dem Mittagessen. An diesem Tag standen Brote auf dem Speiseplan, Erdnußbutter und Marmelade. Dazu ein Becher Apfelmus und ein paar vom Wochenende übriggebliebene Salzbrezeln. Erst dann wandte ich mich Damon zu, der auf dem Besucherstuhl in meinem Büro auf mich gewartet hatte.

„Wie war was?" wollte ich wissen.

„Sehr niedlich!" Dem konnte ich nur beipflichten. Ich trug einen rotweißkarierten Faltenrock und einen roten Pullover, der mir bis knapp an die Hüften reichte – das war mehr als niedlich, das war topmodisch – und sah auch aus wie eine Million Dollar, will sagen: umwerfend. Aber obwohl Damons Augen aufleuchteten, als er mich musterte, sagte mir irgend etwas, daß sich sein Kommentar nicht auf meinen ausgezeichneten Geschmack bezogen hatte. Er warf mir einen Blick zu, der ungefähr so durchdringend ausfiel wie der Oma Panhorsts. „Vinnie", sagte er ungeduldig. „Wie war Vinnie?"

„Als Lehrer? Todlangweilig. Das weißt du doch, du warst dabei."

„Nicht als Lehrer – im Bett!"

Ich bin sicher, mein Gesicht sprach Bände. Nur für den Fall, daß er trotzdem nichts raffte, faßte ich meinen wütenden Protest noch in Worte. „Das meinst du nicht ernst, oder? Du glaubst doch nicht echt, daß Vinnie und ich ..."

„He, ich verstehe das. Er ist ein Star!“
„Er ist ein fetter alter Mann.“
„Der ganz zufällig total berühmt ist.“
„Dann ist er eben ein berühmter fetter alter Mann.“
„Er besitzt etliche Millionen Dollar.“
„Dann ist er ein reicher berühmter fetter alter Mann.“
„Dann willst du mir also sagen ...“ Damon legte den Kopf schräg, und ich glaube nicht, daß ich mir das einbildete: Der Typ sah ernsthaft erleichtert aus. „Dann hast du also nicht ...“
Ich hätte vor Wut am liebsten laut geschrien. „Meine Generation hat es nicht so mit der freien Liebe!“ zischte ich. „Ja, genau das will ich dir damit sagen: Ich bin nicht mit Vinnie nach Hause gegangen. Ich habe nicht ...“ Igitt, das war einfach zu eklig, ich mochte es noch nicht einmal aussprechen. Gleichzeitig fiel mir jedoch mein eigentliches Vorhaben wieder ein, und ich ließ den Kopf hängen. „Ich habe aber auch nicht mit ihm über dich und deine Songs geredet und darüber, daß er dich nicht mehr channeln soll. Es tut mir wirklich leid.“
„Laß mal, streß dich doch nicht so.“ Damon stand auf. „Es ergibt sich bestimmt bald wieder eine Gelegenheit.“
„Gut möglich. Ich könnte nächste Woche wieder zum Workshop gehen ...“
Weiter kam ich nicht. Ich hatte sagen wollen, daß ich dort noch einmal versuchen könnte, mit Vinnie ins Gespräch zu kommen, aber das, was sich vor meinen Augen abspielte, verschlug mir die Sprache. Mit vor Staunen offenem Mund sah ich zu, wie Damon anfing zu flimmern und bald nur noch verschwommen zu sehen war, wie bei einem Fernseher, dessen Empfang gestört ist.
So etwas hatte ich noch nie zuvor gesehen. Als er wenig später immer noch flackernd wieder in voller Schärfe sichtbar wurde, stand ich schon fast neben ihm, weil ich ihm spontan zu Hilfe hatte eilen wollen.
„Immer mit der Ruhe!“ Damon atmete flach und keuchend. Er stolperte und krachte rückwärts gegen mein Bücherregal. „Es ist nichts.“

„Nichts?“ Als er wieder verlosch, wagte ich mich ein paar Schritte näher heran. Da – er war wieder zu sehen. „Wie kannst du sagen, das wäre nichts? Ist es Vinnie, macht er gerade irgend etwas?“

„Ja, er channelt mich.“ Damons Stimme klang nun auch verschwommen. Noch ein paarmal wurde sein Körper scharf und wieder unscharf, dann war er gänzlich verschwunden.

Aber vorher hatte ich noch gesehen, wie ein Ausdruck tiefster Qual, gepaart mit absolutem Horror, über sein Gesicht huschte.

Vinnie erwarte mich bereits, sagte der Portier.

Da ich den ganzen Weg einmal quer durch die Stadt bis hin zu diesem Hochhauskomplex mit ungemein hochpreisigen Eigentumswohnungen direkt am See nur zurückgelegt hatte, um mich mit dem Rockstar zu unterhalten, hätte mich diese Begrüßung eigentlich freuen müssen.

Statt dessen schüttelte es mich vor Ekel.

Es war gerade einmal vierundzwanzig Stunden her, daß ich mit Vinnie in der Bar gesessen hatte, er mit seinem Whiskey, den er eifrig in sich hineinschüttete, ich mit meinem Martini, an dem ich kaum mal nippte. Seit diesem Beisammensein war Vinnie fest davon überzeugt, eine Eroberung gemacht zu haben. So überzeugt, daß er den roten Teppich für mich schon ausgerollt hatte. Wortwörtlich.

Der Portier begleitete mich zum Fahrstuhl und versicherte mir, er werde Mr. Pallucci anrufen, damit der bereit sei, wenn ich oben ankam.

Oh, welche Freude.

Ich unterdrückte den kurzen Anflug heftiger Übelkeit, der sich säuerlich in meinem Magen breitzumachen drohte, ignorierte das Zwinkern, das der Portier mir zuwarf, während sich die Fahrstuhltür schloß, und drückte auf den Knopf für das Penthouse.

Das sich mir einfach umwerfend präsentierte. Ich bin weiß Gott keine Spießerin, sondern in einer Familie großgeworden, in der man materielle Werte sehr zu schätzen wußte und über die notwendigen Mittel verfügte, sich stets das Beste zu leisten. Aber als oben im Penthouse die Fahrstuhltür aufging, war selbst ich beeindruckt und verwirrt.

Das war nicht, was ich von Vinnie Pal erwartet hatte.

Das Foyer war meditativ und geräumig, kirschholzgetäfelt und indirekt beleuchtet von diskret in die Decke eingelassenen Lampen, die Ölgemälde exotischer Blumen anstrahlten. Auch wenn ich es ungern zugebe, habe ich das College mit einem Abschluß in Kunstgeschichte verlassen, und selbst wenn es bei mir nie dazu gereicht hat, die akademische Welt in Aufruhr zu versetzen, kann ich ein gutes Bild von einem schlechten unterscheiden und ein teures von einem billigen. Die Gemälde hier waren beides: gut und teuer.

Das galt auch für den riesigen Orientteppich auf dem Boden, den runden Tisch in der Mitte des Teppichs und die gigantische Vase voller Lilien, Rosen und winziger Orchideen, die im Mittelpunkt des Tisches prangte.

Die Blumen dufteten aufdringlich. Niesend und schniefend sah ich mich um, bis ich zu meiner Rechten zwischen den Ölblumen eine Tür entdeckte. Daneben eine Klingel. Ich drückte darauf und wartete.

Lange brauchte ich mich nicht zu gedulden.

Als die Tür aufging, brach eine Lärmwelle über mich herein. Musik – so laut, daß meine Knochen vibrierten.

„Vinnie! Hi!" Ich mußte schreien, um mir über die dröhnenden Bässe hinweg Gehör zu verschaffen. Vinnie verneigte sich tief und bat mich mit ausladender Handbewegung in die Wohnung, die, wie ich rasch feststellte, schon mehr meinen Erwartungen entsprach.

Um das Beste aus den großen, vom Boden bis zur Decke reichenden Fenster, durch die man nach Norden hin über den See, nach Osten hin über die Innenstadt von Cleveland hinwegsah, zu machen, war das Zimmer, in dem ich stand, groß und offen, mit klaren, geraden Linien, und mit einem freistehenden

Kamin, in dem knisternd ein kleines Feuer brannte, und einem schwarzen, blanken Marmorboden, in dem sich das Morgenlicht spiegelte, ausgestattet. In einer Zimmerecke stand ein Flügel, in einer anderen ein Schlagzeug. Drei Gitarren (zwei elektrische und eine akustische) lehnten an einem Ledersofa. Überall lagen Pizzakartons herum, dazwischen ein paar leere Kaffeebecher und zwei Flaschen Jack Daniels. In einer dekorativen Badewanne auf Löwenfüßen hatte man einen Kasten Bier kaltgestellt, und über einem Pappaufsteller, der eine überlebensgroße nackte Frau zeigte, hing eine Jeans.

„Hast du Lust?" Zum Glück meinte Vinnie damit die Pizza. Er fischte sich ein Stück aus einer Schachtel, die Reste einer Peperonipizza (mit einer Extraportion Pilzen und Oliven) enthielt, bot es mir an und biß, als ich den Kopf schüttelte, selbst hinein. „Ich dachte mir schon, daß du irgendwann hier aufkreuzt."

„Ich ..." Ein besonders enthusiastischer Gitarrenriff zerriß die Luft. Ich zuckte unwillkürlich zusammen. Vinnie bekam wohl doch mehr mit, als ich ihm zugetraut hätte: Er bat mich mit erhobenem Finger um einen Moment Geduld und eilte ins Nebenzimmer. Als er die Musik ausmachte, stieß ich einen Seufzer der Erleichterung aus.

Mein Kopf wurde klarer. Ich sah mich um – richtig: Genau, wie ich mir gedacht hatte, war Damon mit mir in der Penthousewohnung aufgetaucht.

Noch ein Seufzer der Erleichterung: Bis auf die linke Hand, durch die man nach wie vor fast hindurchsehen konnte, sah Damon aus wie Damon. Kein Flackern, nichts Verschwommenes. Kein Schmerz in den Augen. Wie sehr ich mich um ihn gesorgt hatte, merkte ich erst, als ich mich nicht mehr zu sorgen brauchte. „Alles in Ordnung?" wollte ich wissen.

„Alles bestens, wirklich." Das Lächeln, das kurz in seinem Gesicht aufblitzte, um gleich darauf wieder zu verschwinden, kam mir nicht gerade überzeugend vor, aber ich wollte ihn nicht weiter löchern. Dazu fehlte uns die Zeit, und außerdem hatte ich den dringenden Verdacht, daß er sich nur meinetwegen so tapfer gab.

„Was ist mit dir?“ wollte Damon wissen. „Bist du hier, um mit Vinnie über das Channeln zu reden?“

Ich nickte. Da Vinnie in diesem Moment schon wieder zurückkam, blieb mir für weitere Ausführungen keine Zeit.

„Besser?“ Er hatte die Pizza verdrückt und wischte sich die Hand an der Hose ab. „Merkwürdig, daß dich die Musik so gestört hat, so laut war die doch gar nicht.“ Er holte sich eine Dose Bier aus der Badewanne und riß sie auf. „Aber das ist wohl Geschmacksache. Meine Ärztin sagt, ich hätte so lange so dicht bei irgendwelchen Verstärkern gestanden, daß von Gehör bei mir praktisch keine Rede mehr sein kann. Bist du sicher, daß du nichts willst? Ich meine ...“ Er wackelte mit den Augenbrauen. „Außer mir?“

„Du bist immer so witzig!“ Mein Lächeln war verkniffen. „Tatsächlich will ich etwas: mit dir reden.“ Ich warf einen Seitenblick auf Damon, den ich so schnöde im Stich gelassen hatte, als ich Vinnie nicht gleich am Vortag mit meinem Vorhaben konfrontierte. Er sollte wissen, es würde nicht wieder vorkommen. „Es ist wichtig.“

„Sicher. Klar, reden wir.“ Vinnie hörte mir kaum zu. Er packte mich am Arm und zog mich zum Klavier. „Aber hör dir erst mal diesen Song an. Ich kriege ihn noch rechtzeitig zum Konzert fertig, und ich sag dir eins, Baby: Der riecht jetzt schon nach Platin!“

Er ließ sich auf die Klavierbank fallen und klopfte einladend auf den Sitz neben sich. Ich lehnte dankend ab. Nicht nur, weil Damon seinem ehemaligen Kollegen Blicke zuwarf, die hätten töten können. Ich war hier, um mich zu unterhalten. Ich wollte unbedingt den nötigen Abstand wahren, auf keinen Fall falsche Hoffnungen wecken oder falsche Signale aussenden.

Das heißt, bis ich einen genaueren Blick auf das Klavier warf. Obenauf lag eine alte, ziemlich mitgenommen wirkende Gitarre neben einer äußerst merkwürdigen Kerze. So eine Kerze hatte ich echt noch nie gesehen.

Sie war schwarz, sehr dick und ungefähr zehn Zentimeter hoch. Ringsherum waren Symbole eingeritzt, und jemand hatte ein Stück Zwirn darum gewunden, unter dem ein Strang dunklen, seidigen Haars, ein Gitarrenplektrum und eine Feder klemmten. Ach ja: und ein Foto von Damon, so ein kleines, wie man es in der Brieftasche mit sich herumtragen kann.

Schräge Dinge zum magischen Gebrauch hatten mich nie groß interessiert. Ich hatte nie geglaubt, daran sei irgend etwas echt und wußte auch so gut wie nichts über Okkultismus. Aber glauben Sie mir: Nach allem, was ich in den vergangenen Monaten erlebt hatte, erkannte ich gruselige Sachen, wenn man sie mir unter die Nase hielt, und die Sammlung hier wirkte erheblich gruselig.

Mein Magen gefror zu einem Eisblock. Nur gut, daß die Klavierbank nicht weit war. Ich ließ mich darauf fallen. „Du schreibst einen Song!" Das klang, fand ich, eher beeindruckt als mißtrauisch, ich war ganz stolz auf mich. „Ach bitte." Kokett fuhr ich mit den Fingerspitzen über die Klaviertasten. „Zeig mir doch mal, wie du das machst."

„Na schön!" Vinnie ließ die Knöchel knacken und spielte ein paar Akkorde. „Der Rahmen ist ungefähr so. Wir fangen mit einem dramatischen Gitarrensolo an, irgend etwas ganz Trauriges, total pathetisch. Das macht die Mädels immer an, und Mädels sind die, die die meisten CDs kaufen. Dann kommt Alistair mit dem Schlagzeug. Nicht zu laut, nicht zu schwer, eher langsam und gleichmäßig. Wie ein Herzschlag, wenn du dir das vorstellen kannst. Nach ein paar Takten wird er dann schneller – wie mein Herz, wenn du so nah bei mir sitzt."

Er lehnte sich an mich, was ich aber kaum mitbekam. Mein Blick klebte an der schwarzen Kerze. An der Kerze und an Damons Foto unter dem Zwirn um die Kerze und an Damon selbst, der hinter Vinnies rechter Schulter stand und sich die ganze Sache aufmerksam ansah.

„Dann kommt die Melodie." Vinnie spielte sie mir vor. „Wie findest du den Song?" wollte er wissen, als er fertig war.

„Er ist ... gut." Der Song hatte sich eher nach Barry Manilow angehört als nach Mind at Large, und wenn ich nach Damons Gesichtsaudruck gehen wollte, so wäre mein Geist lieber tot gewesen, als irgendwie mit diesem Song in Verbindung gebracht zu werden. Wobei er natürlich bereits tot war, aber Sie verstehen schon, was ich meine.

Wie paßte das alles zusammen?

Vielleicht waren die Gitarre, die Kerze und die anderen Utensilien nichts weiter als ein schöner, wenn auch leicht schräger Tribut an Damon? Eine Erinnerung an einen alten Freund? Vielleicht channelte Vinnie Damon ja gar nicht.

Es gab nur eine Möglichkeit, das herauszufinden.

Ich kuschelte mich dichter an Vinnie und senkte meine Stimme zu einem, wie ich fand, verführerischen Gurren, von dem ich hoffte, es würde seinen Geschmack treffen. „Zeig mir, wie du das machst!"

Es funktionierte – und wie. Mein Rockstar schmolz praktisch dahin. „Wie ich was mache? Ich kann allerhand Sachen anstellen, Schatz, und die sind alle sehr, sehr gut."

Interessierten mich allerdings nicht die Bohne. „Später. Zuerst zeigst du mir, wie du einen Song schreibst."

Er zögerte.

Aha! Hinweis Nummer eins! Wenn er mir nicht zeigen wollte, wie er beim Songschreiben vorging, dann praktizierte er dabei vielleicht wirklich etwas, was er nicht durfte.

Allerdings kann man Männer mit Sex in der Regel prima motivieren.

Vinnie hatte so ein Funkeln in den Augen – es war klar, daß er dachte, ich würde endlich mit ihm in die Federn steigen, wenn er mir diesen kleinen Gefallen tat und mich an seinem Kreativitätsprozeß teilhaben ließ.

„Ich habe ein Ritual." Er zwinkerte mir zu, ehe er nach dem Feuerzeug griff, das neben der Kerze lag. „Eine kleine Sache, um mich in die richtige Stimmung zu bringen, weißt du." Er zündete die Kerze an.

Damon verschwand wie ausgeknipst, war allerdings knapp eine Sekunde später schon wieder da. Ich richtete mich auf und ließ ihn nicht mehr aus den Augen.

„Dann habe ich da noch dieses Mantra." Vinnie tat, als sei das keine große Sache – allein schon daran erkannte ich, daß er mir Scheiße erzählte. Hier ging es nicht um ein Mantra, hier ging es um Zauber, und Vinnie zählte fest darauf, daß ich zu blöd war, um den Unterschied mitzubekommen. „Das Ganze ist so eine Art Tribut an meinen alten Kumpel Damon Curtis."

Vinnie schloß die Augen und legte beide Hände auf die Gitarre.

Damon war nur noch verschwommen zu erkennen.

Gut, besonders subtil kann man mein Vorgehen nicht nennen, aber ich hielt es einfach nicht mehr aus. Ich schaffte es nicht, mit anzusehen, wie Damon immer schwächer wurde. „Der Damon Curtis, dem du die ganzen Jahre die Songs klaust?" platzte es aus mir heraus.

Vinnie riß die Augen auf.

Damon war wieder klar zu erkennen.

„Was rauchst du denn?" lachte Vinnie. „Das ist irre."

„Das habe ich im Internet gelesen, eins von diesen urbanen Märchen. Hört sich verrückt an, aber es scheint wohl Leute zu geben, die dran glauben."

„Alles Gerüchte. Sowas würde ich Damon doch nicht antun, er war mein Freund." Vinnie hätte sich dringend rasieren müssen. Hektisch fuhr er sich mit der Hand über den Dreitagebart. „Was ich hier mache, bedeutet, ihm Ehre zu erweisen." Er wandte den Blick ab.

Hinweis Nummer zwei: Warum wirkt ein Mann schuldbewußt, wenn es doch nur darum geht, einem Freund die Ehre zu erweisen?

Ich mußte ganz sicher sein können.

„Mach weiter", sagte ich, wobei ich Damon ansah, nicht Vinnie. „Zeig es mir."

Wieder schloß Vinnie die Augen. Wieder berührte er die Gitarre. Ein paar Augenblicke lang saß er schweigend, ganz in sich versunken da, und während er das tat, flackerte Damon nicht.

Ich wollte mir gerade eingestehen, daß ich wohl die ganze Zeit den falschen magischen Baum angebellt hatte, als Vinnie auffuhr wie von der Tarantel gestochen. Kerzengerade saß er da, die Augen weit aufgerissen, mit einem wilden, fanatischen Blick, als brenne in seinem Hirn ein Feuer. Er stimmte einen Sprechgesang an, in einer schweren, gutturalen Sprache, deren Worte aus unendlich vielen Silben zu bestehen schienen, seine Stimme klang hohl, als käme sie von weit her. Als käme sie aus einer anderen Welt.

Achtete ich auf das, was er sagte? Keine Chance! Ich verstand kein Wort, und außerdem war ich zu sehr mit Damon beschäftigt, der sich vor Schmerzen wand. Fragen Sie mich nicht, warum ich meinte, ihm helfen zu können. Aber ich sprang auf und rannte zu ihm. Ehe ich ankam, war er vollkommen verschwunden.

Ich hörte Musik, und sie war nicht in meinem Kopf oder gar in meinen Ohren. Sie stammte auch nicht von Vinnie – dessen Finger schwebten über dem Flügel, ohne die Tasten zu berühren. Die Musik war überall um mich herum, und ich war ein Teil von ihr. Fesselnde Gitarrenklänge und Damons erregender Bariton, der einen schwer mit Symbolen beladenen Text sang. Keins der Worte ergab Sinn, aber das war egal, es war trotzdem die reine Poesie. Sie strömte in meine Adern, legte sich um mein Herz.

Gestaltwandler bin ich, Wesen der Nacht,
efeuumrankt, uralt, zu groß für deine Welt.
Unruhig, fremd in deinem zufälligen Land
Verachte ich das Leben der Menschen.
Lebe von Nichts.
Nähre mich von deiner Liebe.

Die Worte und die herzzerreißenden Gefühle hatten gerade ganz von mir Besitz ergriffen, als Vinnie den Rhythmus aufgriff.

Seine Hände senkten sich auf die Tasten, seine Akkorde ertränkten Damons Musik.

Was da entstand, war Damons Song und doch überhaupt nicht. Das Lied wurde verwässert, schwammig, kitschig. Ich meinte, die Geigen praktisch schon zu hören, die Vinnie bestimmt in die endgültige Aufnahme einspielen würde.

Ich habe mich verändert, Baby,
Ich brauche dich nicht mehr.
Du bist seltsam, Baby,
Will dich nicht mehr.

Kein Wunder, daß Damon sauer war! Vinnie nahm sich die Lieder aus Damons Kopf und verwandelte sie in Kuschelrock!

Das war schon schlimm genug. Schlimmer jedoch war, mit anzusehen, wie die ganze Zeit, während Vinnie sang, Damons Bild hinter ihm aufflackerte wie bei einem defekten Fernseher. Es flakkerte und surrte, brach zusammen und kam in Ansätzen wieder. Das einzig Konstante war der Ausdruck in Damons Augen.

Ein Ausdruck unendlicher, herzzerreißender Qual.

„Aufhören!" Ich schrie das Wort, aber es half mir wenig. Vinnie hörte mich nicht. Ich glaube, er konnte mich nicht hören. Seine Augen, die er unverwandt auf die Kerzenflamme gerichtet hielt, flammten – und die Kerze selbst, was tat die?

Ihre Flamme flackerte nicht wie bei einer normalen Kerze. Sie zischte vor sich hin wie ein Tischfeuerwerk, aus dem Funken aufstoben, die auf den Tasten landeten, wo kleinen Maschinen gleich, Vinnies Finger tanzten.

„Aufhören!" Ich versuchte es noch einmal – Energieverschwendung. Selbst als ich ihn bei der Schulter packte und durchrüttelte, reagierte Vinnie nicht.

Ich mußte etwas tun, wußte aber nicht, was. Also pustete ich die Kerze aus.

Vinnie schreckte auf, als sei er von einem hohen Punkt abgestürzt. Er hörte auf zu spielen und zu singen. Damon war hinter ihm wieder klar zu sehen. Ich glaubte zwar nicht, daß Geister atmeten, aber es sah aus, als versuche er es und müsse um jeden Atemzug ringen.

Daß ich weinte, wurde mir erst bewußt, als ich mir die Tränen von den Wangen wischte. Meine Beine waren wie aus Gummi. Ich sackte auf der Klavierbank zusammen. „Du mußt aufhören!" sagte ich zu Vinnie. „Du kannst nicht weitermachen."

Er rieb sich die Augen. „Womit? Wovon zum Teufel sprichst du eigentlich? Was ich hier tue, ist fantastisch. Warum möchtest du, daß ich keine Songs mehr schreibe?"

Wahrscheinlich hätte es höflichere Methoden gegeben, das Thema anzusprechen. Wo ich doch mit Vinnie verhandeln wollte, damit er Damon in Ruhe ließ – und seinen songschreibenden Geist. Aber in diesem Augenblick war mir das alles ziemlich egal.

„Nicht die Songs", schluchzte ich. „Von den Songs rede ich nicht. Du mußt aufhören, Damon zu channeln. Merkst du denn nicht, was du tust? Du vernichtest ihn!"

KAPITEL 8

Hinweis Nummer drei: Vinnie lachte nicht, als ich das sagte. Er sagte nicht, ich sei wahnsinnig oder fragte mich, wovon ich redete.

Im Gegenteil: Er sackte komplett in sich zusammen. Seine Schultern kippten nach vorn, die Luft schien zischend aus ihm zu entweichen. Seine Hände zitterten, und seine Augen, die noch kurz zuvor vom Feuer der Inspiration erleuchtet gewesen waren, blickten kalt und leer. Sämtliches Blut schwand aus seinen Wangen, und als er den Kopf hängen ließ, fielen ihm die Haare in die Augen. Aber selbst die konnten die vielen Falten nicht verbergen, die sich wie bei einem Akkordeon in seinem Gesicht zusammenschoben. Vinnie sah müde aus, ausgebrannt und älter denn je.

Mit zuckenden Schultern fing er an, leise vor sich hin zu weinen. „Ich konnte nicht anders! Du wirst es doch niemandem erzählen, oder? Du mußt das verstehen, ich konnte nicht anders, ich hatte keine Wahl. Ich mußte Damon channeln. Ich brauchte seine Songs."

Daß er so schnell und umfassend mit der Wahrheit herausrükken könnte, damit hatte ich dann doch nicht gerechnet. Ich warf einen Blick auf Damon, der immer noch Mühe zu haben schien, wieder zu sich zu kommen. „Dann gibst du es also zu?"

„Ja. Ich gebe es zu!" Er ließ den Kopf in die Hände sinken und schluchzte herzzerreißend.

Vinnie mochte ein schmutziger alter Mann sein, und er stahl ganz gewiß Damons Songs. Aber trotzdem konnte ich nicht ertragen, ihn so leiden zu sehen. Ich strich ihm über den Rücken, bis er sich wieder beruhigt hatte.

Dann schniefte er ein paarmal und wagte, mich anzusehen. „Woher hast du es gewußt?" wollte er wissen. „Ich meine, das mit Damon und den Songs?"

Da wir sowieso schon über schwarze Magie redeten, als sei es das Natürlichste auf der Welt, konnte es wohl kaum schaden, ihm die Wahrheit zu sagen. „Er ist hier", erklärte ich mit einem Blick Richtung Damon, der blaß geworden war und so ausgebrannt wirkte wie Vinnies Kerze, um den herum jedoch die Luft bedrohlich knisterte und zischte. Unwillkürlich mußte ich an ferne Blitze denken, die ein Sommergewitter ankündigen. „Ich habe Damon in der Rock Hall kennengelernt. Nicht direkt ihn natürlich, sondern seinen Geist. Er hat mir erzählt, was du mit ihm anstellst."

Vinnie warf einen Blick über die Schulter. „Ich sehe ihn nicht."

„Ich bin die einzige, die das kann."

„Er hat dir erzählt ..."

„Daß du seine Songs klaust, ja. Er ist total sauer, was ich ihm nicht verdenken kann. Aber das ist es nicht allein." Damon wurde unruhig – wahrscheinlich wollte er nicht, daß ich diesen Teil der Sache zur Sprache brachte, aber ich fand, es ginge nicht anders. Ich stand auf und wandte ihm den Rücken zu. „Du tust ihm weh. Jedesmal, wenn du ihn channelst, fügst du ihm unerträgliche Schmerzen zu." Vinnie wurde noch bleicher. Hektisch fuhr er sich mit der Hand über die Wangen. „Das wußte ich nicht. Es tut mir leid. Ich dachte ..."

„Du hältst ihn hier fest", setzte ich hinzu, denn ich fand, jetzt konnte er genausogut auch die ganze Geschichte erfahren. „Solange du seine Songs channelst, kann Damon nicht auf die andere Seite wechseln. Er verblaßt immer mehr." Ich weigerte mich, Damon anzuschauen, als ich das sagte. Ich wollte seine linke Hand und die Art, wie sie halb durchsichtig war, als sei ein Radiergummi dabei, langsam aber sicher alle Spuren von ihm auszuradieren, nicht sehen müssen. „Ziemlich bald wird von ihm nichts mehr übrig sein. Dann kann er überhaupt nicht mehr hinüberwechseln."

Vinnie holte tief Luft, um sich etwas zu beruhigen, drehte sich um und fixierte einen Punkt ungefähr zwei Meter von Damon entfernt. Ich korrigierte ihn nicht. Nah dran war gut genug, fand ich, wenn man mit Geistern sprach. „Tut mir leid, Kumpel!" Die Tränen ließen Vinnies Stimme heiser klingen. „Ich wollte nicht, daß es so kommt. Das glaubst du mir, oder? Scheiße, ich hab doch einfach bloß gedacht ..." Vinnie zerzauste sich mit beiden Händen das strähnige Haar. „Ich hatte die Hosen gestrichen voll, als ich zum ersten Mal versuchte, dich zu channeln. Das kannst du mir glauben. Aber ich war high, und so habe ich es trotzdem versucht, und als es dann geklappt hat ... Mann, das war besser als Sex, und es hat mir und der Band den Arsch gerettet! Ohne dich ..." Kopfschüttelnd wandte sich Vinnie wieder mir zu.

„Damon war die Band, Pepper, Damon machte Mind at Large aus. Aber das weißt du inzwischen bestimmt, oder? Als er starb, hingen wir komplett in den Seilen. Unsere alten Sachen verkauften sich nach wie vor, aber die Band ... Scheiße, die wollte niemand mehr, und dabei hatten wir Stadien gefüllt! Ohne Damon kriegten wir nicht mal Auftritte in Bars. Ich wußte, wir brauchten neue Songs, und das dringend."

„Also hast du dir einen ersten Song von Damon besorgt, und Mind at Large hat ihn aufgenommen."

Vinnie nickte, obwohl mein Kommentar im Grunde genommen ja keine Frage gewesen war. „Der Song hat uns prompt wieder in den Hitlisten ganz nach oben gepuscht. Auch ohne Damon. Er brachte uns Millionen ein. Alle dachten, ich hätte ihn geschrieben, und die Mädels ... ich kann dir sagen!" Vinnies Augen waren vom vielen Weinen ganz rot und verquollen, aber er schaffte es trotzdem, mir zuzuwinkern. „Für einen, der Songs schreibt, tun die Mädchen einfach alles."

Diese Aussage ließ mich erschauern.

Ich schlang die Arme um mich und ging hinüber zur Couch, wo Damon sich bereits niedergelassen hatte, ohne daß ich es mitbekommen hatte. Als ich mich setzte, achtete ich sorgsam auf Abstand, fand diese Notwendigkeit aber verflucht schade. Angesichts der Tatsache, daß ich hatte zusehen müssen, wie Damon litt, und mir Vinnies Beichte hatte anhören dürfen, brauchte ich dringend jemanden, der mich in den Arm nahm. Vinnie wollte ich diesbezüglich gewiß nicht ermuntern, und an Damon konnte ich mich nicht anlehnen, ohne Gefahr zu laufen, als Eiszapfen in die Geschichte einzugehen. Allein beim bloßen Gedanken wurde mir kalt.

Ich versuchte, mich ein wenig zu wärmen, indem ich mir mit den Händen über die Arme fuhr. „Ihr habt also den Song aufgenommen und ..."

„Genau, und dann konnte ich nicht mehr aufhören!" Vinnie nickte gewichtig, als sei das die einzige Erklärung, die ich bräuchte. „Es war wie eine Droge. Nicht nur die Songs, die Macht. Stell dir vor, du rufst einen Toten und der kommt dann tatsächlich! Noch dazu jemand wie Damon." Vinnies Lachen klang heiser. „Der große Damon Curtis. Das Gesicht und die Stimme, die alle vor Augen hatten, wenn sie an Mind at Large dachten. Der Typ, den jedes Mädchen wollte. Wir waren alle Stars. Aber Damon war eine Supernova. Wir hatten alle Groupies, so viele wir wollten. Aber die blieben nur bei uns, weil sie hofften, so an Damon ranzukommen, und dann ..."

Vinnies Augen leuchteten in einem Feuer, das nicht von dieser Welt schien – so hatten sie auch geleuchtet, als er Damon channelte. „Dann fand ich heraus, daß ich den Geist dieses irren Typen einfach herbeirufen konnte. Den Geist einer Legende, einer Ikone der Musikwelt. Ich konnte ihn dazu bringen, mir zu gehorchen! Eine Zeitlang habe ich ihn nur gechannelt, weil ich es konnte. Die Songs waren sozusagen das Sahnehäubchen. Aber dann wurden sie einer nach dem anderen Hits, und nicht nur bei Leuten, die normalerweise auf unsere Musik standen. Ich war in der Lage, uns einen Schritt voranzubringen, und bald waren wir auch beim

Durchschnittspublikum beliebt. Das rockt vielleicht nicht ganz so hart, hat aber viel mehr Geld zur Verfügung. Nach einer Weile gingen einfach alle davon aus, daß ich einen Hit nach dem anderen schreibe, und haben es praktisch von mir erwartet: Ben und Alistair, Mighty Mike und Pete. Sogar Gene, unser Agent. Nein: besonders Gene. Gene war begeistert, meinte, er hätte sich immer nur um Damon gekümmert und gar nicht mitbekommen, daß ich es auch draufhabe. Daß ich auch spitzenmäßige Songs schreibe. Die Band, unser Agent, die Fans: Wie konnte ich aufhören, wo doch alle auf mich zählten? Nein, aufhören ging nicht, und ich habe auch nicht aufgehört. Bis ... jetzt."

Ich fixierte ihn mit einem durchdringenden Blick, den er allerdings gar nicht mitbekam, weswegen ich dann doch noch laut werden mußte. „Entschuldige, wenn ich mich hier anhöre wie die Stimme der Vernunft, aber was ich gerade sah, kam mir nicht wie Aufhören vor."

„Aber das ist es doch gerade!" Vinnie eilte zum Sofa, wo er sich eifrig von einem Fuß auf den anderen tretend vor mir aufbaute, die Stimme ganz angespannt vor Verzweiflung. „Das sollte das letzte Mal sein! Ehrlich! Das letzte Lied. Ich brauche nur noch dieses eine, einen neuen Song für unser großes Konzert. Ich schwöre ... ich schwöre, daß ich Damon nicht weiter channeln wollte. Auch schon ehe du mir beschrieben hast, was ich ihm damit antue."

Die ganze Zeit stand er so dicht vor mir, daß ich nicht anders konnte, als auf seinen Schritt sehen. Was ich eklig fand. Ich stand auf und stellte mich ans Fenster. „Ich glaube dir nicht", verkündete ich, und als ich sah, daß Damon die Kraft zum Kopfschütteln aufbrachte, fügte ich hinzu: „Und Damon auch nicht. Kann es sein, daß du solche Versprechungen nicht zum ersten Mal machst?"

„Ja, ich habe früher schon mal versucht, aufzuhören. Du hast recht. Ich habe nie ..." Vinnies Schultern zuckten. „Ich konnte einfach nicht anders."

„Du erwartest aber allen Ernstes, daß ich dir glaube?"

„Ja. Weil es diesmal stimmt, weil es diesmal anders ist." Ehe ich ihn richtig hatte kommen sehen, stand Vinnie neben mir und umklammerte meinen Arm. Er zog mich den Flur entlang in ein fensterloses Zimmer mit schwarzen Wänden. Meine Augen brauchten einen Moment, um sich an die Dunkelheit zu gewöhnen, aber dann erkannte ich das Pentagramm, das jemand mit weißer Farbe auf den Holzfußboden gemalt hatte.

Grusel! Grusel! Grusel!

Selbst ich hatte nicht gewußt, wie schnell ich sein konnte, wenn es die Umstände erforderten: Im Handumdrehen hatte ich mich aus Vinnies Griff befreit und stand wieder draußen auf dem Flur.

„He, keine Angst, Baby!" Vinnies Zähne schimmerten weiß im Dunkeln, als er mir ein blutleeres Lächeln zuwarf. „Das ist nur mein Magiezimmer. Das richte ich mir überall ein, wo ich wohne. Vom bloßen Reinkommen kommst du schon nicht zu Schaden."

„Was hat dies Zimmer mit unserer Unterhaltung zu tun? Was soll es mir beweisen?"

„Siehst du es denn nicht? Das Zimmer ist leer, hier ist nichts mehr."

Seufzend ging ich das Risiko ein, mich vorzubeugen, um einen genaueren Blick in das finstere Gemach zu werfen – wobei meine Füße allerdings hübsch dort blieben, wo sie waren: fest auf dem Flurboden verhaftet. Er hatte recht. Die Wände waren kahl, und kein einziges Möbelstück war im Raum verblieben. Tatsächlich gab es nichts in diesem Zimmer bis auf das Pentagramm und zwei große Pappkartons.

„Ich habe alles weggepackt", versicherte mir Vinnie. „Ich bin fertig mit der Magie."

Nennen Sie mich ruhig eine Skeptikerin: So leicht war ich nicht zu überzeugen. Eben noch hatte mir Vinnie von den Millionen erzählt, die Damons Songs der Gruppe einspielten. Er hatte mir vorgeschwärmt, wie high man sich beim Channeln fühlt und daß die Mädels für den Songschreiber einer Band einfach alles tun. „Du bist fertig mit der Magie, weil du es satt hast, immer im Mittelpunkt zu stehen? Habe ich das richtig verstanden?" Ich hatte genug gesehen, ich ging zurück ins Wohnzimmer. „Das kaufe ich dir nicht ab. Warum solltest du ausgerechnet jetzt aufhören wollen, wo du all die Jahre nicht aufgehört hast? Warum sollte ich dir vertrauen?"

„Wie wäre es mit: weil ich sterbe?"

Das erregte meine Aufmerksamkeit. Ich blieb stehen und drehte mich um. „Du ..."

„Du hast schon ganz richtig verstanden, ich sterbe." Vinnie steckte die Hände in die Taschen seiner abgetragenen Jeans. „Ich habe dir doch erzählt, daß ich dieser Tage meine Zeit im wesentlichen mit Ärzten und Anwälten verbringe. Das ist so, weil ich alles regeln will. Meine Ärztin sagt, das Konzert in der Rock Hall wird mein letztes sein."

Ich rang mit mir, aber eine leicht morbide Neugierde siegte. „Bist du sicher?" wollte ich wissen.

Er nickte, und eins mußte ich ihm lassen: Er sah weniger aus, als hätte er sich mit der Prognose abgefunden, als vielmehr, als hätte er seinen Frieden damit gemacht. „Bauchspeicheldrüsenkrebs", sagte er. „Sie sagen, ich habe noch ein paar Monate. Wenn ich Glück habe."

„Tut mir leid."

„Mir auch!" Vinnie grinste. „Aber ich bin auch dankbar. Ich habe es vor ein paar Wochen erfahren, und seitdem hatte ich Zeit, alles zu ordnen. Ich habe so gut wie all mein Geld an eine Klinik gespendet, die sich um krebskranke Kinder kümmert. Wer weiß, vielleicht nütze ich damit ja auch meiner eigenen Sache ein wenig. Die dürfen niemandem verraten, woher das Geld kommt, sonst ziehe ich es sofort wieder ab, hab ich gedroht, und ehe du mich jetzt für einen echt duften Typen hältst ..." Ein sanftes Lächeln stahl sich auf seine Lippen. „Ich versuche nur, die richtigen Leute zu schmieren. Damit sie mich nicht gleich wieder runter in die Hölle schicken, wenn ich da oben ankomme."

Wahrscheinlich sah man mir an, daß meine Zweifel noch nicht endgültig zerstreut waren. Vinnie verschwand jedenfalls wieder im Magiezimmer, und kurz darauf hörte ich ihn in einem der Umzugskartons wühlen. Als er wiederkam, hielt er zwei große braune Briefumschläge in der Hand, die er mir hinstreckte.

„Hier“, sagte er. „Nimm die. Das wird dir beweisen, daß es mir ernst ist und ich Damon nie wieder channeln werde.“

Keiner der Umschläge war zugeklebt. Ich warf einen Blick hinein. Der größere enthielt ein paar Gitarrenplektren, eine Perlenkette und ein abgetragenes altes Stirnband. Der kleinere war voll mit schwarzen Haaren.

„Das hat alles Damon gehört“, erklärte Vinnie. „Die Plektren und der andere Kram waren leicht zu beschaffen. Damon hat seine Sachen immer überall rumliegen lassen.“

Aha – die Plektren und der andere Kram! Ich sah eine Lücke in Vinnies Logik, auf die ich ihn sofort festnagelte. „Was ist mit den Haaren?“

„Damon hatte kurz was mit einer Friseuse. Die hat total gern an seinen Haaren rumgeschnippelt, vor jeder Show, damit er immer perfekt aussieht. Irgendwann habe ich die Haare mal zusammengefegt, als sie fertig war, und behalten.“

„Aber wenn du nie vorhattest, Damon zu channeln ...“

„Hatte ich auch nicht! Damals nicht! Die Haare ...“ Er wandte den Blick ab. „Die waren für etwas anderes.“

„Für einen anderen Zauber?“

Er nickte. „Diese Friseuse – ich weiß ihren Namen nicht mehr! Die war jedenfalls vorher mit mir zusammengewesen und war wirklich eine heiße Nummer. Bis Damon sie aufs Korn nahm. Ich wollte sie einfach wiederhaben. Wenn man jemanden mit einem Zauber belegen will, braucht man dazu etwas, was dieser Person gehört. Das ist eine der ersten Sachen, die man lernt, wenn man sich mit Magie befaßt. Begreifst du nicht? Das spielt jetzt alles keine Rolle mehr. Was zählt, ist, daß ich dieses Zeug von Damon nun schon seit Jahren habe. Ich habe immer nur einen kleinen Teil verbraucht, wenn ich nach einem neuen Song suchte, es ist noch allerhand da. Das hatte ich alles zusammengepackt, ich wollte es wegschaffen, und sobald das Zeug fort ist, kann ich Damons Geist nicht mehr rufen. Du mußt mir glauben!“ Vinnie sah sich verzweifelt um. Er wollte mir so dringend beweisen, daß es ihm ernst war. Schließlich fiel sein Blick auf den offenen Kamin und das Feuer, das darin knisterte. Er riß mir die Umschläge aus der Hand und warf sie in die Flammen.

Daraufhin geschah erst einmal nichts. Ich fragte mich, ob die Umschläge das Feuer vielleicht erstickt hatten. Bis ich sah, wie eine Flammenzunge seitlich am kleineren Umschlag entlangzüngelte. Mit einem Fauchen erhob sich eine kleine Rauchwolke, und eine Sekunde lang grollte Donner durch das Zimmer, so laut und mächtig, daß Vinnie und ich erschrocken zurückzuckten. Flammen explodierten, füllten den Kamin und warfen eine verrückte Lightshow in Orange- und Gelbtönen an die Wände.

In der nächsten Sekunde erlosch das Feuer. Nur ein Häufchen Asche und ein Rauchwölkchen, das sich zur Decke kringelte und verschwand, waren noch übrig.

Vinnie schluckte schwer. „Siehst du? Es ist alles weg. Alles. Glaubst du mir jetzt? Jetzt kann ich Damon nichts mehr tun. Ich habe nichts mehr, das eigentlich ihm gehörte. Ich wollte ihm nie wehtun."

Da kann man noch so weichherzig sein, man darf sich als Privatdetektivin nicht den Luxus gönnen zu denken, jemand sei aus dem Schneider, bloß weil dieser jemand ein bißchen zu Kreuze gekrochen ist. „Mit Damons Tod hattest du nichts zu tun?" fragte ich streng.

„Das war ein Unfall! Das kann doch nur ein Unfall gewesen sein!" Vinnie richtete seine Worte wieder an die Stelle, an der er Damon vermutete. „Es gab so viel, worauf du dich freuen konntest. Du hattest noch soviel vor. Ich weiß, daß es kein Selbstmord war."

„Wenn du beweisen willst, daß es dir mit allem ernst ist, dann gibt es nur eine Möglichkeit."

„Ich mache alles, was du sagst."

Ich nahm ihn beim Wort, wußte ich doch, daß es ihm mit dem, was er gesagt hatte, ernst war. „Gib mir die Kerze und die Gitarre."

„Klar doch." Vinnie huschte zum Klavier, um die beiden Sachen zu holen. „Wie gesagt, die brauche ich nicht mehr. Jetzt nicht mehr. Sobald du das Zeug losgeworden bist ..." Er holte leicht zittrig Luft, die er ganz langsam wieder ausstieß. „Das war alles. Sobald du das Zeug losgeworden bist, müßte Damon frei sein."

Genau das, was Damon wollte – und ich auch.

Oder?

Die Frage ging mir nicht aus dem Kopf, während ich mir die Kerze unter den Arm klemmte und die Gitarre nahm. Sie beschäftigte – und verunsicherte – mich immer noch, während Damon und ich schweigend mit dem Fahrstuhl hinunter ins Foyer fuhren.

Draußen fand ich mich im Sonnenschein des späten Vormittags wieder. Statt sofort zu meinem Auto zu eilen ging ich weiter, bis zum hinteren Ende des Grundstücks, wo man vom hauseigenen Parkplatz einen Blick auf den See hatte. Dort setzte ich Kerze und Gitarre auf der hüfthohen Mauer ab, die die Parkplatzbegrenzung darstellte, und sah hinunter auf das Wasser, das etwa sechs Meter unter mir lag.

Ich brachte es nicht über mich, Damon anzusehen, als ich die alles entscheidende Frage stellte. Vielleicht bin ich ja doch nicht so hartgesotten, wie ich vorgab. „Bist du ganz sicher?" wollte ich wissen.

„Du willst mir doch immer noch helfen, Baby, oder hast du deine Meinung geändert?"

Vielleicht war Damon doch nicht so versessen darauf, ins große Ungewisse hinüberzuwechseln, wie er bislang behauptet hatte. Die Untertöne in seiner Stimme waren schwer zu deuten, ohne sein Gesicht vor Augen zu haben. Ich drehte mich um und bereute es sofort. In Damons Augen schimmerte ein Ausdruck tiefen Bedauerns – dasselbe Bedauern lag auch in dem Lächeln, das er mir schenkte. Galt es dem Leben, das er geführt hatte? Oder der Tatsache, daß er weit über seine Zeit hinaus an diese Welt gekettet gewesen war? Oder gab es noch einen anderen Grund, weswegen es ihm leid tat, jetzt gehen zu müssen? Gab es jemanden, den er ungern zurückließ?

Mein Herz tat einen kleinen Satz. Aber ich erhielt keine Gelegenheit, etwas zu sagen.

„Es ist an der Zeit“, sagte Damon.

„Ich weiß.“ Was nicht erklärte, warum ich so wenig erpicht darauf war, die letzte Handlung zu vollziehen. „Es ist doch nur ...“

„Was?“

Ich biß mir auf die Lippen. Besser die Klappe halten als einem Mann, der bei meiner Geburt schon tot gewesen war zu sagen, daß er mir fehlen würde.

Statt das Risiko einzugehen, ihm meine Gefühle einzugestehen und wie der letzte Depp dazustehen, tat ich genau das, was er von mir erwartete und was meine Aufgabe war: Ich warf die Kerze in den See. Damon trat neben mich an die Mauer, und gemeinsam sahen wir zu, wie sie noch eine Weile auf den Wellen hüpfte. In meinem Kopf tat Damons Geist dasselbe: Auch er ritt auf einem Wellenkamm durch einen Raum ohne Namen, irgendwo zwischen dieser Welt und der nächsten.

Endlich ging die Kerze unter – und Damon?

Ich warf ihm einen raschen Seitenblick zu.

Damon flackerte nicht, er wurde auch nicht blasser, spuckte keine Funken.

Wie ein Mann wandten wir unsere Aufmerksamkeit der Gitarre zu.

„Ich glaube nicht, daß du die einfach ins Wasser werfen kannst“, meinte Damon nachdenklich. „Hinterher schwimmt sie, und irgendwer holt sie raus. Oder sie sinkt einfach auf den Seegrund und bleibt da liegen, und ich muß auch hierbleiben, bis sie verrottet ist.“

Er hatte recht. Ich nahm die Gitarre mit beiden Händen. Vielleicht war ich ja emotional überlastet, oder meine Fantasie spielte mir Streiche – ich hätte jedenfalls schwören können, daß ich alles, was Damon ausmachte, sein innerstes Wesen, in dieser Gitarre spüren konnte. Vorsichtig, mit geschlossenen Augen, nahm ich das Instrument in die Arme, um Damon zum allerersten Mal körperlich nahe zu sein.

Emotional überbelastet oder nicht: Ich wußte, das Gefühl konnte nicht andauern. Also packte ich die Gitarre beim Hals, trat zurück, schwang sie über den Kopf und ließ sie mit voller Wucht auf die Mauer donnern.

Sie zerschellte in viele Einzelteile, und der Klang, mit dem die einzelnen Saiten rissen, war auf dem ganzen Parkplatz zu hören. Nicht weit entfernt hatten gerade zwei Leute in ihre Autos steigen wollen, blieben nun stehen und starrten unverhohlen zu uns herüber.

Das war mir egal. Ehe mich jemand daran hindern konnte, hatte ich die Gitarrenteile zusammengesucht und warf sie in den See. Das Instrument hatte die letzte Verbindung zu Damon dargestellt; ohne sie konnte Vinnie ihn unmöglich weiter channeln. Er konnte Damons Geist nicht mehr auf der Erde festhalten, was mir nur allzu bewußt war. Ich wußte auch, daß ich auf keinen Fall zusehen wollte, wie Damon immer blasser wurde, bis nichts mehr von ihm zu sehen war. Also hielt ich meinen Blick unverwandt auf das Wasser gerichtet, bis das letzte Stückchen Gitarre untergegangen war.

„Nun ...“ Ich muß mich wirklich loben: Ich habe ein echtes Talent dafür, mir selbst etwas vorzumachen. Außer mir hörte mich ja nun niemand mehr, trotzdem schaffte ich es, so zu tun, als säße mir kein Kloß im Hals. „Das war es dann wohl. Es ist vollbracht. Damon ist ...“

„... immer noch hier.“

Ich tat wahrhaftig einen kleinen Luftsprung, begleitet von leisem Kreischen, als ich hinter mir Damons Stimme hörte.

Er wirkte ebenso überrascht wie ich. Er streckte die Hände vor, um sie zu untersuchen. Seine linke Hand wirkte immer noch ein wenig verwaschen, aber ansonsten sah er aus wie eh und je.

Gut! Da stand also dieser Tote immer noch vor mir, der so sehr gehofft hatte, die Reise aller Reisen antreten zu können. Politisch korrekt war es bestimmt nicht, was ich bei seinem Anblick von mir gab, aber ich konnte nicht anders, es platzte einfach so aus mir heraus: „Was zum Teufel machst du denn noch hier?"

KAPITEL 9

Zu Ellas grosser Freude arbeitete ich an diesem Tag länger. Was Ella nicht wußte, war, daß ich nicht, wie ich gesagt hatte, das Friedhofsarchiv nach Informationen über Migranten durchkämmte. Ich war unten an Damons Grab, und wir beide ... na ja, wir beide versuchten zu verstehen, warum er nicht dort war, wo er jetzt eigentlich hätte sein müssen, nun, wo Vinnie keine Macht mehr über ihn hatte.

Gemeinsam kamen wir keinen Schritt weiter, und als ich endlich aufgab und nach Hause fuhr, um dort noch ein wenig darüber nachzudenken, fiel mir auch allein nichts dazu ein. Dafür plagten mich die ganze Nacht hindurch unglaublich bohrende, ungemütliche Gefühle und Selbstzweifel. Was zum Teufel war mit mir los? Warum stimmte es mich nicht traurig, daß Damon nicht auf die andere Seite hatte wechseln können?

Am nächsten Tag war ich des Denkens (und der Tatsache, daß ich Gefühle für einen toten Typen hegte, die man für einen toten Typen echt nicht hegen sollte) so müde, daß mir der Schädel brummte. „Das ergibt keinen Sinn." Stöhnend ließ ich meinen Kopf auf die Schreibtischplatte sinken. „Vinnie hält dich hier nicht mehr."

„Außer er tut es doch und lügt."

Das war natürlich eine der ersten Theorien gewesen, die wir am vergangenen Abend erörtert hatten. Ich hatte sie nach einigem Hin und Her verworfen und meine Meinung nicht geändert. Ich setzte mich auf, und da ich das Haar an diesem Tag offen trug, mußte ich es mir erst einmal aus den blutunterlaufenen Augen streichen, ehe ich Damon sehen konnte, der mir gegenüber auf der anderen Seite des Schreibtischs auf meinem Besucherstuhl Platz genommen hatte. „Ich glaube ihm", verkündete ich wie auch schon am Vortag. „Frag mich nicht warum. Aber wenn er wirklich so krank ist, wie er behauptet, wenn er wirklich sein ganzes Geld verschenkt hat ... es ist ziemlich offensichtlich, wie Vinnie versucht, sein Leben von Grund auf zu ändern, und was das Channeln betrifft, plagen ihn wirklich heftige Schuldgefühle. Er sah total mitgenommen aus, nachdem ich ihm geschildert hatte, was er dir antut. Das hast du selbst gesehen. Es mag unwahrscheinlich klingen, aber ich finde, hier kommt eins zum anderen, und alles paßt zusammen. Von daher glaube ich ihm."

Damon seufzte. „Ich ja auch."

Womit wir natürlich wieder genau dort waren, wo wir angefangen hatten.

Über das, was mir in der Nacht durch den Kopf gegangen war, hätte ich mich am liebsten ausgeschwiegen. Ich wollte Damon nicht eingestehen, daß ich es vielleicht gar nicht so schlecht fand, wenn er noch ein Weilchen auf unserer Ebene herumhing. Aber ich wagte auch nicht, es nicht zu erwähnen. Wenn ich nichts sagte und Damon von sich aus auf dieselben Gedanken gekommen war, dann sah das wohl reichlich komisch aus, oder? Noch dazu mußte er mich für einen Volltrottel halten.

Gut – dann mußte ich das Thema also doch von mir aus zur Sprache bringen. Ich wollte nur auf keinen Fall, daß meine Theorie sich nach einer Obsession oder Schlimmerem anhörte. Ich wollte meine Überlegungen eher beiläufig erwähnen, so nach dem Motto: „Ach, da fällt mir noch ein ..." Also widmete ich mich angelegentlich den Papierstapeln auf meinem Tisch und tat so, als wolle ich sie ordnen. Da ich nicht gerade ein Organisationstalent bin, lag allerhand Papier bei mir auf dem Schreibtisch, ein prima Grund, Damon nicht in die Augen zu sehen. „Ich weiß nicht, ich glaube, vielleicht können wir einfach nichts tun. Vielleicht ..."

War ich das? Die Frau, die sich so anhörte wie ein liebeskranker Teenager? Ich gab mir im Geiste eine energische Ohrfeige, ehe ich fortfuhr. „Vielleicht mußt du einfach noch ein Weilchen hierbleiben."

„Pepper ..."

Nicht, daß Damon meinen Namen sagte, zwang mich zum Aufsehen – es war die Art, wie er ihn sagte.

Ich glaube, bis zu diesem Moment war mir die Bedeutung des Wortes bittersüß nie ganz klar gewesen. Bittersüß war das Lächeln, das Damon mir zuwarf. Warm, sanft, liebevoll und doch auch voller Gefühle, die so hart, so bitter waren, daß ich mich laut nach Luft schnappend in meinen Stuhl zurücksinken ließ. Mir war, als hätte man mit einem heißen Messer mein Herz in tausend kleine Stücke geschnitten.

„Ich wünschte, ich könnte bleiben." Mehr sagte er nicht. Er hob nur die linke Hand.

Die kaum mehr zu sehen war. Das gleiche galt für einen Teil seines linken Arms.

Ich geriet nicht schnell in Panik, und wenn es doch geschah, dann aus gutem Grund. Dies hier war einer.

Ich richtete mich kerzengerade auf. In meinem Kopf überschlugen sich die Bilder, ich hatte das Gefühl, der Verstand würde mir stehenbleiben, wenn ich nicht aufpaßte. Ich konnte nur noch an eines denken: was passieren würde, wenn ich Damon nicht half, auf die andere Seite zu wechseln, ehe er ganz verschwunden war. Wenn man ihn nicht hinüberließ und er von dieser Ebene verschwunden ...

Ein schreckliches Bild erfüllte mein Denken. Es zeigte einen total einsamen Ort, wo die Geister, die nirgends hingehörten, mutterseelenallein und verloren die Ewigkeit verbrachten. Ja, ich wollte, daß Damon noch blieb – aus rein egoistischen Gründen. Aber nicht zu einem solchen Preis.

Ich stand auf, schlug energisch mit der Hand auf die Schreibtischplatte und fing an, in meinem winzigen Büro hin und her zu tigern, in der Hoffnung, so mein Gehirn wieder in Gang setzen zu können.

„Wir müssen etwas unternehmen!“ Wahrscheinlich die Untertreibung des Jahres, aber etwas Tiefschürfenderes war mir auf die Schnelle nicht eingefallen. „Bei meinen anderen Fällen war es so leicht! Gus und Didi hatten beide hier noch etwas zu erledigen, und sobald dies geschehen war, konnten sie auf die andere Seite hinüberwechseln. Aber du bist an einer Überdosis gestorben. Es war ein Unfall. Das ist allgemein bekannt. Andererseits – wo du doch immer noch hier bist, vielleicht hast du ja doch ...“

Gut – es mag sein, daß ich vom Kopf her etwas langsam bin. Vielleicht war ich aber auch nur die ganze Zeit zu beschäftigt gewesen, erst mit Trauer, weil Damon gehen würde, und dann, als er nicht ging, mit Erleichterung, daß ich nicht in der Lage gewesen war, geradeaus zu denken, weswegen der Groschen erst jetzt fiel.

„Unerledigtes.“ Damon und ich sagten das Wort gleichzeitig. Endlich! Endlich kamen wir uns nicht mehr hoffnungslos festgefahren vor. Ich eilte zurück an meinen Schreibtisch und setzte mich wieder.

„Nehmen wir mal an, die Überdosis war gar kein Unfall. Dann hält dich gar nicht das Channeln hier fest. Dann kannst du nicht gehen ...“

„... ehe wir nicht herausgefunden haben, was in der Nacht, als ich starb, wirklich geschah.“

„Scheiße!“

Erstaunt zog Damon die rechte Braue hoch. Er verstand nicht, warum ich so heftig reagierte. „He, was ist daran so schlimm? Wir suchen doch die ganze Zeit nach einem Ansatz, und nun haben wir vielleicht einen.“

„Schon. Aber verstehst du auch, was das heißt? Ich habe mich gerade selbst dazu überredet, in einem Mordfall zu ermitteln!“

Mit Vinnie mußten wir anfangen, das schien der logische Ausgangspunkt. Um mir den nötigen zeitlichen Spielraum zu verschaffen, erzählte ich Ella, ich müsste noch einmal kurz ins Staatsarchiv. Das war keine reine Lüge. Zum einen brauchte ich wirklich mehr Daten, wenn ich sämtliche Akten auf Stand bringen wollte, die Ella aus unserem Bestand gezogen hatte. Zum anderen kam man am Staatsarchiv vorbei, wenn man zu Vinnie Palluccis Penthouse wollte. Nicht direkt, aber so ungefähr.

Also machte ich mich, mit Damon auf dem Beifahrersitz, erneut in den Vorort Lakewood auf.

Der Portier im noblen Wohnblock teilte mir augenzwinkernd mit, er möchte wetten, daß Vinnie das Wiedersehen mit mir kaum erwarten könne. Ich steckte den Kommentar ein, ohne mit der Wimper zu zucken, denn immerhin ließ mich der Mann dafür unangemeldet hinauf zum Penthouse fahren. Wenig später stand ich in der luftigen, eleganten Eingangshalle, die zu Vinnies Apartment führte.

Die Tür war offen.

„He Vinnie!“ An diesem Morgen lief keine ohrenbetäubende Musik, also ging ich davon aus, daß Vinnie mich hören konnte, als ich über die unsichtbare Linie zwischen Vorraum und Apartment trat und gegen den Türrahmen klopfte. „Ich bin's, Pepper. Darf ich reinkommen?“

Ganz sicher war ich mir nicht, glaubte aber, eine gedämpfte Reaktion gehört zu haben.

Die faßte ich als Einladung auf und trat ein. Die Wohnung sah nicht anders aus als am Vortag, nur daß sich womöglich noch mehr Unordnung angesammelt hatte. Überall lagen Pizzaschachteln, Kaffeebecher, Bierdosen (offen und leer), dazwischen natürlich immer noch der Pappaufsteller in Form einer nackten Frau. Nur von Vinnie war weit und breit nichts zu sehen.

„Vinnie?“ Wieder versuchte ich es, ein wenig lauter diesmal, und wieder meinte ich, eine leise Antwort zu hören. Sie kam aus Vinnies Magiezimmer

Ich eilte dorthin, während Damon an meiner Seite mißbilligende Kommentare von sich gab.

„Vinnie hat uns nicht angelogen!“ versicherte ich ihm noch einmal, obwohl wir das vorher in meinem Büro nun wirklich lang und breit erörtert hatten. „Er hat vor, ehrbar zu werden. Er hat versprochen, nicht mehr zu channeln. Mir passiert nichts, wenn ich da reingehe. Vinnie spielt nicht mehr mit Magie.“

„Aber was, wenn doch?“

Eine Hand bereits am Türgriff blieb ich vor dem Magiezimmer stehen. „Ich mache die Tür auf, bleibe aber erst einmal draußen stehen, und wenn mir etwas schräg vorkommt, renne ich los.“

So geschah es dann auch. Ich riß die Tür auf, sah etwas, was mir schräg vorkam, und rannte los. Nur nicht weg vom Magiezimmer, sondern ganz im Gegenteil direkt ins Zimmer hinein. Wo ich mich auf die Knie fallen ließ.

Direkt neben der Stelle, an der Vinnie stöhnend am Boden lag.

„Vinnie, was ist? Alles in Ordnung?“ Da ich seit gestern von seinem Krebs wußte und auch informiert war, wie lange die Ärzte ihm noch gaben, ging ich davon aus, daß ihm schwindelig geworden war, weil er irgendein Medikament genommen hatte. Oder daß er einen Anfall hatte. Erst als sich meine Augen an die Dunkelheit in dem fensterlosen Zimmer gewöhnt hatten, sah ich das Messer, das Vinnie aus der Brust ragte, und den Blutstrom, der sich aus der Wunde auf den Boden ergoß.

„Heilige Scheiße!“ Ich schreckte zurück, nur um sofort heftige Schuldgefühle zu empfinden. Ging man so mit einem Sterbenden um?

Denn daß Vinnie starb, daran konnte nicht der geringste Zweifel bestehen.

Seine Lider zuckten und flatterten, als er die Augen aufschlug. Ich weiß nicht, ob er mich sehen konnte, aber auf seinen Lippen lag ein Lächeln. „Dann ... bin ich wohl ... schon im Himmel“, flüsterte er. „Denn du mußt ein Engel sein.“

„Eher nicht.“ Um das zu beweisen, packte ich Vinnies Hand, um sie fest zu drücken. „Was ist passiert?“

Er schaffte es mühsam, den Kopf zu schütteln. Aber als er die Lippen bewegte, war kein einziger Laut zu hören.

Ich befahl mir energisch, mich zusammenzureißen, während ich Vinnie versicherte, daß Hilfe bereits unterwegs sei, und gleichzeitig mit zitternden Fingern in meiner Handtasche nach dem Handy suchte. Nachdem ich den Notruf verständig hatte, hielt ich erneut Vinnies Hand.

„Alles wird gut", versprach ich ihm, was natürlich eine komplette Lüge war, aber mal ehrlich: Manchmal kann eine kleine Notlüge tausendmal tröstlicher sein als die nackte Wahrheit. „Die Sanitäter sind gleich hier und kümmern sich um dich."

Er wandte den Kopf zur Seite, dorthin, wo Damon mir gegenüber auf dem Boden kniete, und ich weiß nicht, woher er die Kraft nahm, aber er hob die Hand zum Gruß.

Da wußte ich genau, daß ihm nicht mehr viel Zeit blieb. Wenn eine lebende Person (außer mir natürlich) einen Geist sehen kann, dann heißt das, ihr Ende ist nahe. Soviel hatte ich bei meinen paranormalen Detektivspielchen inzwischen gelernt.

Sobald mir dies klar war, war mir auch etwas anderes klar: Ich mußte Vinnie sofort zum Reden bringen.

Ich barg seine Hand zwischen meinen beiden. „Was ist passiert?" fragte ich noch einmal. „Wer hat dir das angetan?"

„Wer?" Vinnie dehnte das Wort ewig lang. Seine Stimme klang wie das Flüstern des Windes, seine Brust hob und senkte sich, das gleiche galt für das Messer, das darin stak. Das Ganze war zu schrecklich, um es mit ansehen zu können, und zu erschreckend, um den Blick davon zu lösen.

Während ich da kniete, die Hand eines Sterbenden in meinen, holte Vinnie mühsam und flach noch einmal Luft und stieß sie ganz, ganz langsam wieder aus. Um danach völlig reglos dazuliegen.

„Vinnie?" Ich stupste ihn sachte an, aber er reagierte nicht. „Vinnie? Halt durch! Sie sind gleich hier." Draußen war die Sirene eines Krankenwagens zu hören. „Nur noch ein, zwei Minuten. Vinnie?"

Aber es war bereits zu spät.

Ich ließ mich auf die Hacken zurückfallen, Vinnies Hand immer noch zwischen meinen. „Was passiert jetzt?“ wollte ich von Damon wissen.

Der zuckte die Achseln. „Ich bin nie hinübergegangen, also kann ich dir nichts sagen. Vielleicht bleibt Vinnie auch hier hängen. Wenn man nach dem Messer in seiner Brust gehen will, hinterläßt er ja auf jeden Fall etwas Unerledigtes.“

Da hatte Damon zweifellos recht. Aber noch ehe ich mir ausmalen konnte, was das genau bedeuten mochte und in welcher Form man wahrscheinlich auch mich wieder in die Sache hineinziehen würde, geschah etwas sehr Seltsames.

Eine der Wände in Vinnies Magiezimmer fing an zu leuchten, als sei dahinter ein Licht eingeschaltet worden, dessen Glanz jetzt durch den Putz hindurch erstrahlte. Das Licht wurde langsam immer heller, bis ich die Wand selbst nicht mehr sehen konnte. Ich mußte die Augen zusammenkneifen und dann noch die Hand davorhalten.

Gleichzeitig sah ich Vinnie aus seinem Körper aufsteigen. Er trat zur Wand, und dort, wo das Licht mich am grellsten blendete, blieb er stehen und drehte sich um. Lächelnd hob er die Hand und winkte mir zum Abschied zu.

Um gleich darauf im Licht zu verschwinden.

Ich könnte nicht sagen, wie lange der gesamte Vorgang dauerte. Ich weiß nur, daß ich die ganze Zeit über keinen Muskel rührte. Ich starrte in das Licht, erfüllt von einem Wirrwarr von Gefühlen, die ich nicht verstand und denen ich keinen Namen geben konnte. Alles war vorbei, als die Bullen und Sanitäter das Apartment stürmten und in das Magiezimmer drängten.

Dort fanden sie mich: auf den Knien neben dem leblosen Körper Vinnie Palluccis.

Es spricht sich immer sehr schnell herum, wenn jemand Berühmtes ums Leben kommt.

Als ich die Fragen der Bullen beantwortet und die Formulare der Rettungssanitäter ausgefüllt hatte und mit dem Fahrstuhl nach unten gefahren war, hatte sich auf dem hauseigenen Parkplatz bereits eine kleine Menschenmenge gesammelt. Ich zählte vier Ü-Wagen lokaler Fernsehsender und ein knappes Dutzend Reporter. Einer davon unterhielt sich gerade mit dem Portier, weswegen ich zusah, daß ich mich aus dem Hause schlich, ehe der Mann mich entdecken konnte. Auf keinen Fall wollte ich als die letzte Person, die Vinnie Pal lebend gesehen hatte, in den sechs Uhr Nachrichten auftauchen.

Als ich endlich wieder auf dem Garden-View-Friedhof anlangte, fühlte ich mich wie ein zu heiß gekochtes, ausgewrungenes und auf der Wäscheleine vergessenes Kleidungsstück. Ich stellte mein Auto ab, klappte die Tür auf und kroch hinaus, im Kopf nur noch eins: mich so schnell wie möglich in mein Büro zu verziehen, die Tür hinter mir zu schließen und mich den Rest des Tages zu verstecken.

So war ich denn auch schnurstracks unterwegs zu meinem Büro, als ich eine Schar Geisterjäger entdeckte, die um ein Auto herumstanden und Radio hörten.

„Haben Sie das schon mitbekommen?“ Oberjäger Brian stellte sich mir dort, wo der Bürgersteig auf den Parkplatz traf, in den Weg. „Vinnie Pal ist tot!“

Ich umging ihn seitwärts. „Ja, das habe ich schon mitbekommen.“

„Sie wissen auch, was das bedeutet?“

Jawohl, das wußte ich genau.

Obwohl die Lakewood Bullen, die auf meinen Notruf hin aufgetaucht waren, mich hatten gehen lassen, bedeutete dies, daß ich von Bullenseite aus noch mit einer Menge Fragen zu rechnen hatte. Dazu stand eine gründliche Überprüfung meiner Person und eine genaue Untersuchung der Motive an, die mich in Vinnies Wohnung geführt hatten, als ihn sein unverhofftes Ende ereilte.

Es bedeutete, daß ich die Erinnerung an das Messer, das aus Vinnies Brust ragte, so schnell nicht loswerden würde. Oder den

Blutfleck in meiner guten grauen Leinenhose. Blut läßt sich nicht so ohne weiteres aus Naturfasern herauswaschen, was traurig, aber wahr ist und eine weitere Tatsache, die ich im Laufe meiner Karriere als Privatdetektivin für die Toten hatte lernen müssen.

Natürlich gab es nicht nur schlechte Nachrichten. Ich hatte immerhin auch etwas Nützliches herausgefunden. Nun wußte ich mit Sicherheit, daß Vinnie nichts mit Damons Tod zu tun gehabt haben konnte.

Weswegen ich mir da so sicher war?

Ein Mörder ist nicht in der Lage, so schnell auf die andere Seite zu wechseln. Selbst dann nicht, wenn er versucht hat, sich den Weg ins gelobte Land zu erkaufen.

All das waren Informationen, die ich Brian keinesfalls zuteil werden lassen wollte. Also zuckte ich als Antwort auf seine Frage lediglich die Achseln.

„Das bedeutet, es gibt noch mehr Gründe, nach Hinweisen auf Damons Geist zu suchen!" verkündete der Mann. Wie jemand so freudig auf die Nachricht von einem Mord reagieren kann, werde ich nie kapieren. Aber Brian würde auch nicht gezwungen sein, die nächsten wer weiß wie vielen Jahre mit bestimmten Bildern im Kopf zu Bett zu gehen, Bildern voller Blut und Messern. Dazu die Erinnerung daran, wie das Gesicht eines Menschen kreidebleich wird, kurz bevor er den Löffel abgibt. „Vinnies Tod trägt noch mehr zum Mysterium Mind at Large bei!" jubelte Brian. „Vielleicht schaffen wir es sogar, Vinnies Geist zu finden!" Der Gedanke war ihm wohl gerade erst gekommen, und jetzt mußte er ihn sofort seinen Kumpanen mitteilen. Jedenfalls ließ er mich stehen und eilte zu den anderen zurück.

An dem Punkt fiel mir schließlich auf, daß mir einer der Deppen am Autoradio ziemlich bekannt vorkam.

Dan Callahan blieb nicht bei der Gruppe stehen, um sich anzuhören, was Brian zu sagen hatte. Er schob die Hände in die Taschen seiner schwarzen Lederjacke und kam zu mir herübergeschlendert, auf den Lippen ein Lächeln – nachdem sein Blick kurz am Blutfleck auf meiner Hose hängengeblieben war.

Hier war ganz klar ein Präventivschlag angesagt: Fragen stellen, ehe er es tun konnte. „Hast du ein neues Hobby? Oder hängst du nur gern mit einer Gang superschlauer Streber rum?"

„Meinst du die?" Dan wies mit dem Kinn auf die Geisterjäger, die gerade aufgeregt neue Strategien erörterten. „Ich wollte nur nett sein. Dachte, ich gebe denen mal ein paar Tips."

„Weil du weißt, wie man Geister jagt."

„Wenn du das fragst – soll das heißen, du glaubst an Geister?"

„Wenn ich das frage, dann soll das heißen, daß ich gern weiß, was du im Schilde führst. Kennst du dich aus? Was Geister angeht?"

„Es gibt allerhand Dinge, mit denen ich mich auskenne." In Dans Augen blitzte ein lustiger Schalk auf, den ich bestimmt unwiderstehlich gefunden hätte, wäre ich in der richtigen Stimmung gewesen.

Vielleicht spürte er das. Oder vielleicht zählte er aber auch nur eins und eins zusammen, wobei er zum Schluß kam, daß man bei einem Mädchen mit Blutflecken an der Leinenhose nicht auf gute Laune zählen kann.

Ehe er wagemutig werden und das Thema Blutflecken ansprechen konnte, wandte ich mich ab, um ins Haus zu gehen. „Ich könnte dir auch ein paar Tips geben."

Bei diesen Worten blieb ich stocksteif stehen und verdrehte die Augen. Letzteres bekam Dan allerdings nicht mit, da ich mir nicht die Mühe machte, mich umzudrehen. „Laß mich raten: düstere Prophezeiungen und vage Warnungen. Geister, die im Dunkeln buh rufen? Nein danke, damit bin ich durch."

„Ich spreche nicht von Geistern. Ich spreche von dem Bullen, der in deinem Büro auf dich wartet."

Ich fuhr herum – womit Dan fest gerechnet hatte.

Dan blieb nicht stehen, um seine Worte näher auszuführen, was mir klar gewesen war. Das machte der Mann immer so. Ich hatte nicht vor, ihm nachzurennen. Weit weniger peinlich und wesentlich befriedigender war es, ein Wort vor mich hinzugrummeln, das man an einem Ort, an dem die Toten eigentlich in Frieden ruhen sollen, möglichst nicht im Munde führen sollte. Ob das ein bißchen kindisch war? Klar! Aber ich fühlte mich gleich wohler und etwas besser für das Treffen mit dem Vorstadtbullen gewappnet, der in meinem Büro meiner harrte und mich zweifelsohne einem scharfen Verhör zum Thema Vinnie unterziehen wollte. In bezug auf das scharfe Verhör hatte ich vollkommen richtig gelegen. Das wußte ich, sobald ich den Fuß in mein Büro gesetzt hatte.

Nur in bezug auf den Bullen hatte ich mich geirrt.

„Für eine Frau, die hier angeblich arbeitet, verbringst du aber nicht gerade viel Zeit in deinem Büro."

Quinn Harrison, der in seinem nachtschwarzen Anzug, dem blütenweißen Hemd und der Seidenkrawatte in einem unglaublichen, total zu seinen ebenso unglaublichen Augen passenden Grün aussah wie ein junger Gott. Ein junger Gott, der auf der Kante meines Schreibtischs hockte, wo er sich, da er nicht über einen Funken politische Korrektheit verfügte, skrupellos Platz geschaffen hatte, indem er einfach ein paar von meinen Papieren in die Hand genommen hatte. Die blätterte er gerade in Ruhe durch, wobei er sich auch von meiner Gegenwart nicht weiter abschrecken ließ.

„Liest dir denn deine Chefin nie die Leviten wegen Faulheit?" erkundigte er sich interessiert.

Das Zeug in seiner Hand war nichts Besonderes, genau wie der Rest der Sachen auf meinem Tisch, aber jeder Mensch hat seine Grenzen. Ich riß Quinn mein Eigentum aus der Hand und warf es dorthin, woher es gekommen war. „Bringen sie euch auf der Polizeifachschule eigentlich keine Manieren bei?"

Sein Tausend-Watt-Lächeln ließ mein tristes Büro erstrahlen. „An dem Tag habe ich gefehlt."

Ich trat vorsichtshalber einen Schritt zurück, während ich die Arme vor der Brust verschränkte. Nicht, daß ich vor Quinn Angst gehabt hätte, das nun wirklich nicht, ich wollte nur nicht zu nah an ihm dran sein, wenn er aufstand.

Quinn stand auf.

Das war mir immer noch zu nah! Ich wich einen weiteren Schritt zurück.

„Ich hatte heute einen interessanten Anruf", sagte Quinn. „Von einem Freund, mit dem ich heute abend Racquetball spielen wollte. Wir hatten vereinbart, daß wir uns vorher noch mal verständigen, damit auch klar ist, ob wirklich zur entsprechenden Zeit ein Platz frei und für uns reserviert ist."

„Klingt faszinierend." An Quinn war alles faszinierend, vom Duft seines teuren Rasierwassers bis zur Art, wie ihm die pechschwarze Stirnlocke ins Gesicht fiel. Er durfte auf keinen Fall merken, wie spannend ich ihn fand, weswegen ich mich um eine gewisse Schroffheit bemühte. „Dann bist du also den ganzen Weg hierhergekommen, um mir zu erzählen, daß du fit wie ein Turnschuh bist, weil du immer fein Racquetball spielst. Da kriege ich glatt Komplexe wegen der Familienpackung Walnuß-Schoko-Banane, die ich gestern abend verdrückt habe."

Einer von Quinns Mundwinkeln verzerrte sich um einen Millimeter, was man fast ein Lächeln hätte nennen können. „Ich persönlich stehe ja mehr auf Schoko-Kirsch. Das mit dem Racquetball erzähle ich dir nicht, weil ich glaube, es interessiert dich. Ich erzähle es dir, weil der Typ, mit dem ich spiele, ein Freund von mir ist. Auch ein Bulle übrigens."

„Falls du vorhast, mich zu verkuppeln – laß gut sein. Ich gehe nicht mit Bullen."

„Was du ja bereits eindeutig klargestellt hast."

„Ach ja, habe ich das?" Ging es darum? War Quinn gekommen, weil er sich noch einmal mit mir verabreden wollte? Ziemlich unwahrscheinlich, wie ich den Mann kannte, dennoch wollte ich auf keinen Fall ein Risiko eingehen. Ich versuchte mich an einem hinreißenden sexy Lächeln, von dem ich nur hoffen konnte, es würde nicht zu kokett wirken. „Vielleicht hast du nur nicht zum richtigen Zeitpunkt gefragt."

„Vielleicht hast du Blut am Hosenbein."

Meine Hoffnung schwand dahin – und mit ihr meine Geduld. „Du gehst mir auf den Geist!" Ich zwängte mich an meinem Besucher vorbei, zog die unterste Schublade auf, warf meine Handtasche hinein, setzte mich auf den Schreibtischstuhl, zog die Papiere heran, die Quinn durchgesehen hatte, und schob sie zu einem ordentlichen Stapel zusammen. Wenn der Mann sich mit mir unterhalten wollte, würde er sich schon umdrehen müssen.

Das tat er auch. „Mein Kumpel hatte Rufbereitschaft. Es gab einen Mord. In Lakewood. Ungewöhnlich für einen so ruhigen und friedlichen Vorort."

Meine Hände hörten auf, mit Papier zu spielen.

„Er sagt, er hat am Tatort eine Frau befragt. Eine umwerfende Rothaarige – so hat er sie jedenfalls beschrieben. Schimpf mich ruhig einen unheilbaren Romantiker, aber als ich die Worte umwerfend, rothaarig und Mord in ein und demselben Satz hörte, wußte ich, damit konntest nur du gemeint sein."

„Niemand würde dich einen unheilbaren Romantiker schimpfen."

„Stimmt." Quinn lachte. „Unheilbar neugierig bin ich aber. Das ist eine Berufskrankheit, und im Moment bin ich neugierig auf diesen Vinnie. Hast du mich seinetwegen versetzt? An dem Abend, als ich mit dir zum Baseball wollte?"

Also ging es doch nicht um Mord? Wir redeten wieder einmal über Sex?

Ich wollte nicht, daß Quinn meinen Seufzer der Erleichterung mitbekam, also beschäftigte ich mich angelegentlich mit meinen Papieren. „Du läufst hier mitten am hellichten Tag auf, um mich über mein Liebesleben zu befragen?"

„Ich kreuze hier mitten am hellichten Tag auf, weil es so aussieht, als hingen dein Liebesleben und ein Mordfall irgendwie zusammen. Das ist wieder diese Sache mit der unheilbaren Romantik: Ich kann nicht anders. Ich mache mir Sorgen."

„Du bist bloß neugierig."

„Neugierig und besorgt."

„Vinnie und ich hatten nichts miteinander, wenn es das ist, weswegen du neugierig bist. Er hat unten in der Rock Hall einen Kurs gegeben und hatte mir eine CD geborgt. Die wollte ich zurückbringen, als ich ihn gefunden habe." Das war die Geschichte, die ich der Polizei von Lakewood aufgetischt hatte, und an die würde ich mich auch weiterhin halten.

Quinn hätte wenigstens so tun können, als würde er meinen Worten Glauben schenken. Er schürzte die Lippen und legte nachdenklich den Kopf in den Nacken. „Ist schon komisch, wie du es immer schaffst, in der Nähe zu sein, wenn irgendwelche Leute sterben."

„Das stimmt doch gar nicht! Das war jetzt das erste Mal, wo ich wirklich in der Nähe war, als jemand starb. Die anderen waren alle schon tot, und daß ich anwesend war, als Vinnie starb, war purer Zufall, mehr nicht."

Quinns Handy klingelte – so blieben mir nähere Ausführungen erspart. Er hörte eine Weile zu, bellte ein rasches „Ich komme sofort" und klappte das Handy zu.

„Zufall, was?" Er ging Richtung Tür. „Dann ist das, was da gerade unten in der Rock Hall passiert ist, ja wohl auch ein Zufall. Alistair Cromwell, der Schlagzeuger von Mind at Large, war dort, als einer der Scheinwerfer auf die Bühne runterfiel. Hat ihm praktisch den Kopf abgeschlagen."

KAPITEL 10

„Ich darf doch mitfahren, oder?“
Meine Bitte kam auf keinen Fall überraschend für Quinn, war ich ihm doch schon aus meinem Büro und einmal durch den ganzen Flur bis in unsere Eingangshalle gefolgt.

Seine Antwort stellte ebensowenig eine Überraschung dar.

„Nein.“

„Ich fahre da sowieso hin, das weißt du genau, und wenn wir schon dasselbe Ziel haben ...“

„Nein.“ Er drückte die Eingangstür auf und hastete über den Parkplatz, ich ihm dicht auf den Fersen. Wo ich auch blieb, während er die Tür seines Dienstwagens aufschloß. Bei dem es sich, sollte ich wohl hinzufügen, um ein Zivilfahrzeug handelte.

„Aber du hast ein ganzes Auto ganz für dich allein!“ Ich war fest entschlossen, diesmal von Anfang an an den Ermittlungen beteiligt zu sein, was nur ging, wenn ich gleich jetzt an Quinns Seite in der Rock Hall auftauchte. Nur deswegen verzog ich keine Miene, als ich mir den Dienstwagen ansah. Schwarze Plastiksitze, die ausschließlich zweckdienlich waren, ein Armaturenbrett ohne jeglichen Schnickschnack ... das war nun wirklich nicht der Stil, in dem ich mich gern von A nach B chauffieren ließ. Aber so sahen Autos für den öffentlichen Dienst wohl aus. Apropos Öffentlichkeit und Dienst: Ich war Teil der Öffentlichkeit, der Quinn zu dienen geschworen hatte. Dann sollte er das gefälligst auch tun!

„Es gibt keinen Grund, mich nicht mitfahren zu lassen!“

Er riß die Fahrertür auf und schlüpfte hinter das Steuer. „Ich brauche keinen Grund. Die Antwort bleibt nein."

„Ich fahre da sowieso hin, dagegen kannst du nichts tun." Ich wies mit dem Kinn in Richtung Mustang. „Wenn du mich nicht mitnimmst, dann fahre ich eben mit meinem eigenen Wagen. Weißt du eigentlich, was der Sprit heutzutage kostet?"

Woraufhin Quinn, glaube ich, lächelte – mit letzter Sicherheit kann ich das nicht sagen, denn die Sonne knallte auf seine Windschutzscheibe und blendete mich erheblich. Es kann auch ein höhnisches Grinsen gewesen sein. „Dann nimm doch den Bus", schlug er vor.

„In diesem Aufzug?" Männer können so blöd sein, das haut mich doch immer wieder um! Ich trat zur Seite, so daß ich in der offenen Fahrertür stand, die Quinn nun nicht mehr zuschlagen konnte, solange ich nicht von der Stelle wich. Weswegen er eine Lektion in Stilkunde über sich ergehen lassen mußte, ob er wollte oder nicht. „Der Pulli ist von White House, Black Market. Die Hose ist von Nanette Lepore, bei Saks gekauft – und ich kann von Glück sagen, daß sie ein Sonderangebot war, denn ich muß sie wahrscheinlich wegwerfen. Die Bluse ..." Liebevoll betastete ich den Kragen meiner weißen Baumwollbluse. „Wo ich die gekauft habe, weiß ich nicht mehr, aber sie hat eine hübsche Stange Geld gekostet. Für die Leute, die Bus fahren, bin ich viel zu gut angezogen."

Quinn steckte den Schlüssel in die Zündung. „Keine Sorge. Sich ab und zu unter die Massen zu mischen dient der Charakterbildung. Das darfst du mir glauben, denn ich mische mich andauernd unter die Massen und habe eine Menge Charakter."

„Genau deswegen läßt du mich jetzt auch mitfahren."

„Genau deswegen lasse ich dich jetzt nicht mitfahren." Er warf mir einen durchdringenden Blick zu, und ich glaube nicht, daß er der Einschätzung meiner Klamotten galt. Quinn wollte, daß ich meinen Platz räumte.

Ich blieb stur. „Denk nach! Ich war bei Vinnie, als er starb. Das hat dir dein Freund, der Vorortbulle, doch bestimmt erzählt."

„Ja und?"

„Wie ja und? Raffst du es nicht? Vinnies Ermordung und der Angriff auf Alistair ... da gibt es vielleicht einen Zusammenhang!"

Darüber schien Quinn nachdenken zu müssen. Ich redete schnell weiter, um meine Position zu untermauern.

„Etwas, das Vinnie vor seinem Tod zu mir sagte, könnte wichtig sein. Aber das erfährst du nur, wenn du mit mir über den Fall redest, und ich rede nicht mit dir, wenn du mich nicht mitfahren läßt. So einfach ist das. Du läßt mich doch mitfahren, oder?"

Als Quinn mir nicht als Antwort die Autotür in die Kniekehlen rammte, wußte ich, ich war einen Schritt weitergekommen. Er nahm die Hände vom Steuer und lehnte sich zurück. „Du selbst hast Vinnie aber nicht umgebracht, oder?"

Sollte das heißen, die Polizei sah mich als Verdächtige?

Das Herz schlug mir bis zum Hals. Das Blut gefror mir in den Adern. „Hat dein Freund das angedeutet?" Meine Stimme zitterte – fast so sehr wie meine Knie. Ein Martin saß schon im Knast, und das war bereits einer zuviel. Ich wollte da nicht auch noch hin. Mal abgesehen vom Essen (das ja eher mittelmäßig sein sollte), den Mädchenbanden (Gruppenzwang war absolut nichts für mich) und den Gemeinschaftsduschen (dazu muß ich doch nicht noch extra was sagen?) sah ich mich einfach nicht in einem orangefarbenen Overall. Eine grauenhafte Vorstellung!

„Die Tür stand offen!" Ich rasselte dieselbe Erklärung herunter, die ich schon bei meiner Vernehmung im Penthouse Quinns Freund gegenüber abgegeben hatte. „Das habe ich deinem Freund schon erklärt. Die Tür zu Vinnies Wohnung stand offen, als ich ankam, und ich ging rein. So habe ich den Mann gefunden." Überraschend flammte die Erinnerung an das Messer wieder auf, wie es aus Vinnies Brust ragte und sich mit jedem mühseligen Atemzug hob und senkte. Das warf mich aus der Bahn. Bis dahin hatte ich mich eigentlich gut zusammenreißen können, aber damit schien es nun vorbei. Mein Magen schlug Purzelbäume, und in meinem Kopf drehte sich alles. Hätte ich mich nicht an der Tür des zivilen Einsatzfahrzeuges festhalten können, wäre ich bestimmt kopfüber auf dem Pflaster gelandet.

„Du glaubst doch wohl nicht, daß ich jemanden umbringen könnte?“ fragte ich Quinn. Meine Stimme klang ganz klein und dünn, wie ein zarter Hauch, wie Vinnie bei seinem letzten Atemzug. „Dein Freund glaubt doch nicht ...“

Es war nicht zu übersehen, wie aufgewühlt ich war. Hätte ich da von meinem Gegenüber nicht ein wenig Mitgefühl erwarten dürfen? Auf keinen Fall Hohngelächter!

Quinn grinste mich von unten an. „Mein Freund erkannte gleich, wer der Tote war, und er wußte alles über Vinnie Pals Lebensstil und Ruf. Er hat einen Blick auf dich geworfen und gefolgert, daß du ein schickes teures Callgirl sein mußt, das einfach nur Pech hatte und zur falschen Zeit am falschen Ort war.“

Die nächste Horrorvision! „Das hast du doch aber richtiggestellt, oder etwa nicht?“

„Die Sache mit zur falschen Zeit am falschen Ort? Oder die mit dem Callgirl?“

Diese unverschämte Frage mochte ich wirklich nicht beantworten. So hielt ich mich an das Thema, um das es ursprünglich gegangen war. „Unter dem Strich ist das alles egal.“ Ich klammerte mich immer noch an der Autotür fest, während ich mich vorbeugte, um Quinn in die Augen zu sehen. „Ich bin die letzte, die Vinnie lebend gesehen hat, und jetzt dieser Anschlag auf Alistair. Zwei Mitglieder von Mind at Large am selben Tag? Da kriege ja sogar ich mit, daß da was faul ist – und reichlich verdächtig.“

Dazu sagte Quinn nichts – er widersprach mir nicht, stimmte mir aber auch nicht zu. Kommentarlos beugte er sich zur Seite, um die Beifahrertür zu öffnen.

Ehe er seine Meinung ändern konnte, saß ich auch schon neben ihm, und im Handumdrehen befanden wir uns auf dem Weg Richtung Rock Hall.

Wobei ich froh sein konnte, daß die nicht weit weg war.

Die Plastikbezüge der Sitze waren hart und unbequem, und das Polizeiauto roch nach ...

Ich schnüffelte und verzog angewidert das Gesicht, eine Reaktion, die ich nicht hätte unterdrücken können, selbst wenn ich es gewollt hätte.

Quinn war nicht umsonst Detektiv. Er warf mir einen Seitenblick zu. „Kippen. Der Typ, der diesen Wagen in der Nachtschicht fährt. Er nimmt sich immer vor aufzuhören, aber wir alle wissen, was man von solchen Sprüchen zu halten hat."

„Schaff dir einen Luftreiniger an. So einen, den man an den Rückspiegel hängen kann."

„In Form einer Hulatänzerin?" Quinn grinste. „Da kriegt meine Chefin bestimmt einen ihrer feministischen Wutanfälle."

„Aber das Auto riecht besser."

Quinn holte tief Luft, um langsam wieder auszuatmen. „Riecht jetzt schon viel besser, finde ich. Aber du stinkst ja auch nicht nach abgestandenem Zigarettenqualm."

Schön, daß ihm das aufgefallen war. Happy Heart war nicht billig, und ich schwamm nicht gerade im Geld. „Siehst du, ist doch prima, daß du mich mitgenommen hast. Schon habe ich dir den Tag veredelt. Also, wenn wir jetzt ankommen: Wie gehen wir vor? Was ist die Strategie?"

„Meine Strategie ..." Er machte eine Kunstpause, um sicherzustellen, daß ich die Betonung auf dem Possessivpronomen mitbekam. „... besteht darin herauszufinden, was passiert ist, und mit allen Beteiligten zu sprechen. Deine wird sein, möglichst unauffällig auszusehen und niemandem im Weg zu stehen. Wobei ..." Er seufzte, und nennen Sie mich ruhig egoistisch oder übertrieben optimistisch – ich schwöre, er klang schon nicht mehr halb so verärgert wie noch vor kurzem auf dem Parkplatz. Wie hatte dieses „Wobei ..." sich angehört? Zerstreut? Wehmütig? Nein, wehmütig war ein zu poetisches Wort. Vielleicht galt das mit dem übertriebenen Optimismus ja auch für Quinn. „Selbst wenn du es versuchtest, könntest du nicht unauffällig aussehen."

Na endlich! Das konnte man durchaus einen Fortschritt nennen. Fröhlich richtete ich mich so gut es ging auf dem Plastiksitz ein. Mir ging es immer besser, wenn Quinn und ich miteinander flirteten, anstatt einander an die Gurgel zu gehen. „Willst du damit sagen, man könnte mich für ein schickes, teures Callgirl halten? Ist das so schlimm?“

Quinn schürzte die Lippen. „Nein.“ Inzwischen waren wir in der Nähe der Rock Hall und mußten an einer roten Ampel halten. Quinn winkte dem Bullen zu, der dort den Verkehr regelte. Als er mich ansah, funkelten seine Augen. Schon möglich, daß es an meinem geschwächten Zustand lag, der mich für so etwas zugänglich machte: Als er mich so ansah, schmolz ich förmlich dahin.

Quinns linke Hand lag auf dem Steuer, die rechte auf der Sitzbank zwischen uns. Er schob sie so weit vor, daß seine Fingerspitzen gerade so eben meine Hüfte berührten.

Die Schmelztemperaturen stiegen prompt um einige Grade.

Quinn hielt den Blick nun wieder unverwandt auf die Straße gerichtet und ich ebenfalls. Das bedeutete nicht, daß ich mir der Hitze seiner Haut und der Berührung nicht bewußt war, die fast, aber eben nur fast doch keine war. Innerlich zitterte ich wie Espenlaub, und äußerlich ... na ja, lassen Sie mich nur eins sagen: Es war wirklich jammerschade, daß Quinn im Dienst war. Ich hätte mir durchaus bessere Wege vorstellen können, die gemeinsame Zeit zu verbringen.

Viel zu bald fuhren wir vor der Rock Hall vor, wo Quinn anders als wir Normalsterblichen nicht erst lange nach einer freien Parkuhr zu suchen brauchte. Er hielt direkt hinter einem Krankenwagen mit Blaulicht.

Sobald er die Automatik auf P gestellt hatte, drehte er sich zu mir um. „Also ...“ Er schob die Finger noch um weniges vor, woraufhin sich ein Gefühl wie flüssiges Feuer in meiner Hüfte ausbreitete. „Was hat denn Vinnie nun zu dir gesagt, ehe er starb?“

Diese ganze Sache mit der Berührung, die beinahe keine war, war ein schmutziger Trick, nichts weiter, den Quinn ganz bewußt eingesetzt hatte, weswegen er auch nur grinste, als ich versuchte, ihn mit Blicken zu erdolchen. „Was bist du doch hinterhältig!“ warf ich ihm an den Kopf, ehe ich aus dem Wagen stieg, ohne eine Antwort abzuwarten.

„Nicht hinterhältiger als du!“ Quinn schloß seinen Wagen ab, nachdem er ausgestiegen war – wer zum Teufel kam schon auf die bescheuerte Idee, einen Bullenwagen zu klauen? Er warf die Schlüssel in die Luft, fing sie mit einer Hand auf und steckte sie in die Tasche. „Du hast eine Mitfahrgelegenheit aus mir herausgeleiert, indem du mich an der Nase herumgeführt hast. Da dachte ich mir ...“

„Du könntest mich verarschen!“ zischte ich.

Gut möglich, daß er das Zischen nicht mitbekam, zeigte er doch gerade dem Bullen an der Drehtür beim Haupteingang seine Dienstmarke. Ich segelte sozusagen in seinem Kielwasser in die Rock Hall, wobei ich, als er nach wenigen Schritten schon wieder stehenblieb, um ein Haar mit ihm zusammengestoßen wäre.

„Hübsch still sein und niemandem im Weg stehen“, befahl er mir, und ehe ich ihn daran erinnern konnte, daß ich immer still war und nie jemandem im Wege stand, schritt er schon durch die Halle auf die improvisierte Bühne zu, die man vor dem Souvenirladen aufgebaut hatte. Dort hatte sich bereits eine Menschenmenge gebildet.

„Er steht total auf dich.“

Hinter mir lag ein langer, anstrengender Tag, der noch nicht einmal ganz vorbei war. Von daher tat ich vor Schreck einen kleinen Satz und legte die Hand an meine Kehle, als Damon neben mir auftauchte.

Aber ich blieb cool. Ehe ich auch nur ein Wort sagte, sorgte ich dafür, daß ich mit dem Rücken zur Menschenmenge stand. Da sich alle auf die Bühne konzentrierten, scherte sich niemand um eine einsame Frau, die in der Nähe der Drehtür stand, die Hand an der Kehle und Selbstgespräche führend.

Ich rang mir ein Lächeln ab, das wohl ziemlich verkniffen ausfiel. „Er ist ein Arschloch.“

„Mag sein, aber er ist verrückt nach dir.“

Ich stöhnte. „Dann hat er eine komische Art, das zu zeigen.“

Damon lachte. „Alle Männer haben eine komische Art, so etwas zu zeigen. Das dürfte dir doch mittlerweile klar sein.“ Erst

Oma Panhorst und jetzt auch noch Damon. Hatte denn jeder Tote im Umkreis von hundert Meilen eine Meinung zu meinem Liebesleben?

Ich verschränkte die Arme vor der Brust. „Dann bist du also Experte? Nach allem, was ich so gehört habe, warst du nicht gerade bekannt dafür, daß du dich wirklich auf Frauen eingelassen und zu den Beziehungen gestanden hast."

„Das hast du richtig gehört, Baby." Damons Grinsen war betörend wie der Sonnenschein, der durch die Glasfenster der Eingangshalle strömte. „Ich hatte tausend Mädchen und habe es tausendmal genossen, und ich sage dir eins: Ich möchte keine Minute von diesem Leben missen und würde keine Sekunde eintauschen. Aber nun hatte ich fast vierzig Jahre Zeit zum Nachdenken. Vierzig Jahre, in denen ich nichts anderes tun konnte als nachzudenken, und je mehr ich das tue ..."

Damons Augen verloren ihren Glanz. „Damals", sagte er, „war es ein Spiel. Es ging darum, einfach mit allen zu schlafen. Ganz egal ob jung oder alt, groß, klein, fett, mager. Ich mochte die Frauen am liebsten, die jung und hinreißend waren wie du ..." Er zwinkerte mir zu. „Es war natürlich immer einfacher, wenn es keinen eifersüchtigen Freund oder Ehemann gab, der sich total darüber aufregte, wenn ich seine Alte knallte. Aber ich will dir eins sagen: Ich war nicht wählerisch, und einem anderen Typen das Mädchen zu klauen gehörte zum Spiel mit dazu. Ich wollte jede Frau, einfach jede, und wenn ich sie hatte, dann habe ich mich prima amüsiert, dann ging es mir total gut mit ihr. Aber sobald ich mit ihr geschlafen hatte, wollte ich sie nicht mehr. Jetzt ..." Er fuhr sich mit der Hand über das Kinn und warf einen Blick durch die Halle, wo Quinn sich mit einem der zahlreichen Uniformierten unterhielt, die auf den Notruf reagiert hatten.

„Dieser Bulle da, dein Bulle, der wird kriegen, was ich nie hatte, und ich rede nicht nur vom Sex. Ich rede von dir. Von allem, was du bist." Damons Stimme bebte. In seinen Augen schimmerte nicht nur das Sonnenlicht, sondern auch eine Hitze, die tief aus seinem Innern strömte. Er kam näher und näher und ... okay, ich wußte, was Sache war. Ich wußte, daß ich einen Geist nicht berühren durfte, daß ich mich, wenn ich es tat, in die weibliche Version von Frosty dem Schneemann verwandelte.

Nur – erzählen Sie das mal meinen Hormonen!

Als Damon näher rückte und mir tief in die Augen sah, legte ich den Kopf in den Nacken.

Als er noch näher kam, schlossen sich flackernd meine Lider.

Als seine Lippen meinen Mund berührten ...

„Aua!“

Nur gut, daß gerade in diesem Moment in der Halle Unruhe aufkam, so daß niemand meinen Aufschrei hörte und niemandem auffiel, wie ich einen hastigen Satz rückwärts tat, um Damons eisigen Lippen zu entkommen.

Mein Mund brannte. Meine Lippen fühlten sich ganz roh und wund an, als hätte ich an einem vereisten Metallstück gelutscht.

„Es tut mir leid!“ Damon hob die Hand, um mir tröstend den Finger auf die Lippen zu legen, aber ich reagierte blitzschnell, indem ich abtauchte. Es handelte sich um einen klaren Fall von gebranntem Kind, das das Feuer scheut – nur daß es in meinem Fall nicht um Feuer und Verbrennen ging, sondern um Frost und Frostbeulen. Kaum hatte ich mich weggeduckt, da tat es mir auch schon leid: Damon sah aus, als hätte ich ihm eine Ohrfeige verpaßt.

„Ich konnte nicht anders, Pepper!“ sagte er. „Ich hab so etwas noch nie erlebt, noch nie gefühlt. Bei keiner Frau! Mann, ist es denn zu fassen, eine Premiere: Damon Curtis ist eifersüchtig ...“ Er warf einen Blick über die Schulter: Dort hinten stand Quinn ins Gespräch mit einem Sanitäter vertieft. Ich sah in dieselbe Richtung. „Eifersüchtig auf einen Bullen!“ stöhnte Damon.

Es gab eine Zeit, da dachte ich, der Spruch vom gebrochenen Herzen sei eine Metapher. Oder ein Gleichnis? Egal, nichts Konkretes jedenfalls. An diesem Tag, das schwöre ich, spürte ich mein Herz brechen. Es gab nichts, was ich tun, nichts, was ich sagen konnte – aber ich mußte auch nichts tun und sagen. Denn als ich mich Damon zuwandte, war er nirgendwo zu sehen.

Wunder über Wunder: Als ich mich suchend umschaute, um festzustellen, wohin er gegangen sein mochte, fiel mein Blick statt dessen auf Quinn, der gerade die Hand hob, um mich zu sich zu winken. Ich setzte mich umgehend in Bewegung – nicht, daß er es sich wieder anderes überlegte.

Ich war so mit Damon beschäftigt gewesen, daß ich so ziemlich alles, was sonst noch um mich herum vor sich ging, ausgeblendet hatte. Als ich nun durch die weitläufige offene Eingangshalle lief, fiel mir auf, daß die Unruhe größer und die Menschenmenge dichter geworden war.

Ich mußte eine Gruppe von Angestellten der Rock Hall, die dastanden und dem Ganzen zusahen, und zwei Sanitäter mit einer leeren Bahre zwischen sich, die nicht recht zu wissen schienen, was sie damit und mit sich selbst anfangen sollten, umschiffen.

Wenn es um Musik ging, war die Akustik in der Halle wunderbar. In der momentanen Situation jedoch verstärkte sie nur die Unruhe, indem sie das Stimmengewirr und das Knistern der Polizeisprechfunkgeräte zu einem gigantischen Alptraum aus Lärm zusammenmischte. Allerdings schaffte es einer, sich mit seiner Stimme über den Tumult hinwegzusetzen: Alistair Cromwell saß oben auf der Treppe, die zur Bühne hinaufführte, in der Hand die zerbrochene Brille, über dem Nasenflügel eine blutende Schramme. Eben diese Schramme wollte ein Sanitäter mit einem Wattebausch reinigen, was Alistair offenbar überhaupt nicht recht war.

„Verdammte Schwuchtel! Laß deine elenden Flossen von mir!" Erbost schlug der Schlagzeuger die Hand, die ihm helfen wollte, zur Seite. „Mir fehlt absolut nichts, und wenn du das nicht sehen kannst, dann hast du dir den falschen Beruf ausgesucht."

Quinn hatte der Szene den Rücken zugekehrt. Er nahm meine Anwesenheit mit einem Nicken zur Kenntnis und wollte sich gerade dem kahlköpfigen kleinen Mann neben sich zuwenden, als er stutzte und noch einmal zur mir herübersah. „Was ist mit deinem Mund los? Deine Lippe blutet."

„Meine Li..." Erst als ich versuchte zu reden, wurde mir klar, daß meine Lippen nicht nur aufgeplatzt, sondern auch geschwollen waren. Mein ganzer Mund fühlte sich taub an, als hätte ich gerade beim Zahnarzt eine ordentliche Ladung Novokain verpaßt bekommen. Ich versuchte, Quinn langsam, deutlich und möglichst verständlich zu antworten. „Ich hatte einen Zusammenstoß mit ..."

Den Lippen eines toten Mannes?

Mal ehrlich, das konnte ich doch nun wirklich nicht sagen. Also deutete ich vage Richtung Schwingtür. Wäre Quinn nicht halb mit den Gedanken woanders gewesen, dann wäre ihm aufgefallen, daß sich dort absolut nichts befand, womit man einen Zusammenstoß erleiden konnte. Aber er war abgelenkt, und so kaufte er mir meine Geschichte ab.

Er zog ein Taschentuch aus seiner Jackentasche, das er mir in die Hand drückte, ehe er sich wieder an den Kahlköpfigen neben sich wandte. „Das ist Gene Terry, der Manager von Mind at Large. Ich habe ihm gerade erzählt, daß du heute morgen bei Vinnie gewesen bist."

„Da hatten Sie ja ziemliches Pech, was?" Gene Terry verfügte über einen waschechten Brooklyn-Akzent, so dick wie ein Sandwich aus Pastrami auf Roggenbrot, sowie über einen ausgezeichneten Geschmack, was seine Kleidung betraf. Der dunkelblaue Anzug stammte von Armani, das Hemd war maßgeschneidert, sonst hätte es die breiten Schultern nie und nimmer so gekonnt umhüllt. Leider ging der Effekt zum Teufel, weil er seinen Aufzug mit schwarzweißen Turnschuhen komplettierte. Der Mann war gut einen Kopf kleiner als ich und total kahl. Da ich in der Rechten ein Taschentuch hielt, nahm er meine Linke, um sie energisch zu schütteln. Dazu starrte er mir auf die Titten – ehe er mir in die Augen sah. „Officer Harrison erzählte gerade, Sie waren heute morgen bei Vinnie, als er von uns ging. Hat er noch etwas gesagt? Etwas, was für die Band wichtig wäre? Oder für mich?"

Vorsichtig tupfte ich mir die Lippen mit dem Taschentuch ab. Als ich es wegzog, war es rot. „'innie 'ar schon sehr 'eit 'eg", sagte ich. „Ich habe 'ersucht, mit ihm zu reden, aber ant...orten..." Am liebsten hätte ich geschrien vor Frust! Die nächsten Worte wählte ich sorgfältig. „Er hat nicht 'iel gesagt."

Terry war rundlich, mit schweren Wangen, die sich praktisch in sich zusammenfalteten, als er die Stirn runzelte. „Hat er Ihnen sagen können, wer ...?"

„Verdammte Scheiße!"

Alistairs Schrei schnitt Genes Frage in zwei Teile. Hastig wandte ich mich um: Am Fuß des Bühnenaufgangs rang Alistair gerade mit zwei kräftig wirkenden Sanitätern, die ihn mit sanfter Gewalt auf die Bahre bugsieren wollten. Er war um einiges älter als die beiden, dafür jedoch total ausgerastet und hatte den Nimbus eines Rockstars auf seiner Seite. Fasziniert sah ich zu, wie er sich hochstemmte und wie die beiden Sanitäter zurückwichen, um ihm Platz zu machen. Schwankend kam er zu uns herüber.

„Schaff mir diese verdammten Idioten vom Hals, Gene. Ich kann die echt nicht ertragen. Die fummeln an mir rum, als wäre ich ein Spasti. Ruf meinen persönlichen Arzt an."

„Das haben wir bereits getan." Es war nicht zu übersehen, daß Gene einen solchen Auftritt nicht zum ersten Mal erlebte. Er rückte dicht an Alistair heran und senkte die Stimme, als rede er mit einem Kind oder einem wilden Tier. „Dr. Brighton ist in L. A. Er hat für den Rest der Woche alle Termine abgesagt und wird mit dem nächsten Flugzeug hier eintreffen."

„Als gäbe es zwischen L. A. und dem Kaff hier eine Flugverbindung!" Alistair war krebsrot im Gesicht; eine Ader hinten an seinem Hals war gefährlich dick geworden und pochte vor sich hin. „Wer zum Teufel ist bloß auf die Idee gekommen, in diesem Rattenloch ein Konzert zu geben? Das Nest ist die reine Todesfalle."

„Es war ein Unfall." Gene legte Alistair die Hand auf den Arm, stellte Blickkontakt her und weigerte sich, ihn wieder abzubrechen, egal wie wütend der Schlagzeuger funkelte. Etwas Ähnliches hatte ich einmal einen meiner Onkel mit einem Spaniel tun sehen, der sich einfach nicht erziehen ließ. „Einer der Scheinwerfer fiel runter, und du standest zufällig gerade darunter. Das Konzert wird nicht auf dieser Bühne stattfinden, sondern draußen. Was hattest du überhaupt hier zu suchen, Alistair? Mir hast du gesagt, du wolltest den ganzen Morgen zu Hause sein."

„Scheiße." Erst jetzt schien Alistair die völlig verbogene, zerbrochene Brille in seiner Hand zu entdecken. Er warf sie fort. „Ich dachte, ein Überraschungsbesuch wäre vielleicht ganz witzig. Ich wollte mir mal ansehen, was hier so abgeht, ein Gefühl für den Ort bekommen, und dann stand da diese Bühne, und ich konnte der Versuchung nicht widerstehen. Ich bin nur mal raufgehüpft, um sie mir anzusehen. Das mit dem Sound wird ein echtes Problem!"

„Dafür habt ihr die Soundcrew. Die machen das schon."

„Die Menschenmassen ..." Alistair sah durch die riesigen Fenster hinaus auf den Platz. „Wenn die da draußen die Bühne aufbauen, wie viele Leute wollen sie denn da unterbringen? Wie damals in Shea wird das jedenfalls nicht."

Quinn verdrückte sich. Ich weiß nicht, ob er einfach genug hatte oder ob er wirklich dringend woanders gebraucht wurde. Jedenfalls hielt er sich nicht lange mit irgendwelchen Erklärungen auf, sondern ging hoch zur Bühne, wo sich zwei Typen in blauen Windjacken das Chaos aus Scheinwerfern und Kabeln ansahen.

Gene folgte ihm mit den Augen, ehe er sich wieder Alistair zuwandte. „Shea ist schon ganz schön lange her", meinte er beruhigend. „Du weißt, daß wir nicht mehr die Massen mobilisieren wie früher."

„Sollten wir aber, sollten wir aber!" brummte Alistair. „Wer zum Teufel sind Sie?" fuhr er mich an. „Ich habe denen gesagt, ich will keine gottverdammten Reporter."

„Ich bin keine Reporterin." Meine Lippen taten beim Sprechen so weh, daß ich zusammenzuckte. „Ich heiße Pepper. Ich wuar heute morgen mit Vuinnie zusammen, und als ich hörte, wuas Ihnen zugestoßen ist ..." Ich schmeckte Blut auf der Zunge und hielt mir das Taschentuch an den Mund. Jetzt erst fiel mir auf, daß Quinns Initialen hineingestickt waren. „Schon merkfwürdig, oder? Ich meine, ist doch echt der Wuahnsinn ... Vuinnie fwurde ermordet, und jetzt das."

Irgendwie hatte ich das Gefühl, daß Alistair die Sache so noch gar nicht betrachtet hatte. Er kniff die Augen zusammen und starrte mich an. „Was sabbelt die Alte denn da?" fragte er Gene, als sei ich gar nicht vorhanden. „Verhört die mich etwa?"

„Sie macht sich Sorgen."

Ich versuchte, dem Agenten für seine Unterstützung ein dankbares Lächeln zuzuwerfen, aber das tat zu weh.

„Ich fwerhöre..." Ich biß die Zähne zusammen. „Ich meine nur, wuir sollten darüber reden."

„Die Bullen sagen, in Vinnies Wohnung sei eingebrochen worden." Das kam von Gene, ein Einwurf, für den ich dankbar war. Das hatte ich nicht gewußt, als ich am Morgen das Penthouse verließ.

„Wuenn es ein Überfwall ..."

Ich verzog das Gesicht.

„Wuenn es wuissentlich ..."

Ich zählte bis zehn und suchte nach Geduld und Wörtern, die keine Ws, Vs oder ähnliches enthielten.

„Keiner kann das negieren." Bravo, da hatte ich es endlich geschafft, mich einen Satz lang nicht wie Elmar Fudd anzuhören. „Sollte es nämlich kein Zufwall sein."

Nun war ich an der Reihe: Terry wandte mir seine liebevolle Fürsorge zu. Er nahm die Hand von Alistairs Arm, um mir beruhigend über die Schulter zu streichen. „Sie haben recht", sagte er. „Wir müssen reden. Wenn wir durch Sie Vinnies letzte Augenblicke noch einmal erleben dürfen, hilft das sicher allen, mit der Sache fertigzuwerden. Aber was die Sache mit Alistair angeht, so ziehen Sie voreilige Schlüsse. Das war ein Unfall."

„Wuahrscheinlich."

Ich hatte mich so sehr auf meine Wortwahl konzentriert, daß ich gar nicht mitbekommen hatte, wie Quinn sich wieder neben mir eingefunden hatte. Er wies mit dem Kinn hinüber zur Bühne und den Leuten von der Spurensicherung, die dort arbeiteten.

„Die Spurensicherung ist sich noch nicht ganz schlüssig, aber auf den ersten Blick sieht es nicht so aus, als habe jemand Halterungen gekappt. Wir werden bald mehr wissen."

„Mir ist egal, was irgendwer sagt. Hier ist es gefährlich." Alistair hatte die Schnauze voll. Resolut schob er sich durch die Menge, dicht gefolgt von Gene. Aus dem Nichts tauchte Bernie, der Leibwächter, auf und führte die beiden nach draußen. Trotzdem konnte ich noch sehr lange Alistairs hohes, hysterisches Keifen hören.

Vorsichtig betupfte ich mir mit dem Taschentuch die Lippen. Es blutete schon weniger. „Hast du eben die Wuahrheit gesagt?" wollte ich von Quinn wissen. „Über den Unfwall?"

„Die Sache mit Alistair und dem Scheinwerfer, meinst du?"

„Gleich nach der Sache mit Vuinnie. Das ist doch echt zufwiel Zufwall auf einmal."

Gut möglich – aber falls Quinn das auch so sah, kam er nicht mehr dazu, mich darüber aufzuklären, denn sein Handy klingelte.

Er telefonierte etwa eine Minute lang. Als er das Handy zusammenklappte und Anstalten machte, sich zu verkrümeln, sah ich zu, daß ich mitkam. „Ich muß weg", sagte er.

„Aber du nimmst mich doch mit, ja? Ich darf wuieder mit... ahren?"

„Nicht zu einem Tatort, nicht wenn es um Mord oder Selbstmord geht." Die Menge der uniformierten Polizisten tat sich vor ihm auf, und Quinn verlor keine Zeit. Mit langen Schritten eilte er auf die Drehtür zu, die nach draußen führte.

„Aber ..." Ich mußte mich anstrengen, um nicht abgehängt zu werden. „Aber was wird aus mir? Wie komme ich zurück zum Fwiedhof?"

Quinn zögerte einen Sekundenbruchteil, ehe er sich durch die Tür quetschte. Ein Lächeln zuckte um seine Mundwinkel. „Du kannst ja den Bus nehmen", sagte er.

Ich hatte die perfekte Replik, ehrlich! Aber ehe ich sie loswerden konnte, passierten zwei Dinge. Zum einen trat Quinn durch die Tür und war verschwunden. Zum anderen ... daß ich nicht hinterherstürzte, mochte gut an der Stimme liegen, die hinter mir ertönte und bei deren Klang ich stocksteif stehenblieb.

„Der Engel des Todes schwebt über uns wie eine Taube."

Inhaltlich klang das ziemlich nach Damon oder doch wenigstens nach einem seiner Songs. Aber die Stimme war nicht die Damons gewesen. Ich drehte mich um – gerade trottete eine Frau mit langem, strähnigem Haar an mir vorbei. Eine Frau, die ich erkannte. Sie hatte bei meinem ersten Besuch in der Rock Hall Damons Schaukästen geputzt und an Vinnies Kurs teilgenommen. Genau wie an jenem Mittwochabend trug sie auch an diesem Tag uralte Jeans und ein perlenbesticktes Hemd sowie als Krönung des Ganzen eine dreckige Jeansjacke.

Auch an diesem Tag hielt sie einen Kaffeebecher mit der Aufschrift „City Roast" in der Hand. Er war leer, und sie drehte ihn zwischen den knochigen Fingern, brach einzelne Stückchen aus dem Styropor und ließ sie fallen wie eine Spur aus Brosamen. Oder Hinweisen.

Beim Anblick des Kaffeebechers fiel mir Vinnies Wohnung ein und wenig später Damons Grab. Sofort wurde ich munter. City Roast gehörte nicht zu den großen Kaffeehausketten der Stadt. Soviel ich wußte, gab es den Kaffee nur an einer einzigen Stelle: dem West Side Market, einem offenen, ziemlich angesagten Einkaufszentrum nicht weit von hier entfernt.

Rasch entschlossen schnappte ich mir die Frau, ehe sie an mir vorbeilatschen konnte. „Hallo!" Eigentlich hatte ich lächeln wollen, aber das tat viel zu weh, also winkte ich ihr nur zu und deutete auf das, was von ihrem Kaffeebecher noch übriggeblieben war. „Wuir haben denselben Lieblingskafwee! Vuinnie mochte ihn auch, ich habe ein paar der Kafweebecher in seiner Wuohnung gesehen. Wuaren Sie eine Fweundin von Vuinnie?"

Sie runzelte die Stirn. „Er hat nicht angehalten. Er hatte versprochen, mich abzuholen, aber dann hat er es vergessen und ist direkt an mir vorbeigegangen."

Irgend etwas sagte mir, daß wir nicht über Vinnie sprachen. Oder über Kaffee. Kneifen durfte ich jetzt nicht, den Luxus konnte ich mir nicht erlauben, also schluckte ich meine bösen Vorahnungen tapfer hinunter. „Der Engel des Todes? Hattet ihr beiden so wuas wuie einen Termin?"

„Er kommt und holt mich." Die Augen der Frau waren blaß, beinahe farblos. „Er hat es gesagt, und er würde doch nie lügen. Er wird mich nicht enttäuschen. Nicht noch mal."

So kam ich nicht weiter. Ich versuchte es mit einem anderen Ansatz. „Alistair ist fwroh, daß der Engel des Todes nicht zu ihm gekommen ist."

„Alistair ist mein Kater. Ein süßer Kater." Ihre Brauen senkten sich tief und finster über ihre Augen. „Alistair kann den Hund von nebenan nicht leiden. Überhaupt nicht. Aber mein Alistair braucht sich um den Engel des Todes nicht zu sorgen, ich laß ihn nicht aus der Wohnung, und der Hund kann ihn nicht beißen."

„Das ist wuirklich schlau." Da ich nicht lächeln konnte, nickte ich weise. „Aber ich meinte eigentlich diesen Alistair, Alistair Cromwuell. Er wuäre um ein Haar von einem Scheinwuerfer erschlagen worden, und Vuinnie ..." Wieder dachte ich an die Kaffeebecher, die man überall im Penthouse verstreut finden konnte. „Wuann haben Sie Vuinnie das letzte Mal gesehen?"

„Vinnies Aura ist total falsch. Er ist keine Katze."

„Nein, ist er nicht." Bis zu diesem Moment war es mir nicht in den Sinn gekommen, es könne jemanden geben, der die Sache mit Vinnie noch nicht mitbekommen hatte. Wie würde die Frau auf die Nachricht vom Tod ihres Bekannten reagieren – wo doch ziemlich offensichtlich war, daß sie nicht alle Tassen im Schrank hatte?

Aber vielleicht brauchte ich ihr diese Nachricht auch gar nicht zu überbringen. Wenn sie Vinnie gut genug kannte, um ihn häufiger zu besuchen und sozusagen ihre Signatur in Form von Kaffeebechern zu hinterlassen, dann kannte sie ihn womöglich auch gut genug, um genau zu wissen, was ihm zugestoßen war.

Gut genug, um ihn zu töten?

Über die letzte Möglichkeit dachte ich noch nach, während ich vorsichtig nach der richtigen Formulierung für meine Frage suchte. „Sie wuissen, daß Vuinnie tot ist, oder? Er starb heute morgen."

„Er starb zu jung." Eine einzelne Träne rann der Frau über die Wange. „Er dachte, Sandwiches seien Muttermilch und all der Sonnenschein sei tödliches Gift. Er kreist jetzt." Sie sah auf und durch die Glaswände hindurch, die hoch über uns aufragten. Als sie lächelte, sah ich, daß ihr zwei Zähne fehlten. „Er kommt wieder. Er kommt und holt mich. Er ist mein Liebster." Immer noch lächelnd und vor sich hin murmelnd zockelte sie von dannen.

„Na denn ..." Zitternd sah ich ihr nach. Ich schlang die Arme um mich, damit mir wieder warm wurde.

„Hat sie Sie belästigt?" Gene war wieder da, ohne Alistair und Bernie diesmal, und als er mich der Frau nachblicken sah, die gerade die Rolltreppe bestieg, um zu den Ausstellungen im Untergeschoß zu gelangen, stellte er sich neben mich. „Belinda ist harmlos."

„Sie kennen Sie? Ich dachte, sie arbeite hier. Beim Reinigungspersonal."

Er lachte. „Belinda ist keine Putzfrau. Sie ist ..."

„Echt durchgeknallt."

„Ja, das ist sie." Gene schüttelte den Kopf. „Die psychedelische Bewegung hat es nicht mit allen gut gemeint."

„Dann ist der ganze Kram über den Engel des Todes und Sandwuich ..."

Von dort, wo wir standen, konnten wir der verrückten Belinda immer noch nachsehen. Sie stieg von der Rolltreppe und strebte, was mich wenig wunderte, sofort der Ausstellung über Damon zu. Gene beobachtete sie auch. „Ob Sie es glauben oder nicht: Sie war früher mal sehr schön", sagte er. „Wir waren alle verrückt nach ihr."

„Wuir? Soll das heißen: die Band?"

Gene nickte. „Eine ganze Weile war sie einfach ständig mit den Jungs zusammen, und dann war sie mit einem Mal verschwunden, ward nie mehr gesehen. Erst jetzt, als wir wegen des Konzerts nach Cleveland kamen, tauchte sie wie aus dem Nichts wieder auf. Tat, als hätte sich absolut nichts verändert. Als könnten wir genau da weitermachen, wo wir vor all den Jahren aufgehört hatten."

„Wuas wuar mit den Typen aus der Band?" Klar, das klang ziemlich neugierig, aber vergessen Sie nicht: Es ging um Mord. Auch wenn Gene das nicht ahnte. „Haben die Jungs sich gefweut, sie wuiederzusehen?"

„Was glauben Sie?"

„Ich glaube, sie hat eine ziemlich vwerrückte Fixierung auf den Tod und Mind at Large. Irgendwuie vwerrückt, wuahnsinnig." Ich hatte immer noch Probleme mit manchen Konsonanten, weswegen ich mich wohl selbst ein bißchen vwerrückt und wuahnsinnig anhörte. Ich schwor mir, meine Worte zukünftig sorgfältiger zu wählen.

Gene schien von meinen Mutmaßungen wenig zu halten. „Belinda redet ziemlichen Stuß. Sie war immer schon so abgehoben, selbst als sie noch alle Hirnzellen hatte. Aber sie ist harmlos."

„Ja, und sehr merkwuür... komisch."

„Da scheint sie ja beileibe nicht die einzige zu sein."

Belinda war nicht mehr zu sehen, also drehte ich mich zu Gene um, der gerade versonnen die Bühne und den Scheinwerfer, der mit solcher Wucht heruntergekracht war, daß ein Krater von den Ausmaßen eines VW Käfers entstanden war, betrachtete. „Kaum zu fassen – da hätten wir heute um ein Haar zwei von unseren Jungs auf einmal verloren. Da kommt einem natürlich alles wieder hoch, als sei es gestern gewesen. Sie wissen schon, die Sache mit Damon."

„Aber Damon ist nicht umgebracht wuorden."

„Nein, ist er nicht." Gene schüttelte sich, als müsse er erst einmal wieder zu sich kommen. „Ich habe nur laut gedacht. Wir haben viel zusammen durchgemacht, die Band und ich, aber wenn die Jungs mich am dringendsten brauchen ..." Er bebte. „Ich war in Pittsburgh in der Nacht, als Damon starb, und habe mir dort die Örtlichkeiten für unser nächstes Konzert angesehen. Ich war jahrelang in Therapie, ehe ich die Tatsache akzeptieren konnte, daß ich ihm wahrscheinlich auch nicht hätte helfen können, wenn ich dagewesen wäre, und heute morgen ..." Gene seufzte. „Da saß ich ruhig und zufrieden bei einem Espresso und verlorenen Eiern im Hotel, während irgendwer Vinnie aufschlitzte."

Eigentlich war eher gestochen als geschlitzt worden, also stimmte Genes Bild nicht ganz. Ich machte mir allerdings nicht die Mühe, ihn zu korrigieren. Stechen oder schlitzen, was macht das schon – tot ist man hinterher so oder so.

„Dann passiert das hier mit Alistair." Gene riß mich aus meinen Gedanken, die sich gerade an der Erinnerung an Vinnie und das Messer in seiner Brust festbeißen wollten. Ich war ihm dankbar dafür. „Das ist doch eigenartig, finden Sie nicht?"

„Genau das wuollte ich Quinn die ganze Zeit erklären!" Fragen Sie mich nicht, warum ich einen Blick durchs Fenster warf – das hätte ich mir ruhig sparen können. Natürlich war Quinn längst über alle Berge.

„Sie glauben also nicht an Zufall?" Gene musterte mich nachdenklich. „Seltsam – wie eine Polizistin sehen sie eigentlich gar nicht aus."

Wenn es nicht viel zu schmerzhaft gewesen wäre, hätte ich laut losgelacht. „Ich bin auch keine."

„Aber Officer Harrison hat gesagt, Sie würden manchmal zusammenarbeiten."

„Hat er das?" Es überraschte und befriedigte mich auf eine seltsame Art und Weise, daß Quinn das zugab. „Ich bin so eine Art Beraterin."

„Sie meinen, so etwas wie eine Privatdetektivin?"

„Könnte man sagen. Aber dann auch wuieder nicht." Letzteres setzte ich hinzu, damit er nicht auf die Idee kam, mich irgendwann einmal mit irgendwelchen Ermittlungen zu betrauen. Ich hatte schon genug um die Ohren. „Eigentlich arbeite ich als Fwemdenfwührerin. Auf dem Garden-Vwiew-Fwiedhof."

Genes Augen leuchteten auf. „Wo Damon begraben liegt! Haben Sie so Belinda kennengelernt?"

„Nein, ich sah sie hier zum ersten Mal. In Damons Ausstellung. Sie machte gerade sauber."

Gene kicherte leise. „Gott sei Dank sind die Leute hier in der Rock Hall tolerant. Belinda ist wirklich besessen. Damon und die Jungs waren immer irgendwie ihre Familie." Er sah mich vorsichtig von der Seite an, und das Leuchten in seinen Augen erlosch. „Wie sind Sie eigentlich an all das geraten?"

Ich war drauf und dran, ihm dieselbe Geschichte vorzusetzen, die ich Vinnie aufgetischt hatte. Die von meiner großen Verehrung für die Band. Aber irgendwie hegte ich den Verdacht, Gene würde mir nicht glauben. Zum einen war ich zu jung und nicht psychedelisch genug, um mit Mind at Large auf einer Wellenlänge zu sein. Zum anderen wollte ich nicht riskieren, daß noch ein alter Knacker mich für leichte Beute hielt und Verführungsversuche startete. Das hatte ich ja nun schon gehabt, vielen Dank auch! Einmal reichte mir.

Da mir nichts Originelleres einfallen wollte, griff ich auf eine alte Geschichte zurück, die mir im Mordfall Scarpetti gute Dienste geleistet hatte.

„Das mag sich jetzt komisch anhören", fing ich an, wobei ich meinen Worten ein klitzekleines Lächeln folgen ließ (mehr war auch gar nicht drin). Gene mochte alt sein, aber er war auch ein Mann, und bislang hatte ich noch keinen Mann getroffen, dem man nicht mit ein bißchen femininem Charme Honig ums Maul schmieren konnte. „Ich arbeite ja nun auf dem Garden-Vwiew-Fwiedhof, und so habe ich angefwangen, mich für Damon zu interessieren. Irgendwuie hofwe ich ..." Hier legte ich eine Kunstpause ein, um seufzend den Blick abzuwenden, was mir hoffentlich als schüchterne Befangenheit ausgelegt werden würde. Gene war der erste, dem ich dieses Geheimnis anvertraute. „Ich möchte irgendwuann mal ein Buch schreiben. Über Damon. Ich habe schon mit der Recherche begonnen. Deswuegen wuollte ich mich auch mit Vuinnie unterhalten."

Ich wette, haargenau dieselbe Geschichte hatte Gene im Laufe der Jahre tausendmal gehört (wenn auch nicht unbedingt von Leuten, die unfähig waren, gewisse Konsonanten auszusprechen). Es sprach für ihn, daß er mir nicht gleich erklärte, ich würde mit so einem Projekt nur meine Zeit verschwenden. Im Gegenteil: Er machte einen interessierten Eindruck. „Was haben Sie denn bisher so rausgefunden?" wollte er wissen.

„Über Damon?" Diese Frage hatte ich nicht erwartet und sah mich gezwungen zu improvisieren. „Ach, Sie wuissen schon, so dies und das. Vuinnie wuar sehr hilfreich. Er hat mir erklärt, wuie Damon seine Songs zu schreiben pflegte." Da Gene nicht wußte, auf wen sich mein „seine" bezog, war das technisch gesehen noch nicht einmal gelogen. Dann fiel mir die Geschichte wieder ein, die ich den Bullen aus Lakewood aufgetischt hatte – wahrscheinlich war es nicht schlecht, die auch hier einzufügen. „Er hat mir ein paar Sachen geliehen, CDs und so."

„Ich sage Ihnen jetzt mal etwas ..." Gene griff in seine Jackentasche und überreichte mir seine Visitenkarte, zusammen mit einem Kugelschreiber. „Sie schreiben mir Ihren Namen und Ihre Adresse auf, und ich schaue mal nach, was ich zu Hause noch so rumliegen habe – vielleicht ist ja was für Sie dabei. Zack meldet sich bei Ihnen." Er wies mit dem Kinn auf einen langen, dünnen Knaben mit strähniger Mähne und schlechter Haut, der sich in einiger Entfernung mit einem Reporter unterhielt. „Zack ist unser PR-Mann. Sie werden sich allerdings etwas gedulden müssen. Bei uns wird es hektisch – nach dem, was mit Vinnie passiert ist, und zumal ja auch das Konzert vorbereitet werden muß."

Ich kritzelte meinen Namen und meine Anschrift auf die Karte. „Dann soll das Konzert trotz allem stattfwinden?"

„The Show must go on." Das sollte munter und vergnügt klingen, es war dem Mann aber anzumerken, wie sehr er litt. „Vinnie hätte nicht gewollt, daß wir das Konzert absagen."

„Was ist mit Belinda?"

Gene sah mich stirnrunzelnd an. „Ich habe nur laut gedacht!" beruhigte ich ihn. „Gibt es auch fwür Belinda einen Grund, so zu denken? The show must go on? Oder könnte sie gewuollt haben, daß das Konzert fwerschoben wuerden muß?"

„Sie meinen doch nicht etwa ..." Genes Blick wanderte automatisch zur Rolltreppe, obwohl Belinda nun schon ziemlich lange verschwunden war. „Aber nein!“ Er schüttelte den Kopf. „Sie ist verrückt, klar, aber gefährlich ist sie nicht. Sie glauben doch nicht, sie und Vinnie ...“

„Ich wueiß, daß sie wuahrscheinlich dort in der Wuohnung wuar.“

„In Vinnies Wohnung? Haben Sie Officer Harrison darüber informiert?“

„Dazu gab es noch keine Gelegenheit. Quinn hört nur das, wuas Quinn auch hören wuill.“

„Dann tun Sie mir einen Gefallen, ja?“ Gene packte mich sanft am Arm. „Wir wollen das, was Sie da eben gesagt haben, für uns behalten. Es gibt keinen Grund, weswegen wir eine psychisch instabile Frau ins Rampenlicht zerren sollten.“ Er schob sich ein Stück näher heran. „Genau das passiert doch, wenn diese Information durchsickert. Jeder einzelne Reporter im Land lechzt doch nach Insiderinfos, nach irgendwelchen Theorien, ganz gleich wie weit hergeholt. Wenn die Medienleute erfahren, daß Belinda in Vinnies Wohnung war, stürzen sie sich sofort auf die Ärmste.“ Er warf mir einen eindringlichen Blick zu. „Auf Sie natürlich auch!“

Nun hatte ich noch nie im Leben das Rampenlicht gescheut, aber ich wußte, was Gene sagen wollte. Die Polizei von Lakewood hatte bereits beschlossen, daß ich ein schickes, teures Callgirl war. Meine arme Mutter hielt sich weit weg in Florida versteckt, weil sie das, was mit meinem Papa geschehen war, so sehr mitgenommen hatte. Einen weiteren Skandal in der Familie konnte sie nicht vertragen. Wenn die ganze Sache hier an die Presse durchdrang, konnte sich meine Mutter nie wieder in der Öffentlichkeit blicken lassen.

Ich nickte, langsam und nachdenklich. Gut, ich war mit Genes Vorschlag einverstanden, was mich noch lange nicht von jeglicher Verantwortung entband. „Aber wuenn sie nun schuldig ist?“ wollte ich wissen.

„Belinda? Schuldig?“ Gene lachte, und als der PR-Typ ihn zu sich rüberwinkte, tätschelte er kurz meinen Arm, wobei er sich auch gleich zum Gehen wandte. „Glauben Sie mir, Schätzchen, was ich Ihnen jetzt anvertraue, das weiß ich genau: Belinda hat sich in ihrem Leben nur einer Sache schuldig gemacht. Sie hat das wilde Leben zu heftig genossen."

KAPITEL 11

Im Laufe der nächsten vierundzwanzig Stunden dehnte sich die Eiseskälte von meinen Lippen auf den Rest meines Körpers aus. Das war milde gesagt unangenehm. Vor allem, weil ich bei jedem Zittern wieder daran denken mußte, wie Damon mich geküßt hatte.

Vielleicht war es ja aber auch umgekehrt: Ich zitterte, wenn ich daran dachte, wie es gewesen war, von Damon geküßt zu werden.

Wie dem auch sei: Die Eiseskälte erinnerte mich dauerhaft daran, was für eine Närrin ich doch war. Schlimm genug, daß ich gedacht hatte, ich könne einen Geist küssen und ungestraft davonkommen. Viel schlimmer noch wog die Erkenntnis, daß ich dabei war, mich in diesen Geist zu verlieben!

Ich schob diesen Gedanken beiseite, um mich im positiven Denken zu versuchen. In der Nacht waren die Temperaturen empfindlich gesunken, wie es im Herbst in Cleveland oft geschieht. So erntete ich jedenfalls nicht auch noch fragende Blicke, als ich am nächsten Morgen wohlverpackt in Wollhose, Rollkragenpulli und dicker Strickjacke zur Arbeit erschien.

Trotzdem fror ich noch. Zitternd schob ich die Hände in die Jackenärmel, dabei sollte ich eigentlich tippen, was schwerlich funktioniert, wenn man die Hände versteckt. Ich saß am monatlichen Bericht über meine Führungen und kam nicht recht voran.

Das gleiche ließ sich wohl auch über meine Ermittlungen sagen.

Nennen Sie es Duplizität der Ereignisse oder Karma, vielleicht war es auch einfach nur Zufall: Kaum dachte ich an meine Ermittlungen, da tauchte im Stuhl mir gegenüber auch schon Damon auf.

„Geht es dir gut?“ fragte er.

„Sicher.“ Sobald ich lächelte, tat mir der Mund weh. „Die Schwellung ist zurückgegangen, und meine Lippen bluten nicht mehr.“

„Aber du frierst.“

„Einer der Nachteile der Gabe.“ Tapfer konzentrierte ich mich auf meinen Bildschirm und den Bericht, bei dem es um den Rundgang ging, den ich für die Viertkläßler zusammengestellt hatte. Damon anzusehen ging im Moment gar nicht, wo ich doch gerade erst darüber nachgedacht hatte, was der Mann – Geist – meiner Selbstbeherrschung antat. Von meinem gesunden Menschenverstand ganz zu schweigen. Der Bericht war auch kein Zuckerschlekken, mußte ich ihn doch schönen, wenn Ella keinen Herzinfarkt bekommen sollte. Ich wollte ihr verschweigen, daß sechs der lieben Kleinen sich geweigert hatten, den Bus zu verlassen, weil sie nicht auf toten Leuten herumtrampeln mochten. Im Bericht stand auch nichts von dem Jungen, den wir verlorengegangen glaubten, bis wir ihn zwischen zwei Grabsteinen eingeklemmt fanden, auf die zu klettern ich den Kindern natürlich streng untersagt hatte. Unerwähnt blieben auch die vier Kinderchen, die befunden hatten, ihnen sei heiß, weswegen sie sich der Schuhe entledigten, um in den Teich hinter der Kapelle zu steigen.

Ansonsten war es ein erfolgreicher Ausflug gewesen. Als ich den Bericht fertig beschrieben hatte, drückte ich ein paarmal Enter, um das Ende dieses Abschnitts zu markieren – was hoffentlich auch das Ende meiner Unterhaltung mit Damon bedeutete. „Morgen geht es mir schon wieder prima.“

„Morgen wird dir wieder warm sein.“ Dichtern entging nun mal auch nicht der subtilste Unterschied. Damon trug heute Jeans und ein am Halsausschnitt eingerissenes T-Shirt mit dem Konterfei Lyndon B. Johnsons. Er hatte die Hände flach auf die Knie gelegt, als er sich vorbeugte, um mir tief in die Augen zu sehen. „Was sollen wir bloß tun, Pepper?"

Die Frage bezog sich nicht auf die Ermittlungen, das war mir klar, aber dort, wo sie hinführte, wollte ich auf keinen Fall hin. Besser, ich stellte mich dumm, als mich vom Zauber von Damons Stimme einlullen zu lassen. Oder von der nackten Sinnlichkeit in seinen dunklen Augen. Das alles führte nirgendwohin, außer ins Eiszapfenland natürlich, und mir war so schon kalt genug.

„Wir müssen herausfinden, ob und wie die Dinge, die hier stattfinden, mit deinem Tod zusammenhängen. Das scheint die Schlüsselfrage zu sein", sagte ich. „Ich weiß nicht, ob Quinn mir glaubt, was Vinnies Tod und den Angriff auf Alistair betrifft. Bei Quinn läßt sich manchmal schwer sagen, woran man ist."

Damit beließ ich es und hoffte, Damon würde ebenso verfahren. Wir hatten in der Rock Hall unsere kleine Aussprache zum Thema Quinn gehabt, und ich mochte das alles nicht noch einmal durchkauen, sondern wollte mich strikt an das Thema Ermittlungen halten. „Es muß einen Zusammenhang geben", fuhr ich fort. „Sonst wären das einfach zu viele Zufälle." Vorsichtig trommelte ich mit den Fingernägeln auf die Tischplatte, weil ich auf keinen Fall meinen karamelfarbenen Nagellack gefährden wollte. Es mußte uns doch gelingen, irgendeinen Sinn in die Sache zu bringen.

Eine halbe Minute Grübeln, und in meinem Kopf ging es wirrer zu denn je.

Entnervt schlug ich mit der Hand auf den Tisch. „Vielleicht sollte ich einfach Vinnie fragen."

Das war ein Witz.

Bis der Satz im Raum stand und gar nicht mehr scherzhaft klang.

„He!" Erregt sprang ich auf. „Meine Gabe! Vielleicht sollte ich mich wirklich mal mit Vinnie unterhalten."

Damon nickte. „Eine wunderbare Idee! Mach schon – nimm Kontakt zu ihm auf."

Die Suppe hatte ich mir jetzt selbst eingebrockt! Kontakt herstellen – wie sollte das denn gehen? Glauben Sie mir, es war mir ziemlich peinlich zuzugeben, daß ich nicht wußte, wie ich es anstellen sollte.

„Ich habe das noch nie probiert", warnte ich Damon, womit ich mir schon im Vorfeld die Entschuldigung für ein eventuelles Scheitern meines Vorhabens zurechtlegte. Das schien mir wesentlich weniger unangenehm, als gleich zuzugeben, daß ich im Grunde von Tuten und Blasen keine Ahnung hatte. „Damit will ich sagen, daß ich noch nie von mir aus versucht habe, mit einem Geist Kontakt aufzunehmen. Jedenfalls nicht, ohne ihn vorher zu kennen. Als Geist. Ich weiß nicht genau, was ich zu Vinnie sagen soll."

„Rede einfach." Damon war auch aufgestanden. Wir standen einander gegenüber, zwischen uns der Schreibtisch. „Vielleicht sagst du erst mal guten Tag."

„Gut." Ich wischte mir die Hände an der Hose ab. „Vinnie? Ich bin es." Meine Stimme klang ungefähr so zittrig, wie ich mich fühlte, also holte ich tief Luft und versuchte, die nächsten Worte selbstbewußter rüberzubringen. „He, Vinnie! Komm schon, ich muß mich mit dir unterhalten."

Nichts.

Ich probierte eine andere Herangehensweise. „Pepper an Vinnie, Pepper an Vinnie. Vinnie, bitte melden!"

Wieder nichts.

„Laß mich mal!" sagte Damon. Er sprach dieselben Sätze aus, mit haargenau denselben Resultaten.

Verärgert betrachtete ich mein winzig kleines Büro. „Vielleicht sind die Schwingungen hier drin komplett daneben. Vielleicht geht es draußen auf dem Friedhof besser, weil da mehr Tote sind."

Jetzt, wo mir das eingefallen war, hatte ich es eilig, nach draußen zu kommen und meine These auf den Prüfstein zu legen.

Wie schon erwähnt hatte Cleveland in der Nacht einen Temperatursturz erlebt. Draußen war es kalt, obwohl die Sonne schien, und nur wenige Besucher waren unterwegs. Von Norden her zerrte eine kräftige Brise an den Blättern der Bäume, die das Verwaltungsgebäude umstanden. Ich wollte keine Aufmerksamkeit erregen, also huschte ich schnell über den Parkplatz und verschwand in einer Straße, die rechts und links von großen alten Eichen gesäumt war und die sich in einiger Entfernung vom Verwaltungsgebäude gabelte. Bei der Gabelung angekommen versuchte ich, den Abstand zu den Büros (und eventuellen Neugierigen an den Fenstern dort) abzuschätzen, ehe ich mich rasch in die nächste Friedhofssektion duckte. In der Nähe lag das Grab eines Bandleaders aus den 40er Jahren, zu dem ich im Sommer ein paarmal Besuchergruppen geführt hatte. Unweit dieses Grabes, das wußte ich aufgrund von Führungen, befand sich ein freier Platz, der von großen Monumenten umgeben war, allesamt höher als ich, und dorthin wollte ich jetzt. Ich ging an der Statue einer weinenden Frau vorbei, und richtig, da war es auch schon, das Rasenstück, nach dem ich gesucht hatte. Bis auf Damon war ich mutterseelenallein auf weiter Flur. Niemand konnte mich sehen oder hören. Genau das hatte ich beabsichtigt. Hier durfte ich in aller Seelenruhe die Stimme erheben.

„He, Vinnie! Bist du hier irgendwo?"

Wieder erhielt ich keine Antwort, und obwohl ich weiß, daß es verrückt klingt, verspürte ich das Bedürfnis, mein Versagen zu rechtfertigen. „Vinnies Leiche wird nach Kalifornien überführt", erklärte ich Damon. „Das habe ich heute morgen in der Zeitung gelesen. Vinnie hat es auf die Titelseite geschafft. Da stand, sobald die Gerichtsmedizin mit ihm fertig ist, schaffen sie die Leiche nach L. A., wo sie verbrannt werden soll. Seine erste, zweite und dritte Frau streiten sich schon um die Asche. Vielleicht ist sein Geist nicht mehr hier in der Gegend, weil sein Körper nicht mehr hier ist?"

„Das kann ich dir nicht sagen. Laß es mich nochmal versuchen." Damon schloß die Augen. Er stand so still und reglos da wie der Engel auf dem Grabstein neben ihm und sah auch aus wie ein Engel, wenn auch wie ein gefallener. Aber daran wollte ich lieber nicht denken, schon gar nicht, solange ich mich eigentlich auf Vinnies Geist konzentrieren sollte. Also schloß auch ich die Augen.

Erst als ich nach ein paar Minuten Damon seufzen hörte, schlug ich sie wieder auf. „Ich spüre ihn nirgendwo hier in der Nähe", gab Damon zu.

„Toll." Ein blöder Spruch, das wußte ich, aber ich war mit meinem Latein am Ende. Verärgert verließ ich unser Versteck. Ganz in der Nähe lag ein flacher Grabstein, auf den ich mich setzte. „Ich bin inzwischen ganz sicher, daß wir uns unbedingt mit Vinnie unterhalten müssen. Vielleicht kann er uns sagen, wer ihn ermordet hat, und vielleicht bringt uns das auch bei Alistair weiter. Ich frage mich, ob wir eine Séance veranstalten sollten."

Natürlich hatte ich keinen blassen Schimmer davon, wie man eine Séance abhält, aber zum Glück kam Damon nicht mehr dazu, mich auf meinen Vorschlag festzunageln, da sich nahebei irgend etwas regte. Geisterjäger. Ganz im Gegensatz zu sonst war ich richtig froh, sie zu sehen.

Sie schlichen um ein reichverziertes, von grauen und rosa Granitsäulen getragenes Mausoleum herum, und da niemand besonders aufgeregt wirkte, ging ich davon aus, daß ihre Instrumente gerade nichts Besonderes anzeigten. Damit dies auch so blieb, befahl ich Damon, sich zu verkrümeln und eilte zum Mausoleum hinüber, ehe die Geisterjäger sich wieder in ihren Geländewagen setzen und einen anderen Teil des Friedhofs ansteuern konnten.

„Hallo!" Ich winkte ihnen schon von weitem zu. „Was geht ab bei euch?"

Siehe da, siehe da: Auch Dan gehörte zu der Gruppe, er hatte einen Geigerzähler in der Hand. Eigentlich erstaunte mich das wenig. Was mich wunderte, war die Tatsache, daß er nun wieder aussah wie der Dan, den ich ursprünglich einmal kennengelernt hatte. Verschwunden war die engen Jeans, die meine Fantasie so in Wallung gebracht hatte, und die schwarze Lederjacke, die so erregend knistern und knarren konnte, wenn Dan sich bewegte. Jetzt lief er wieder herum wie zu der Zeit, als ich ihn für einen reinen Kopfmenschen hielt, der nichts als seine Forschung im Sinn hatte. Braune Polyesterhose, blauer Pulli, graue Windjacke. Offenbar war er inzwischen vollwertiges Mitglied dieser seltsamen Truppe und auch noch stolz darauf.

Ich wandte mich mit meinem Anliegen an Brian, den Oberjäger, der als einziger Zeit für mich zu haben schien. Die anderen waren viel zu sehr mit ihrer Wissenschaft beschäftigt, nahmen Temperaturmessungen vor, schossen Fotos und spielten an ihren Kassettenrekordern herum.

„Brian, ich brauche Ihre Hilfe."

Das schien ihn nicht zu überraschen. Was allerdings sozusagen hobbybedingt sein mochte: Gut möglich, daß einen Geisterjäger einfach nichts mehr überrascht. „Sie wollen auf die Jagd gehen?" erkundigte er sich.

„So was in der Art. Ich möchte Kontakt zu Vinnie Pal aufnehmen."

Das sollte der Leckerbissen sein, den ich ihm vor die Nase hielt: Da die Geisterjäger schon so lange versuchten, Damons Geist zu finden, mußten sie auch an Vinnie interessiert sein, und wenn sie einen Hinweis auf ihn fanden, war das sozusagen schon die halbe Miete und würde ihrem Ansehen bei den anderen geisterjagenden Deppen gewaltigen Auftrieb geben.

Brians Augen leuchteten auf, und er winkte die anderen heran. Als sie sich versammelt hatten, war es Dan gelungen, sich direkt neben mich zu stellen. Ob er sich mit diesem Geisterkram besser auskannte als die anderen? Ich war mir nicht sicher, aber, um den Magic Eight Ball zu zitieren: Alles schien darauf hinzuweisen.

„Wie findet man am ehesten jemanden, der kürzlich erst verschieden ist?" wandte ich mich direkt an ihn.

Klar, daß Brian als Anführer der Gruppe es als seine Aufgabe empfand, auch den Sprecher abzugeben. Er mischte sich ein, ehe Dan antworten konnte. „Das kann knifflig werden." Das hörte sich an wie ein Zitat – wahrscheinlich hatte Brian die einschlägige

Wie sich herausstellte, war es ganz egal, ob ich den Portier kannte oder nicht. Er war nicht im Dienst. Überhaupt niemand schob Wache. Das mag Leuten seltsam vorkommen, die in Städten wie New York oder Chikago wohnen, aber wir reden hier von Lakewood, Ohio. Ein Städtchen, in dem ein bekanntes Jungeninternat beheimatet ist, wo es immer noch Dutzende von Tante-Emma-Läden und Hunderte von Bars gibt, wo wirklich jeder deinen Namen kennt. Klar lag die Westgrenze Clevelands nur einen Katzensprung entfernt, aber offenbar fühlte man sich hier, was die Kriminalität betraf, mit der großen Nachbarstadt in keiner Weise verwandt. Offenbar hielt man diesen Vorort für so sicher, daß selbst in diesem echt edlen Apartmenthochhaus die Lobby des Nachts nicht besetzt war.

Klasse, was? So konnten die Geisterjäger und ich uns in den Fahrstuhl quetschen, ohne daß jemand unser Tun hinterfragte.

Natürlich gibt es immer eine Fliege in der Suppe. Niemand stellte uns Fragen, das war schön, das war sozusagen die leckere Suppe. Die Fliege entdeckten wir erst oben. Als wir feststellen mußten, daß die Tür zu Vinnies Wohnung natürlich verschlossen war.

„Ich dachte, Sie könnten uns hier Zugang verschaffen!"

Anscheinend konnten auch schräge Strebertypen, die sich darauf versteift hatten, mit wissenschaftlichen Methoden Geister zu jagen, richtig zickig werden. Brians Worte klangen jedenfalls recht scharf. Außerdem waren sie direkt an mich gerichtet.

„Ich habe uns Zugang verschafft. Zugang zum Haus. Die Wohnungstür stand offen, als ich das letzte Mal hier war."

„Aber die Polizei hat sie ja wohl kaum offenstehen lassen, oder?" Brian klang beleidigt, als sei ich schuld daran, daß dieses Detail übersehen worden war. Sollte er ruhig beleidigt sein, das nahm ich mir nicht weiter zu Herzen, wußte ich doch, daß sein Vorwurf nicht stimmte. Aber einfach so stehen lassen würde ich ihn auch nicht.

„Sie sind doch so erpicht darauf, Damon zu finden und wissen, das hier ist die perfekte Gelegenheit. Denn wenn Sie Kontakt zu Vinnie aufnehmen können, dann kann der Ihnen vielleicht sagen, wie Sie es anstellen können, Damon zu finden." Ich warf einen Blick in die Runde, damit niemand dachte, er käme mir so einfach davon. „Also? Was tun Sie normalerweise in einer solchen Situation?"

„Wir gehen. Das ist der einzig legale Weg in dieser Situation."

„Legal ist auch, einen Schlüssel zu haben." Dan drängte nach vorn. Dabei hatte er gar keinen Schlüssel, wohl aber – wer hätte das gedacht? – einen Satz Dietriche. Prüfend musterte er das Schloß, suchte den passenden Dietrich aus dem Bund und machte sich an die Arbeit.

Gut möglich, daß ich inzwischen leicht paranoid war, aber während ich Dan bei der Arbeit zusah, fiel mir auf, daß er an etwas gedacht hatte, worauf außer ihm niemand in unserer Gruppe gekommen war: Er trug dünne OP-Handschuhe. Auch mit den Handschuhen arbeitete er rasch und geschickt, ohne je zu zögern, ohne groß herumzufummeln. Mir wurde vom bloßen Zusehen ganz schlecht, konnte das doch nur eins bedeuten: Dieser Mann knackte hier nicht sein erstes Schloß.

Als die Tür aufsprang, trat Dan zurück, um die anderen Geisterjäger in die Wohnung zu lassen. Ich wartete, bis die anderen an mir vorbei waren, ehe ich ihn mir zur Brust nahm. „Willst du mir verraten, wo du das Schlösserknacken gelernt hast?"

Dan hatte seinen eigenen Rucksack dabei – im Gegensatz zu den anderen Geisterjägern, die inzwischen schon im Wohnzimmer die Gerätschaften ausbreiteten, die sie gemeinsam zu benutzen gedachten. Er nahm ihn von der Schulter, steckte die Dietriche ein und holte ein ... ein Ding raus, das mich irgendwie an ein ... na, ja, an ein Ding erinnerte.

Als er ebenfalls in der Wohnung verschwinden wollte, hielt ich ihn am Arm fest. „Zuerst Karate und jetzt Schlösserknacken – was hast du sonst noch so drauf?"

Nachdenklich musterte er meine Hand auf seinem Anorak. Als er wieder aufsah, spiegelte sich in seinen Augen das sanfte

Licht über den exotischen Blumengemälden. „Du würdest dich wundern!“

„Klar. Wie im Sommer, als mir aufging, daß du mich verfolgst. Oder wie neulich, als ich feststellen mußte, daß du dich mit den Typen hier rumtreibst. Mir erzählst du, du wärst Forscher. Säßest an einer wissenschaftlichen Studie über Hirnströme und interessiertest dich für meine Neigung zur Schaffung halluzinatorischer Bilder. Erinnerst du dich? Du sagtest, mein Verhalten sei erratisch.“

Dan zuckte die Achseln. „Du willst mit Vinnies Geist reden. Hört sich für mich ziemlich erratisch an.“

„Du scheinst zu glauben, du könntest es mir ermöglichen, mit Vinnie Pals Geist zu reden. Vielleicht bin ich ja nicht die einzige hier, die abweichendes Verhalten an den Tag legt.“

„Hast du dir die mal angesehen?“ Dan warf einen Blick in die Wohnung, wobei er grinsen mußte: Die Geisterjäger waren schwer beschäftigt. Als er sich wieder mir zuwandte, wirkte seine Miene jedoch so ernsthaft wie die eines Arztes, der seinen Patienten über einen gerade erlittenen Herzinfarkt aufklären muß. „Mich interessiert vor allem eins“, sagte er. „Du hast die Möglichkeit eines Kontakts nie in Frage gestellt. Du hast gesagt, du willst Kontakt zu Vinnie Pals Geist aufnehmen und hast mich gebeten, dir dabei zu helfen. Du hast nie daran gezweifelt, daß man so einen Kontakt herstellen kann. Das verrät mir eine Menge. Über dich. Mit wie vielen Geistern hattest du denn bereits Kontakt?“

Mit einer so direkten Frage hatte ich nicht gerechnet, weswegen ich auch keine Antwort parat hielt.

Dan interpretierte mein Schweigen auf seine Weise. „Das habe ich mir gedacht“, sagte er. „Wir müssen dringend reden. Aber nicht hier und nicht jetzt.“

Er schob mich vor sich her in die Wohnung. Dort fiel mir als erstes auf, daß jemand aufgeräumt hatte. Der Pappaufsteller der nackten Dame war noch da (und badete gerade in silbernem Mondlicht). Auch die Bierdosen lagen noch herum. Aber die City-Roast-Kaffeebecher fehlten.

Ehe ich mir Gedanken darüber machen konnte, was das bedeuten mochte, hatten uns die Geisterjäger umzingelt, denen selbst im Dunkeln so schnell nichts entging.

„Ist das ein Elektromagnetfelddetektor?" John warf begierige Blicke auf das Ding in Dans Händen. „Wahnsinn! Dafür hat uns bisher immer das Geld gefehlt."

Großzügig überließ ihm Dan das heißbegehrte Objekt. „Ich möchte ein bißchen mit meinem digitalen Stimmaufzeichner arbeiten", meinte er, während er mich bei der Hand nahm. „Pepper kommt mit mir."

Gut, ich gebe es zu: Mit Dan an meiner Seite zwei Stunden in einem dunklen Penthouse zu verbringen war so schlecht nicht. Zwar bekam ich keine Gelegenheit, meine neuerworbenen Gerätschaften auszupacken, aber das war mir ziemlich egal. Weitaus enttäuschender für mich und zweifellos auch für die Geisterjäger war die Tatsache, daß wir nach diesen zwei Stunden keinerlei Jagderfolge vorzuweisen hatten.

Ein paar Stunden später saßen wir in einer der oben erwähnten Bars zusammen, wo wirklich jeder der anderen Gäste Brian beim Namen kannte. Vielleicht ließen sich ja die zahlreichen Geisterkontakte, die er den eigenen Angaben nach bei früheren Gelegenheiten hatte knüpfen können, auf die Tatsache zurückführen, daß er in dieser Bar Stammgast war.

„Nichts." Brian betrachtete das letzte Bild auf Angelas Digitalkamera. „Wir haben kein ESP bekommen, keine interessanten Wärmewerte messen können, und Photos haben wir auch keine. Wir sollten die Sache abblasen."

John, Theo, Angela und Stan widersprachen nicht. Sie sammelten ihre Geräte ein, leerten die Reste aus dem Krug Bier, den Dan bestellt und auch bezahlt hatte, und dann waren sie verschwunden.

Dan, der vier Hocker von mir entfernt ganz außen an der Bar gesessen hatte, setzte sich neben mich. „Enttäuscht?" wollte er wissen.

„Gelangweilt!“ Ich gähnte. „Wie oft wollten die denn die Bänder noch anhören? Es war doch klar, daß da nur ihr eigenes Herumgeschleiche drauf ist.“

Dan schien den Geisterjägern keinen Vorwurf machen zu wollen. „Das weiß man auf Anhieb nie“, verteidigte er die anderen. „Bei der Suche nach Beweisen für die Existenz paranormaler Phänomene ist eine wissenschaftliche Vorgehensweise von höchster Bedeutung.“

„Das glaubst du echt?“

„Ja, ich bin der felsenfesten Überzeugung, daß man so vorgehen sollte.“ Dans rechter Mundwinkel zuckte. „Nein. Jedenfalls nicht immer. Der beste Beweis: Du hältst dich nicht an eine wissenschaftliche Vorgehensweise und bekommst trotzdem Kontakt.“

Es war schon spät und ich reichlich müde. Eigentlich Grund genug, dem Thema aus dem Weg zu gehen, das Dan offenbar wieder einmal ansprechen wollte. Wenn das nicht reichte, so gab es da ja noch Dan selbst und die Fragen, die sich um ihn rankten. Wer war er, und was wollte er wirklich? Gut – er hatte mir ein paar Monate zuvor das Leben gerettet, wofür ich ihm aufrichtig dankbar war. Aber wie er es getan hatte, so schnell und geschickt und total effizient, warf mehr Fragen als Antworten auf, und ohne Antworten war ich nicht zum Reden bereit. Weder über meine Gabe noch über irgend etwas, was auf der anderen Seite vor sich ging.

In meinem Glas befand sich noch ein unerheblicher Rest alkoholarmes Bier, den ich jetzt herumschwenkte. „Du glaubst anscheinend, eine ganze Menge über mich zu wissen. Magst du mir erklären, wie du auf die Idee kommst?“

„Ich habe dir das Photo von dir und den beiden Geistern gezeigt. Wenn irgend jemand anderes neben diesen zwei nebelhaften Gestalten gestanden hätte, dann hätte ich das Foto nicht weiter beachtet. Hätte gedacht: hm, interessant, aber irgendwie nicht von Bedeutung. Aber ich mußte an die Aufnahmen von deinem Gehirn denken. Die Scans zeigen, daß deine Hinterhauptlappen anders sind als die anderer Menschen. Bei dir spielt sich da mehr ab, was für mich heißt, du bist auf alles Paranormale besser eingestimmt. Das kannst du abstreiten, soviel du willst, aber auf dem Foto sieht man es dir an den Augen an. Du bist dir der beiden Ströme Ektoplasma bewußt, die zusammen mit dir im Raum sind. Du unterhältst dich mit ihnen."

Das Foto war mir noch gut in Erinnerung. Auch die Aufnahmen meines Gehirns. Ich wußte, Dan hatte recht. Um Zeit zu gewinnen, trank ich einen Schluck, stellte mein Glas ab, hob es wieder und trank noch einen Schluck.

„Du hast kein Vertrauen zu mir, stimmt's?"

Dan faßte in Worte, was ich nur gedacht hatte.

„Wie auch?" fragte ich ihn. „Du warst nicht ehrlich zu mir, und ich bin mir noch nicht einmal sicher, wer du eigentlich bist."

„Okay, damit kann ich etwas anfangen, das ist fair." Dan hatte ausgetrunken und drehte das leere Glas zwischen den Fingern. „Ich kann dir soviel verraten: Auf dem Gebiet der Erforschung des Paranormalen findet mehr statt, als du dir überhaupt vorstellen kannst. Wir machen jeden Tag riesige Fortschritte, erzielen erstaunliche Durchbrüche. Bei all diesem Tun könntest du ein wichtiger Schlüssel sein. Ich hätte dich gern in unserem Team."

„Unserem Team?" Das klang mir nun doch langsam ein wenig zu sehr nach „Mission Impossible", was mir überhaupt nicht zusagte. „Irgendwie kriege ich das Gefühl, daß damit nicht Brian und die Jungs gemeint sind."

„Vergiß Angela nicht." Ein Lächeln blitzte auf, um gleich wieder zu verschwinden. „Mehr kann ich dir nicht sagen."

„Aber im Gegenzug willst du, daß ich dir mein Herz ausschütte." Ich glitt vom Barhocker. „Ich spare mir die Abschiedsworte. Wahrscheinlich sehe ich dich auf jeden Fall wieder, ob ich will oder nicht."

„Pepper!" Ich hatte mich schon abgewandt, als Dan die Hand auf meinen Arm legte.

Wie schnell er reagiert hatte und wie kräftig sein Griff war! Wütend fuhr ich herum und wollte ihm gerade energisch zu verstehen geben, er solle die Pfoten von mir lassen, als er ganz von allein zurückwich.

„Es tut mir leid", meinte er. Damit war nicht der rüde Griff nach meinem Arm gemeint, das war mir klar. „Ich erwarte von dir, daß du mir vertraust, habe dir aber keinen Grund dafür gegeben."

Er holte den winzigen Digitalkassettenrekorder, den ich ihn in der Wohnung hatte benutzen sehen, aus dem Rucksack und drückte ihn mir in die Hand. „Hier. Vielleicht kann ich mich deines Vertrauens würdig erweisen. Ich knüpfe an diese Übergabe keine Bedingungen. Nimm ihn einfach und sieh, ob er dich weiterbringt." Er nahm sich eine Cocktailserviette vom Tresen und den Kuli, der liegengeblieben war, nachdem die Barfrau unsere Rechnung geschrieben hatte, kritzelte ein paar Zahlen auf die Serviette und reichte sie mir.

„Meine Handynummer. Jetzt bist du am Zug, Pepper, und bis dahin – bis du bereit bist – bekommst du mich nicht mehr zu Gesicht, das schwöre ich dir. Ich verlasse die Gruppe der Geisterjäger und spioniere dir auch nicht mehr nach. Vielleicht glaubst du mir dann ja, daß ich deines Vertrauens würdig bin."

Er stand auf und verließ ohne ein weiteres Wort die Bar. Es war spät, die wollten hier bestimmt bald schließen. Eigentlich hätte ich auch aufbrechen sollen, aber ich mochte nicht warten, bis ich zu Hause war. Ich wollte sofort wissen, warum Dan die Kassette, die er aufgenommen hatte, so interessant fand.

Rasch schlüpfte ich in die nächste Nische und schaltete den Rekorder ein.

„Ist da jemand?"

Dans Stimme. Er machte alles so, wie ich es auch bei den anderen Geisterjägern beobachtet hatte: Er stellte eine Frage, um dann eine ganze Zeitlang zu warten, damit der Geist Gelegenheit zum Antworten fand.

Diesmal kam keine Antwort.

„Kannst du mir sagen, wie du heißt?"

Dans Stimme, wieder und immer wieder, jeweils gefolgt von einer langen Pause ohne Antwort. Außer Dan hörte ich auf der Kassette nur mich. Ich grummelte im Hintergrund etwas vor mich hin, was daran liegen mochte, daß die Aufnahmen in Vinnies

Magiezimmer entstanden waren, wo es mich gruselte. Ich hatte es eilig gehabt, wieder zu gehen.

„Vinnie, bis du hier bei uns?"

Mir die Kassette anzuhören war, als würde ich die ganze Geisterjagd noch einmal durchleben, und eine Geisterjagd ist ungefähr so aufregend wie Wandfarbe beim Trocknen zuzusehen.

Die Frau hinter dem Tresen gab bekannt, daß sie jetzt die letzte Bestellung aufnehmen würde.

Mein Finger schwebte schon über dem Ausschaltknopf.

Als ich die Stimme hörte.

„Ja, hier."

Meine Nackenhaare richteten sich auf. Es war nichts weiter zu hören als ein heiseres Flüstern, die Worte lang gedehnt, gequält. Aber die Stimme war unmißverständlich die Vinnies.

Gespannt wartete ich auf Dans nächste Frage.

„Vinnie, wenn du hier bist, kannst du uns ein Zeichen geben? Sag uns, was dir zugestoßen ist."

Wieder eine Pause. Ich hielt die Luft an.

„Es tat weh."

Mir rann ein Schauer über den Rücken.

„Hast du etwas zu sagen?" Natürlich hatte Dan, als er die Fragen stellte, nicht gewußt, daß er Antworten bekommen würde. Das konnte er erst nach Jagdende erfahren haben, als er ganz am Ende der Bar und in einiger Distanz von den anderen seine Aufzeichnungen abhörte, während die anderen Geisterjäger in ihre Gerätschaften seufzten und sich beklagten, daß die Jagd wieder einmal erfolglos gewesen war. „Hast du eine Botschaft für uns?"

„Vorsicht. Gefahr. Die Band ..." Vinnies Stimme verklang. Ich beugte mich dichter an den Lautsprecher, hörte aber nichts weiter als meine eigene Stimme, die sich in einem leisen, aber deutlichen Fluch erging. Das mußte die Stelle sein, wo ich mit dem Knie gegen die Wand gestoßen war, was höllisch wehgetan hatte. Vinnie konnte ich erst wieder hören, als mein Gemurmel verstummte. „Einer ..." Wieder war das Wort langgezogen, klang eher wie ein Schmerzenslaut. „Es stirbt noch einer."

KAPITEL 12

Am nächsten Tag hatte ich eine Führung, während der wir uns unter anderem die Kapelle ansehen wollten. Glauben Sie mir, in der Regel habe ich gegen diesen Rundgang nichts einzuwenden, denn die Kapelle auf dem Garden-View-Friedhof gehört zu den wenigen im Land, die in ihrer Gänze von Tiffany entworfen und gebaut worden sind. Richtig – von dem mit den Lampen und Fenstern, und warum der wichtiger sein soll als der mit dem Juweliergeschäft kann ich Ihnen wirklich nicht sagen, aber die meisten Leute sind immer schwer beeindruckt, wenn es um diesen Lampen-Tiffany geht.

Ich mag die Kapelle. Im Sommer ist es dort schattig und kühl, und wenn die Sonne scheint, egal zu welcher Jahreszeit, dann bringt sie die vielen Farben im großen Buntglasfenster, das eine ganze Kapellenwand einnimmt, ordentlich zum Funkeln.

Leider nur fehlte an diesem Tag die Sonne. Schwere Wolken hingen tief über den Baumwipfeln, stahlgrau, von derselben Farbe wie die Hose, die ich zu einem wunderhübschen Kaschmirpullover trug, der nicht nur an sich schon umwerfend aussah, sondern gerade an mir noch besonders umwerfend zur Geltung kam. Einziger Nachteil: Er war nicht annähernd warm genug. Schlotternd stand ich neben dem Bus, wo ich warten mußte, bis der letzte meiner Rentner die Stufen heruntergeklettert war, und spürte deutlich, wie mir die feuchte Luft in die Knochen kroch. Sobald die letzte kleine alte Dame die Kapelle betreten hatte, folgte ich ihr auf dem Fuße.

Groß war die Kapelle nicht, aber wirklich beeindruckend. Hatte man die Leute erst einmal drin, waren sie meistens so überwältigt von den Wandmosaiken, dem buntgekachelten Boden und den spektakulären Fenstern, daß sie erst einmal nur mit weit offenen Mündern herumliefen. Das heißt, sie stellten nicht viele Fragen. Immer ein Plus für uns Fremdenführerinnen.

Besonders, wenn die betreffende Fremdenführerin gerade wichtigere Sachen im Kopf hat als ihre Reisegruppe.

Da ich keine komplette Idiotin war, wußte ich schon, daß ich erst einmal meine Kundschaft bedienen mußte, ehe ich mich meinen eigenen Dingen widmen konnte. Ich machte es also kurz, erklärte das Gebäude, seine Planung und seine Besonderheiten, doch als sämtliche Mitglieder des Bay-Village-Seniorenvereins die Phase der offenen Münder erreicht hatten, schlüpfte ich in den rückwärtigen Teil der Kapelle, wo Damon schon auf mich wartete.

„Das ist ein klarer Fall für die Polizei!" verkündete ich gleich als erstes. Das hatte ich am Morgen in meinem Büro auch schon zu ihm gesagt, er wußte genau, wovon ich sprach. Meine Einschätzung war ihm nicht neu.

Weswegen er eigentlich auch nicht die Augen hätte verdrehen dürfen. „Ach, und die Polizei wird dir glauben, wenn du aufläufst und etwas von einem Geist und von einer Kassette erzählst, auf der dieser Geist die Mitglieder seiner alten Band vor Gefahren warnt?"

So weit waren wir in meinem Büro mit der Unterhaltung nicht gekommen, da Ella uns unterbrochen hatte, die mit mir die Führungen des Tages und die Weihnachtsvorbereitungen hatte besprechen wollen. Damon konnte also nicht wissen, daß ich den Einwand vorausgesehen und mir dazu Gedanken gemacht hatte. Also richtete ich mich auf und warf meinem Geist einen tadelnden Blick zu: Ich hatte die Sache voll im Griff. „Ich spiele ihnen die Aufnahme vor."

„Die werden das Ganze für einen Jux halten.“

Womit er recht haben mochte.

Ich seufzte, kam aber erst einmal nicht zum Antworten, da ich mich um das Großmütterchen kümmern mußte, das mir von weitem ein verschämtes, angedeutetes Signal zukommen ließ. Sie brauchte die Damentoilette. Ich steuerte sie in die richtige Richtung. Erst danach konnte ich mir wieder Gedanken darüber machen, wie ich mit Vinnies Botschaft weiter verfahren sollte.

Gedankenverloren kaute ich auf meiner Unterlippe herum, bis mir klarwurde, was das mit meinem frisch aufgetragenen Lippenstift („Apfel-Karamelschmelz“) anrichtete, und ich das Kauen umgehend einstellte. „Gut, das mit der Polizei geht nicht“, sagte ich leise, nachdem ich mich wieder zu Damon gesellt hatte. „Aber irgendwie ist es auch nicht meine Aufgabe, mich um diese Sache zu kümmern. Meine Aufgabe besteht darin, dir beim Übergang auf die andere Seite zu helfen. Ich bin nicht dafür zuständig, Verbrechen aufzuklären, die noch nicht einmal begangen worden sind.“

„Genau darum geht es doch! Daß das Verbrechen noch gar nicht begangen wurde!“ Natürlich konnte das Wetter Damon egal sein, aber trotzdem wurde mir beim bloßen Anblick seiner Jeans und dieses Lyndon-B.-Johnson-T-Shirts ganz kalt. „Du mußt den Jungs helfen. Du bist die einzige, die es kann.“

Es war mir zuwider, für etwas die Verantwortung zu tragen, egal was, aber ich mußte mir seufzend eingestehen, daß Damon recht hatte. „Ich schätze, ich könnte sie warnen.“

„Das reicht nicht. Du mußt sie beschützen.“

Habe ich schon erwähnt, daß Damon im Grunde ein lockerer, entspannter Typ war, der nicht so schnell aus der Fassung geriet? Erregt oder verärgert hatte ich ihn bisher noch nicht erlebt. Jetzt waren seine Wangen gerötet, seine Augen sprühten Funken, und er tigerte aufgeregt in der Kapelle auf und ab, immer mitten durch die Gruppe staunender Rentner hindurch, die natürlich sofort anfingen, zu zittern und sich über den Temperaturabfall zu beklagen. Wütend stapfte Damon auf das Panoramafenster zu, durch das er, statt kehrtzumachen und zu mir zurückzukehren, einfach hindurchstolzierte. Eine Sekunde später tauchte er dicht neben mir wieder auf.

Ich werde mich nie daran gewöhnen, wie diese Geister kommen und gehen! Da nützt mir auch eine Gabe nichts: Um ein Haar hätte ich vor Schreck laut geschrien.

„Es gibt noch eine Menge, wovon du nichts ahnst!" verkündete Damon.

Ich verschränkte die Arme vor der Brust, um mein Herz in Schach zu halten (das sich gerade heftig schlagend einen Weg durch die Rippen bohren wollte), und bemüht darum, unerschrocken zu wirken, trat ich lässig einen Schritt zurück. „Schieß los."

Er zögerte. „Die Jungs und ich ... nein, das kannst du unmöglich verstehen." Ich konnte förmlich zusehen, wie Damons Zorn sich legte. Das Blitzen in seinen Augen wich einem nachdenklichen Blick, der in die Ferne gerichtet schien. Damon sah weder mich noch die alten Leutchen, die nur wenige Meter von uns entfernt die Kapelle bewunderten. Sein Blick richtete sich in die Vergangenheit, und als er anfing zu reden, kamen die Worte betont langsam und weich daher, wie bei einem Mann, der einem im Traum begegnet.

„Wenn eine Band zusammenkommt und alle passen zusammen und es klickt einfach, das ist wie Magie. Genau so ist es uns mit Mind at Large ergangen. Wir alle hatten dieselbe künstlerische Vision, dasselbe Ziel. Wir wollten Musik machen, die ‚Leckt uns doch alle am Arsch' sagt, und Rockstars werden." Das Lächeln, das um seine Mundwinkel spielte, konnte man nicht anders als verzückt nennen. Ehrlich! „Wir haben die Welt im Sturm erobert, sie in Flammen gesetzt. Alles war so, wie ich es mir erträumt hatte, haargenau so, und es hat mich einfach umgehauen. Aber nach einer Weile ..." Damon blinzelte sich zurück in die Realität.

„Es geht echt nicht ums Geld, das solltest du wissen. Klar sagen die Leute etwas anderes, denn das mit dem Geld ist leicht zu verstehen und erklärt alles. Gerade war man noch arm wie eine

Kirchenmaus, und am nächsten Tag schwimmt man in Hundert-Dollar-Scheinen und zündet sich damit die Joints an. Aber daran gewöhnte ich mich schnell. Die Drogen verkleisterten uns das Hirn, und die Frauen ... darüber sprachen wir ja schon. Ich war gierig, ein richtig gieriger kleiner Wichser. Ich wollte alle Frauen, jede einzelne, und habe mich benommen wie ein Arschloch, weil ich dachte, ich bin der Star und kann mir das leisten. Mehr noch: hätte alles Recht dazu." Er zuckte die Achseln. „Nach einer Weile lagen die Jungs und ich uns ständig in den Haaren. So sehr, daß ich es nicht mehr ertragen konnte, und ich weigerte mich zuzugeben, daß ich vielleicht irgendwie auch an der Situation Schuld trug, daß ich mitverantwortlich war. Ich hatte genug. Es brachte mich durcheinander, meine Songs litten darunter, und es zog mich runter. Ich beschloß, die Band zu verlassen. Ich war auf dem Weg in eine Solokarriere."

Was? Das hatte mir keiner der Leute erzählt, mit denen ich über Mind at Large geredet hatte, und in den unzähligen Artikeln über die Band hatte auch nichts davon gestanden, daß Damon aufhören wollte.

Moment – wahrscheinlich war das kein Wunder.

Es hatte keine Sekunde gedauert, bis mir ein Licht aufgegangen war.

„Du hast es ihnen gesagt! Den Jungs aus der Band. In der Nacht, in der du gestorben bist, hast du ihnen erzählt, daß du aufhören willst."

Damon nickte. „Sie waren alle da. Bis auf Gene."

Richtig, das hatte mir der Agent bei unserem Treffen in der Rock Hall schon erzählt. „Gene war in Pittsburgh. Hat er es gewußt?"

Damon nickte. „Ich hatte es ihm erzählt, ehe er abfuhr. Ich fand, das sei ich ihm schuldig, immerhin war Gene von Anfang an bei uns. Ich wollte nicht, daß er es in der Zeitung liest. Aber dann kam alles anders, und ich hätte mir gar nicht so viele Gedanken zu machen brauchen. Die Nachricht von meinem Ausstieg hat es wahrscheinlich gar nicht bis in die Zeitungen geschafft, oder?"

Nein, hatte sie nicht – und wen wunderte das schon? „Daß du Mind at Large verlassen wolltest, steht in keinem der Bücher, die ich über euch gelesen habe", sagte ich, „und auf den Webseiten, die der Band gewidmet sind, wird auch nichts davon erwähnt. Das liegt daran, daß du in jener Nacht gestorben bist. Wenn die Band hätte verlauten lassen, daß du ihnen so kurz vor deinem Tod deine Solokarriere angekündigt hast, hätte deine Überdosis verdammt verdächtig ausgesehen. Niemand wollte, daß mit dem Finger auf ihn gezeigt wird."

„Ich schätze, du hast recht." Damon wirkte nachdenklich. „Weißt du, Mind at Large war ohne mich nichts. Ich weiß, das hört sich eingebildet an, ist aber die reine Wahrheit. Ich wußte das, und sie wußten es auch. Als ich erzählt hatte, daß ich aufhören will, war allen klar, daß sie ihre Karriere in den Wind schreiben können. Aber als dann ..."

Ich zählte zwei und zwei zusammen, und zur Abwechslung kam wirklich mal vier heraus.

„Nach deinem Tod hat es keine Rolle gespielt, ob du noch in der Band bist oder nicht. Dein Tod hat die Band zur Legende werden lassen, und sobald Vinnie raushatte, wie er dich channeln kann, haben deine Songs Mind at Large wieder in die Charts und da ganz nach oben katapultiert. Damon – das heißt aber doch letztlich, daß jedes einzelne Mitglied von Mind at Large ein Motiv hatte, dich umzubringen!"

„Schon, aber kapierst du denn nicht?" Damon schien von meinen Erkenntnissen nicht annähernd so begeistert wie ich. „Vinnie und Al und Mike und Pete hatten jegliches Recht, auf mich wütend zu sein. Wir waren Brüder. Wir waren Genossen. Ich hatte den Fehler gemacht zu glauben, was die Leute über mich sagten. Wenn sie behaupteten, ich sei das Genie des Rock schlechthin, ein sexy Bürgerschreck, der Traum aller Mädchen, dann ging mir das runter wie Öl. Ich wollte beweisen, daß die Leute recht hatten. Ich habe den Jungs aus der Band die Mädels geklaut. Ich hab dafür gesorgt, daß ich allein im Rampenlicht stand. Mein Gesicht zierte in voller Lebensgröße unsere Plattencover, und wenn die Leute von unserer Band sprachen, dann nannten sie uns die Band von Damon Curtis. Schließlich wurde ich sauer auf die anderen und war entschlossen, ihnen den Boden unter den Füßen wegzuziehen. Aus ihrem Leben die Luft rauszulassen."

Damon sah mich ganz offen an. „Du hast recht. Jeder von ihnen könnte mich umgebracht haben. Aber ich kenne die Jungs und weiß genau: Das hätte keiner von ihnen fertiggebracht, und jetzt schweben sie alle in Lebensgefahr, wenn es stimmt, was Vinnie sagt. Das dürfen wir nicht zulassen! Ich habe fast vierzig Jahre gebraucht, um es zu kapieren, aber endlich ist der Groschen gefallen: Ich bin den Jungs etwas schuldig."

Der Beruf der Privatdetektivin hat viele Vorteile, und eines Tages, wenn mir wieder eingefallen ist, welche es sind, werde ich sicher auch einmal darüber schreiben.

Aber meist ist es so, daß die Gabe samt der damit verbundenen beruflichen Verpflichtungen einfach nur nervt.

Nehmen Sie den Tag, an dem Damon und ich uns in der Kapelle unterhalten hatten. Nachdem er mir sein Verhältnis zur Band näher erläutert und mir erklärt hatte, warum er sich für die Sicherheit der Jungs verantwortlich fühlte, war mir klar, daß ich die einzige war, die helfen konnte. Ich wußte, was ich zu tun hatte, und ich wußte, es würde wieder einmal schrecklich werden.

Trotzdem schlich ich am Abend tapfer aus dem Büro und stürzte mich ins Privatdetektivinnenleben.

Das sicher um einiges erträglicher gewesen wäre, wäre es nicht so kalt und naß gewesen. Ich saß in meinem Auto, schön warm in meinen Regenmantel gemummelt, und hatte die Heizung voll aufgedreht, während die Scheibenwischer im langsamen Rhythmus ungefähr alle zwanzig Sekunden die Nebelschicht von meiner Windschutzscheibe entfernten, damit ich einen klaren Blick auf Damons Grab erhielt.

Wisch.

Draußen gab es wenig zu sehen. Nur graues Dämmerlicht und Nebel, der sich am Fuße des Hügels in kleinen Schwaden sammelte. Ich pustete auf meine klammen Finger, wartete und kam mir von Minute zu Minute einsamer und isolierter vor, während sich auf den Fensterscheiben die Regentropfen sammelten und ich langsam aber sicher sämtlichen Bezug zur Außenwelt verlor.

Wisch.

Wie gesagt: Privatdetektivin zu sein hat einiges für sich, und hier kann ich Ihnen endlich mal einen der Pluspunkte präsentieren: das Hochgefühl, das sich einstellt, wenn man weiß, daß einen die Instinkte nicht getrogen haben. Denn als sich diesmal der Nebel von der Scheibe hob, so daß ich klare Sicht erhielt, sah ich die verrückte Belinda auf Damons Grab zustapfen.

Ich war schwer versucht, aus dem Auto zu hüpfen und mich ihr in den Weg zu stellen, konnte mich aber zurückhalten. Erst wollte ich sehen, was sie vorhatte. Sie blieb vor dem Stein stehen, auf dem Damons Name stand, den unvermeidlichen Kaffeebecher in der Hand. Ich sah an ihren Lippen, daß sie mit jemandem sprach. Nicht mit Damon – jedenfalls nicht direkt. Den hatte ich seit Verlassen der Kapelle am frühen Vormittag nicht mehr zu Gesicht bekommen.

Belinda schien ihr Gespräch beendet zu haben. Sie zog einen Putzlappen aus der Einkaufstasche, die sie bei sich hatte, und wischte den Grabstein ab. Dann entfernte sie sämtliche Gegenstände von der Grabplatte, reinigte sie, reinigte die Steinplatte und stellte die Gegenstände wieder zurück. Es regnete zwar nicht heftig, aber doch stetig und gleichmäßig, weswegen sie nicht versuchte, die Kerzen in den bunten Glasschalen wieder anzuzünden. Zum Schluß ersetzte sie noch einen verwelkten Blumenstrauß durch das frische Gebinde aus orange und goldenen Chrysanthemen, das sie mitgebracht hatte.

Als sie fertig war, wurde es für mich Zeit, in Aktion zu treten. Belinda durfte nicht verschwinden, ehe ich nicht Zeit gehabt hatte, ein paar Worte mit ihr zu wechseln.

Tapfer biß ich die Zähne zusammen, trotzte der üblen Witterung und kletterte aus dem Auto.

„He! Wer hätte gedacht, daß ich Sie hier treffe?" Als Belinda sich beim Klang meiner Stimme umdrehte, winkte ich. Sie hatte einen blauen Plastikanorak mit Kapuze an, die sie allerdings nicht trug, weswegen ihr das strähnige Haar tropfnaß auf die Schultern hing. An den Füßen trug sie offene Sandalen, aus denen die Zehen ragten, umspielt von einem langen Batikrock. Sie musterte mich mit glasigen Augen – es war eindeutig, daß sie nicht wußte, wen sie da vor sich hatte.

Da ich sie nicht verschrecken wollte, näherte ich mich langsam. „Wir sind uns in der Rock Hall begegnet. Erinnern Sie sich? Ich hatte mich mit Gene Terry unterhalten, dem Manager von Mind at Large. Sie kennen Gene, nicht wahr? Sie kennen doch auch die anderen Jungs aus der Band."

Wie auf Knopfdruck wurde aus Belinda eine andere – als sei eine gute Fee vorbeigeflattert und hätte mal eben ihren Zauberstab bemüht. Ihr Gesicht wirkte wie von innen erleuchtet. Ihre Augen blitzten. „Ich gehöre zur Band!" sagte sie. „Ich brauche keinen Backstagepaß. Ich gehöre zur Band!"

„Natürlich. Sie gehören immer zur Band. Deswegen wußte ich ja auch, daß Sie mir helfen können."

Belindas eifriger, leuchtender Gesichtsausdruck löste sich langsam auf. „Ich kann Ihnen nicht helfen, den Engel zu finden. Er hat versprochen, hier zu sein, und jetzt ist er nicht da." Als wolle sie ihm noch eine Chance geben, sah sie hoch in den bleigrauen Himmel, und als der Engel des Todes sich (Gott sei Dank!) dort nicht blicken ließ, sackte sie kraftlos in sich zusammen. „Alistair kann ich auch nicht finden", sagte sie. „Böser Alistair! Er ist raus, die Post holen, und ist nicht wiedergekommen."

Gut – ich kämpfte hier eindeutig auf verlorenem Posten, aber ich hatte Damon ein Versprechen gegeben, und das wollte ich halten. Ich hatte versprochen, alles in meiner Macht Stehende zu unternehmen, um die Sicherheit der Band zu garantieren. Eine Unterhaltung mit Belinda war das einzige, was mir zu diesem

Thema eingefallen war. „Alistair, der Schlagzeuger?" fragte ich sie. „Oder Alistair, Ihr Kater?"

Als Belinda den Kopf schüttelte, flogen Regentropfen durch die Luft. „Er ist rausgegangen, um die Post zu holen. Er ist nicht wiedergekommen, und er hat Damon mitgenommen." Sie beugte sich vertraulich vor, den Zeigefinger auf die Lippen gelegt. „Das dürfen Sie aber niemandem sagen. Er war im Wohnzimmer in der Nacht, als er starb."

„Damon war in Ihrem Wohnzimmer? In der Nacht, als er starb?" Verzweifelt versuchte ich, in ihren Worten eine Logik zu erkennen. „Ich dachte, er sei unmittelbar vor einem Konzert gestorben."

„Sie sind echt witzig!" Belinda bohrte mir einen dreckigen Finger in die Rippen. Gleich am nächsten Morgen, so versprach ich mir, würde mein Regenmantel in die Reinigung wandern. „5. Juni 1969", verkündete sie. „Das ist die Nacht."

Fieberhaft ging ich alles durch, was ich zum Thema Mind at Large gelesen hatte. „Das ist aber nicht die Nacht, in der Damon starb!" wandte ich ein, obwohl Belinda bestimmt die Letzte war, der man das sagen mußte. Jeder Fan, der besessen genug war, im strömenden Regen Blumen an Damons Grab zu bringen, wußte, daß der Sänger erst zwei Jahre später ums Leben gekommen war. „Das war auch nicht die Nacht, in der er der Band eröffnet hat, daß er eine Solokarriere starten will. Denn genau in der Nacht ist er auch gestorben, und das war erst einundsiebzig. Was war im Juni neunundsechzig? Die erste goldene Schallplatte?"

Belinda verdrehte die Augen und gab ein Geräusch von sich, das nur ein Lachen sein konnte, auch wenn es sich nicht so anhörte. Sie spülte es mit einem Schluck Kaffee hinunter. „Das weiß doch jeder", sagte sie.

Jeder bis auf mich anscheinend. „Ich weiß es nicht", sagte ich. „Sagen Sie es mir."

Belindas Augen hingen an ihrem Kaffeebecher, aber es war klar, daß ihre Gedanken eine Million Meilen weit weg waren. Genauer gesagt, fast vierzig Jahre in der Vergangenheit. „Sie ließen mich hinter die Bühne", sagte sie. „Sagten, ich sei niedlich, ich solle mal durchgehen. Da traf ich ihn. Damon. Damon. Damon. Damon. Damon ..." Ihr Blick verlor auch noch die letzte Klarheit, und sie trottete immer noch vor sich hin murmelnd davon.

Eine klügere Person hätte sie vielleicht ziehen lassen. Aber ehrlich gesagt: Etwas an der Art, wie sie darauf bestand, daß Damon in der Nacht seines Todes in ihrer Wohnung gewesen war, faszinierte mich wie ein Autounfall: schrecklich, aber man muß trotzdem immer wieder hinsehen. Ob ich nun wollte oder nicht, ich mußte der Frau einfach nachgehen.

So folgte ich Belinda durch den Regen, weil ich unbedingt wissen wollte, wo sie hinging und was sie tun würde, sobald sie dort ankam. Wir schlichen den Hügel hinauf und landeten im alten, so reich mit Ornamenten und Mausoleen bestückten Teil des Friedhofs. Dort angekommen atmete ich bereits schwer und wünschte, ich wäre schlau genug gewesen, der Frau mit dem Wagen hinterherzufahren. Hätte ich ahnen können, wie weit sie laufen wollte? Nein, aber irgendwie hätte ich es mir denken können, schließlich hatte ich es mit jemandem zu tun, der wohl als ziemlich verrückt gelten konnte. Als wir beim Haupteingang ankamen, wo Belinda an der großen Straße brav stehenblieb, um nach links und rechts zu sehen, ehe sie auf die andere Seite ging, keuchte ich schon. Noch dazu war ich naß bis auf die Haut, fiel doch der Regen inzwischen mit einiger Entschiedenheit.

Ließ ich mich davon abhalten?

Nein, und ich würde gern behaupten, daß dies aufgrund meiner hohen Achtung vor den Prinzipien meines neuen Berufs geschah!

Getreu dieser hehren Prinzipien blieb ich Belinda auf den Fersen, bis sie, nur einen Katzensprung vom Haupttor des Friedhofs entfernt, vor einem alten roten Backsteinhaus stehenblieb. Sie wollte gerade hineingehen (und ich war schon auf dem Sprung, hinter ihr durch die Haustür zu schlüpfen), als eine Bewegung im überbordenden Rhododendron rechts neben der Haustür meine

Aufmerksamkeit erregte. Ich glaubte, einen kleinen grauen Flekken und die Spitze eines schwarzen Näschens zu erkennen.

Gut – ich war naß bis auf die Knochen und steifgefroren wie eine eisgekühlte Margarita, aber mein Kopf hatte noch nicht gelitten, und ich war gewillt, so ziemlich alles zu tun, nur damit Belinda weiter mit mir redete. Ich tat einen Satz nach vorn, schob meine Hand in den Busch, und als ich sie wieder herauszog, hielt ich triumphierend eine Katze hoch.

„Aber hallo, sehen Sie doch!“ Ich schloß auf, streckte Belinda das nasse Wesen hin und hoffte inständig, hier nicht den falschen Baum anzubellen (gut, gut, das ist jetzt nicht das richtige Idiom, aber es regnete Bindfäden, da können einem die Metaphern schon mal durcheinandergeraten.) „Ist das Alistair? Habe ich ihn gefunden?“

Ich hatte Glück: Es war das richtige Katzentier. Das wußte ich, als Belinda vor lauter Rührung aus dem Grinsen gar nicht mehr rauskam, auch wenn sie versuchte, streng zu sein und den Kater einen bösen Jungen schimpfte.

Ich behielt das Tier fest im Griff und ließ Belinda die Haustür aufschließen. „Gehen Sie ruhig vor“, sagte ich. „Ich bringe ihn nach.“

Belinda widersprach mir nicht, und so standen wir wenige Minuten später in ihrer Wohnung.

Während sie gurrte, gluckste und besorgt mit der Zunge schnalzte, während sie mir Alistair aus den Armen riß, ihn mit einem zerfetzten Handtuch trockenrieb und ihm etwas zu fressen vorsetzte, nahm ich die Gelegenheit wahr und sah mich ein wenig um. Die Wohnung war wohlwollend formuliert denkbar schlicht und nur mit dem absolut Notwendigsten ausgestattet. Im Wohnzimmer stand lediglich eine abgewetzte Couch mit einem Tischchen davor. Auf dem Tischchen drängte sich allerdings ein Bilderrahmen neben dem anderen.

Mir war es gleichgültig, ob ich unhöflich wirkte oder nicht: Ich griff nach dem erstbesten goldfarbenen Metallrahmen. Ein verblichenes Farbfoto Damons steckte darin. Es zeigte den Sänger mit dem Rücken zum Meer an einem Strand. Das Sonnenlicht glitzerte wie Diamanten auf den Wellen, und Damon lächelte.

Das Foto daneben zeigte Damon mit den anderen Bandmitgliedern und Gene Terry, letzterer damals schon genauso kahl. Rechts daneben stand ein weiteres Foto Damons und daneben gleich noch eins. Dazwischen Gefäße, in denen man Räucherstäbchen abbrennen konnte, und fünf farbige Glasbecher mit je einer brennenden Kerze. An der Wand über dem Tisch hingen noch mehr Fotos von Damon: Jemand hatte sich die Mühe gemacht, sie in einem perfekten Kreis aufzuhängen. Daß die Mitte des Kreises leer war, wäre mir vielleicht nicht aufgefallen, hätte es nicht den rechteckigen Fleck in dieser Mitte gegeben, der heller war als der Rest der Wand, und den leeren Bilderhaken. Als Belinda mit Alistair in den Armen ins Zimmer kam, war ich bereit. „Da fehlt etwas", sagte ich.

„Alistair hat gefehlt." Sie musterte die Katze, die keine Zeit verschwendet hatte und bereits tief und fest schlief, liebevoll. „Ich habe ihm gesagt, daß er nicht rausgehen und die Post holen soll, aber er hat nicht auf mich gehört. Er darf nicht raus. Draußen sind Hunde, und Hunde fressen Katzen."

„Dann ist es ja gut, daß wir ihn gefunden haben." Ich tippte auf den leeren Fleck an der Wand. „Aber hier fehlt auch etwas."

Sie zog die Brauen zusammen – die hätten dringend eine Expertenhand mit zupfender Pinzette gebraucht, um ihnen wenigstens einen Ansatz von Form zu verleihen. „Da war Damon", sagte sie. „Er ist zusammen mit Alistair weggegangen."

Es gibt Leute, die behaupten, ich sei nicht die Hellste (eigentlich war Joel der einzige, der mir das laut ins Gesicht gesagt hatte, aber es mag ja noch andere geben, die es denken), aber das stimmte nicht, was ich gleich unter Beweis stellen würde. Denn ob Sie es nun glauben oder nicht: Was Belinda da eben von sich gegeben hatte, entbehrte nicht einer gewissen Logik.

„Sie meinen, das Foto hier fehlt, seit Alistair verschwunden ist?"

Sie nickte. „Alistair ist rausgegangen. Dabei kommt er doch eigentlich gar nicht an den Türgriff."

Womit sie natürlich recht hatte. Ohne zu sagen, was ich vorhatte (womit ich Belinda womöglich in Panik versetzt hätte), ging ich zur Wohnungstür. Dort war das Holz in Schloßnähe zerkratzt. Als hätte jemand die Tür aufgebrochen.

„Belinda?" fragte ich so beiläufig wie möglich. „Fehlt noch etwas? Seit dem Tag, als Alistair nach draußen ging und Damon mitnahm?"

Sie kniff die Augen zusammen, verstand anscheinend nicht, worauf ich hinauswollte.

Wie sollte ich es ihr erklären, ohne sie zu verschrecken? „Ein Fernseher? Oder eine Stereoanlage? Oder Schmuck oder ..."

Belindas heiseres Lachen ließ mich verstummen. „So was habe ich nicht. Brauche ich nicht. Ich werde nicht lange hier sein. Nur bis der Engel seine Schwingen ausbreitet und ..."

„Ja, ja, das habe ich verstanden." Das hatte ich wirklich, und ehrlich: Ich war nicht in der Stimmung, mir die Arie noch einmal anzuhören. „Dann war hier sonst nichts verändert? Nichts weiter verschwunden?"

„Nur Alistair." Sie liebkoste den Kater. „Er ist wieder da und verspricht, daß er das nie wieder tut."

Ich nickte verständnisvoll. Wenn der Kater vorhatte, in Zukunft lieb und gehorsam zu sein, dann wollte ich ihm bestimmt nicht reinreden. Noch einmal deutete ich auf den leeren Fleck an der Wand, den Belinda offenbar inzwischen ganz vergessen hatte.

„Was war auf dem Bild?" fragte ich. „Was war auf dem Bild, das an dem Tag verschwand, als Alistair nach draußen ging, um die Post zu holen? Was hat Damon auf dem Bild getan?"

Die Frage war schon etwas schwieriger. Belinda kaute auf ihrer Unterlippe herum und starrte den leeren Fleck an, während sie nachdachte. „Es war die Nacht, in der er starb", sagte sie.

An diesem Punkt hätte ich frustriert sein müssen, aber ehrlich gesagt war ich das nicht. Sehen Sie, ich war zu beschäftigt damit zu begreifen, daß ich zum ersten Mal in dieser Ermittlung Fortschritte machte. Weil ich jetzt mehr wußte, als ich noch vor einer kleinen Weile gewußt hatte.

Zum einen wußte ich jetzt, daß Alistair, der Kater, nicht die Wohnung verlassen hatte, um die Post zu holen. (Gut, das hatte ich irgendwie auch schon vorher gewußt, aber jetzt war ich da ganz sicher.) Inzwischen glaubte ich, daß die Katze entkommen war, als jemand die Tür aufbrach.

Was die Frage betraf, warum die Tür überhaupt aufgebrochen worden war ...

Mein Blick wanderte von den Kratzspuren an der Tür zum leeren Fleck an der Wand.

Ein Bild Damons. Die Nacht, in der er starb. Nennen Sie mich ruhig verrückt, aber irgend etwas sagte mir, daß auf dem Bild noch mehr zu sehen gewesen sein mußte.

Was immer auf dem Bild zu sehen war, es mußte etwas Wichtiges gewesen sein. Denn jemand war bereit gewesen, in Belindas Wohnung einzubrechen, um es zu stehlen.

KAPITEL 13

Ich brauchte ein paar Tage, aber schließlich fiel mir eine Art Plan ein. Während ich darauf wartete, ihn in die Tat umsetzen zu können, saß ich allein und mies gelaunt in meinem Büro, klapperte gedankenverloren mit den Nägeln auf der Tastatur herum und versuchte, irgendeinen Sinn in die Dinge zu bringen, die ich bisher herausbekommen hatte. Vielleicht half rhythmisches Trommeln ja, mein Hirn zu schmieren.

Da steckte Ella den Kopf durch meine Tür. „Ich habe dich tippen hören. Darf ich reinkommen oder bist du zu beschäftigt?"

Mein Monitor war aus – eigentlich hätte sie sehen müssen, daß ich nicht beschäftigt war. Ich winkte sie herein, und während sie zu meinem Besucherstuhl hinüberging, schaltete ich den Bildschirm ein, damit sie keine Fragen stellen konnte.

„Du kennst dich mit Computern soviel besser aus als ich!" Ellas Wangen waren rosa, genau wie der Pullover, den sie an diesem Tag zu einem knöchellangen schwarzen Rock trug. „Bits und Bytes und wer weiß was noch alles ..." Sie schnitt eine Grimasse. „Mich macht das nervös. Meine Mädchen sind am Computer natürlich spitze. Kids kennen keine Angst, und sie lernen schnell. Aber ich kann sie in dieser Sache nicht um Hilfe bitten."

Ellas Verhältnis zu ihren Töchtern muß man sich ungefähr so vorstellen wie das einer Löwin zu ihren Jungen. Ich wurde neugierig. Was plante sie hinter dem Rücken der Mädchen? Partnersuche im Internet? Cybersex?

Der Gedanke ließ mich erzittern, weswegen ich meine Frage sehr vorsichtig formulierte. „Suchst du irgend etwas? Ich kann dir gern zeigen, wie das geht."

„Nein, nein, mir wäre es lieber, du würdest es tun." Ella kicherte. Sie hatte ein Dutzend Ketten aus glänzenden schwarzen Perlen um den Hals hängen, die munter schimmerten, wenn sie sich bewegte. „Ich will die Mädchen überraschen. Wir gehen zusammen zum Mind-at-Large-Konzert."

Ich mußte wohl sehr überrascht gewirkt haben, denn Ella lächelte. „So alt bin ich nun auch wieder nicht! Ich rocke und rolle noch ganz ordentlich!"

„Klar, ich kann verstehen, warum du hinwillst, aber die Mädels ..."

„Um die mach dir mal keinen Kopf! Die Mädels sind in Ordnung, die sind hip, die haben den Groove total drauf. Wir reden zu Hause in letzter Zeit häufiger mal über die Sechziger. Meine Mädchen geraten bestimmt total aus dem Häuschen, wenn sie eine der Bands sehen, die die Zeit damals so entscheidend geprägt haben. Jetzt, wo Vinnie tot ist, wird natürlich ..." Sie schüttelte den Kopf. „Was für ein Jammer! Ich bin froh, daß sie das Konzert nicht abgesagt haben. Sie sagten, Vinnie hätte gewollt, daß die Show weitergeht. Auch ohne ihn. Ich will die Karten gern jetzt gleich bestellen. Ehe sie alle weg sind. Du weißt ja, wie das läuft, Pepper: Wenn ein Rockmusiker stirbt, noch dazu unter mysteriösen Umständen, dann schafft das gleich die nächste Legende."

Das klang wie die Unterhaltung, die Damon und ich in der Kapelle geführt hatten. Fast schon unheimlich! Vielleicht konnte es nicht schaden, die Meinung von jemandem zu hören, der zur Flower-Power-Generation gehörte und keinen Hirnschaden davongetragen hatte.

„War das so, als Damon Curtis starb?" fragte ich Ella. „War die Band danach populärer denn je?"

„Na ja, eine Weile natürlich schon. Dabei machten sich die meisten Fans nicht viel aus dem Rest der Band. Alistair und die anderen waren eher Begleitmusiker für Damon. Dieser Damon war eine ganz andere Nummer. Den wollten die Mädchen alle sehen, seinetwegen strömten sie in die Konzerte. Was für ein Gesicht – und was für eine Stimme. Echt traumhaft. Traumhaft in Großbuchstaben. Nach seinem Tod war die Band eine Weile nicht mehr zusammen. Irgendwann hat mir mal jemand erzählt, Mighty Mike arbeite auf einem Golfplatz, und Alistair flog nach Hause, nach London, und machte einen Pub auf. Natürlich hatten sie jede Menge Geld. Ihre alte Musik – das Zeug, das sie aufgenommen hatten, als Damon noch am Leben war – war angesagter denn je. Aber das, was sie gleich nach seinem Tod aufnahmen ..." Ella verzog das Gesicht.

„Dann schrieb Vinnie die Musik zu diesem Disney-Zeichentrickfilm – den über die Außerirdischen in New Jersey, du erinnerst dich bestimmt daran. Oder war es der, wo die streunenden Katzen das Internat übernehmen? Egal: Vinnie schrieb die Musik dazu und hat die Band wieder zusammengebracht, um sie aufzunehmen. Danach stand fest, daß sie wieder berühmt werden würden. All die Kuschelrock-Sender haben angefangen, ihre Musik zu spielen."

Ich zuckte zusammen – sozusagen stellvertretend für Damon. „Du weißt ja eine ganze Menge über diese Typen", meinte ich bewundernd. „Dabei siehst du gar nicht aus wie eine, die mal auf die psychedelische Szene stand."

Ella zwinkerte mir zu. „Man sieht nicht alles auf den ersten Blick, Kleines! Mein Leben verlief nicht ohne Abenteuer."

„Nun möchtest du deinen Mädchen ein Gefühl dafür vermitteln, worum es damals ging." Damit konnte ich etwas anfangen, immerhin hatte ich meinen ersten Besuch in einem Schönheitssalon auch an der Hand meiner Mutter absolviert. Also loggte ich mich ins Internet ein, um nach den Konzertkarten zu suchen, und Ella stellte sich hinter mich, um mir dabei über die Schulter zu sehen.

„Besorg uns einfach vier Plätze, egal wo. Direkt vorn an der Bühne geht wahrscheinlich nicht mehr, das wäre wohl auch zuviel verlangt."

„Ich weiß nicht ..." Ich rutschte mit dem Cursor über den Bildschirm, klickte, wo geklickt werden mußte, und kombinierte die Verfügbarkeit von Karten auf der einen mit der Übersicht freier Plätze auf einer anderen Seite. „Sieht so aus, als könntet ihr praktisch überall noch Plätze kriegen."

„Echt?" Ella starrte auf den Bildschirm. „Das ist ja cool! Dann laß uns doch ... hier!" Sie deutete auf eine Sitzreihe, ich notierte mir die Angaben, klickte zurück zum Kartenvorverkauf und legte vier Tickets in meinen Einkaufswagen.

„Bei uns ist noch reichlich Platz für eine fünfte Person." Ella gab mir ihre Kreditkarte. „Bist du sicher, daß du nicht mitwillst?"

Ja, da war ich mir sicher. Was Ella nicht wissen konnte: Ich wollte zwar nicht auf das Konzert, hatte aber durchaus vor, mir Mind at Large anzusehen, von nahem und ganz persönlich. Die Band hatte für den nächsten Tag einen Termin im Plattenstudio geplant, um die Single aufzunehmen, mit der sie für das Konzert werben wollte, und clever wie ich war, hatte ich es geschafft, eine Einladung zu diesem Termin zu ergattern.

Wie ich das geschafft hatte?

Im Prinzip ein Kinderspiel – ein Anruf beim Agenten der Band, Gene Terry. Dem hatte ich erklärt, wer ich war, und ihn an unser Treffen in der Rock Hall und das Buch, das ich angeblich schreiben wollte erinnert. Ach ja – ich hatte ihn auch noch an etwas anderes erinnert: daß ich bei Vinnie gewesen war, als er starb, und daß Vinnie eine Botschaft hinterlassen hatte – an die Band.

Wer in Cleveland lebte – und wahrscheinlich auch die meisten Leute, die unsere Stadt schon einmal besucht hatten –, kannte die Flats oder hatte zumindest schon von ihnen gehört. Dieser Name beschreibt die Gegend rechts und links des Cuyahoga River und ist wortwörtlich zu verstehen. Die Flats sind das flache Land im Zentrum der Stadt. Soweit ich mich an meinen Heimatkundeunterricht erinnere (viel ist allerdings nicht hängengeblieben), ließen sich die ersten Pioniere in den Flats nieder, und noch vor ein paar Jahrzehnten beherbergte die Gegend Dutzende von Industriebetrieben.

Auch als Clevelands Tage als Zentrum der Industrieproduktion längst vorbei waren, gab es die Flats immer noch. Als ich zur Highschool ging, waren sie der angesagte Ort zum Ausgehen. Dort ging man hin, wenn man auf den Putz hauen wollte. Vom Abend bis zum Morgen summte es hier, ein Nachtclub reihte sich an den anderen, Bars ohne Ende. Ein paar Raubüberfälle und ein, zwei Morde sorgten dafür, daß das muntere Treiben beträchtlich abflaute. Obwohl es dort unten immer noch Clubs gab und einige Stadtentwickler unermüdlich mit der Wiederbelebung der Gegend beschäftigt waren, hatte sich die eigentliche Action den Hügel hinauf in den Warehouse District verlagert.

So gab es viel Leerstand in den Flats. Bei den Betrieben, die noch existierten, handelte es sich in der Regel um kleine Fabriken, Schiffahrtsunternehmen und Lagerhäuser. Die Straßen, die sich unter den großen Brücken hindurch und über die stillgelegten Bahnschienen hinweg wanden, waren von Schlaglöchern förmlich zerfressen.

Vorsichtig lenkte ich den Mustang um ein Schlagloch herum, das ungefähr die Größe des Badezimmers in meiner Wohnung aufwies, und überprüfte noch einmal die Adresse, die ich auf ein Blatt Papier geschrieben und neben mich auf den Vordersitz gelegt hatte. Ich glich die Hausnummer mit den Zahlen ab, die ich am nächststehenden verrammelten Gebäude las. Das war zufällig das größte, heruntergekommenste und am unheimlichsten wirkende Gebäude des ganzen Straßenzugs – und genau dasjenige, nach dem ich suchte. Hier waren die AJAZ Recording Studios zu Hause.

Nachdem ich meinen Wagen geparkt und verriegelt hatte, schlich ich vorsichtig auf Zehenspitzen über den verkommenen Parkplatz, auf dem sich eine trübe Pfütze an die andere reihte und Papierfetzen von der steifen, vom Fluß kommenden Brise herumgewirbelt wurden.

Hinter der Haustür fand ich mich in einem langen, dunklen Flur wieder, der sich zu einem gigantischen und vollkommen leeren Lagerhaus hin öffnete. Auch hier gab es viele Pfützen (ich wollte lieber gar nicht darüber nachdenken, welche Flüssigkeiten sich darin gesammelt haben mochten), kratzende, nagende Geräusche (wer die verursachen mochte? Auch darüber wollte ich lieber nicht nachdenken!) und ganz hinten über einer Eingangstür ein Schild, das verkündete, hier befänden sich die AJAZ Studios.

Meine Absätze klapperten auf dem Betonboden. Der Lärm hallte von den hohen Wänden wider und brach sich an den Resten der Fensterscheiben, die den großen Fenstern zum Fluß hin noch verblieben waren. Links von mir zog sich im ersten, zweiten und dritten Stock des Hauses innen zum Lagerhaus jeweils ein Gang hin. Dahinter erkannte ich vage ein paar Räume, die wohl einst als Büros gedient hatten.

Der Eingang zum Studio war gesichert, und ich mußte warten, bis ein Summer ertönte und man mich einließ. Glücklicherweise waren die Büros von AJAZ viel heller, weißer und vor allem sauberer als alles, was ich draußen gesehen hatte. Die Frau am Empfangstresen hatte lila Haare und diverse Piercings in den Augenbrauen, erklärte, das schäbige Äußere der Studios sei eine prima Methode, Einbrüche auf ein Minimum zu reduzieren, und zeigte mir den Weg zu einem Kontrollraum mit einer Konsole voller Knöpfe, Lichter und Skalen, der aussah wie die Brücke der Enterprise. Ich warf Bernie, dem Leibwächter und Fahrer von Mind at Large, ein kurzes Begrüßungslächeln zu: Der Mann brachte es fertig, Kekse in sich hineinzustopfen, obwohl ein total niedliches Mädchen mit kurzem Jeansrock und superknappem Oberteil (Ihr Bauchnabel blitzte!) auf seinem Schoß saß. Ich nickte den Roadies zu, die in der Gegend herumstanden und ziemlich gelangweilt wirkten.

Die verrückte Belinda war auch da und nippte an City-Roast-Kaffee, während sie mit dem Oberkörper vor und zurück schaukelte und irgend etwas über Tod und Verwüstung vor sich hin murmelte. Ich achtete darauf, keinen Blickkontakt herzustellen.

Klar, es gab noch mächtig viel, worüber ich mit ihr reden mußte (Was genau war auf dem verschwundenen Foto zu sehen?), aber darum wollte ich mich irgendwann einmal kümmern, wenn wir beide allein waren.

Ich hatte vorgehabt, mich gleich beim Betreten des Raumes den beiden Technikern vorzustellen, die vor der Konsole saßen, und mich bei ihnen zu entschuldigen, weil ich sie bei der Arbeit störte. Diese Mühe konnte ich mir allerdings sparen.

Denn die beiden Soundtechniker arbeiteten gar nicht, genausowenig wie alle anderen im Raum. Sie alle starrten gebannt auf das Durcheinander, das sich auf der anderen Seite der Glaswand abspielte, die den Kontrollraum vom Aufnahmestudio trennte. Dort fielen die Mitglieder von Mind at Large, diese Troubadoure einer Generation, die Liebe statt Krieg machen wollte, gerade wie eine Meute tollwütiger Hunde übereinander her.

„Was zum Henker ...!" Alistair schleuderte seine Stöcke beiseite, sprang hinter dem Schlagzeug hervor und beförderte seinen rechten, mit einem handgearbeiteten ledernen Cowboystiefel bekleideten Fuß mit einem gezielten Tritt mitten in die Baßtrommel, auf der in großen, psychedelisch anmutenden lila Buchstaben „Mind at Large" stand. Das ergab einen mächtigen Lärm, allerdings nicht mächtig genug, Alistairs Kreischen zu übertönen. „Seid ihr verdammte Amateure? Habt ihr vergessen, wie man eine gottverdammte Platte aufnimmt? Ich gebe acht Schläge vor, acht, nicht vier, und die letzten beiden sind stumm, Mike! Hast du heute morgen dein gottverdammtes Hirn vergessen, als du aus der gottverdammten Flasche gekrochen bist?"

Mighty Mike hatte blutunterlaufene Augen, und seine Hände zitterten heftig, als er seine Gitarre zu Boden warf. Gleich neben ihm stand eine offene Flasche Southern Comfort – dann gehörten die zitternden Hände wohl eher nicht zu einem Wutanfall. Schon eher die Art, wie er sich drohend vor Alistair aufbaute.

„Auf ein neues", stöhnte einer der Typen am Schaltpult und drückte ein paar Knöpfe, wodurch er die Verbindung zwischen Studio und Kontrollraum unterbrach. In der Folge wurden wir auf unserer Seite Zeuge eines gewaltigen, aber lautlosen Krieges unter Egomanen. Wir sahen Münder, die sich öffneten und schlossen, Finger, die in die Luft stachen, Gesichter in allen Phasen der absoluten Empörung. Das reichte von fuchsteufelswild (der ach so charmante Alistair) bis zu „gleich bring ich dich um!"(Mike. Was allerdings auch etwas damit zu tun haben mochte, daß Pete seine Schnapsflasche umgeworfen hatte, als er herbeieilte, um seinen Senf beizusteuern.) Gottseidank verstanden wir kein Wort, was aber auch gar nicht notwendig war. Man brauchte kein Meister im Lippenlesen zu sein, um zu erkennen, wie oft die F-Bombe gezündet wurde.

Techniker Nummer eins hatte genug gesehen, legte den Kopf auf den Tisch und schien sich ein Nickerchen genehmigen zu wollen. Der zweite Techniker machte es sich bequem, indem er sich zurücklehnte und nach seinen Zigaretten griff.

„Ist wohl nichts Neues, die Show da?" Da außer mir niemand mehr darauf zu achten schien, was im Studio vor sich ging, richtete ich meine Frage an den zweiten Techniker. Eigentlich hatte ich mich höflicher einbringen wollen, aber im Moment fiel mir nichts Besseres ein, um den Mann daran zu erinnern, daß ich auch anwesend war. „Wie lange dauert das denn in der Regel?"

Er griff sich einen Stuhl und schob ihn in meine Richtung. „Sie können sich genausogut hinsetzen, Süße. Wenn das in etwa so läuft wie die anderen fünf oder sechs Streitereien heute, dann sind wir noch ein paar Stündchen hier."

Ich griff nach dem Stuhl, aber ehe ich dazu kam, mich zu setzen, entdeckte mich Ben, der sich bisher beim Streit mehr am Rande gehalten hatte. Seine Augen leuchteten auf – eher neugierig als richtig interessiert. Er langte um Pete herum (der inzwischen so wütend war, daß er auf und ab hüpfte) und drückte auf den Knopf eines Mikrophons, mit dessen Hilfe er sich mit dem Kontrollraum verständigen konnte. „Ist das da das Mädchen?"

Techniker Nummer zwei sah mich fragend an.

„Ich bin das Mädchen", sagte ich.

„Hallo! Arschlöcher!" Wir konnten jetzt wieder alles verstehen, was im Studio gesagt wurde. Bens Stimme schaffte es, das Geschrei der anderen zu übertönen. „Das Mädchen ist da."

Mike stand mit dem Rücken zu mir, hielt sich an einem Mikrofon fest, um nicht das Gleichgewicht zu verlieren, und warf mir über die Schulter einen neugierigen Blick zu. Pete stieß seinen Notenständer um, als er zur anderen Seite des Studios rannte – vorher aber funkelte er mich wütend an. Alistair bedachte beide mit Todesstrahlblicken, von denen ich der Gerechtigkeit halber auch gleich noch einen abbekam. Einen besonders finsteren.

Ich mußte schlucken. „Ihr Agent sagte, ich dürfte mich mit Ihnen unterhalten." Automatisch hatte ich die Stimme gehoben, um mir Gehör zu verschaffen, dabei war das wahrscheinlich gar nicht notwendig. „Mit Ihnen allen."

Niemand bekam einen Schreianfall, was in meinen Augen einer handgeschriebenen Einladung auf Büttenpapier gleichkam. Ehe sie ihre Meinung ändern konnten, hastete ich in die Richtung, in die der Techniker deutete.

Mir hat noch nie jemand vorgeworfen, überempfindlich zu sein (außer es ging um billige Wollpullover oder Ohrringe, die nicht aus Silber oder mindestens 14karätigem Gold sind), aber selbst ich konnte die üble Stimmung im Studio fast körperlich spüren. Sie lag schwer in der Luft wie der Gestank der Zigarette, die Ben paffte. Erschüttert blieb ich im Türrahmen stehen, verschaffte mir einen Überblick über die beengten Verhältnisse und suchte nach dem besten Platz, wo ich möglichst wenig mit all den giftigen Dämpfen und Vibes in Berührung kommen würde.

Neben Mighty Mike, der gerade in einer Kühltasche nach einer neuen Flasche Southern Comfort fahndete? Oder neben Pete, so klein und dünn, daß er aussah wie ein verhungernder Flüchtling aus einem trockenen, staubigen Land? (Vielleicht starrte er mich deswegen an, als sei ich ein frisch aus dem Delikatessenladen entsprungener Leckerbissen.)

Auf keinen Fall irgendwo in Alistairs Nähe, das war schon mal klar. Ich hatte Alistair ein paar Tage zuvor in der Rock Hall live in Aktion erlebt und wollte bestimmt nicht das Risiko eingehen, ihm in die Quere zu kommen. Besonders jetzt nicht, wo sein Kopf so rot war, daß er aussah, als würde er gleich abheben wie eine Silvesterrakete.

Ich entschied mich für Ben, in der Hoffnung, daß seine Wut auf die Band nicht so tief saß wie die der anderen. Immerhin war er das neueste Mitglied von Mind at Large, wobei neu in diesem Fall natürlich relativ war. Aufgrund meiner Nachforschungen wußte ich, daß er früher zu einer Band namens Frame Forward gehört hatte und nach Damons Tod als Leadsänger zu Mind at Large gestoßen war. Seine Geschichte in der Band war also eine andere als die Alistairs und Co. Außerdem hatte er ein Kruzifix auf den linken Arm tätowiert, schien also ein religiöser Typ zu sein. Ein gutes Zeichen, hoffte ich, in Zeiten, wo die Gemüter derart hohe Wogen schlugen.

Bis ich sah, daß das Kruzifix mit einer Dornenkrone gekrönt war, blutete und Feuer und Schwefel aus ihm herausschoß. Dazu prangte auf Bens rechtem Arm das rote Gesicht eines höhnisch grinsenden Satans mit den Worten „Lobet den Herrn".

Besorgt fragte ich mich, welcher Arm wohl am ehesten mit seiner aktuellen moralischen Entwicklung einherging. Wobei ich unter dem Strich nicht hätte entscheiden können, welches der beiden Symbole mir mehr Angst einjagte.

Egal! Ich war hier, um einen Job zu erledigen. Nur, damit keine Mißverständnisse aufkamen und damit bloß niemand dachte, ich ließe mich so einfach einschüchtern, besann ich mich auf meine Fremdenführerexistenz. Dort hatte ich gelernt, mich durch Haltung und Tonfall bei Senioren durchzusetzen, die ernsthaft glaubten, sie könnten miteinander plaudern oder sich von der Truppe entfernen, während ich verdammt noch mal mein Bestes gab, sie zu bilden. Wenn ich wollte, dann hörte alles auf mein Kommando. Meine Stimme war dann laut genug, um volle Aufmerksamkeit zu fordern, und dabei freundlich, ohne auch nur im geringsten lieb oder süß zu sein. Schlägt eine einen Meter fünfundachtzig große Rothaarige einen solchen Ton an, dann macht das allerhand Eindruck, das kann ich Ihnen sagen.

„Ich habe gestern mit Gene Terry telefoniert!" verkündete ich, gefolgt von einer kleinen Pause, bis aus den immer noch umherfliegenden lauten Flüchen ein gedämpftes Grummeln geworden war. „Er sagte, ich könne heute vorbeikommen und mich mit Ihnen unterhalten."

Bei der Kleidungswahl an diesem Morgen hatte ich nicht nur mein exzellentes Modebewußtsein, sondern vor allem auch meinen gesunden Menschenverstand walten lassen und mich, Vinnies lüsterne Blicke vor Augen, für einen schwarzen Hosenanzug entschieden. Kombiniert mit einer hochgeschlossenen, langärmligen gelben Bluse.

Was diese Typen nicht daran hinderte, mich trotzdem lüstern anzustarren.

„Kommen Sie rein, schöne Frau." Mike schien vergessen zu haben, wie aufgebracht er gerade noch gewesen war. Mit großer Geste – mir war, als schlüge ein Tsunami aus Alkoholdünsten über mir zusammen – winkte er mich näher heran. „Gene hat Sie angekündigt. Aber er hat uns verschwiegen, was für ein heißes kleines Ding Sie sind."

Pete war dünn genug, um sich zwischen Mike und sämtlichen Geräten hindurchzuquetschen und bis zu mir vorzurücken. Aus nächster Nähe betrachtet wirkte er noch ausgehungerter. Dazu war er so bleich wie diese Fische, die weit unter der Meeresoberfläche leben, weswegen sie nie Licht sehen, und sein Gesicht war eine Landkarte aus Falten und Linien. Ich hatte schon Tote gesehen, die lebendiger aussahen. Ein paar davon hatte ich sogar persönlich kennengelernt. Ich nehme mal an, das war auch der Grund, warum mir richtig flau wurde, als Pete mich von oben bis unten musterte und sich die Lippen leckte.

„Hören Sie bloß nicht auf das, was der alte Mann da sagt", schnurrte er. „Ich bin der einzige hier, der Ihnen Backstagepässe für das Konzert verschaffen kann."

„Das ist doch Blödsinn." Ben war mit einer Zigarette fertig und zündete sich die nächste an. „Die Kleine braucht keinen stinkigen Backstagepaß. Sie wird viel zu beschäftigt sein, um hinter die Bühne zu kommen." Er ließ die Brauen hüpfen. „Im Tourbus, mit mir."

„Ich habe schon eine Karte für das Konzert." Ja, das war gelogen – und? „Ich war erstaunt, daß noch so viele zu haben waren."

„Da hätten Sie mal die Verkaufszahlen sehen müssen, ehe Vinnie uns den Gefallen tat, sich abmurksen zu lassen." Alistair versuchte, die völlig zertrümmerte Baßtrommel vom Rest des Schlagzeugs zu trennen. Sie ließ sich keinen Millimeter weit bewegen, weswegen er ihr gleich noch einen Tritt versetzte. Erbost funkelte er erst die Trommel, dann seine Bandkollegen an. „Was zum Teufel hatten die denn erwartet? Wer will schon einen Haufen alter Trottel sehen, die mal wer waren? Waren, sage ich!"

„Viele Leute." Pete spielte Baß in der Band und sang, wenn ich mich recht entsann, selten. Kein Wunder, klang seine Stimme doch hoch und nasal. „Wir sind immer noch ganz oben. An uns kommt so schnell keiner ran."

„An dich will ja auch keiner ran." Mike fand das urkomisch. Er lachte, bis er anfing zu husten und sich gegen die Brust schlagen mußte.

„Ach ja? Na, das wird sich aber bald ändern!" Pete schnappte sich die Notenblätter von einem Pult, woraufhin sich die anderen wie ein Mann stöhnend abwandten: Sie wußten wohl schon, was jetzt kam. Aber ich war neu, war Publikum, was Pete ausnutzte. Er wedelte mir mit den Noten vor der Nase herum. „Jetzt, wo Vinnie nicht mehr mit von der Partie ist, hört Gene vielleicht zu, wenn ich ihm sage, daß ich auch ein paar gute Songs auf Lager habe. Wir können meine Songs aufnehmen statt Vinnies, und dann ..."

„... dann weiß die ganze Welt, was du für ein Loser bist." Mike lachte.

Als ich sah, wie sich Petes Oberlippe bedrohlich kräuselte, wußte ich, daß ich die Initiative ergreifen mußte.

„He, alle mal herhören!“ Pete stand in der Nähe des Glasfensters, durch das hindurch man in den Kontrollraum sehen konnte. Alistair stand ihm direkt gegenüber neben seinem Schlagzeug. Mike stand mir direkt gegenüber, Ben gegenüber von Mike auf der anderen Seite des Studios. Ich marschierte mitten in die Meute. Vielleicht hegte ich ja insgeheim einen Todeswunsch, aber wenigstens hatte ich jetzt erst einmal das Wort, jedenfalls solange die Jungs die Klappe hielten.

„Ich weiß, wie beschäftigt Sie sind“, sagte ich. „Ich bin sicher, es dauert eine Weile, einen Song aufzunehmen. Ich will Sie auch nicht weiter aufhalten ...“

„Baby, ich könnte dich aufhalten“, schnurrte Mike, „Ich könnte dich ...“

„Deswegen sage ich jetzt einfach mal, was ich zu sagen habe, und lasse Sie dann in Ruhe weitermachen“, unterbrach ich Mike rüde, ehe er seine Fantasien ausführen konnte. „Wie Gene vielleicht schon angedeutet hat, habe ich eine Botschaft für Sie. Für Sie alle.“ Ich sah mich im Kreis um. „Sie stammt von Vinnie.“

„Ja, das haben wir gehört.“ Mike schraubte die neue Schnapsflasche auf, nahm einen Schluck und bot sie mir an. Als ich ablehnte, trank er den mir zugedachten Anteil selbst. „Ich hätte nicht für möglich gehalten, daß Vinnie es noch drauf hatte, ein so heißes Girl abzuschießen“, meinte er. „Dann hast du mit ihm gevögelt, ehe er umgebracht wurde?“

„Nein.“ Mein Protest kam umgehend und vehement. „Ich hatte Vinnies Kurs an der Rock Hall belegt. Deswegen kannte ich ihn.“

„Wenn Vinnie uns etwas zu sagen hatte, während er diesen Kurs in der Rock Hall gab, warum hat er uns dann nicht einfach angerufen?“ erkundigte sich Ben, um gleich noch hinzuzufügen: „Ach ja, wir alle hielten Vinnie für ein Arschloch. Mit dem hätte sowieso niemand reden wollen.“

„Er trug mir die Botschaft nicht in der Rock Hall auf.“

„Sie sind die Frau, die bei ihm war, als er starb.“ Pete dachte, jetzt hätte er alles begriffen. Er richtete sich zu seiner vollen Größe auf, was allerdings beeindruckender gewesen wäre, hätte er mehr als Zwergenformat vorzuweisen gehabt. „Vinnie hat Ihnen vor seinem Tode noch etwas anvertraut, habe ich recht? Berühmte letzte Worte auf dem Sterbebett? Nein, sagen Sie nichts, lassen Sie mich raten! Es hat ihm leid getan, daß wir die ganze Zeit seine Scheißsongs aufgenommen haben, statt uns auf meine guten zu konzentrieren."

„Er hat mir keine Botschaft mitgegeben, ehe er starb."

„Ja klar." Pete machte eine wegwerfende Geste. „Dann wohl nach seinem Tode!"

„Na ja ..." Ich sah von Alistair zu Mike und von Pete zu Ben. „Genau."

Vor noch nicht allzulanger Zeit wäre ich sprachlos gewesen, hätte mir jemand eingestanden, daß er mit den Toten sprach. Ich hätte die entsprechende Person für leicht verrückt gehalten. Oder für ziemlich verrückt. Meine Familie mag Fehler haben (und angesichts der Tatsache, daß mein Papa die nächsten zehn Jahre seines Lebens als Gast der Bundesbehörden verbringen wird, gebe ich gerne zu, daß diese Fehler zahlreich sind), aber sie hat mich gut erzogen. Mir wurde schon früh beigebracht, tolerant und höflich zu sein. Wenn es nicht gerade um etwas Lebenswichtiges ging (wie einen Ausverkauf bei Saks oder auch – jetzt, wo Sie es erwähnen – eine Mordermittlung), neigte ich nicht dazu, Szenen zu machen. So war ich nicht erzogen.

Natürlich waren Alistair, Ben, Pete und Mike nicht als Teil der Familie Martin großgeworden. Im Gegenteil: Ich hätte wetten können, daß sie von Wölfen abstammten. Es mögen auch Hyänen gewesen sein. Das würde zumindest erklären, warum sie alle anfingen, laut zu lachen.

Ich biß die Zähne in einer Augen-zu-und-durch-Grimasse zusammen und begriff, daß ich an diesem Tag ein paar Dinge gelernt hatte. Nummer eins: Ich wollte nie wieder im Leben etwas mit uralten Rock 'n' Rollern zu tun haben. Nummer zwei: Ich mochte den Geruch von Southern Comfort nicht. Nummer drei: Es ist eine ziemliche Demütigung, wenn man eine wichtige Ankündigung zu machen hat und die, denen man sie macht, reagieren, indem sie sich totlachen.

Deswegen war ich auch so aufgebracht.

Ich tauschte die Fremdenführerinnenstimme gegen eine deutlich aufsehenheischendere ein. „Lachen Sie nur. Sie wissen, daß es möglich ist. Sie hatten schließlich irgendwann mal alle was mit Schwarzer Magie zu tun."

„Was ist schon groß dabei!" Ben befummelte keuchend seinen höhnischen roten Luzifer. „Sie glauben doch nicht, daß wir den Scheiß ernst genommen haben?"

„Vinnie schon."

Mike machte Anstalten, sich einen weiteren Schluck zu genehmigen, überlegte es sich aber anders und hielt die Flasche am Hals fest, ohne sie anzusetzen. „Stimmt!" meinte er. „Woher wissen Sie das? Hat er es Ihnen verraten, als er starb? Hat er Ihnen von den Zaubern erzählt, die er früher immer wirkte? Scheiße, typisch Vinnie. Die letzten Minuten seines Lebens verbringt er damit, über diesen Scheiß zu reden. Wir anderen haben bei seinen Sachen und in dieser ganzen magischen Szene doch nur mitgemacht, weil dazu manchmal richtige Orgien gehörten. Hat er Ihnen das auch erzählt?"

„Er hat mir erzählt ..."

„Moment mal!" Quiekstimmchen hin oder her, Pete wußte, wie er sich Gehör verschaffen konnte. Seine Worte überlagerten meine mühelos. „Worum geht es hier? Sind Sie ein Bulle?"

Wie ich vielleicht schon irgendwann einmal erwähnte: Männer tun sich oft schwer damit, aus dem Offensichtlichen die richtigen Schlüsse zu ziehen. Für einen Bullen war ich viel zu gut angezogen! (Na ja, mit Ausnahme Quinns, der war für einen Bullen auch immer viel zu gut angezogen, obwohl er ja einer war.) „Was Vinnie betrifft: Da war ich irgendwie einfach bloß zur falschen Zeit am falschen Ort", erklärte ich der Band. Dann fiel mir das alte Sprichwort wieder ein, das befiehlt, wer A sage, müsse auch B sagen. Risiko hin oder her, nun war es an der Zeit, B zu sagen, denn wenn ich es jetzt nicht tat, würde ich vielleicht nie wieder Gelegenheit dazu bekommen.

„Eigentlich“, ich musterte die Bandmitglieder, „bin ich nicht nur Vinnies wegen hier. Eigentlich bin ich hier, weil ich herausfinden will, was Damon damals zugestoßen ist und warum ihn das immer noch hier auf der Erde festhält und er nicht wegkann.“

Erstaunlich: daß ich einen Tod erwähnte, der fast vierzig Jahre zurücklag, reichte aus, um Mind at Large wieder zusammenzubringen. Ich konnte praktisch zusehen, wie eine Mauer wuchs. Die Band auf der einen Seite. Ich auf der anderen. Oh ja, die Jungs waren mißtrauisch und wachsam, und sobald mir das klar war, klingelten bei mir sämtliche Alarmglocken.

Als wisse er das, musterte mich Mike von oben bis unten. Ich hatte das Gefühl, er sähe mich zum ersten Mal wirklich. „Sind Sie eine von Damons Bastarden?“ fragte er. „Sie sehen nicht aus wie er.“

„Pah, ich bin auch nicht annähernd alt genug!“

„Warum fragen Sie dann?“ Die Frage kam von Alistair. Da es der erste komplett höfliche Satz war, den ich ihn hatte aussprechen hören, schenkte ich ihm Aufmerksamkeit.

Ich war versucht, mir irgendeine Geschichte auszudenken, um die Jungs glücklich zu machen, aber dann entschied ich mich doch für die Wahrheit. Zum einen wollte ich, daß sie Vinnies Warnung ernstnahmen. Als Gegenleistung, fand ich, mußte ich ihnen gegenüber wenigstens ehrlich sein. Zum anderen gab es bereits zuviel heiße Luft hier im Raum. Zu der wollte ich nicht noch beitragen.

„Ich frage“, sagte ich, „weil ich zufällig weiß, daß Damon nicht in Frieden ruht, und weil ich glaube, daß sein Tod und der Mord an Vinnie irgendwie zusammenhängen.“

„Nur, daß Damon nicht umgebracht wurde.“ Das war Ben.

„So heißt es immer, und wer bin ich, da zu widersprechen?“ Ich wollte Ben nicht das Gefühl vermitteln, ich nähme ihn extra aufs Korn, also sah ich auch jetzt wieder von einem zum anderen. „Aber Sie alle wissen, daß Damon viel zuviel hatte, worauf er sich freuen konnte. Er hätte sich nicht umgebracht. Er hatte vor, eine Solokarriere zu starten."

„Das hat Vinnie Ihnen gesagt!" Mikes Gesichtsausdruck war ein einziges „Aha!"

„Das weiß nämlich außer uns sonst keiner, also muß er es Ihnen gesagt haben. Sind Sie deswegen hier? Wollen Sie uns beschuldigen? Anklagen? Erpressen?"

Ich warf meine Hände in die Luft. „Was ich will? Ehrlich, ich weiß es nicht. Ich bin nicht hier, weil ich irgend etwas von Ihnen will. Von keinem von Ihnen. Ich will die ganze Sache nur verstehen. Wenn Vinnie mir nicht gesagt hätte ..."

Ich hatte es satt, all diese Erklärungen abzugeben und keinen Schritt weiterzukommen. So wühlte ich in meiner Tasche nach Dans Kassettenrekorder. Ehe ich ihn einschaltete, warf ich einen Blick über meine Schulter in den Kontrollraum. Die Techniker wirkten überhaupt nicht mehr gelangweilt. Bernie hatte einen Donut in der Hand, aß ihn aber nicht. Die Roadies hatten sich auf einem Haufen versammelt, gleich auf der anderen Seite der Glaswand, die Köpf neugierig nach vorn gereckt, begierig, mehr zu hören.

Ich erinnerte mich, wie Ben zuvor mit dem Kontrollraum kommuniziert hatte. „Können Sie dafür sorgen, daß sie uns nicht hören?" fragte ich ihn, und nachdem er auf die richtigen Knöpfe gedrückt hatte – was ich daran erkannte, daß der erwartungsvolle Blick auf den Gesichtern der Techniker erlosch –, schaltete ich den Rekorder ein.

„Vorsicht. Gefahr. Die Band ..." Vinnies vertraute Stimme hauchte die Worte, langsam und unheimlich. Die Jungs beugten sich näher heran, um sie zu verstehen. „Einer. Noch einer wird sterben."

Ich schaltete den Rekorder aus. „Na, will jemand es noch mal hören?"

Da das nicht der Fall zu sein schien, schob ich den Rekorder zurück in die Handtasche.

Mike, der schlagartig stocknüchtern geworden war, trat von einem Bein aufs andere. „Was haben Sie denn jetzt vor?" erkundigte er sich vorsichtig.

„Was ich vorhabe?" Ich wiederholte die Frage, während ich darüber nachdachte, welche Optionen mir offenstanden. Traurig, aber wahr: Eigentlich gab es nur eine. „Ich werde den Mord an Vinnie untersuchen. Es muß da einen Zusammenhang geben, und der führt zwangsläufig zurück zu euch Jungs, und vielleicht auch zu Damon. Also ..." Ich sah mich im Kreis um. In ihrem Bestreben, die Aufnahme besser hören zu können, waren die Bandmitglieder dichter zusammengerückt, und ich blickte einem nach dem anderen direkt in die Augen. „Laßt uns damit anfangen, daß wir ehrlich miteinander sind. Hatte einer von Ihnen irgend etwas mit Damons Tod zu tun?"

„Das ist Bockmist." Alistair überwand den Schock, den das Hören der Stimme seines toten Bandkollegen ihm versetzt hatte. Er fuhr sich mit einer Hand durchs strohblonde Haar. „Keiner von uns hatte einen Grund."

„Sie alle hatten Gründe." Es hätte eigentlich nicht nötig sein sollen, das zu sagen, aber da niemand gewillt zu sein schien, mit der Wahrheit herauszurücken, blieb mir wohl nichts anderes übrig. „Er hatte vor, euren Karrieren ein Ende zu bereiten."

„Aber das hat er nicht getan, oder?" Bens Grinsen war alles andere als angenehm. „Er dachte vielleicht, es bedeute das Ende von Mind at Large, wenn er die Band verläßt, aber die Band wurde danach immer besser."

„Als wüßtest du das!" schnaubte Peter verächtlich. „Du warst damals noch gar nicht Teil der Band. Du wärst nie einer von uns geworden, hätte Damon weitergelebt." Pete richtete anklagend den Finger auf seinen Bandkollegen. „Frame Forward war der letzte Müll. Ihr hättet es nie zu etwas gebracht. Du hättest es nie zu etwas gebracht – bis du dich uns angeschlossen hast. Du warst der, der am meisten zu gewinnen hatte."

„Ja, genau wie du ..." Ben unterstrich das mit einer Geste seines Zeigefingers, die ganz genauso anklagend war wie Petes. „...

Grund dazu hattest, damit wir anfangen, deine Songs zu spielen." Er stieß einen verärgerten Seufzer aus. „Für euch alle stand genausoviel auf dem Spiel wie für mich. Ohne Damon war doch keiner von euch irgendwer. Ihr wart doch alle total von der Rolle, als er euch sagte, daß er die Band verlassen will. Ihr wart absolut am Ende, Jungs, und da wärt ihr auch geblieben, wenn ich nicht zu euch gestoßen wäre!"

„Schwachsinn!" An Alistairs Hals pochte seitlich wieder eine Ader. „Du wolltest unbedingt unser Sänger sein! Das wolltest du so sehr! So sehr, daß du Damon umgebracht hast?"

„So sehr, daß ich bereit wäre, dich umzubringen, damit du endlich dein verfluchtes Maul hältst." Ben trat einen Stuhl beiseite, der ihm im Wege stand, und stürzte sich auf Alistair.

Tja, und ich? Ich erkannte in einem Moment absoluter Klarheit, daß Vinnie mit seiner Botschaft von der anderen Seite den Nagel auf den Kopf getroffen hatte. Diese Jungs waren wirklich in Gefahr.

Nur daß er unterlassen hatte zu sagen, daß sie sich gegenseitig umbringen würden.

Um bei der Wahrheit zu bleiben: Je eher sie das taten, desto besser, fand ich.

Ich ersparte mir irgendwelche Abschiedsworte, schnappte meine Handtasche und strebte aus der Tür. Kaum hatte die sich hinter mir geschlossen, bekam ich nichts mehr mit von dem sich heftig anbahnenden neuen Streit.

Leider währte die Ruhe nur kurz. Ich war noch nicht wieder beim Kontrollraum angelangt, als die Tür zum Aufnahmeraum aufflog und die Jungs herausgestürzt kamen.

„Die Arschlöcher stehen mir bis hier!" schrie Ben in den Kontrollraum hinein. „Ich verschwinde."

„Ich ertrage die nicht mehr!" Kreischend drängte sich Alistair an Pete vorbei und hätte mich fast umgerannt, so eilig hatte er es.

„Wir kommen morgen wieder." Das war Mike. Gefolgt von Petes: „Vielleicht."

Alles, was ich denken konnte, war: „Egal, was sie den Jungs im Kontrollraum zahlen, es ist auf jeden Fall nicht genug!"

Ich verließ die AJAZ-Räume und stand bald schon wieder zwischen den schmierigen Pfützen im unheimlichen Lagerraum. Obwohl ich nicht mehr allein war, fühlte ich mich nicht sicherer als zu dem Zeitpunkt, an dem ich das Gebäude zum ersten Mal betreten hatte. Nur daß ich mich jetzt nicht mehr wegen der unheimlichen Kratzgeräusche und des ekligen Lachens sorgte. Jetzt mußte ich mich fragen, wer sich wohl noch alles mit wem prügeln würde, ehe wir es bis zum Ausgang geschafft hatten.

Soweit ich mich erinnere, waren wir schon fast da, als die ersten Schüsse fielen.

KAPITEL 14

In der Sekunde, in der ich den ersten ohrenbetäubenden Knall und das irre Pingpongecho hörte, das von einer Wand zur nächsten hüpfte und von der Decke abprallte, handelte ich nur noch instinktiv.

Wer, bitteschön, möchte mir daraus einen Vorwurf machen? Ich habe eine Vergangenheit mit Schußwaffen. Mir hat auf dem Friedhof mal ein Profikiller aufgelauert und versucht, mich zu erschießen.

So was vergißt man nicht so leicht.

Von einer Sekunde auf die andere packte mich die nackte Furcht bei der Gurgel und drückte zu. Mein Magen schlug Purzelbäume. Mein Herz pumpte Adrenalin wie besoffen. Jeder Knochen in meinem Leib verwandelte sich in Gummi. Zum Glück hatte ich durch meine Begegnungen mit der örtlichen Mafia doch das eine oder andere gelernt. Runter und in Deckung – das war jetzt die Devise.

Kopfüber ging ich zu Boden wie ein Fels. Schotter zerkratzte meine Wange. Als ich feststellte, daß ich in einer ekligen Pfütze aus sonstwas gelandet war, war es zu spät, der Luxus, woanders hinzukriechen, stand mir nicht mehr zur Verfügung. Keine zehn Schritte von der Stelle, an der ich lag, die Arme schützend über den Kopf gehoben, spritzte ein weiterer Schuß in den Boden, und ungefähr eine Million winziger Betonstückchen regnete auf mich herab.

Als ich Ben gequält nach Luft schnappen hörte, befürchtete ich schon das Schlimmste – bis er etwas von einer funkelnagelneuen und jetzt zerquetschten Zigarettenschachtel grummelte. Pete wimmerte, und obschon ich nicht mitbekommen hatte, daß sie hinter uns gewesen war, als wir das Studio verließen, war auch die verrückte Belinda in der Nähe. Sie lieferte gerade mal wieder einen Beweis dafür, daß sie ihren Beinamen nicht zu Unrecht trug: Statt zitternd um ihr Leben zu bangen wie jeder vernünftige Mensch, gab sie einen Sprechgesang von sich. Genau verstand ich nicht, worum es ging, aber ich hätte schwören können, daß sie den Engel des Todes willkommen hieß. Was auch sonst!

Alistair kauerte rechts von mir, fluchend wie ein Bierkutscher. Von Mike hörte ich nichts. Was das bedeuten mochte – beim bloßen Gedanken spürte ich einen säuerlichen Geschmack im Mund, wagte es aber nicht, mich umzusehen, ob meine Befürchtung begründet war. Ohnehin gab es nichts, was ich hätte tun können, um Mike oder sonst jemandem zu helfen. Ich brachte nur noch eins fertig: als Ball zusammengrollt am Boden zu verharren und so gut es ging meinen Kopf zu schützen. Ach ja, und zusammenzuzucken, als die unbestimmte Feuchtigkeit durch mein Hosenbein bis an die Haut vordrang.

Eine weitere Kugel bohrte sich in einen Stapel Holzpaletten rechts neben mir. Der Schuß hallte noch nach, als die Tür des Studios aufflog.

„Da draußen schießt wer!" Ich erkannte die Stimme des einen Technikers. Der Mann war nicht so dumm, sich ins Freie zu wagen, sondern duckte sich gleich wieder zurück ins Studio. „Schnell! Ruft die Polizei!"

Gut möglich, daß das den Schützen erschreckte – jedenfalls lag die ganze riesige Lagerhalle plötzlich so still da wie bei uns auf dem Garden View die Grabmale. Wobei ich allerdings stark hoffte, daß die Ähnlichkeit hier endete.

Wenig später brach das Chaos aus. Als ich es wagte, den Kopf zu heben, sah ich Bernie aus der Studiotür stürzen, den Donut in der einen, seine Knarre in der anderen Hand. Er warf den Donut weg und sah sich suchend in der Halle um. Ich nehme an, ohne etwas zu entdecken, denn als nächstes richtete er den Blick nach oben, zu den Gängen hin, die die einzelnen Stockwerke im Verwaltungsteil markierten. Da oben in den leerstehenden Büros, das wußte selbst ich, konnte sich ein Killer tagelang verstecken, ohne daß man ihn fand.

Die beiden Techniker und die Soundmenschen folgten Bernie relativ dicht auf den Fersen, desgleichen Zack, der PR-Mann, und sogar das lilaköpfige Empfangsfräulein. Als moralische Unterstützung, glauben Sie mir, war es schön, sie alle zu sehen. Weniger schön wurde es, als sie anfingen, alle auf einmal aufgeregt zu schnattern. Ihre Stimmen vermischten sich in meinem Kopf mit dem Nachhall der Schüsse wie Jägermeister und Red Bull und schafften es, mir sozusagen einen gezielten Schlag mitten zwischen die Augen zu verpassen.

„Heilige Scheiße!"

„Hat wer was abgekriegt?"

„Ist jemand verletzt?"

„Ich rufe Gene an. Er muß so schnell wie möglich herkommen."

Die erregten Rufe hüpften durch mein Hirn, sorgten dafür, daß mir der Schädel brummte. Vielleicht hörte ich deswegen dieses seltsame Zwitschern, als ich mich auf die Ellbogen stützte und den Kopf hob. Oder vielleicht bildete ich es mir auch nur ein. Die Akustik in diesem alten Lagerhaus ließ ziemlich viel zu wünschen übrig – und das Heulen der Polizeisirene draußen vor der Tür half auch nicht gerade.

Kopfschüttelnd setzte ich mich auf. Die Pfütze, in der ich gelandet war, war größer, als ich gedacht hatte: Mein Hintern war vollkommen durchweicht. Darüber mochte ich jetzt nicht nachdenken; lieber dankte ich den Sternen dafür, noch am Leben zu sein, und machte Inventur. Allem Anschein nach schienen auch die anderen ohne einen Kratzer davongekommen zu sein.

Alistair, Ben, Pete und Mike waren schwer atmend damit beschäftigt, sich des Drucks, unter dem sie standen, auf ihre ganz eigene Weise und mit dem jeweils eigenen Schwung zu entledigen. Alistair fluchte, was das Zeug hielt, wobei er von Sekunde zu Sekunde drastischer wurde. Pete weinte. Mike schrie nach seinem Southern Comfort, und Ben saß einfach still mitten auf dem Lagerhausfußboden und mühte sich ab, eine Zigarette aus der Packung zu ziehen, die zerdrückt worden war, als er in Deckung ging. Belinda sang natürlich immer noch vor sich hin.

Ich weiß nicht, wie lange wir alle so dasaßen und zu kapieren versuchten, was gerade geschehen war. Ich weiß nur, daß Quinn uns bei seinem Eintreffen alle noch so vorfand.

Das hatte mir gerade noch gefehlt. War er der einzige Bulle in ganz Cleveland?

„Möchte mir jemand erzählen, was hier los war?"

Quinn hätte es besser wissen müssen. Alle wollten ihm erzählen, was gerade losgewesen war, und natürlich alle zur selben Zeit.

Ich habe vielleicht schon am Rande erwähnt, daß Quinn nicht der geduldigste Mann auf Erden ist. Er hörte uns eine halbe Sekunde lang an, ehe er beide Hände hob. Ein deutliches Signal, daß der Zirkus ein Ende zu finden hatte. Auf der Stelle.

Die Stimmen wurden leiser und verstummten. Quinn ließ den Blick von einem Mind-at-Large-Musiker zum anderen wandern. Alistair kannte er noch vom Zwischenfall in der Rock Hall her, also blieb sein Blick an dem Drummer hängen. „Sie da", sagte er. „Was ist passiert?"

„Sind Sie blöd? Glauben Sie, wir sitzen immer auf unseren Ärschen mitten in einem verfluchten Lagerhaus? Jemand hat verdammt noch mal auf uns geschossen, das ist passiert."

„Nicht nur einmal, mehrmals. Ziemlich viele Schüsse." Mike fühlte sich verpflichtet, dies klarzustellen. Einer der Roadies tauchte mit einer Flasche auf, und nach ein paar glucksenden Schlucken wurde Mikes Stimme leiser, und seine Hände zitterten nicht mehr annähernd so stark. Er wies hinauf zu den Gängen. „Die Schüsse kamen von da oben."

„Oder auch nicht." Ben stand auf. Er keuchte, und sein Hemd hatte Blutflecken, wo sein Ärmel zerrissen war und er eine Schürfwunde am Arm hatte. Er hielt eine halbe, zerdrückte Zigarette hoch, schnippte mit den Fingern, wartete, bis ein Roadie ihm Feuer gegeben hatte, und nahm einen tiefen Zug. „Ich bin Jäger", sagte er, nachdem er den Rauch mit einem tiefen Seufzer ausgestoßen hatte. „Ich verstehe was von Gewehren. Die Schüsse ..." Er wies auf die Eingangstür, wo eine Armee aus Bullen sich gerade bereitmachte, auszuschwärmen und das Gebäude zu durchsuchen. „Die Schüsse kamen von da drüben."

„Mich hätte es um ein Haar erwischt." Schniefend wischte sich Pete mit dem Ärmel die Nase ab.

„Ach ja? Als wärst du da der einzige!" Alistairs Brille hing ihm schief im Gesicht, also riß er sie sich von der Nase, warf sie auf den Boden und zermalmte die Gläser unter seinen Hacken. „Warum hörst du nicht auf, dich selbst zu bemitleiden, Pete, und ..."

„Ich soll wohl statt dessen dich bemitleiden!" Pete mochte klein sein, aber er war auch drahtig, und die Gefühle schlugen hier gerade hohe Wogen. Er sprang auf und knöpfte sich Alistair vor. „Warum gibst du es nicht zu, Al? Dir geht der Arsch auf Grundeis! Genau wie uns anderen auch."

„Klar, wie dir, was?" Alistairs Grinsen war breit und verächtlich. „Wie euch allen!"

Drauf und dran, Alistair den Kopf abzureißen, drückte Mike die Flasche Southern Comfort wieder dem Typen in die Hand, der sie ihm geholt hatte. „Du gottverdammter ..."

Quinn sagte kein Wort. Das war auch nicht nötig. Er trat einfach zwischen Mike und Alistair und befahl Pete und Ben mit einem laserscharfen Blick, sich bloß nicht einzumischen.

Alistair zermalmte grummelnd seine Brillengläser gleich noch einmal, nur, um sozusagen das letzte Wort zu behalten.

Mike riß seine Flasche wieder an sich und genehmigte sich einen ordentlichen Schluck.

Pete verlangte immer noch schniefend nach einem feuchten Tuch für seine Stirn, und als einer der Roadies loszog, um ihm eins zu besorgen, trat Ben vor.

„Vielleicht fragen Sie mal die da!" Ich würde gern glauben, daß die Feindseligkeit in Bens Stimme und das Mißtrauen in seinen Augen das Ergebnis des gerade ausgestandenen Schocks waren. Ich meine, es passiert nicht jeden Tag, daß man um ein Haar eine Kugel in den Kopf bekommt. Andererseits ist es auch nicht einfach, ruhig zu bleiben, wenn man zur Zielscheibe ungerechtfertigter Anschuldigungen wird.

Überrascht richtete ich mich kerzengerade auf.

„Bis sie auftauchte, ging es uns gut." Ben wies mit seiner Zigarette auf mich. „Sie hat gesagt, wir schwebten alle in Gefahr. Finden Sie das nicht ein wenig komisch, daß sie uns sagt, wir würden alle sterben, und gleich darauf benutzt uns jemand als Zielscheibe?"

Quinn wandte sich zu mir um. An seinem Kinn zuckte ein Muskel – schwer zu sagen, was das bedeutete. „Ich weiß nicht. Was meinst du, Pepper? Findest du das komisch? So komisch, wie ich es finde, daß ich dich hier zusammen mit diesen Typen antreffe?"

„Ich finde das alles ziemlich zufällig. Komisch?" Ich riskierte einen Blick auf meine Hand, da sich meine Finger klebrig anfühlten. Kein Wunder: Sie starrten vor namenlosem, klebrigen Dreck. Nachdem ich sie am Hosenbein abgewischt hatte, rappelte ich mich auf. Quinn machte keinerlei Anstalten, mir zu helfen. Ich dachte kurz daran, mir den Hosenboden abzuklopfen, aber als meine Hand auf den feuchten Stoff traf, überlegte ich es mir anders. „Es entspricht definitiv nicht meiner Vorstellung von Komik. Sieht aus, als hätte ich recht gehabt." Ich sah die Bandmitglieder an, einen nach dem anderen, peinlich darauf bedacht, die verrückte Belinda zu ignorieren, die auf den Knien lag und völlig in sich versunken vor und zurück schaukelte. „Jemand hat es auf euch abgesehen."

Quinn musterte mich mit durchdringendem Blick. „Wie kommst du zu diesem Schluß, Sherlock?"

„Sie hat mit ihm gesprochen. Das tut sie die ganze Zeit.“ Je lauter die verrückte Belinda sprach, desto schneller schaukelte sie. „Er hat es ihr gesagt. Er hat ihr gesagt, jemand würde sterben.“

Ich glaube, was Belinda betraf, sah Quinn klar, was Sache war. Er nickte einem der Uniformierten zu, der herbeieilte, um die Frau wegzuschaffen. „Wer könnte denn dieser fragliche Er sein?“ wollte er von mir wissen.

„Vinnie natürlich.“ Einer der allgegenwärtigen Roadies reichte Alistair eine Flasche Wasser und ein paar Pillen. Er warf die Pillen ein, spülte mit einem Schluck Wasser nach und reichte dem Mann ungeduldig die Flasche zurück. So gestärkt ließ er seinen Blick von mir zu Quinn wandern. „Dies kleine Vögelchen hier kommuniziert nämlich mit den Toten.“

Manchmal, wenn ich mich langweile oder besonders deprimiert bin und mir nichts sehnlicher wünsche, als daß Quinn und ich zusammenkommen, dann stelle ich mir vor, wie ich ihm diese Neuigkeit selbst beibringe. An guten Tagen läuft das in meiner Fantasie dann so, daß ich die Bombe platzen lasse, woraufhin er nachdenklich nickt. Er bittet mich, mich zu setzen, besorgt mir ein Glas Wein und gesteht mir – wobei er meine Hände fest in die seinen nimmt und mir tief in die Augen schaut –, er habe immer schon gewußt, daß ich anders bin, dieses Anderssein bislang aber nie genau definieren können. Aber genau deswegen fände er mich so faszinierend. Dann bittet er mich, ihm alles über die Gabe zu erzählen – aber erst will er mich küssen.

An schlechten Tagen (und wenn ich ehrlich sein soll, überwiegen die), stelle ich mir vor, ich lasse die Bombe platzen – und Quinn lacht sich tot.

Das erklärt, warum ich es ihm hoch anrechnete, daß Quinn mich lediglich nachdenklich musterte, nachdem Alistair das mit der Bombe und dem Platzen lassen übernommen hatte.

„Also ...“ Einer von Quinns Mundwinkeln wurde dünner. Ein Lächeln war es nicht, aber doch nahe dran. Ich ballte die Fäuste – für mein Temperament hätte ich jetzt nicht mehr bürgen können.

Wehe, der Mann lachte! „Also hat Vinnie dir erzählt, die Band schwebe in Gefahr. Vinnie Pallucci. Nachdem er bereits tot war."

„So in der Art." Ich bin empfindlich, wenn es um meine Gabe geht. Wer wäre das nicht? Das erklärte wohl auch den ätzenden Ton in meiner Stimme. Das und die Tatsache, daß Quinn denselben Ausdruck in den Augen hatte, den er gehabt hatte, als er Belinda abführen ließ.

Frustriert seufzte ich laut. „Also gut. Ich habe bei einer Geisterjagd mitgemacht. Ich war mir nicht sicher, ob irgend etwas passieren würde, aber die Geisterjäger ... na ja, sie haben es geschafft, Kontakt zu Vinnies Geist herzustellen." Die Sache mit Dan hatte ich geschickt umschifft. Jetzt war nicht der richtige Zeitpunkt, ihn zu erwähnen. „Wenn du Beweise brauchst ..."

Ich fischte den digitalen Kassettenrekorder aus der Tasche – nur um feststellen zu müssen, daß er mit einer schleimigen, klebrigen Masse überzogen war. Auch ohne in technischer Hinsicht ein Genie zu sein, wußte ich, daß hier der Tod eines Elektrogerätes zu beklagen war. Rasch schob ich den Rekorder wieder in die Handtasche. „Egal. Du glaubst mir ja doch nicht, auch wenn ich dir die Aufnahme vorspiele."

„Ich weiß nicht." Quinn musterte mich von oben bis untern. „Vielleicht erklärt sie ja ..."

„Was zum Teufel geht hier eigentlich ab?"

Gene Terry war eingetroffen. Obwohl er am Eingang aufgehalten wurde, dröhnte seine Stimme wie Donnergrollen durch das Lagerhaus. Als ich mich umdrehte, stampfte er gerade mit einem turnschuhbekleideten Fuß auf. Seine Wangen waren rot wie die blitzenden Lichter auf dem Polizeistreifenwagen vor der Tür, die Augen drohten ihm aus dem Kopf zu quellen.

Quinn ließ der Situation keine Chance, noch mehr zu eskalieren. Er winkte dem Bullen am Eingang zu, Gene durchzulassen. Kaum war der Manager näher gekommen, als er auch schon die Aktentasche fallenließ, um besorgt von einem Bandmitglied zum anderen zu eilen. „Ist euch auch nichts passiert? Niemand verletzt? Kein Blut?"

„Meine Brille ist schon wieder kaputt." Alistairs Miene war finster.

„Wir wären um ein Haar alle gestorben!" Bei Pete flossen erneut die Tränen.

„Verdammt noch mal: Ich blute ja wirklich!" Entgeistert fixierte Mike den Kratzer an seinem Arm. „Vielleicht kommt mal jemand rüber und kümmert sich drum?" bellte er die Rettungssanitäter an, die sich in Türnähe die Beine in den Bauch standen.

„Sie ..." Da war er wieder, der anklagende Finger. Ben richtete ihn auf mich. „Sie hat von all dem gewußt, ehe es passierte! Sie hat es uns gesagt! Sie hat gesagt, sie hätte mit Vinnie gesprochen und ..."

„Ach ja?" Gene fuhr herum. Wahrscheinlich durfte ich ihm keinen Vorwurf machen, daß er so wütend war, immerhin war seine wichtigste Einnahmequelle gerade knapp einem Attentat entkommen. „Für wen zum Teufel halten Sie sich eigentlich?" fauchte er. „Sie waren bei Vinnie, als er starb, Sie waren in der Rock Hall, als Alistair der Scheinwerfer auf den Kopf fiel, und jetzt sind Sie hier, wo jemand rumballert! Kommt Ihnen das nicht selbst ein klein wenig suspekt vor?"

„Ich war nicht in der Rock Hall, als der Scheinwerfer fiel!" stellte ich mit verächtlichem Schnauben klar. „Ich kam erst, als der Scheinwerfer schon unten war und ja: Ich war bei Vinnie, als er starb, und ich war hier, als rumgeballert wurde. Aber genau darum geht es doch, versteht denn das niemand? Ich wollte Sie alle warnen, deswegen bin ich hier."

„Ich habe Ihnen Zugang zur Band gewährt, weil Sie angeblich an einem Buch über die Gruppe sitzen. Wenn Sie glauben, Sie könnten hier so einfach kaputtmachen ..."

„Pepper? Etwas kaputtmachen?" Was für eine Überraschung. Quinn konnte wirklich mit Leuten umgehen! So selbstverständlich, als finge er jeden Tag wütende Agenten ein, um sie zur Räson zu bringen, trat er an Terry heran, legte ihm die Hand auf den Arm und nahm ihn beiseite. „Wissen Sie was: Kümmern Sie sich einfach nicht weiter um Pepper. Sie ist harmlos. Verrückt, aber harmlos. Wir haben zur Zeit viele Fragen zu klären, über ihre blühende Phantasie sollten wir uns ein andermal unterhalten. Lassen Sie uns erst einmal Ordnung in die Sache hier bringen. Indem wir alles von Anfang an durchgehen. Wer wußte, daß Mind at Large heute hier im Studio ist?"

Sie entfernten sich in angeregter Unterhaltung. Ich wußte, da entging mir nichts, denn Genes Antworten kannte ich bereits. Wer wußte, daß die Gruppe an diesem Tag ihre neue Single aufnehmen wollte? Die halbe Welt! Die Nachricht war online verbreitet worden und hatte auch am Morgen im „Plain Dealer" gestanden.

Da ich im Moment mir selbst überlassen schien und die Bullen, die durch die Lagerhalle wieselten, viel zu beschäftigt waren, um auf mich zu achten, beschloß ich, ein wenig Detektivin zu spielen. Noch einmal mit der Band zu reden war sinnlos. Die Jungs waren zu sehr mit ihren eigenen Problemen beschäftigt, um sich auch noch mit meinen zu befassen. Auf eigene Faust im Haus herumwandern wollte ich auch nicht; außerdem würden die Bullen etwaige vom Schützen zurückgelassene Beweismittel schon finden, dazu brauchten sie mich nicht. Da wollte ich mich keineswegs einmischen, das verstieß nicht nur gegen meine Standards, sondern auch gegen den gesunden Menschenverstand. Über den verfüge ich nämlich, auch wenn er nicht oft zum Einsatz kommt.

Also schlenderte ich ein wenig unten im Lagerhaus herum, belauschte die Roadies (die nichts Interessantes zu erzählen hatten) und die Bullen (die nichts sagten, was mich weiterbrachte) und sogar die verrückte Belinda. (Die einen der Bullen in Türnähe, wo der arme Mann ihr nicht entkommen konnte, in die Enge getrieben hatte. Der mußte sich nun anhören, wie enttäuscht sie vom Engel des Todes war, der sie wieder einmal im Stich gelassen hatte. Mit dem Verschwinden des Schützen, sagte sie, hätte sie auch diese Chance verpaßt, sich zu ihrer einzigen und großen Liebe zu gesellen.)

Ich wollte gerade aufgeben und mich erkundigen, ob ich nicht einfach gehen dürfte, als ich direkt neben mir Gene Terrys Aktentasche entdeckte.

Der Mann war zwar kein Verdächtiger, aber ich langweilte mich.

Wer wußte schon, was für kleine Geheimnisse ein Mann wie Gene mit sich herumtrug?

Vorsichtig zog ich die Aktentasche mit der Fußspitze näher zu mir heran. Es war eine dieser großen, altmodischen mit zwei Fächern, jedes mit einem Reißverschluß gesichert, dazwischen ein Mittelteil mit einfachem Verschluß, den man nur zuschnappen lassen muß. Der Mittelteil war nicht zugeklappt – das war doch praktisch eine Einladung, oder?

Ich beugte mich vor, um besser zu sehen. Stellen Sie sich meine Überraschung vor, als ich in der Tasche eine Pistole entdeckte.

Ich fand ja, ich nahm das ziemlich cool, aber Quinn hatte mitbekommen, wie ich zusammenzuckte. Als ich mich suchend nach ihm umsah, schaute er jedenfalls in meine Richtung.

Er entschuldigte sich bei Gene und kam herüber. „Was ist denn jetzt schon wieder?" wollte er ungeduldig wissen.

„Ich weiß, wer es war."

„Ach ja?" Wie nett von ihm, mir meine Theorie so schnell abzunehmen – oder hörte ich da einen skeptischen Unterton? Quinn verschränkte die Arme vor der Brust. „Willst du mich an deinen Erkenntnissen teilhaben lassen?"

Gene beobachtete uns genau. Ich hielt mir die Hand vor den Mund.

„Er war es", flüsterte ich.

„Es war ...?" Quinn kam näher. „Wer?"

„Er!" Ich wandte Gene den Rücken zu, er sollte nicht merken, daß wir über ihn redeten. „Da ist eine Pistole. In seiner Aktentasche."

Wäre Quinn auch nur annähernd der Klassetyp gewesen, für den ich ihn hielt, hätte er sich jetzt ein wenig freundlicher verhalten, einfühlsamer sozusagen. Dann hätte er auf keinen Fall Gene zu uns herübergerufen.

„Was soll das denn?" zischte ich aufgebracht. Aber da war es schon zu spät.

„Ms. Martin sagt, Sie hätten eine Pistole", informierte Quinn den Agenten.

Gene warf mir einen vernichtenden Blick zu. „Ms. Martin muß lernen, sich um ihren eigenen Kram zu kümmern."

Da der vernichtende Blick nicht ihm gegolten hatte, war Quinn auch nicht eingeschüchtert. „Haben Sie eine Waffe?"

„Worauf Sie Gift nehmen können." Terry fegte die Aktentasche vom Boden und hielt sie auf, damit Quinn hineinsehen konnte. „Eine Glock 9 Millimeter und ja, einen Waffenschein habe ich auch. Wir haben viele verrückte Fans."

Diesmal konnte niemand behaupten, ich sei paranoid: Das mit den verrückten Fans galt mir. Nur für den Fall, daß ich das nicht begriffen haben könnte, fuhr Gene unerbittlich fort.

„Dieser eine, spezielle verrückte Fan ..." Er war kleiner als ich, aber er rückte dicht an mich heran und reckte das Kinn in die Höhe, damit ich sein wütendes Funkeln auch bloß nicht übersah, „... sollte sich in Zukunft aber lieber von uns fernhalten. Keine Anschuldigungen mehr! Kein Kontakt mehr zur Band. Ich werde zusätzliches Wachpersonal einstellen, das dürfte reichen, damit niemand irgendwelche Drohungen wahrmachen kann, und Sie will ich nie wieder in der Nähe von Mind at Large sehen. Wenn ich das doch tue, dann bin ich schneller bei Gericht als Sie ‚einstweilige Verfügung' sagen können."

„Willst du ihn denn nicht verhaften?" fragte ich Quinn entgeistert, als ich sah, daß sich Gene zum Gehen anschickte.

„Weil ...?"

„Weil er eine Knarre hat!"

„Die hat er wirklich."

„Genau, und weil gerade jemand auf uns geschossen hat."

„Aber nicht er."

„Woher weißt du das?"

„Pepper ..." Quinn legte mir die Hände auf die Schultern und drehte mich so, daß ich den Leuten von der Spurensicherung zusehen konnte, die hart am Arbeiten waren. „Siehst du diese Kugeln, die sie da gerade aus dem Beton puhlen? Die stammen aus einem

Gewehr", sagte er. Dann klopfte er mir beruhigend auf den Rükken, ehe er ging. „Wenn du schon Detektivin spielen möchtest, dann sieh zu, daß du deine Fakten alle richtig beisammen hast."

„Meine Fakten richtig beisammen haben." Während ich zusah, wie Quinn im Studio verschwand, um mit den Augenzeugen zu reden, murmelte ich diese Worte erbost vor mich hin. Es besserte meine Laune nicht, daß er recht hatte. Es konnte nicht angehen, daß ich meine Fakten alle richtig beisammen hatte, denn wenn ich das hätte, wäre mir dieser ganze Fall schon viel klarer. Klarer als überhaupt nicht klar jedenfalls.

Eine Eiseskälte kroch mir den Rücken hinauf, aber glauben Sie mir, die hatte nichts damit zu tun, wie ich mich fühlte – und wie fühlte ich mich? Geschlagen und bar jeder Hoffnung.

Meine Kleider waren klatschnaß. Mein Haar war ein einziges Chaos. Ich mochte gar nicht daran denken, in welchem Zustand sich mein Make-up befand. Die gute Nachricht war, daß ich am vergangenen Wochenende einen Abstecher zum Einkaufszentrum gemacht hatte, um mir Klamotten zu besorgen. Die lagen immer noch in ihrer Tüte auf dem Rücksitz meines Wagens. Ich konnte zurück zum Garden View fahren, mich irgendwie sauber machen und wieder an die Arbeit gehen.

An meine richtige, eigentliche Arbeit.

Ich konnte schließlich nicht ewig und alle Zeiten das Staatsarchiv bemühen, um meine ständige Abwesenheit zu rechtfertigen.

KAPITEL 15

Auf wie viele verschiedene Arten kann ich zum Ausdruck bringen, wie froh ich war, als dieser Tag zu Ende ging?

Ich versuchte es noch nicht einmal, ich war einfach froh, als er vorbei war. Ich hatte eine Einkaufstüte voll dreckiger Klamotten vorzuweisen, ich fühlte mich wie ausgewrungen und zum Trocknen auf die Wäscheleine gehängt. Besser gesagt: Ich fühlte mich, als hätte ich an diesem Tag mehr lautstarke, dreckige Kämpfe miterleben dürfen, als wenn ich ein Schlammcatcherinnen-Team auf Welttournee begleitet hätte. Ich fühlte mich, als sei ich beschossen, von einem stinksauren Musikagenten heruntergeputzt und zum krönenden Abschluß auch noch von dem Mann zutiefst gedemütigt worden, den ich zu gern geliebt hätte. Wie in Trance fuhr ich heim, parkte mein Auto und saß ein paar Minuten lang einfach so da, genoß die Stille und die Tatsache, daß ich noch am Leben war.

Diese kleine Auszeit gab mir Gelegenheit zum Nachdenken, und dieses Nachdenken ... schaffte es doch tatsächlich, meine Laune zu verbessern! Weil ich rasch erkannte, daß selbst ein Tag wie der heutige auch seine guten Seiten hat. Um alles zu vergessen, was ich gerade durchgemacht hatte (siehe oben!), hatte ich mich nach meiner Rückkehr zum Garden-View-Friedhof gezwungen, richtig ranzuklotzen, weswegen es mir endlich wieder einmal gelungen war, ein gutes Stück ehrlicher, ehrbarer Arbeit geleistet zu haben. Das war ein großes Plus für mich, denn Ella hatte nicht nur mitbekommen, wie ich schuftete, sondern auch noch allen, die es hören wollten, lautstark mitgeteilt, ich sei der lebende Beweis dafür, daß es so etwas wie Arbeitsmoral noch gebe. Wie der liebe verstorbene Pate mir bestimmt unter die Nase gerieben hätte, hätte er sich noch auf dieser Seite und nicht auf der anderen aufgehalten: So etwas nannte man ein As im Ärmel. Damit konnte ich wuchern – falls Ella ihr hehres Lob nicht bald wieder vergaß und nachsichtig blieb, wenn ich wieder einmal verschwand, um Dinge zu erledigen, die ich eigentlich während der vom Garden-View-Friedhof bezahlten Arbeitszeit nicht erledigen dürfte.

Das beste war allerdings, daß ich nun wieder umwerfend aussah – nachdem ich mich gesäubert, mein Make-up aufgebessert und die vor Dreck starrenden Klamotten gegen eine hautenge schwarze Hose, eine schwarze Strickjacke und ein gelbbraunes Top eingetauscht hatte, das die kastanienbraunen Strähnen in meinem Haar besonders gut zur Geltung brachte – und das war auch gut so.

Ich hätte äußerst ungern ausgesehen wie durch die Sau gejagt, als ich endlich aus dem Wagen stieg, um die Ecke meines Wohnhauses bog und um ein Haar mit Joel zusammengestoßen wäre.

Na dann tschüs, gute Laune!

Ich stellte die Einkaufstüte ab, denn sie war schwer, weil die darin befindlichen Kleidungsstücke noch naß waren. Ich wollte sie nicht mit beiden Händen festhalten müssen und aussehen, als würde ich mich dahinter verstecken. Außerdem fand ich, es könne nicht schaden, wenn Joel den aufgedruckten Namen „Nordstrom" sah. Vielleicht würde er sich dann wieder erinnern, daß sich niemand in Modefragen auskannte wie Pepper Martin. Nicht einmal Simone Burnside, das Anwaltsmädchen.

„Pepper!" Für einen Typen, der sich vor meiner Haustür herumtrieb, tat er bei meinem Anblick mächtig verwundert. „Ich hatte nicht gedacht, daß du so früh schon nach Hause kommst."

„Was hattest du denn dann vor? Hier auf meiner Türschwelle campieren, bis ich auftauche?"

„So meinte ich das nicht." Joel sah umwerfend aus, genau wie bei unserem letzten Zusammentreffen. Er trug einen Anzug, der unter Garantie nicht von der Stange stammte, dazu ein Hemd, dessen Krageninnenseite, darauf hätte ich Gift nehmen können, mit seinen Initialen bestickt war, und eine Krawatte von derselben Farbe wie mein ärmelloses Top.

Wir paßten so gut zusammen.

Ich schüttelte mich und fand Trost bei dem Gedanken, daß ich gut aussah, obwohl ich nur ein Minigehalt mein eigen nannte. Was man von Joel bestimmt nicht sagen konnte – er hätte es nie geschafft, mit so wenig auszukommen wie ich. Er durfte mit den Panhorst-Millionen spielen.

Der Gedanke an Joels Familie ließ mich automatisch an Oma denken. Von da aus war es kein weiter Schritt zu ihrem Ring. Um zu ahnen, was Joel von mir wollte, mußte man keine Detektivin sein, weder für die Lebenden noch für die Toten.

So kam ich gleich zur Sache. „Nein. Ich hab dir schon gesagt ..."

„Du hast den Ring nicht an einen Juwelier verkauft, Pepper." Joel hatte ein ziemlich schnelles Auffassungsvermögen. Vielleicht brannte es ihm ja unter den Nägeln, vielleicht konnte er es kaum erwarten, sich mit mir zu fetzen. „Klar, das wolltest du mir letztes Mal weismachen, aber du solltest mich eigentlich kennen und nicht für ganz so blöd halten. Deine Geschichte ist von vorn bis hinten erfunden. Woher ich das weiß? Du hast vergessen, daß der Diamant registriert ist. Laut Register existiert kein Nachweis für eine Transaktion."

„Oh, bist du aber schlau!" Ein guter Konter, hinter dem ich prima meine wahren Gefühle verbergen konnte, und viel besser als das „Verdammt noch mal, dann hast du das also rausgekriegt!", das mir fast rausgerutscht wäre. Ich zauberte mir ein Lächeln auf die Lippen, das hoffentlich ebenso ungerührt wirkte wie die Bewegung, mit der ich meine Tüte aufhob, drängte Joel beiseite und ging auf die Haustür zu. „Danke für deinen Besuch, und einen schönen Gruß an Simone."

„Natürlich – es geht um Simone! Es geht nur um Simone! Sie ist erfolgreicher als du, sie ist reicher als du, sie ist hübscher als du."

Reicher und erfolgreicher – das ließ sich nicht abstreiten. Aber hübscher war ein Tiefschlag.

Weil es nicht stimmte.

Ich war schon an Joel vorbei, weswegen ich ihm über die Schulter hinweg meinen coolsten Blick zuwarf. „Ich wette, im Bett ist sie eine Niete." Eine Antwort wartete ich gar nicht erst ab, die würde bestimmt nicht kommen. Joel würde den Teufel tun und Simone öffentlich bloßstellen. Schon gar nicht vor mir. Wofür ich ihn, so ungern ich das zugebe, irgendwie fast bewunderte.

Was aber nicht bedeutete, daß ich mich weiterhin mit ihm abgeben mußte. Keine Sekunde länger.

Ich wühlte in meiner Handtasche nach dem Hausschlüssel. Sobald ich ihn gefunden hatte, drehte ich mich um und warf meinem Ex mit hochgerecktem Kinn einen letzten, hoffentlich vernichtenden Blick zu. „Ich habe mich nach unserem letzten Zusammentreffen schlau gemacht, was einstweilige Verfügungen betrifft." Gut, das stimmte nicht ganz – das mit den einstweiligen Verfügungen hatte ich nur im Kopf, weil man mir gerade erst selbst mit einer gedroht hatte. „Ich verstehe genug von Gesetzen, um zu wissen, daß du mich nicht mehr belästigen darfst."

„Gut, und ich weiß, du kannst mir meine Forderung nicht abschlagen. Nicht, wenn es um den Ring geht. Er gehört mir, Pepper." Joels Augen sprühten Feuer. „Ich will ihn wieder. Sofort. Versuch bloß nicht, mir irgendeinen Scheiß zu erzählen von wegen ..."

„... daß ich den Ring an einen Juwelier verkauft habe? Du hast recht." Ich fragte mich, ob mein Lächeln so dämlich ausfiel, wie ich es gern gehabt hätte, und ich nehme mal an, das war der Fall, denn Joels Brust schwoll beängstigend an. Meine Worte klangen so klar und präzise, als hätte er sie für mich vorformuliert, und ich läse sie in der Beichte ab. „Es gibt keine Aufzeichnungen über den Verkauf an einen Juwelier, weil ich den Ring nicht an einen Juwelier verkauft habe."

Ich steckte den Schlüssel ins Schloß. „Ich habe ihn versetzt", sagte ich, indem ich den Schlüssel im Schloß umdrehte und die

Tür aufdrückte. „Sie haben mir glatt zweihundertfünfzig Mäuse dafür gegeben."

„Zweihundertfünfzig." Joel fiel das Gesicht herunter. Er wurde aschfahl – ein Bild, das mir hoffentlich bis ans Ende meiner Tage vor Augen sein wird, wann immer ich es brauche. Ich trat ins Haus und schloß die Tür hinter mir.

In dieser Tür befand sich ein Fenster. Um ganz sicher sein zu können, daß Joel meinen letzten Hieb auch abbekommen hatte, klopfte ich dagegen.

„Erwischt!" rief ich munter, und ehe er sich erholt hatte, rannte ich die Treppe hinauf.

Ich hielt die Schlüssel immer noch in der Hand, so daß ich sie gleich parat hatte, als ich an meine Wohnungstür kam. Bloß brauchte ich sie gar nicht. Um die Tür aufzuschließen, meine ich.

Denn die war schon offen.

Gerade war ich noch so von mir eingenommen gewesen, so stolz auf mich. Hatte ich doch in einer Unterhaltung mit dem letzten Ex-Verlobten, den ich je zu haben gedachte, das letzte Wort behalten. Ein Blick auf das zersplitterte Holz um meinen Türgriff herum und auf die Tür selbst, die nur noch an einem Scharnier hing, als sei sie eingetreten worden, und mein gerade erstarktes Selbstbewußtsein erhielt den kompletten Déjá-vu-Schock. Eine eiserne Faust schloß sich um mein Herz. Meine Knie wurden weich. Ich hielt mich am Türknauf fest – nicht, um die Tür aufzustoßen, das war nicht notwendig, wußte ich doch auch so, was mich dahinter erwartete. Aber wenn ich mich nicht irgendwo festgehalten hätte, wäre ich wie ein Häuflein Elend auf dem Boden zusammengesackt. Außerdem – hier schluckte ich einmal heftig und erteilte mir in Gedanken einen strengen Rüffel – bestand ja auch noch die Chance, daß mir meine blühende Phantasie einen Streich spielte oder wieder einmal die Paranoia zuschlug. Oder beides. Unwahrscheinlich zwar, aber doch auch nicht gänzlich unmöglich.

Leider war dann alles genau so, wie ich vermutet hatte: Jemand hatte meine Wohnung auseinandergenommen.

Ich sah das umgeworfene Sofa, den Stuhl, der im Wohnzimmer auf der Seite lag. Von der Tür konnte ich bis in mein Schlafzimmer sehen, wo man sämtliche Schubladen aus der Kommode gerissen hatte. Überall lag Kleidung, meine Zeitschriften waren zerrissen und die Schnipsel über den ganzen Boden verstreut. Selbst meinen Küchenschrank hatten die Einbrecher nicht verschont. Zwischen Küche und Badezimmer zog sich eine Spur aus Geschirr hin, darunter bunt vermischt Besteckteile und Fetzen der Morgenzeitung.

Das alles erfaßte ich mit einem einzigen Blick aus schreckgeweiteten Augen.

Dann passierte etwas sehr Seltsames.

Das Eis in meinen Adern schmolz. Was, wenn ich es genauer bedachte, vielleicht doch gar nicht so seltsam war, denn das Eis wurde durch brodelnden Zorn ersetzt, den ich nicht hätte kontrollieren können, selbst wenn ich es gewollt hätte.

Aber ich versuchte es gar nicht erst.

Für den Weg die Treppe hinunter brauchte ich einen Bruchteil der Zeit, die ich für den Aufstieg benötigt hatte. Ich kam noch rechtzeitig: Joel und sein schwarzer Audi wollten gerade aus der Parkbucht biegen. Joel sah zur Straße, wartete auf eine Lücke im fließenden Verkehr. Deswegen befand er sich wohl auch leicht im Nachteil, als ich wie ein Schachtelteufelchen vor seinem Wagen auftauchte und mit beiden Fäusten auf die Kühlerhaube eindrosch.

Außer Quinn, der nicht in derselben Liga spielte, war Joel der ruhigste Mann, den ich kannte. Er konnte ungeheuer cool bleiben. Nur nicht, wenn er überrascht war. Junge, Junge, war der Mann überrascht! Die Augen fielen ihm fast aus dem Kopf, rund wie Murmeln, und der Unterkiefer sackte ihm herunter. Hübsch sah das nicht aus.

Er schaffte es jedoch, den richtigen Knopf zu drücken, weswegen das Fenster an der Fahrerseite nach unten glitt. „Was zum Teufel ..."

„Was zum Teufel? Wag du mir bloß nicht so zu kommen, Joel!" Ich marschierte zur Fahrertür und sah wohl wütend genug aus, um selbst Joel einzuschüchtern – gepriesen sei ich. Das Fenster war ganz heruntergelassen gewesen, jetzt schloß er es teilweise wieder und lehnte sich zurück, so weit wie möglich weg von mir. Aber erst, nachdem er sich vergewissert hatte, daß beide Türen verriegelt waren.

„Wie kannst du es wagen?" Meine Stimme bebte genau wie meine Beine. Ich hielt mich an der Autotür fest. „Für wen hältst du dich eigentlich? Wie konntest du?"

Joel war vieles, aber dumm war er nicht. Sonst hätte ich mich nie in ihn verliebt. Deswegen wußte ich es nicht zu schätzen, als er versuchte, den Verwirrten zu spielen. „Wie konnte ich ..." Er schüttelte den Kopf, als würde das irgend etwas zur Klärung der Lage beitragen. „Wovon redest du eigentlich, Pepper?"

Ich wäre fast an meiner Wut und an meinen Worten erstickt. Meine Fäuste ballten sich wie von allein, und ich mußte mich anstrengen, nicht auszuflippen. Ich lockerte die Fäuste, nur um sie sofort wieder zu ballen. „Kein Wunder, daß du so überrascht warst, mich zu sehen", spuckte ich. „Du hast gedacht, du könntest dich wegschleichen, ehe ich wiederkomme."

„Warum sollte ich dir aus dem Weg gehen wollen, wenn ich doch nur hier war, um mit dir zu reden?" Joel kniff den Mund zu einem dünnen Strich zusammen, und als er diesmal den Kopf schüttelte, sah es nicht aus, als versuche er, dadurch klarer denken zu können. Diesmal sah es eher aus, als schüttele er den Kopf aus Mitleid. Mit mir! „Vielleicht stimmt es ja, was die Leute so sagen. Vielleicht bist du ..."

„Was?" Er hatte nicht gewußt, daß ich mich so schnell bewegen konnte, und ich hatte nicht gewußt, daß ich meinen Kopf durch ein Autofenster schieben konnte, das nicht ganz geöffnet war. Auge in Auge funkelten wir einander wütend an. „Was sagen unsere alten Freunde über mich? Ich sei eine heruntergekommene, bemitleidenswerte Fremdenführerin auf einem Friedhof? Oder sagen sie einfach nur, ich sei verrückt?"

Er schnaubte. „Das müssen sie nicht extra sagen. Das ist wohl kaum zu übersehen. Wenn du dir keine professionelle Hilfe leisten kannst ..."

„Ich brauche keine professionelle Hilfe. Außer von den Bullen. Vielleicht erklärst du denen ja, wenn sie aufkreuzen, wie du meine Tür eingetreten und meine Wohnung auseinandergenommen hast, um nach dem gottverdammten Ring zu suchen."

Joel richtete sich kerzengerade auf, als hätte ich ihm eine Handvoll Eiswürfel in den Kragen gestopft. Er zitterte. „Willst du mich etwa beschuldigen? Glaubst du, ich würde so etwas tun?"

„Hör auf!" Ich lebe in einer Gegend, die traditionell von italienischen Einwanderern bewohnt wird, und glaube nicht, daß ich sehr übertreibe, wenn ich behaupte, daß viele Italiener gefühlsbetont und leidenschaftlich sind. Ohne Zweifel hatten meine Nachbarn, von denen viele schon lange in dieser Gegend lebten, ihren Teil an opernartigem Drama zu sehen bekommen. Das hinderte einige von ihnen nicht daran, die Fenster zu öffnen und die Köpfe herauszustrecken. Oder andere, auf dem Bürgersteig auf der anderen Straßenseite stehenzubleiben, damit ihnen auch nicht ein Wort entging.

Mir war dieses Publikum sehr willkommen. Zeugen sind gut.

Mein Nacken war inzwischen reichlich verspannt, also fand ich, ich vergab mir nichts, wenn ich mich aus dem Auto zurückzog und gerade aufrichtete. Nur, damit Joel wußte, daß ich mir nichts vergab und mich auf keinen Fall aus der Konfrontation zurückziehen wollte, hielt ich mich weiter an der Tür fest. „Genug der Spielchen, Joel. Es war schon übel genug, mich um den Ring zu bitten. Daß du versuchst, ihn zu klauen, geht einfach zu weit."

„Da hast du recht. Das geht zu weit."

Litt ich jetzt unter Halluzinationen? Hatte ich da gerade den großen Joel Panhorst zugeben hören, daß ich recht hatte und er nicht?

Der Gedanke heiterte mich auf. Bis Joel weitersprach.

„Darum habe ich es auch nicht getan", bekräftigte er und legte den Hebel der Gangschaltung auf D.

Es dauerte ein bißchen, bis ich die Botschaft dekodiert hatte. „Was soll das heißen: Du hast es nicht getan? Das hier ist wichtig, du darfst mich jetzt nicht verarschen. Willst du etwa behaupten ..."

„Ich behaupte, du hast recht und solltest auf jeden Fall die Bullen holen. Weil ich nämlich vielleicht flüchtig an so einen Einbruch gedacht haben mag, aber du kennst mich doch, du weißt, ich tue so was nicht. Im Gegensatz zu manchen deiner Verwandten würde ich nie das Risiko eingehen, das Gesetz zu brechen, meinem Ruf zu schaden und meine Familie zu zerstören. Ich bin nicht in deine Wohnung eingebrochen, und du weißt doch, was das bedeutet, oder nicht?"

Ich war so verblüfft, daß ich den Türgriff losließ. Joel fädelte sich sofort in den Verkehr ein. Während er davonrauschte, wehte der Wind mir seine abschließenden Worte zu.

„Wenn ich es nicht war, dann heißt das, es war jemand anders."

Als ich wieder oben war, rief ich als erstes die Bullen an.

Tja, und dann? Dann sah ich natürlich nach dem Ring.

Um an diesem Tag voller Unannehmlichkeiten wenigstens einen lichten Moment beschert zu bekommen: Der Ring befand sich noch genau dort, wo ich ihn versteckt hatte. In der Spitze meines rechten Hausschuhs.

„Jetzt bist du aber froh, daß du auf mich gehört hast, was?"

Umdrehen mußte ich mich nicht, um zu wissen, daß Oma Panhorst sich zu mir gesellt hatte.

„Aber holla!" Ich stopfte den Ring zurück in den Hausschuh und wandte mich meinem Bett zu. Darauf lag ein riesiger Kleiderberg, was Oma natürlich nicht abgehalten hatte. Sie thronte, ein Bein über das andere geschlagen, hoch oben auf dem Berg und wippte mit den rosa Pantöffelchen. „Vielen Dank für den guten Tip. Ohne den ..."

„Gern geschehen, Kleines." Oma wehrte meinen Dank mit einer großzügigen Handbewegung ab – Zigarettenqualm wehte durch das Zimmer. „Ich will doch nicht, daß sich jemand mit meinem Ring aus dem Staub macht."

Ich nahm einen Stapel Sachen vom Bett und legte sie, da nun sowieso alles egal war, auf den Boden neben die Ketten und Ohrringe, die aus meinem Schmuckkästchen geleert worden waren. „War das Joel?" erkundigte ich mich. „Er sagt, er war es nicht, aber ich trau ihm kein Stück mehr über den Weg."

„Dann sind wir schon zu zweit." Oma drückte ihre Zigarette aus und schnippte sie beiseite. „Aber was das Chaos hier betrifft ..." Sie rieb sich die Hände aneinander. „Tut mir leid, Liebes, aber ich kann dir nicht helfen. Ich habe nichts gesehen."

„Du hast doch gesagt, daß du immer bei deinem Ring bist."

„Bin ich normalerweise auch. Nur nicht, wenn meine Sendung läuft. Oprah ist ein Muß für mich. Findest du die nicht auch absolut toll?"

„Dann war Joel es vielleicht nicht, vielleicht aber doch." Irgendwie heiterte mich das auf, ich weiß selbst nicht, weswegen. Die Vorstellung, daß Joel meine Kleider durchwühlt hatte, war übel – aber lange nicht so übel wie der Gedanke an einen Fremden in meiner Wohnung. Ich hätte zu gern weiterhin Joel für den Schuldigen gehalten, konnte aber nicht vergessen, was er kurz vor seiner Abfahrt zu mir gesagt hatte.

„Wer außer Joel besitzt schon die Stirn, seine Unschuld beweisen zu wollen, indem er meine Familie durch den Dreck zieht?" Dann war es womöglich doch jemand anderes gewesen! Mir wurde übel. „Beim bloßen Gedanken an einen Fremden hier könnte ich kotzen."

„Da geht es dir wie mir. Schließlich hätte er den Ring mitgehen lassen können.

„Da es sich dabei um ein so kostbares Familienerbstück handelt ..."

Das hatte nicht sarkastisch klingen sollen, aber ich war aufgewühlt und auch wütend, das hörte man mir wohl irgendwie an. Kann man mir daraus einen Vorwurf machen? Immerhin war gerade in meine Wohnung eingebrochen worden, Oma durfte ruhig ein wenig großzügig sein und mir das eine oder andere an scharfem Ton nachsehen. Natürlich tat sie das nicht, sondern schnalzte mißbilligend mit der Zunge.

Klar war sie beleidigt, wahrscheinlich sogar zu recht. Ganz automatisch nahm ich alles zurück: „Ich weiß, ich weiß, ich sollte nicht so darüber reden. Die ganze Sache mit Paris und den Nazis ..."

Omas kreischendes Gelächter ließ mich innehalten. „Wer ist denn so bescheuert und macht seine Hochzeitsreise in ein Land, das kurz vor einer Invasion steht?"

Ich warf der alten Dame einen prüfenden Blick zu. „Willst du damit sagen ..."

„Alles erstunken und erlogen!" verkündigte sie fröhlich. „Jedes einzelne Wort, und man sollte doch meinen, daß irgendwer sich das inzwischen mal zusammengereimt hätte. Aber mein Sohn war immer schon eine gutgläubige Seele. Ein bißchen blöd, aber sooo vertrauensselig, und mein Enkel ... na ja, ich wollte damals nicht diejenige sein, die es dir beibringt, aber inzwischen bist du wohl von allein drauf gekommen. Joel war noch nie der Hellste. Um die Wahrheit zu sagen: Ich war noch nie in Paris. Nicht als Lebende und auch nicht seitdem. Die Wahrheit ist, Arnold und ich sind zusammen durchgebrannt. Nach Atlantic City. Mein Vater hätte Arnold den Kopf abgerissen, hätte er gewußt, daß wir uns dort in einem Hotel eingemietet hatten, um es wild zu treiben. Also haben wir uns die Story mit der Hochzeit in Paris ausgedacht. Als sie dann in den Achtzigern anfingen, Diamanten zu registrieren, haben wir dem Juwelier dieselbe Geschichte aufgetischt wie vorher schon der Familie. Die hatte inzwischen eine Art Eigenleben entwickelt. Als Arnold den Ring kaufte, gab es noch keine Registrierung. Er hat ihn nämlich einem Typen abgekauft, dem wir auf der Straße begegnet sind. Ich wette, das gute Stück war heiße Ware."

Das sah ich auch so. Ich grinste Oma an. Wie nett von ihr, mich in ihr Geheimnis einzuweihen. „Ich bin froh, daß er nicht gestohlen wurde", sagte ich. Die Geschichte hatte mich wirklich aufgemuntert, und wahrscheinlich wäre mir die gute Laune auch noch ein Weilchen erhalten geblieben, hätte sich nicht gleich darauf der nächste beunruhigende Gedanke in meinen Kopf geschlichen. Mir war beim Betreten des Zimmers etwas aufgefallen, das ich unbedingt gleich überprüfen mußte. Hastig sprang ich auf und schob mit dem Fuß die Klamotten beiseite, die ich auf den Boden geworfen hatte, legte den darunterliegenden Schmuck frei und kniete mich hin, um ihn mir genauer anzusehen. „Meine Goldkette ist noch da!" Ich hielt die Kette hoch, damit Oma sie sehen konnte. „Genau wie der Ring mit dem Geburtsstein, den meine Eltern mir gekauft haben, als wir mal Weihnachten zusammen auf den Bahamas waren."

Ich sah und hörte nichts, als Oma ihren Platz auf dem Bett räumte. Als ich aufblickte, kniete sie mir gegenüber auf dem Boden und musterte meine Schmucksammlung. „Teuer?" wollte sie wissen.

„Ziemlich." Ich grub weiter. Meine eigene Oma hatte mir ihre goldene Uhr geschenkt, dick, schwer und altmodisch, die ich nie trug; aber ich hatte es auch nie übers Herz gebracht, sie zu verkaufen. Nennen Sie mich ruhig sentimental. Allein beim Gedanken daran, sie könnte gestohlen worden sein, wurde mir schon wieder ganz anders.

Ich hätte mir keine Sorgen machen müssen. Auch die Uhr war noch da.

„Komisch, findest du nicht?" fragte ich, obwohl mir echt nicht zum Lachen war. „Jemand macht sich die Mühe, hier einzubrechen, aber nichts fehlt. Warum also das Ganze?"

Oma zog die Brauen hoch. „Du redest wie eine Detektivin."

„Ach ja?" Nachdenklich tippte ich mir mit dem Zeigefinger an die Oberlippe. „Vielleicht wird es ja Zeit, daß ich mich auch wie eine benehme."

Oma hob erwartungsvoll den Kopf. „Oh, dann ermitteln wir jetzt?"

„Ich werde ermitteln. Ich weiß, daß der Einbruch etwas mit Damon und Vinnie und Mind at Large zu tun hat. Das Problem ist nur, daß ich jetzt nicht mehr nah genug an die Band herankomme."

„Was sollen wir tun?"

Eine berechtigte Frage – bis auf das „Wir", das ich erst einmal überging, denn ich brauchte jemanden zum Reden und wollte nicht, daß Oma beleidigt verschwand. Ich schuldete ihr noch etwas für den Tip mit dem Hausschuh und die wahre Geschichte des Ringes, sie verdiente eine klare, umfassende Auskunft, wie von einer richtigen Detektivin. Darauf schien sie wohl auch zu warten – weswegen sie nicht schlecht staunte, als ich, statt etwas zu sagen, aufsprang und mir mit der flachen Hand an die Stirn schlug. Eine plötzliche Eingebung war mir zuteil geworden!

„An die Band direkt komme ich nicht mehr heran!" verkündete ich aufgeregt. „Wohl aber noch an etwas ganz in der Nähe der Band."

Großmama war ebenfalls aufgesprungen, schnell wie der Blitz. Mit schräg gelegtem Kopf und leicht zusammengekniffenen Augen stand sie vor mir, genau wie früher, als sie noch am Leben gewesen war, und wir ein interessantes Thema am Wickel gehabt hatten, bei dem sie es kaum abwarten konnte, meine Meinung zu hören. „Komm schon! Was meinst du damit?"

Aber ich war bereits zwei Schritte weiter als die liebe Oma! Ich war so sicher, die perfekte Lösung gefunden zu haben, ich war so felsenfest von mir selbst überzeugt, daß mir ganz kribbelig wurde. Dann warf ich einen Blick auf meinen Radiowecker, der vom Nachttisch gefallen war und nun mit dem Rücken nach oben auf dem Boden lag. Egal – es war sowieso zu spät, noch etwas zu unternehmen, und außerdem mußte ich auf die Bullen warten und einen Bericht über den Einbruch verfassen, der eigentlich gar keiner gewesen war. Aber gleich am nächsten Morgen ...

Der Wecker stand bereits wieder auf dem Nachttisch, und ich war dabei, ihn auf sechs Uhr, eine gottlos frühe Stunde, zu stellen, als mir klarwurde, daß Omas Frage noch unbeantwortet im Raum hing.

Ich stellte die Lautstärke des Radios so ein, daß ich unweigerlich aus dem Bett fallen würde, wenn es am Morgen losdröhnte, ehe ich einen Blick über die Schulter warf. „Die Antwort liegt klar auf der Hand!" teilte ich meiner Besucherin mit. „Kaffee!"

So früh sollte niemand aufstehen müssen, schon gar nicht an einem Samstag.

Außerdem sollte niemand das Haus verlassen müssen, solange es draußen noch dunkel ist, aber mir blieb keine andere Wahl. Nicht, wenn ich Belinda noch erwischen wollte, ehe sie zu ihrem Tagwerk aus Kaffeekonsum und Damonverehrung aufbrach. Entweder ich stand früh auf und ging im Dunkeln aus dem Haus, oder ich verpaßte unter Umständen eine entscheidende Gelegenheit, meine Ermittlungen aus der Sackgasse zu führen, in der sie steckten.

Da ich getrost davon ausgehen konnte, so früh keine Bekannten zu treffen (oder doch wenigstens keine, bei denen es mir etwas ausmachte, was sie von meinem Aufzug hielten), schlüpfte ich einfach in ein Paar Jeans und Turnschuhe, zog einen schwarzen Pullover über, band die Haare zum Pferdeschwanz zusammen und verließ meine Wohnung, ehe ich mir hatte einreden können, daß ich nur meine Zeit vertat und lieber zu Hause bleiben sollte.

Wie sich herausstellte, vertat ich wirklich meine Zeit. Belinda war bereits verschwunden, als ich bei ihrer Wohnung ankam.

Dann also Plan B.

Wenig später fand ich mich in der Schlange vor dem City-Roast-Kaffeestand auf dem West Side Market wieder.

Der Markt war ein historisches Wahrzeichen Clevelands, aber wenn ich ehrlich sein sollte: Mein Fall war er eigentlich nicht. Er bestand aus einem überdachten Gang, in dem sich ein Obst- und Gemüsestand an den anderen reihte, und daran schloß sich die

Markthalle an, ein großes Gebäude, in dem ich mich nun befand. Hier bekam man so ungefähr alles, von Fleisch über Backwaren bis hin zu Käse, Nüssen und internationalen Spezialitäten. Leute wie Ella, für die der Einkauf hier einem religiösen Gebot gleichkam, schwärmten für den West Side Market, und ich hatte mir ihre Lobeshymnen schon oft genug anhören müssen: die unschlagbar niedrigen Preise, die absolut frischen Lebensmittel (frischere bekam man in der ganzen Stadt nicht), die freundlichen, hilfsbereiten Händler, die ihre Kunden und deren Vorlieben noch persönlich kannten. Ein Mädchen wie ich, das gewohnt war, seine Waren sauber verpackt angeboten zu bekommen und in Läden einzukaufen, in denen die Gänge breit und geräumig sind und in denen fröhliche Musik aus den Lautsprechern dringt, konnte sich auf diesem Markt leicht überfordert fühlen. Er war groß und laut. Leute, die politisch korrekt sein wollten, beschrieben ihn als bunt, womit sie in Wirklichkeit meinten, man konnte drinnen jeden Tag Kunden aus den Vorstädten in ihren Nerzmäntel ebenso antreffen wie draußen die örtlichen Obdachlosen. Natürlich bot der Markt auch Gelegenheit zu besonders intimer und sehr persönlicher Konfrontation mit Nahrung in einer kaum verarbeiteten Form: Während ich dort so stand, meinen Kaffee Latte in der Hand (Magermilch, keine Sahne), eilte ein Schlachter mit einer abgehäuteten halben Schweineleiche auf der Schulter an mir vorbei.

Muß ich noch mehr sagen?

Ich hatte Glück und meinen Latte noch nicht einmal zur Hälfte getrunken, als ich sah, daß mein Instinkt mich an den richtigen Ort geführt hatte und ich an diesem frühen Morgen keineswegs nur meine Zeit verschwendete. Dies war die erste Station, die Belinda jeden Tag anlief.

„Schön, dich wiederzusehen!" Ehe sie etwas sagen konnte, legte ich einen Fünfer auf den Tresen – sie sollte bestellen dürfen, was sie wollte. „Du erinnerst dich? Pepper. Wir waren zusammen bei dir zu Hause und ..."

„Du warst bei uns“, sagte sie. „Als der Tod versuchte, unsere Seelen einzusammeln.“ Sie begann zu nicken wie diese Hundepuppen mit dem wackeligen Kopf, denen man nur einen kleinen Stoß versetzen muß, damit sie gar nicht mehr aufhören. Fast ohne es zu wollen, nickte ich mit – vielleicht ließ sich ja so ein Draht zu ihr herstellen. Ich glaubte nicht, daß sie meinen leisen Seufzer mitbekam – ich hatte gehofft, Belinda so früh am Morgen in weniger verrücktem Zustand anzutreffen.

Statt mir meine Enttäuschung anmerken zu lassen, lächelte ich. „Stimmt. Aber ich habe auch Alistair wiedergefunden. Erinnerst du dich? Ich war auch im Studio. Weißt du noch? Ich berichtete den Jungs von meinem Gespräch mit Vinnie. Vinnie hat mich um Hilfe gebeten, aber ich kann nichts tun. Gene Terry läßt mich nicht mehr mit der Band reden.“

„Ich gehöre zur Band!“

Das erzählte sie mir nicht zum ersten Mal – es fiel mir auch diesmal schwer, so zu tun, als sei ich beeindruckt. „Ich weiß.“ Wie sollte ich sie nur von der Straße der Erinnerung runterholen? Eigentlich wollte ich nur über das Foto von Damon sprechen, das in ihrer Sammlung fehlte. „Du kanntest alle Jungs aus der Band, aber Damon mochtest du am liebsten.“

„Mochte ihn?“ Belindas Gesicht verzog sich verwirrt. „Das stimmt nicht. Ich mochte Damon nicht. Ich habe ihn geliebt, und er hat mich auch geliebt.“

Gut möglich, daß die frühe Stunde etwas mit meinem Hirn angestellt hatte. Es konnte nicht angehen, daß ich die Frau richtig verstanden hatte. „Willst du mir damit sagen, Damon und du ...“

„Wir haben gevögelt, was das Zeug hielt, wann immer sich die Gelegenheit bot!“ Belinda lachte so laut, daß sich Köpfe zu uns umdrehten. Ich wich zurück und warf ihr einen warnenden Blick zu, aber sie war so in der Vergangenheit verloren, daß ihr meine Anwesenheit wahrscheinlich gar nicht mehr bewußt war. „Wir verliebten uns ineinander. Wir lieben uns immer noch. Er ist mein ...“

„Todesengel." Mit einem Klicken fiel dieses Puzzleteil an die richtige Stelle. Ich holte tief Luft. „Deswegen hängst du ständig an Damons Grab rum. Deswegen erlaubt die Band, daß du immer da bist. Du und Damon ..."

„Wir sind Seelenverwandte." Belindas Augen waren so verträumt wie ihre Worte. „Bis daß der Tod uns scheidet. Nur, daß er uns nicht schied. Deswegen blieb ich, als Damon sich vor mir in die Arme des Todes begab. Um mich um ihn zu kümmern. Um über ihn zu wachen in seinem Grab. Er wartet auf mich." Ihr Gesicht war wie von innen erleuchtet. „Wenn meine Zeit gekommen ist, heißt er mich mit offenen Armen willkommen. Mein dämonischer Liebster, mein schöner Teufel. Meine Lust. Meine Liebe. Mein ein und alles."

Murmelnd, ein Grinsen im Gesicht, nahm Belinda ihren Kaffeebecher, wischte blitzschnell mein Wechselgeld vom Tresen und ging.

Ich war so schockiert, daß ich einfach nur dastand und ihr nachschaute.

Weswegen ich auch nicht richtig mitbekam, wie Damon neben mir auftauchte.

Zur Abwechslung zuckte ich nicht zusammen, als ich ihn sah. Ich war viel zu verwirrt von allem, was ich gerade vernommen hatte. Vielleicht auch beschäftigt damit, ein bißchen neidisch zu sein.

„Du und das da?" Gut, das war keine höfliche Frage. Aber kann man mich dafür schelten? Natürlich war ich davon ausgegangen, daß Damon einen guten Geschmack hatte. Immerhin mochte er mich, oder? Damit niemand sah, wie ich Selbstgespräche führte, ging ich hinter dem Tisch in Deckung, auf dem sich Zuckerpäckchen und Deckel für Kaffeebecher stapelten. „Das bildet sie sich ein, oder? Das ist Geschwafel. Sie ist ein Fan. Sie ist besessen von dir, aber das kann sie doch unmöglich ernst meinen! Du und Belinda?"

„Ich und wer?" Ich reckte den Kopf um die Ecke und deutete mit dem Kinn auf sie. Damon sah hinüber zur Mülltonne, auf der

Belinda ihren Kaffeebecher abgestellt hatte, um sich am Bauch zu kratzen. „Wer ist das?“ wollte er wissen.

Ich stieß einen tiefen Seufzer der Erleichterung aus. „Sie sagt, sie war die Liebe deines Lebens. Das habe ich ihr nicht geglaubt. Sieh sie dir doch nur an.“

Das tat Damon auch. Ein nachdenklicher Blick trat in seine Augen. „Hat sie gesagt, wir hätten uns in Los Angeles kennengelernt?“

Mein Magen schlug einen Purzelbaum. „Du willst mir doch nicht sagen, daß es wahr ist!“

„Komm schon!“ Damon tat, als sei das keine große Sache. „Ich habe es dir doch erzählt. Mädchen waren mein Ding, und das Mädchen da war damals schon durchgeknallt, aber sie hat um einiges besser ausgesehen.“

„Dann stimmt es also? Du und Belinda, ihr wart ...“ Ich brachte es nicht fertig, es auszusprechen, das ganze Zeug über Seelenverwandtschaft und bis daß der Tod uns scheidet. „Du hast mir erzählt, du hättest Frauen geliebt. Du hast nie gesagt, daß es in deinem Leben eine besondere gab.“

Damon, der die ganze Zeit über Belinda zugesehen hatte, wandte sich zu mir. „Eine besondere? Das würde ich nicht sagen. Klar, wir hatten unseren Spaß miteinander und ein paar Nächte richtig tollen Sex, aber danach ... danach habe ich wohl das Interesse verloren. Sie muß sich mit einem der anderen Jungs eingelassen haben. Sie war immer da. Aber ich schwöre, wir haben nie wieder eine Nacht zusammen verbracht.“

„Warum glaubt sie dann, daß du mit offenen Armen auf sie wartest, wenn sie stirbt? Daß du sie auf der anderen Seite willkommen heißt?“ Hörte ich mich an wie eine durchgeknallte, eifersüchtige Geliebte? Ich tröstete mich mit dem Gedanken, daß das gar nicht möglich war. Durchgeknallt mochte ich sein, aber ich war nie Damons Geliebte gewesen. Nicht wie Belinda. Der Gedanke zerriß mich innerlich, und mir schossen verdammt noch mal Tränen in die Augen. „Sie sagt, ihr wäret Seelenverwandte gewesen“, erklärte ich. „Deswegen bleibt sie in Cleveland. Um dein Grab zu pflegen. Sie sagt, du wirst sie bis in alle Ewigkeit lieben."

„Dann tut es mir leid." Damon sah mir in die Augen. „Leid für dich, Pepper, denn ich sehe, wie weh es dir tut, daß du glauben mußt, ich hätte dir ein Geheimnis verschwiegen. Glaub mir, das ist das Letzte, was ich wollte. Sie tut mir auch leid." Er warf einen Blick Richtung Mülltonne, aber Belinda war weitergezogen. „Ich habe ihr nie etwas versprochen. Ich hatte ihren Namen vergessen, kaum daß sie mein Zimmer verlassen hatte, und sie hat mir vierzig Jahre ihres Lebens gewidmet!" Er flackerte wie ein Spiegelbild in einem Teich. „Sie hat die Zeit, die ihr auf Erden gegeben war, verschwendet – an mich." Seine Stimme klang leise, das Bedauern darin war nicht zu überhören. „Wie unendlich traurig und jämmerlich." Langsam, aber sicher wich alle Farbe aus Damons Gesicht, bis er aussah wie eine alte Schwarzweißfotografie. „Das habe ich bestimmt nicht gewollt. Für mich war es eine kurze Affäre und für sie ..."

„... war es das ganze Leben." Ich beendete den Satz für Damon, und das war auch gut so. Er war nämlich verschwunden.

Auch das war gut.

Momente, in denen einen die Erleuchtung überkommt, sind wichtig. Aber sie sollten nicht unbedingt immer mit jemandem geteilt werden.

Dies war ein Moment der Erleuchtung, den ich gern allein durchleben wollte.

Ich dachte an Joel und an Oma Panhorsts Ring. Ich dachte an all die Monate, in denen ich mich abgemüht hatte, so zu tun, als sei mein Leben noch so, wie es gewesen war, ehe mein Papa in den Knast wanderte und meine Welt in Scherben lag. Ich dachte an Damon und daran, daß ich mich in ihn verliebt hatte, so verrückt sich das auch anhörte – und so verrückt es auch war.

Mir wurde klar, Belinda und ich hatten eine Menge gemein.

Wir klammerten uns an die Vergangenheit.

Wenn ich nicht aufpaßte, würde das meine Zukunft zerstören. So wie es ihre zerstört hatte.

KAPITEL 16

ALL DAS HATTE NATÜRLICH ZUR FOLGE, daß ich das ganze Wochenende über mein Leben nachdachte. Was eine gute Sache sein soll, habe ich mir sagen lassen, die zu allen möglichen wunderbaren Erkenntnissen führen kann. Leider bestand das einzige Ergebnis meiner tiefschürfenden Grübeleien in der unverrückbaren und deprimierenden Einsicht, daß mein Leben dringend einer Runderneuerung bedurfte.

Ach ja – außerdem tat ich mir noch total leid.

Zur Feier dieses Elends suhlte ich mich ausgiebig darin. Ich gönnte mir einen Liter Schokoladeneis. (Da Harmonys Scheck noch nicht eingetroffen war, konnte ich mir keins von Ben & Jerry erlauben, sondern mußte mich mit einer billigen Sorte zufriedengeben.) Dazu verdrückte ich eine Familienpackung Oreos und sämtliche Cannoli, die ich mir bei Corbo's geleistet hatte, einer wirklich erstklassigen italienischen Bäckerei in meiner Straße. Nein, ich sage jetzt nicht, wie viele das waren!

Als der Montag heranrollte, hatten die Kohlehydrate ihr Wunder vollbracht, und ich wußte wieder, was ich zu tun hatte – außer mich eine Woche lang von Salat zu ernähren, meine ich.

Das mit dem Selbstmitleid mußte sofort ein Ende haben.

Ich mußte aufhören, auf eine alte Irre eifersüchtig zu sein, und auf ihre vierzig Jahre zurückliegende Liebesaffäre mit einem Mann, der für mich schlicht unerreichbar war. Aus einem nicht wegzudiskutierenden Grund: weil er nämlich tot war.

Ich mußte mein Leben wieder in die Hand nehmen, überwinden, was mir Kummer bereitete, zusehen, daß ich Boden unter die Füßen bekam und meine Sachen auf die Reihe kriegte. Das hatte ich mir fest vorgenommen. Nachdem ich den ganzen Montag über getan hatte, als würde ich arbeiten, legte ich Punkt fünf die Unterlagen beiseite, mit deren Hilfe ich einen Artikel über Weihnachtsbräuche auf Friedhöfen für unseren nächsten Rundbrief zusammenschustern sollte. Dann widmete ich mich ein paar Dingen, die nicht unmittelbar mit meiner Arbeit zusammenhingen. Nummer eins: Ich fischte die Visitenkarte mit Quinns Privatnummer und die Serviette, auf die Dan seine Handynummer notiert hatte, aus meiner Handtasche. Nummer zwei: Ich dachte ziemlich lange darüber nach, ob ich die beiden anrufen sollte. Jawohl, beide. Ich wollte, daß sich in meinem Privatleben wieder mehr abspielte. Warum nicht eine Beziehung mit einem Mann anfangen, der noch atmete? Gab es eine bessere Möglichkeit, mir zu beweisen, daß es mir mit diesem Vorsatz ernst war?

Nummer drei ...

Na ja, Nummer drei sah dann so aus, daß ich beide Nummern ziemlich lange anstarrte, genauso lange über Dan und Quinn nachdachte und letztlich beschloß, erst einmal gar nichts zu tun.

Schon gut, schon gut, ich weiß es ja selbst! Solches Benehmen, eine solche Unentschlossenheit, Wankelmütigkeit und so weiter kennzeichnet einen Feigling. Aber sehen Sie die Dinge doch mal aus meiner Sicht: Ich konnte von mir aus weder mit Dan noch mit Quinn reden. Denn dann hätten die garantiert mitbekommen, wie verzweifelt ich war, und das wollte ich einfach nicht.

Aber noch war nicht alles verloren. Nachdem ich die unangenehmen persönlichen Probleme beseitigt hatte (na ja, so halb und halb), konnte ich mich wieder meiner beruflichen Existenz zuwenden.

Womit ich jetzt nicht den Aufsatz über die Weihnachtsbräuche meine.

Ich legte mir einen gelben Notizblock zurecht, um eine Liste zu erstellen. Das mag sich nach einer Zwangsneurose anhören, ist es aber nicht. Ich war alles andere als obsessiv oder zwanghaft, ich hatte nur im Laufe meiner anderen beiden Fälle gelernt, daß Listen mir halfen, meine Gedanken zu ordnen, und das war jetzt genau das, was ich brauchte. Mehr Ordnung, weniger „Ach, ich arme Kleine".

Ich teilte die Seite in drei Spalten: links eine für Damon, in der Mitte eine für Vinnie, rechts eine für Mind at Large. Dann wurde es knifflig. Nachdem ich tief Luft geholt und meinem Hirn befohlen hatte, sich in Gang zu setzen, füllte ich die entsprechenden Spalten mit den wenigen mir bekannten Fakten.

„Sein Tod war vielleicht ein Unfall, vielleicht aber auch nicht", sagte ich laut, während ich den ersten Eintrag in der Rubrik „Damon" vornahm. „Vielleicht wurde er ermordet, was erklären würde, warum er nicht gehen kann, sondern auf dieser Ebene festsitzt. Die verschwundene Fotografie: Ist sie wichtig? Ist sie vielleicht gar nicht verschwunden?"

Letzteres schien mir allerdings unwahrscheinlich. Belinda mochte allerhand Macken haben, Nachlässigkeit gehörte nicht dazu, das bewies der Schrein zu Damons Ehren in ihrer Wohnung. Sie hatte das Foto auf keinen Fall einfach verlegt, dazu war es ihr zuviel wert.

Jemand anderem anscheinend aber auch.

„Irgendwer weiß etwas!" Da ich nicht wußte, in welche Spalte diese Erkenntnis gehörte, schrieb ich sie quer über alle drei. „Sonst hätte nicht jemand in Belindas Wohnung eingebrochen."

Was war mit dem Einbruch in meine Wohnung?

Nicht zum ersten Mal fragte ich mich, ob die beiden Vorfälle etwas miteinander zu tun haben könnten, konnte mir aber auch diesmal nicht vorstellen, was. Was hatten Belinda und ich gemeinsam? Mit einem Wort: absolut gar nichts! (Ja, ja, ich weiß: Das sind drei Worte!)

Übersah ich da etwas? Verband uns doch irgend etwas?

Damon natürlich – aber ich hatte doch nun wirklich niemandem erzählt, daß ich mich relativ regelmäßig mit dem Mann traf. Klar wußte jeder, daß Belinda noch heftig in ihn verliebt war, aber von meinen Gefühlen konnte unmöglich jemand etwas ahnen, und wenn doch, dann kamen mich bestimmt bald die netten Jungs in den weißen Kitteln holen. Abgesehen davon verbrachten sowohl Belinda als auch ich ziemlich viel Zeit auf dem Garden-View-Friedhof (allerdings aus total unterschiedlichen Gründen), wir lebten beide nicht weit vom Friedhof entfernt, waren beide bei zwei Gelegenheiten zur gleichen Zeit in der Rock Hall gewesen und bei einer anderen Gelegenheit zur selben Zeit im Studio.

Was irgendeins dieser Dinge bedeuten mochte oder warum sie wichtig sein sollten, hätte ich nicht sagen können, und keins von ihnen änderte etwas an der Tatsache, daß Damon und Vinnie tot waren und ich nicht die geringste Ahnung hatte weswegen. Oder an der Tatsache, daß ein weiteres Mitglied von Mind at Large bald in ihre geisterhaften Fußstapfen treten würde, konnte man Vinnies Botschaft trauen. Letzteres nahm ich persönlich. Immerhin war ich bei der Band gewesen, als jemand auf sie schoß. Ich hätte auch tot sein können, wozu ich noch nicht bereit war.

Ich saß noch eine Viertelstunde so da, dachte nach, schrieb das eine oder andere auf, murmelte vor mich hin. Nur damit jetzt keine Mißverständnisse aufkommen: Obwohl ich sage, daß ich meine Gedanken sortierte und mir Notizen machte, gab ich mich keineswegs irgendwelchen Illusionen hin, dazu neige ich auch gar nicht (außer manchmal, an schwülen, feuchtheißen Tagen, wenn ich mir fest einrede, daß meine Locken diesmal zur Abwechslung nicht verrückt spielen werden). Mir war durchaus bewußt, daß es auf meiner Liste von „könnte sein“ und „vielleicht“ und Fragezeichen nur so wimmelte.

Traurig, aber wahr – bei genauem Hinsehen gab es unter dem Strich nur eins, was mir vollkommen klar war: daß mir nichts klar war.

Stöhnend warf ich meinen Kuli auf den Notizblock und lehnte mich zurück. Vielleicht (schon wieder dieses vielleicht!) brauchte ich eine Pause. Vielleicht hatte mein Hirn eine Auszeit nötig, um Kraft zu tanken. Eigentlich hätten meine Gedanken an diesem Punkt der Ermittlungen frei und munter fließen müssen. Statt dessen stapften sie mit dicken Stiefeln schwerfällig durch meinen Kopf und machten Lärm wie ...

Wie die Schritte direkt vor meiner Tür! Ich lehnte mich noch weiter zurück Richtung Tür, spitzte die Ohren – und gratulierte mir wenig später zu meinem deduktiven Geschick, das mir mit gleich drei einleuchtenden Gründen aufwartete, warum ich keine Angst zu haben brauchte:

1. Ich war allein im Verwaltungsgebäude. Das wußte ich, weil sowohl Jim, unser Verwaltungschef, als auch Ella, die eigentlich immer als letzte ging, ihren Kopf durch meine Tür gesteckt hatten, um sich von mir zu verabschieden.
2. Geister machten keinen Lärm, wenn sie herumgingen, also konnte es kein Besucher von der anderen Seite sein.
3. Für einen Einbrecher war es noch zu früh.

Ich weiß, das mit den Einbrechern klingt auf Anhieb nicht logisch, aber denken Sie genauer nach. Welcher Einbrecher, der alle Tassen im Schrank hatte, würde einen Einbruch in ein Büro riskieren, in dem Licht brannte und auf dessen Parkplatz Autos standen? Okay – ein Auto, meins.

Auch die logische Schlußfolgerung lag klar auf der Hand: Wenn ich eigentlich gar keine Schritte hören konnte, dann bildete ich mir die Schritte, die ich gehört hatte, nur ein. Aber das mit dem Einbilden wollte ich ja lassen und mich statt dessen lieber an harte, kalte Fakten halten. Also machte ich mich wieder an die Arbeit.

„Damon, Vinnie, Mind at Large.“ Nachdenklich klopfte ich auf die Überschriften auf meiner Liste. „Wenn es jemanden gibt, dem immer noch soviel an dem Foto von Damon liegt, daß er es klaut, dann könnte dieser Jemand etwas mit seinem Tod zu tun haben. Vielleicht!“

So ging es nicht weiter! Mir brummte der Schädel. Erneut warf ich den Kuli beiseite, um mir mit allen zehn Fingern durchs Haar zu fahren.

Wobei ich erneut das Geräusch auf dem Flur hörte.

Jetzt aufzustehen und zur Tür zu gehen war so ziemlich das letzte, was man in einer solchen Situation tun sollte, das wußte ich, ich hatte genügend schlechte Filme gesehen. Aber ich arbeitete ohne Drehbuch, und ich war ganz wild auf Antworten, also ging ich das Risiko ein.

„Hallo!" Ich öffnete die Tür und streckte den Kopf in den Flur. Zu sehen war niemand. „Jim, bist du das? Ella?"

Niemand antwortete, und plötzlich schien es mir eine gute Idee, in mein Auto zu steigen, die Türen zu verriegeln und einfach nach Hause zu fahren. Ich huschte noch schnell ins Büro, um meine Handtasche zu holen und die Autoschlüssel schon mal herauszunehmen. Den Schlüsselring klemmte ich mir so in eine Faust, daß die einzelnen Schlüssel zwischen meinen Fingern hervorragten und schnappte mir zur Sicherheit noch meinen Briefbeschwerer. Dabei handelte es sich um ein Werbegeschenk des Friedhofs; Ella hatte nach der letzten Friedhofskonferenz darauf bestanden, mir einen zu überlassen. Ein Halbrund aus Acrylharz, unten flach, oben rund, darin die Statue eines klagenden Engels. Ich hatte Glück mit diesem Briefbeschwerer: Er war nicht groß, aber ordentlich schwer. So bewaffnet schlich ich mich aus der Tür, den Flur hinunter, bog um die Ecke zur Eingangshalle ... und prallte direkt mit der verrückten Belinda zusammen.

„Heilige Scheiße! Tu mir so etwas nicht an!" Den Briefbeschwerer fest ans Herz gedrückt, rang ich nach Luft. Belinda wirkte nicht gefaßter als ich, was mir sofort ins Auge fiel, nachdem es mir gelungen war, nicht einfach ohnmächtig zu Boden zu sinken. Auf ihren Wangen glühten rote Flecken, ihre Augen loderten, sie atmete schwer und reckte aufgeregt den Hals, um mir über die Schulter zu sehen.

„Was ist los?" fragte ich sie.

„Konnte dich nicht finden. Wußte nicht, welches Büro. Muß mich verstecken." Belinda fuhr sich mit der Zunge über die Lippen. „Der Engel ist es nicht. Vor dem Engel würde ich nicht fliehen. Das weißt du doch, ich wäre glücklich. Aber Engel kommen auf schimmernden Wolken. Sie verfolgen einen nicht im Dunkeln."

„Jemand verfolgt dich?" Jetzt warf auch ich einen Blick über die Schulter. Niemand zu sehen – weder hier im Gebäude noch, soweit ich durch das Flurfenster sehen konnte, draußen auf dem Parkplatz. „Bist du sicher? Ist das jetzt echt?"

Ich fühlte mich schuldig bei dieser Frage, auch wenn sie natürlich und berechtigt war. Vielleicht lag mein Unwohlsein darin begründet, daß mir beim Anblick Belindas unwillkürlich die Geschichten wieder einfielen, die ich in letzter Zeit über sie gehört hatte. Sie war einmal sehr schön gewesen, hieß es, wovon sich nichts mehr erkennen ließ; jetzt war sie nur noch eine Hülle ihres alten Selbst. Aber warten Sie (wie es in dieser blöden Werbung so schön heißt): Das war längst noch nicht alles.

Zum einen hatte ich das gesamte Wochenende damit zugebracht, auf die alte Belinda eifersüchtig zu sein, eine Frau, die nicht mehr existierte, an die sich Damon nicht einmal erinnerte. Zum anderen, nun das war wirklich der springende Punkt. Denn egal, was ich von Belinda dachte, wer sie war, wer sie einst gewesen war oder was sie Damon je bedeutet hatte, nichts konnte über die Tatsache hinwegtäuschen, daß in Belindas Augen das blanke Entsetzen leuchtete. Wie konnte ich diese Frau fragen, ob sie sich bedroht fühlte? Natürlich tat sie das.

Niemand hat mich je beschuldigt, von der lieben, fürsorglichen Sonnenscheinfraktion zu sein. (Na ja, bis auf Joel, aber auch der nur einmal, als ich in den ersten Wehen des Hochzeitswahns Tortenentwürfe ansah und irgendwie nur noch in Herzen und Blümchen denken konnte, was allerdings ziemlich normal sein dürfte.) Unsensibel bin ich aber auch nicht.

Ich legte den Briefbeschwerer weg. „Komm!" sagte ich mit einem letzten Blick aus dem Fenster. Die Luft war immer noch rein. „Ich fahre dich heim. Dann brauchst du keine Angst davor zu haben, daß dich jemand verfolgt."

Belinda schien unfähig, sich zu rühren. „Aber er wird mich finden, und dann holt er dich auch."

Genau das, was man in einem solchen Moment hören will! Da wird einem doch gleich viel wohler!

Mein Herz setzte zu einem fulminanten Trommelwirbel der Furcht an. „Niemand kommt und holt mich", verkündete ich resolut, „und dich auch nicht." Vielleicht fühlten wir uns beide besser, wenn ich tapfere Sprüche von mir gab. „Mein Wagen steht direkt vor der Tür, wir haben es nicht weit. Wenn er also hinter dir her ist ..."

Er? Meine eigenen Worte ließen mich aufhorchen.

„Wer eigentlich?" Die Frage zu stellen bedeutete, ich befand mich wieder im logischen Modus, wo man denkt und handelt. Wesentlich besser, als der Panik nachzugeben, die Belindas Stimme erzittern ließ und drohte, auch mich anzustecken. „Hast du den Mann gesehen? Weißt du, wer er ist? Was er will?"

„Er ist der Wolfsmensch. Er frißt die Herzen Unschuldiger."

Wunderbar – bei dieser Info wäre jeder normale Mensch kreischend hinaus in die Nacht geflohen. So normal bin ich aber wohl doch nicht. Als ich Wolfsmensch hörte, fühlte ich mich gleich viel besser. Wenn Belinda über Werwölfe sprach, klang das nicht anders als ihre Tiraden über den Todesengel, und mit den überhitzten Phantasien eines leicht lädierten Hirns kam ich viel besser klar als mit einer realen Bedrohung. Ich stieß einen Seufzer der Erleichterung aus. „Dann wollen wir mal!"

Belinda wollte nicht, aber ich war hartnäckig, jünger, stärker und ein ganzes Ende größer als sie. Als ich es satt hatte, beschwichtigend auf sie einzureden, und sie am Arm packte, kam sie folgsam mit. Wenig später saßen wir in meinem Wagen. Es war dunkel, und die Nachtleuchte über der Eingangstür zum Verwaltungsgebäude warf seltsame Schatten, dennoch war der Ausdruck totaler Erleichterung, der über Belindas Gesicht huschte, als ich endlich die Türen verriegelte, nicht zu übersehen.

Ihre Augen glitzerten, als sie wortlos in den Beifahrersitz sank. Zumindest schwieg sie, bis wir den halben Weg zum Nebeneingang zurückgelegt hatten, den die Angestellten benutzten, wenn es spät geworden und das Haupttor schon geschlossen war.

Vor uns gabelte sich die Straße. Hinter der Gabelung und einem schmalen Rasenstreifen lag der älteste Teil des Friedhofs. Als meine Scheinwerfer über die Grabsteine strichen, schoß Belinda senkrecht in die Höhe und deutete mit zitterndem Finger auf die Windschutzscheibe. „Er ist da! Er wartet! Beeil dich, Pepper, er ist hinter mir her!"

Mein Herz tat einen Satz. Ich glaube, niemand wird mir einen Vorwurf daraus machen, daß ich aufs Gaspedal stieg und die Straßengabelung auf zwei Rädern nahm.

Glücklicherweise sind die Straßen auf dem Friedhof nicht beleuchtet und sehr kurvenreich. Es war dunkel, ich kannte das Gelände gut. Bald siegte in meinem Innern der gesunde Menschenverstand gegen die Angst; meine Knie hörten auf zu zittern. Wen immer Belinda zwischen den Grabsteinen gesehen haben mochte (falls sie denn überhaupt jemanden gesehen hatte), er konnte uns unmöglich immer noch auf den Fersen sein. Ich nahm den Fuß vom Gas.

„Du mußt mir sagen, was los ist, Belinda. Warum du glaubst, jemand sei hinter dir her. Ist noch etwas aus deiner Wohnung verschwunden?"

Sie schüttelte den Kopf.

„Hast du jemanden in deiner Nähe herumlungern sehen? Vielleicht vor deinem Haus?"

Wieder ein Kopfschütteln.

„Wo dann?"

„Er fand mich. Bei Damons Grab." Sie fingerte am Kragen ihrer Jeansjacke herum. „Er kam auf Samtpfötchen. Seine Hände haben mir den Hals zugedrückt."

„Er hat sich von hinten an dich angeschlichen?" Ob es diesen Angriff wirklich gegeben hatte? Oder war er ein Produkt von Belindas verdrehter Phantasie? Eigentlich egal – die bloße Vorstellung vom dunklen Friedhof und nächtlichen Angreifern ließ mich schaudern. „Sagte er, was er will? Warum er dich ausgesucht hat? Hat er irgend etwas über Mind at Large gesagt?"

Sie schüttelte wieder den Kopf und warf einen nervösen Blick über die Schulter. Gleich darauf stieß sie einen Schrei aus. Ein Blick in den Rückspiegel, und ich wußte warum.

Hinter uns fuhr, mit ausgeschalteten Scheinwerfern, ein Auto, das rasch immer näher kam.

Dann hatte Belinda also nicht gesponnen, sie wurde wirklich verfolgt, und wer immer es auf sie abgesehen hatte fuhr inzwischen direkt hinter uns.

„Halt dich fest!" rief ich meiner Beifahrerin zu.

Ich gab Gas – mit einem raschen Dankgebet an die Sterne, weil ich sechs Monate Zeit gehabt hatte, mich mit den Gegebenheiten von Garden View vertraut zu machen. Im Dunkeln sah eine Straße aus wie die andere, es war leicht, den richtigen Abzweig zu verpassen. Ich aber fand die Kreuzung, die ich gesucht hatte. Jetzt war es nicht mehr weit bis zum Seiteneingang, etwa zweihundert Meter. Wir hatten das Tor fast schon erreicht, als der Wagen hinter uns den Motor aufheulen ließ und noch dichter aufschloß, uns sozusagen auf der Stoßstange hockte. Ehe ich recht wußte, was eigentlich los war, tat mein Wagen einen Satz vorwärts, da der Verfolger uns gerammt hatte.

„He!" Ich warf einen Blick auf die dunkle Limousine im Rückspiegel und schüttelte wütend die Faust. Als könnte ich den Schurken hinter uns damit beeindrucken – falls er die Faust überhaupt sah!

Wieder ein Stoß, ein heftiger, bei dem ich das Gefühl hatte, sämtliche Halswirbel würden knacken. Der Sicherheitsgurt hielt mich so fest umklammert wie eine Python.

Der Wagen hinter uns ließ sich kurz zurückfallen, um sich diesmal von links wieder anzupirschen. Mir blieb keine Wahl, ich mußte reagieren, sonst drohte uns eine zerknautschte Stoßstange oder Schlimmeres. Glücklicherweise stimmte wenigstens das Timing: Wir befanden uns an einer Stelle, auf der eine andere Straße die unsrige kreuzte, und ich konnte ausweichen, indem ich scharf nach rechts einschlug. Mir war klar, wo wir hinfuhren. Ein Stück weiter oben lag linker Hand die Kapelle vor uns, und wenn wir einfach immer weiterfuhren, gelangten wir unweigerlich irgendwann zum Haupteingang. Das Tor war verschlossen, aber gleich auf der anderen Seite lag eine stark befahrene Hauptstraße, auf der immer viele Autos unterwegs waren. An einem milden Abend wie diesem durfte man auch mit Spaziergängern und Joggern rechnen. Viele Zeugen, was unseren Angreifer unter Umständen abschreckte. Wenn wir schnell genug fuhren und es mir gelang, den nötigen Abstand zu wahren ...

Ich fuhr schneller. Der andere Wagen ließ sich zurückfallen. Ich trat noch härter aufs Gaspedal. Gerade hatte ich mir eingeredet, wir hätten eine Chance, schneller als die dunkle Limousine zu sein, als diese seitlich aufholte, auf der anderen Seite diesmal. Statt nach rechts drängte sie uns jetzt nach links ab. So lange es ging, behauptete ich meinen Platz auf dem Asphalt, aber bald schon landeten meine linken Reifen auf dem Rasen. Langsamer werden ging nicht, wieder nach rechts ausscheren schon gar nicht. Bald fuhr der Mustang nur noch auf Gras. In rasantem Tempo kam die Kapelle näher und näher.

Vielleicht hätte ich die Sache gelassener handhaben können, hätte Belinda neben mir nicht die ganze Zeit geheult wie die Todesfee. Ihre durchdringenden Schreie brachten meinen gesamten Denkprozeß durcheinander. Statt mich auf das wie irre zitternde Lenkrad zu konzentrieren oder mir Sorgen darüber zu machen, daß mein Wagen über den Rasen hoppelte wie ein durchgebranntes Kaninchen, weswegen mein Kopf sich anfühlte wie im Schleudergang der Waschmaschine durchgerüttelt und mein Rückrat bestimmt gleich mit einem Knacks in zwei Teile splittern würde – statt mir also über die naheliegenden Probleme Gedanken zu machen, hirnte ich darüber, was ich Ella sagen sollte, wenn sie am nächsten Tag auf dem Friedhof auftauchte und das Hecke meines Mustangs aus dem kostbaren Tiffanyfenster ragen sah.

Vorausgesetzt natürlich, ich lebte dann noch und konnte überhaupt etwas sagen.

Beim Gedanken an mein eventuell kurz bevorstehendes Ableben erstarrten meine Innereien zum Eisblock. Schlecht! Nur daß dieser Gedanke ans Sterben gleich einen anderen aufkeimen ließ: Ich wollte auf keinen Fall schon abtreten, ich würde das zu verhindern wissen, komme, was wolle. So hatte jedes Ding eben zwei Seiten, eine gute und eine schlechte. Nach wie vor gellten Belindas Schreie, nach wie vor war ich halb taub, aber mein Hirn sprang wieder an – und die Instinkte, die mir eins klarmachten: Ich hatte keine andere Wahl.

Schwungvoll riß ich das Steuer nach links.

Gleich hinter der Kapelle fiel ein Hügel sanft ab. Das wußte ich. Aber ich muß gestehen, daß ich überrascht war, als wir plötzlich abhoben und uns in der Luft befanden. Der Mustang schwebte. Eine Sekunde lang, zwei, drei ... vielleicht hätte ich das Gefühl, so durch die Lüfte zu segeln, sogar genossen, wären Belindas Schreie nicht gerade jetzt ins echte hysterische Kreischen umgeschlagen. So richtete ich mich geistig-seelisch auf das Schlimmste ein, brüllte Belinda zu, sie möge sich festhalten (woran, hätte ich allerdings nicht sagen können) und wartete auf die Landung.

Die kam rasch und war so hart, daß meine Zähne aufeinanderschlugen. Sie klapperten immer noch, als das erste Wasser durch die Tür zu sickern begann.

„Wir sind im Teich gelandet." Ja, ich weiß, wo denn sonst? Ein anderer Beifahrer hätte möglicherweise mit einer spöttischen Bemerkung gekontert. „Ach nee?" oder „Was du nicht sagst!" wäre völlig angebracht gewesen, und ich hätte das auch bestimmt nicht übel genommen. Belinda jedoch saß stocksteif neben mir, vor Furcht erstarrt. Mir war klar, daß ich handeln mußte, und zwar umgehend. Mit zitternden Fingern löste ich meinen Sicherheitsgurt, beugte mich zu Belinda hinüber und löste ihren. „Wir müssen hier raus!" drängte ich. „Ehe der Wagen untergeht. Kannst du schwimmen?"

Belinda schluckte schwer. „Goldfische schwimmen in Zuckerbötchen", sagte sie. „Rübchen treiben und Eisbechertüten ..."

„Halt einfach den Mund." Ich schüttelte sie, einerseits, um sie in Bewegung zu bringen. Hauptsächlich aber, damit sie aufhörte, Unsinn zu schwafeln. „Ich glaube nicht, daß wir die Türen öffnen können, dazu wird der Wasserdruck zu stark sein, und selbst wenn die Türen aufgehen ..." Resolut schluckte ich meine eigene Panik hinunter. „Du weißt doch bestimmt aus dem Fernsehen, wie man so ein Desaster überlebt. Wenn die Türen nicht aufgehen, müssen wir die Windschutzscheibe eintreten." Das war eigentlich nicht das Schicksal, das ich meinen schicken T-Strap-Pumps zugedacht hatte, dann doch lieber erst einmal etwas wagen! „Ich versuche es mit meiner Tür", erklärte ich Belinda. „Vielleicht geht es ja, wenn ich stark genug drücke." Entschlossen stemmte ich die Schulter gegen die Tür. „Fertig? Ich zähle bis drei. Eins, zwei, drei ..."

Das mit dem Wasserdruck hatte ich überschätzt, was klar wurde, als die Tür aufsprang und der Kraftaufwand, den ich eingesetzt hatte, mich gleich aus dem Auto und in den Teich katapultierte. Kaum saß ich draußen, wußte ich auch schon, was Sache war: Das Wasser war nur knapp einen Meter tief.

Da saß ich nun, bis zum Kinn im Wasser, die Schulter an der offenen Wagentür, der Hintern im Schlamm, und sah mir den Mustang an. Dem reichte der Teich bis an die Stoßstangen. „Du kannst herauskommen, Belinda", seufzte ich. „Ertrinken kann man hier nicht, es ist nicht besonders tief."

Statt die Beifahrertür aufzumachen, legte sich Belinda platt auf den Vordersitz und spähte zur Fahrertür hinaus. „Aber er wird uns finden. Er ist doch hinter uns her."

Es war ja nun nicht so, daß ich die dunkle Limousine und ihren Fahrer vergessen hatte, aber offen gesagt war ich gerade ein wenig zu sehr mit anderen Dingen beschäftigt gewesen. Belindas Worte lenkten meinen Blick den Hügel hinauf Richtung Kapelle. Von der dunklen Limousine war weit und breit nichts zu sehen, dafür hörte ich in der Ferne Stimmen. Mir drehte sich der Magen um. Ich wollte Belinda gerade aus dem Auto zerren, um die Flucht durch knietiefes Wasser zu ergreifen, als oben auf dem Hügel einer der Besitzer dieser Stimmen in Sicht kam.

„Alles in Ordnung da unten?" rief Brian, der Geisterjäger, und als ich ihm zuwinkte, um zu signalisieren, daß in der Tat alles in Ordnung sei, dreht er sich um und gab die frohe Botschaft an den

Rest der Gruppe weiter, ehe er vorsichtig den Hügel hinunter auf das Teichufer zu kletterte.

„Wir haben im Geländewagen Stricke“, rief er. „Bleibt, wo ihr seid, wir ziehen euch raus.“

„Das wird nicht nötig sein“, versicherte ich ihm – natürlich ehe ich versucht hatte aufzustehen. Kaum stand ich, als der Schlamm auch schon an mir sog und ich „Verdammt!“ rief. Ich bückte mich, um die Pumps zu retten, verlor das Gleichgewicht und sank wie ein Stein auf den Teichboden.

Dann hatte ich es geschafft. Ich stand, spuckte Brackwasser und durfte zusehen, wie mir Schlamm und Brühe vom Körper rannen. Mein Mustang sah nicht viel besser aus als ich, man würde ihn abschleppen müssen. Meine Klamotten waren komplett ruiniert, und irgendwo im Dunkeln lauerte irgendwer, der Belinda töten wollte, sah zu und plante zweifellos bereits die nächste Attacke auf ihr Leben.

Ganz schön viel Scheiße auf einmal. Aber das Schlimmste kam erst noch.

Während ich dort so stand und den Geisterjägern zusah, die zu unserer Rettung herbeieilten, konnte ich praktisch fühlen, wie sich meine Locken wie wild kräuselten.

KAPITEL 17

DAS WETTER WAR WIE OFT in Cleveland an Halloween mild. Das ist natürlich nur ein grausamer Scherz. Wer lange genug in diesen Breitengraden gelebt hat, weiß, was Sache ist: Mag dieser eine Tag noch so angenehm ausfallen, die nächsten Monate mit ihren Schneestürmen und ihrer Eiseskälte werden die Hölle. Andererseits sind wir Clevelander ein zähes Völkchen, und wenn es ums Wetter geht, nehmen wir, was wir kriegen können, und freuen uns darüber.

Ich ging zu Fuß zur Arbeit, denn der Mustang steckte noch im Schlamm, aus dem ihn die Abschleppfirma, die ich angerufen hatte, erst am Nachmittag befreien würde. Der Weg von Little Italy zum Friedhof dauerte länger, als ich gedacht hatte, und als ich oben auf dem Hügel ankam, war auf dem Gelände schon jede Menge los. Blauer Himmel und milde Temperaturen lockten immer viele Besucher an, wobei die meisten von ihnen an diesem speziellen Feiertag mehr vorhatten, als einfach nur ihren lieben Verstorbenen einen kleinen Besuch abzustatten. Brian arbeitete mit seiner Gruppe in der Nähe eines Mausoleums (ohne Dan, wie ich nicht umhin kam zu bemerken), und als ich am großen Monument vorbeikam, in dem man Präsident James A. Garfield zur letzten Ruhe gebettet hatte, drängte gerade ein Trupp mit Kassettenrekordern bewaffneter Teenager hinein.

Das roch schon von weitem nach einem arbeitsreichen Tag. Worauf ich wenig Lust hatte – wer kann mir das verdenken? Es war noch nicht einmal neun Uhr, aber ich war schon total erledigt. Mir tat jeder einzelne Knochen vom Kopf bis zu den Zehenspitzen weh, und ich fühlte mich generell mies, was teilweise an der Erschütterung lag, die mein Körper am Vortag hatte erleiden müssen, als der Mustang mit voller Wucht im Teich gelandet war – aber nur teilweise. Eigentlich waren meine Schuhe Schuld an meiner desolaten Gesamtverfassung: Auf einem so langen Spaziergang hätte ich einfach andere anziehen müssen. Zumal ich noch eine schwere Reisetasche mitschleppte. Seufzend verlagerte ich die Tasche von der rechten in die linke Hand, um meinen rechten Arm etwas auszuruhen.

Außerdem hatte es am Vorabend Stunden gedauert, bis man mich nach Hause ließ. Mein Sturz in den Teich bedurfte einiger Erklärungen: der Polizei, meinem Versicherungsvertreter und auch Ella gegenüber, die ich gleich angerufen hatte, obwohl ich es lieber aufgeschoben hätte. Ella hatte sich, wieder mal typisch, mehr Sorgen um mich gemacht, als mich zu schelten. Ganz schlecht für mein ohnehin schon schlechtes Gewissen, denn immerhin hätte ich um ein Haar ein Gebäude zerstört, das auf der Liste der nationalen Denkmäler stand.

„Ich habe gehört, was letzte Nacht los war."

Daß ich vor Schreck zur Abwechslung mal keinen Satz tat, als Damon neben mir auftauchte, sagt wohl allerhand über meinen Erschöpfungszustand aus. Wir konnten normal reden, ging ich doch gerade durch einen Friedhofsabschnitt, auf dem uns große Grabsteine von der Straße abschirmten.

„Ich wette, inzwischen hat das jeder." Im Verwaltungsgebäude wurde heute sicher über nichts anderes geredet als über Pepper Martins Fahrkünste – beziehungsweise ihren Mangel daran. Wahrscheinlich hatte Damon Wind von der Sache bekommen, weil er sich in der Verwaltung herumgetrieben hatte.

Ich musterte ihn aus den Augenwinkeln, wobei ich gleichzeitig darauf bedacht war, auf meine Füße zu achten, denn in diesem Teil des Friedhofs stehen nicht nur große, aufrechte Grabsteine, sondern es liegen auch noch eine Menge flacher Grabmarkierungen herum, über die ich auf keinen Fall stolpern wollte. „Hast du irgend etwas direkt mitbekommen?"

„Wer den anderen Wagen fuhr, meinst du? Tut mir leid." Damon zuckte bedauernd die Achseln. „Ich war drüben in der Rock Hall und hab den Roadies zugeschaut, die alles für heute abend aufbauten. Wenn ich hier gewesen wäre, hätte ich euch vielleicht helfen können."

„Oder auch nicht." Die Worte waren mir kaum über die Lippen gekommen, als ich sie auch schon schrecklich bedauerte. Ich blieb stehen. „Du weißt, daß ich das so nicht gemeint habe", sagte ich. „Ich wollte nur sagen ..."

„... daß Geister nicht die Bohne tun können, wenn es um Dinge von dieser Welt geht." Damon war auch stehengeblieben. Er strich sich eine Locke aus der Stirn, wobei er, anders als sonst oft, nicht die linke Hand benutzte. Kein Wunder: Die war inzwischen so verblaßt, daß ich sie kaum mehr zu erkennen vermochte. Das gleiche galt für das linke Handgelenk, den Arm und die Schulter – als ich das sah und mir eingestehen mußte, daß ich Damon so durchsichtig noch nie gesehen hatte, schluckte ich nur mit Mühe die Panik hinunter, die sich als Kloß in meinem Hals festzusetzen drohte.

„Mir geht es total gegen den Strich, daß ich dir nicht helfen kann", bekannte Damon still.

Ich versuchte mich an einem Lächeln, das aber bestimmt sehr verkniffen ausfiel. „Mir geht es total gegen den Strich, daß ich dir nicht helfen kann. Du verschwindest immer schneller."

Damons Lächeln fiel echter aus als meins. „Ich bin schon vor langer Zeit verschwunden. Du mußtest erst kommen, damit ich wieder real werden konnte."

Ich heftete den Blick auf den Boden und trat gegen ein Grasbüschel. „Ich wollte, das wäre wirklich so."

„He, kleines Mädchen!" Damon streckte die Hand aus, und ich glaube, er wollte mir gerade einen Finger unter das Kinn legen, als er es sich in letzter Sekunde anders überlegte und die Hand wieder zurückzog. „Habe ich dir schon gesagt, wie dankbar ich dir bin? Für alles, was du tust?"

„Was ja nun nicht gerade viel ist." Den Blick immer noch fest auf den Boden gerichtet, seufzte ich tief. „Habe ich dir schon gesagt, wie schön es ist, nach all den vielen Jahren wieder jemanden zu haben, mit dem ich reden kann?"

Seine Stimme klang so warm, so bezaubernd, daß ich nicht anders konnte als aufzusehen. Es hätte einer stärkeren Frau bedurft, als ich es bin, beim Anblick des Feuers in seinen Augen nicht unwillkürlich zu lächeln.

„Habe ich dir schon gesagt ..." Damon beugte sich näher heran. Keine Sorge: Wir hatten unsere Lektion gelernt, als er mich in der Rock Hall küßte! Er begnügte sich mit dem Nächstbesten, einem Blick, der mindestens so intim war wie ein Kuß und eindeutig längst nicht so kalt. „Du bist etwas Besonderes, Pepper."

Ganz gegen meinen Willen stiegen mir die Tränen in die Augen. Ich wollte witzig sein, aber dazu klang meine Stimme zu wäßrig. „Nur kann ich nicht glauben, daß wir eine Zukunft haben."

„Aber wir haben die Gegenwart." Damon trat zurück, worüber ich herzlich froh war. Zu gefährlich war sein warmes Lächeln, viel zu leicht wäre es gewesen, sich vom glühenden Blick der dunklen Augen völlig aus der Fassung bringen zu lassen. „Ich will dir helfen. Bei der Aufklärung deines Falles."

Es gibt wohl kaum einen besseren Weg, romantische Momente in den Sand zu setzen, als die Erwähnung eines riskanten Kriminalfalles. Automatisch wich ich ebenfalls ein wenig zurück, um vehement den Kopf zu schütteln. „Es gibt nichts, was du tun könntest."

„Du irrst, es gib sehr wohl etwas. Ich habe darüber nachgedacht: Ich kann dir bei der Band Auge und Ohr sein."

Die Idee hatte etwas, nur ...

„Heute abend ist das Konzert, und morgen verlassen die Jungs die Stadt auch schon wieder", wandte ich ein. „So steht es zumindest in der Morgenzeitung. Sobald die Jungs weg sind, kann ich nichts mehr tun. Ich kann nicht jedem einzelnen von ihnen folgen und dafür sorgen, daß ihm nichts geschieht."

„Was bedeutet, daß wir heute abend etwas unternehmen müssen." Etwas? Da war ich schon einen Schritt weiter! Zum Beweis hielt ich meine Reisetasche hoch. „Hier drin sind Sachen zum Wechseln und eine Jacke, weil ich weiß, daß es schlagartig kalt sein wird, sobald die Sonne untergeht. Ich gehe heute abend zum Konzert."

Er nickte. „Ich auch."

„Kommt nicht in Frage." Entsetzt wies ich die Idee von mir. „Du warst noch nicht einmal im Studio dabei. Es hätte dir viel zu weh getan, die Band spielen zu sehen und zu wissen, daß du nicht dabeisein kannst. Ein Live-Konzert ist hundertmal schlimmer. Es ..."

„... ist unsere letzte Chance."

Damit meinte er die Sicherheit der Jungs von Mind at Large und wie wir sie garantieren könnten. Soweit ich es zu beurteilen vermochte, hatte er recht. Sobald die Band die Stadt verließ, war jede Chance dahin, sie zu beschützen. Wenn es so eine Chance überhaupt je gegeben hatte.

„Bis jetzt habe ich sie nicht gut beschützt, oder?"

Erst als Damon mich fragend ansah, wurde mir klar, daß ich die Worte laut ausgesprochen hatte. Rasch brachte ich ihn auf Stand, den Lauf meiner Gedanken betreffend.

„Ich habe gerade nachgedacht. Da mache ich mir Sorgen darüber, daß die Band abreist und ich nicht mehr in der Lage bin, sie zu schützen. Dabei habe ich sie gar nicht beschützt. Das kann ich auch nicht, denn Gene läßt mich nicht in die Nähe der Jungs. Aber es ist seit dem Tag im Studio auch nichts weiter passiert, also ist es vielleicht sogar egal, ob er mich in ihre Nähe läßt oder nicht. Niemandem ist etwas zugestoßen. Es gab weder Unfälle noch Schießereien noch ..."

„Du hast recht. Wenn irgend etwas in der Richtung gelaufen wäre, hätte ich letzte Nacht in der Rock Hall davon gehört."

„Allerdings kann man auch nicht behaupten, es wäre gar nichts passiert. Etwas ist schon gelaufen, nur nicht mit der Band."

Wie es bei einfachen Lösungen komplexer Probleme ja so oft geschieht, hatte mich diese hier die ganze Zeit angestarrt, ohne daß ich es mitbekommen hätte. Jetzt schien sie mir so klar auf der Hand zu liegen, daß ich mir mit der flachen Hand auf die Stirn geschlagen hätte, wäre dadurch nicht meine Frisur in Gefahr geraten. Ich hatte meinem Haar in der Nacht zuvor noch eine Tiefenbehandlung mit Öl zukommen lassen und ihm am Morgen eine Pflegekur verpaßt, die den ganzen Tag über drin bleiben sollte – anders war der Krause nicht beizukommen. Da wollte ich auf keinen Fall ein Risiko eingehen.

„Belinda ... ist doch in gewisser Weise auch Teil der Band, oder nicht?" fragte ich Damon, wobei ich mich, jetzt wo ich sie laut aussprach, mehr und mehr für meine Theorie erwärmte. „Das behauptet sie wenigstens immer: ‚Ich gehöre zur Band', sagt sie. Als Vinnie warnte, jemand von der Band schwebe in Gefahr, meinte er damit vielleicht gar nicht einen von den Jungs, verstehst du?" Ich war nicht mehr müde, im Gegenteil! Munter machte ich mich auf Richtung Büro, wollte ich mir doch unbedingt gleich die Liste vorknöpfen, die ich am Vorabend angelegt hatte, um sie im Lichte der neuen Erkenntnisse noch einmal durchzugehen.

Ein paar Vorteile hat es schon, wenn man tot ist, was sich nicht leugnen läßt. Damon mußte sich nicht abmühen, um mit mir Schritt zu halten. Als ich schwungvoll einen Grabstein umrundete und einem weiteren mit einem raschen Ausfallschritt auswich, fand ich ihn vor mir, wartend an die Statue einer weinenden Frau gelehnt. Kaum sah er mich kommen, als er mir auch schon den Weg verstellte.

„Ich habe das nicht verstanden", sagte er.

„Ich auch noch nicht." Ich war so elektrisiert, daß ich vor Nervosität von einem Bein auf das andere trat. „Aber diese Theorie ist die einzige, die mir einleuchtet und auch nur einen Funken Logik in sich birgt. Belinda sagt, jemand sei ihr letzte Nacht gefolgt, habe sich an sie angeschlichen und versucht, sie zu erwürgen. Die

Geschichte habe ich ihr nicht abgenommen – bis dann plötzlich dieses Auto hinter uns auftauchte. Denk mal nach: In Belindas Wohnung ist eingebrochen worden. Belinda war im Studio, als die Schüsse fielen. Belinda saß vergangene Nacht im Auto, als man uns von der Straße drängte. Sie war in der Rock Hall, als Alistair unter den fallenden Scheinwerfer geriet, und ich weiß auch, daß sie irgendwann vor Vinnies Tod in dessen Wohnung war. Ich habe dort ihre Kaffeebecher gefunden. Ich weiß nicht, Damon …" Ungeduldig wich ich ihm aus, um weiterlaufen zu können. Ich wollte meine Theorie auf die Probe stellen. „Ich glaube, wir haben alles aus einem falschen Winkel betrachtet. Noch weiß ich nicht warum, aber ich glaube, Belinda könnte das Opfer sein, von dem Vinnie gesprochen hat."

„Oder du."

Ich blieb wie angewurzelt stehen und reagierte, wie wohl jede rational denkende Person reagiert hätte. „Auf keinen Fall!"

„Warum nicht? Klingt genauso logisch wie das, was du sagst: Belinda war nicht die einzige, die Vinnie in seiner Wohnung besucht hat. Du warst auch da, und du warst an dem Tag, als der Scheinwerfer herunterfiel, ebenfalls in der Rock Hall."

„Aber erst, nachdem er gefallen war."

Damon ließ sich nicht unterbrechen – wahrscheinlich hoffte er, ich hätte den Haken an seiner schönen Theorie nicht bemerkt. „Du warst letzte Nacht bei Belinda im Auto. Du warst im Studio. Auch in deine Wohnung ist jemand eingebrochen. Was, wenn der Killer nicht hinter Belinda her ist? Wenn er hinter dir her ist?"

Sollte es stimmen, was Damon da sagte (und es war nicht leicht, ihm zu widersprechen, weswegen ich lieber den Mund hielt), dann geschah jetzt genau das, wovor ich ihn gleich am ersten Tag unserer Bekanntschaft gewarnt hatte. Als er mich bat, ihm zu helfen. Bislang hatte jeder einzelne meiner Fälle früher oder später dazu geführt, daß irgendein Psychopath meinen permanenten Umzug auf den Garden-View-Friedhof zu organisieren versuchte.

Zeit also für ein herzhaftes „Habe ich es dir nicht gleich gesagt?"

Ich schwieg. Aus vielerlei Gründen. Zum Beispiel war die Vorstellung, Damon könnte recht und ein Mörder es wirklich auf mich abgesehen haben, einfach zu gruselig. So gruselig, daß ich nicht darüber nachdenken mochte. Außerdem hatte soviel Schmerz, soviel Besorgnis in Damons Stimme gelegen, als er seine Theorie vortrug, daß ich sicher sein konnte: Der Mann fühlte sich verantwortlich.

„Hinter mir ist niemand her!" Das hatte überzeugt klingen sollen, fiel aber schwach aus. Wenn man es recht bedachte, klang ich so verunsichert, wie ich mich fühlte. „Warum denn auch?"

„Das ist völlig egal. Auf keinen Fall gehst du heute abend zum Konzert."

„Du spinnst. Ich muß da hin. Das ist meine letzte Möglichkeit, Nachforschungen anzustellen."

„Es ist viel zu gefährlich."

„Niemand wird etwas riskieren, wenn Zehntausende zuschauen."

„Vielleicht ja doch."

„Bestimmt nicht! Warum auch?" An diese Frage klammerte ich mich, was allemal besser war, als der Angst nachzugeben. „Ich weiß wirklich nichts darüber, wie du gestorben bist. Ich war damals noch gar nicht auf der Welt, und ich weiß auch nichts über Vinnies Ableben."

„Aber vielleicht weiß der Mörder das nicht." Als ich nicht sofort widersprach, ging Damon davon aus, mich überzeugt zu haben. „Ich gehe heute abend zum Konzert", verkündete er in einem Ton, der keinen Widerspruch zuließ, „und du bleibst zu Hause."

„Du gehst da nicht hin!" Er dachte wohl, ich würde ihn besser verstehen, wenn er jedes Wort ganz langsam und deutlich aussprach.

Ich verstand ihn auch besser, wovon ich mich jedoch nicht beeindrucken lassen wollte. „Aber ..."

„Ich lasse nicht zu, daß dir etwas zustößt." Damon mußte sich zusammenreißen, um nicht laut zu werden. Plötzlich senkte er die Stimme zu einem leisen Flüstern, jede Silbe mit Emotionen geladen. „Dazu liebe ich dich viel zu sehr."

Herzensangelegenheiten haben selten etwas mit Logik zu tun, weswegen sie eigentlich immer über jegliche Vernunft siegen. Das galt auch und ganz besonders in diesem Fall – zumindest, was mein Herz und dessen Angelegenheiten betraf. Ich schluckte den Klumpen an aufgestauten Gefühlen hinunter, der sich plötzlich in meinem Hals gebildet hatte, wollte antworten – auch wenn ich nicht die geringste Ahnung hatte, was –, kam aber nicht mehr dazu. Ehe ich dazu kam, verschwand Damon wie ausgeknipst.

Als sei Vinnie noch am Leben und channele ihn.

„Damon?" Suchend sah ich mich um – da tauchte er auch schon flackernd wieder auf, genau an der Stelle, an der ich ihn zuletzt gesehen hatte. Ich eilte zu ihm. „Was geht hier ab?" Ein tiefer, bohrender Schmerz zeichnete sich auf Damons Gesicht ab. Er ballte die rechte Hand zur Faust. „Ich weiß ..." Ein Knistern unterbrach ihn, verwirrt schüttelte er den Kopf. „Ich weiß es nicht."

„Du wirst doch nicht ..."

Er war verschwunden, ehe ich Gelegenheit hatte, den Satz zu beenden.

Eine knappe Minute lang, die sich allerdings anfühlte wie eine halbe Ewigkeit, stand ich im Schatten der großen Grabsteine, rang verzweifelt die Hände und fragte mich, was ich nun tun sollte. Soeben hatte ich mir eingestanden, daß ich absolut nicht wußte, was zu tun war, als ein Rauschen durch die Luft ging. Kurz darauf lag Damon keuchend und sich windend im Gras.

Ich kniete mich neben ihn. „Noch jemand channelt dich, nicht wahr?"

Er versuchte zu antworten, obwohl klar war, daß es zu sehr schmerzte. Da er nicht sprechen konnte, sah er mich nur an. Seine Augen flehten um Hilfe, sein Mund war ein dünner, grimmiger Strich.

Dann stieß er einen lauten, herzzerreißenden Schrei aus und verschwand vollends.

Bebend und schluchzend hockte ich im Gras. Lange brauchte ich diesmal nicht, um zu entscheiden, was als nächstes zu tun war.

Ich würde dieser Angelegenheit auf den Grund gehen, sie ein für alle Mal klären. Ich würde herausfinden, warum es möglich war, Damon zu channeln, wo doch Vinnie gar nicht mehr lebte.

Ich würde Damons Leiden beenden und verhindern, daß er noch mehr verblaßte.

Ich würde auf dieses Konzert gehen.

Selbst wenn dort ein Mörder auf mich wartete.

„Ich freue mich so, daß du nun doch mitkommst!“ Ella sah ihren Töchtern zu, die auf den Tribünen rings um das große Areal vor der Rock Hall nach unseren Plätzchen suchten. Sie zog ihre Winterjacke fester um sich und schickte den Mädchen ein strahlendes Lächeln hinterher, das sie dann gleich auch noch auf mich richtete. „Ich habe schon so lange das Gefühl, du gehörst zur Familie, und die Mädels sind komplett begeistert, weil du dabei bist. Sie finden dich so toll, Pepper, du bist ihr großes Vorbild.“

Ob Ella das wohl auch noch behauptet hätte, wenn ihr bewußt gewesen wäre, daß ich gar nicht hier war, um mich einen Abend lang lautstark in die Sechziger zurückversetzen zu lassen? Daß ich hier war, um einen Mörder zu fangen?

„Vielen Dank für die Mitfahrgelegenheit.“ Das mit meinem Mordfall konnte ich ihr unmöglich verraten, aber ich war ihr dankbar für ihre Hilfe. Die Jungs von der Werkstatt hatten meinen Mustang mitgenommen, nachdem sie ihn aus dem Schlamm gezogen hatten. Sie wollten nachsehen, ob der Unterboden etwas abbekommen hatte.

Die Mädchen waren inzwischen am Ziel. Mein Platz war neben ihnen, aber ich hatte noch nicht vor, mich zu setzen. Bis zum Konzertbeginn war noch Zeit; ich wollte erst mal Belinda finden. Darum trat ich zur Seite, um Ella an mir vorbeizulassen. „Wir treffen uns nach dem Konzert, drüben bei ...“

„Du immer mit deinen Witzen." Lachend schob Ella ihren Arm unter meinen. „Wir müssen keinen Treffpunkt ausmachen, wir bleiben zusammen. Ist das nicht klasse, daß in unserer Reihe noch Platz war? In der Pause gebe ich einen aus – wir holen uns heißen Kakao. Ich will mich mit dir über eine Friedhofskonferenz in Chicago unterhalten. Aber freu dich nicht zu früh." Sie tätschelte meinen Arm. „Ich weiß noch nicht, ob ich die Konferenz nicht doch noch in meinen Terminkalender quetschen kann, aber vielleicht kannst du ja für mich hinfahren. Nach dem Konzert, habe ich meinen Mädchen versprochen, ziehen wir los, ein paar Mind-at-Large-CDs kaufen. Ich weiß einfach, daß sie auf die Band abfahren werden."

„Ich auch, das verspreche ich dir." Sanft entzog ich mich Ellas mütterlichem Griff. Auf dem Weg zu unseren Plätzen waren mir die Klohäuschen aufgefallen, die man in einer langen Reihe auf der anderen Straßenseite aufgebaut hatte. „Ich muß noch mal kurz da rüber", sagte ich, indem ich mit dem Kinn in die entsprechende Richtung deutete. „Ich bin gleich wieder da."

Was wollte Ella da noch einwenden? Da sie kleiner war als ich, konnte sie mich auch nicht im Auge behalten, als ich so tat, als würde ich die Straße überqueren wollen, nur um mich nach einer abrupten Kehrtwendung in genau die entgegengesetzte Richtung zu begeben. Ich schlug einen Bogen um die Massen, die zu den Tribünen drängten, und kürzte durch den ganz linken Gang ab, um näher an die Bühne heranzukommen.

Vielleicht hätte ich es sogar geschafft, hätte sich mir nicht ein großer, bulliger Typ in den Weg gestellt, auf dessen gelber Jacke in großen schwarzen Buchstaben das Wort „Ordner" prangte.

„Hi!" Ich sprühte nur so vor Charme.

Den Mann ließ das kalt – er war gut geschult.

Ich sah an ihm vorbei auf das Labyrinth an Kulissen, Requisiten und Verstärkern, die den Weg nach hinten säumten. „Ich gehöre zur Band", sagte ich.

„Klar." Er verschränkte die Arme vor der Brust. „Da hinten darf niemand rein. Noch nicht mal die süßen Mädels."

„Sie finden mich süß?“ Das war schon mal ein kleiner Sieg. Ich schraubte den Charmeausstoß höher. „Wir könnten doch nach dem Konzert was trinken gehen.“

„Könnten wir. Aber Backstage lasse ich Sie deswegen noch lange nicht.“

Dann nicht. Ich wich zurück.

Zum Glück sah ich genau in diesem Augenblick hinter einem der Verstärker etwas flattern. Sicher war ich mir da nicht, aber es sah mir doch sehr nach einem wohlbekannten lila Rock aus.

„Belinda!“ Als sie den Kopf hinter dem Verstärker vorstreckte, winkte ich. „Ich muß dringend mit dir reden.“

Mr. Sicherheitsmensch wollte bestimmt protestieren, da Belinda aber schon Backstage war, konnte er eigentlich nicht viel sagen.

Ich grinste ihn breit an, als er beiseite trat. „Ich hab es Ihnen ja gesagt!“ verkündete ich. „Ich gehöre mit zur Band.“

Wenig später stand ich backstage, mitten im Chaos, das die Zeit unmittelbar vor einem Konzert kennzeichnet. Roadies und Techniker wuselten umher, die Arme mit Gitarren, Mikrophonen und tonnenweise schwarzem Kabel beladen. Ein Kleiderständer ganz in der Nähe hing voller Klamotten zum Wechseln: Jeanshemden (Pete trug nichts anderes), ein paar Jacken für den Fall, daß der Band kalt wurde, sogar ein Ersatzcowboyhut, der nur Alistair gehören konnte. Mikes Southern Comfort stand auf einem Tischchen bereit, aber von Mike selbst war noch nichts zu sehen. Dasselbe galt auch für die übrigen Mitglieder von Mind at Large.

„Ist alles in Ordnung?“ fragte ich Belinda.

Zu meiner großen Überraschung wurde mir tatsächlich eine richtige, fast schon verständliche Antwort zuteil. „Ob er wiedergekommen ist? Nicht, seit er versucht hat, den Wagen schwimmen zu lassen. Ich mache mir keine Sorgen.“ Ihr strähniges Haar flatterte wild, als sie den Kopf schüttelte. „Pepper hilft mir, mich zu verstecken, wenn der Mann mit dem katzengleichen Schritt kommt.“

Soviel Klarheit und Eindeutigkeit – ich war richtig dankbar. „Stimmt“, bekräftigte ich. „Ich habe dir geholfen, dich zu verstekken, und ich werde auch weiterhin dafür sorgen, daß dir nichts passiert. Aber damit ich das tun kann, brauche ich deine Hilfe. Ich will, daß du genau nachdenkst. Über das Foto von Damon in deinem Wohnzimmer. Weißt du noch? Das Foto, das du in der Nacht gemacht hast, als er starb."

„Ich erinnere mich an diese Nacht." Belindas Unterlippe zitterte. „Ich liebte ihn. Wir sind Seelenverwandte."

„Du kannst ihm helfen. Du willst Damon doch helfen, nicht wahr?"

„Helfen?" Sie legte den Kopf schräg, musterte mich. „Hat er Probleme?"

„Ja. Jemand versucht, ihm wehzutun. Du mußt nachdenken. Du mußt mir sagen, was auf dem Bild zu sehen war. Außer Damon."

Belinda schloß die Augen. Sie kaute auf ihrer Unterlippe herum, und ich hielt die Luft an. Sie hatte fast vierzig Jahre Zeit gehabt, sich jeden Zentimeter dieses Fotos einzuprägen. Sie mußte einfach wissen ...

„Ein Ball. Wie die Sonne." Sie wirkte zufrieden mit sich, als sie die Augen wieder aufschlug. „Glänzend."

Meine Antwort darauf wiederhole ich hier lieber nicht.

Leise vor mich hin fluchend, grübelte ich darüber nach, wie ich nur zu ihr durchdringen könnte. Vielleicht wäre mir eher etwas eingefallen, hätte ich halbwegs klar denken können. Aber jedesmal, wenn ich meine Gedanken zu ordnen versuchte, stand Damon vor mir. Wie er heute morgen auf dem Friedhof ausgesehen hatte.

Jemand – oder etwas – zerrte an Damons Geist. Er litt Höllenqualen, und ich war die einzige, die helfen konnte.

Mit wild pochendem Herzen dachte ich nach – aber noch ehe mir ein Plan einfallen konnte, passierte etwas Seltsames.

Ich hörte ein zwitscherndes Geräusch.

„Was war das?" fragte ich Belinda, eine Frage, die ich mir ebensogut auch hätte sparen können. Belinda hatte das Interesse an mir verloren. Sie wanderte ziellos umher, murmelte Unverständliches vor sich hin und brachte es fertig, so gut wie jedermann im Wege zu stehen.

Da – da war es wieder, dieses Zwitschern.

Es klang schrecklich vertraut.

Ich neigte den Kopf, um besser hören zu können, und suchte mir einen Weg durch das Chaos in den rückwärtigen Teil. Langsam aber sicher bekam ich das Gefühl, auf einer richtigen Spur zu sein.

So seltsam es klingen mag: Ich hatte das Geräusch erkannt.

Es war dasselbe Zwitschern, das ich an jenem verhängnisvollen Tag im Lagerhaus vor dem Studio gehört hatte.

Gleich nachdem jemand versucht hatte, uns alle totzuschießen.

KAPITEL 18

IRGENDWANN FAND ICH MICH am hintersten Ende des Platzes wieder, wo man hinter und unter der Bühne eine Art improvisierten Raum geschaffen hatte. Direkt jenseits einer Zeltplane, die ein schlauer Mensch ringsum gespannt hatte, um den Wind abzuhalten, wurde der Boden abschüssig. Eine steife Brise wehte die Plane ein Stück beiseite, so daß ich weit unter mir den Eriesee erkennen konnte. In diesem improvisierten Zimmer stand ein Tisch mit den Überresten einer Mahlzeit: große Metalltabletts, Pappteller, Brot, Aufschnitt, saure Gurken. Jemand hatte eine Zweiliterflasche Cola umgekippt. Das klebrige braune Zeug hatte auf dem Tisch eine Pfütze gebildet und tropfte nun auf den Boden.

Während ich noch dastand und mich umsah, hörte ich erneut dieses seltsame Zwitschern. Es kam von einem Handy, das jemand auf dem Klavier hier im Raum vergessen hatte. Ein Handy, das gleichzeitig ein Sprechfunkgerät war. Aber das war nicht das einzige, was auf dem Klavier lag. Außerdem befanden sich dort noch eine dicke, schwarze Kerze und ein gerahmtes Foto Damons, das, darauf hätte ich mein letztes Hemd verwettet, direkt von Belindas Wand stammte.

Schon hatte ich mich dem Klavier zugewandt, als ich aus dem Durcheinander aus hastig unter der Bühne zusammengezimmerten Fluren eine Stimme vernahm.

„Wie zum Teufel soll ich an das verdammte Ding gehen, wenn ich es nicht finden kann?“

Als Gene Terry in den kleinen Raum stürzte, hielt ich das Handy in der einen, Damons Foto in der anderen Hand.

„Was zum Teufel machen Sie denn hier?“ wollte er wissen.

Nun hätte ich ihm ja leicht irgendeine Lügengeschichte auftischen können, aber in gewisser Weise schien mir das nicht mehr angebracht. So hielt ich lediglich das Telefon hoch, damit er es sehen konnte.

„Ich glaube, diese Frage sollte eigentlich ich stellen. Was zum Teufel hatten Sie dort zu suchen? Sie waren schon da, als der Roadie Sie nach der Schießerei anrief, um Ihnen zu sagen, daß Sie ins Studio kommen müssen. Ich habe Ihr Telefon gehört.“

Er riß mir das Handy aus der Hand und schob es in die Tasche seiner Anzugjacke. „Ja, ja – und ich bin der einzige Mensch in Amerika im Besitz eines Walkie-Talkies!“ Da mochte was dran sein, aber hielt mich das auf? Nein! Denn da war ja auch noch das Foto Damons. Gene ließ mir allerdings keine Zeit, dies zu erwähnen.

„Sind Sie fertig?“ fragte er in einem Tonfall, der besagte, wenn ich bisher nicht fertig gewesen war, so war ich es jetzt definitiv. „Hier läuft gleich eine Show ab, und Sie haben hier hinten absolut nichts zu suchen.“

Dem konnte ich nichts entgegensetzen. Außer der ganzen Sache mit Wahrheit und Gerechtigkeit natürlich. Statt einer Antwort streckte ich ihm das Foto hin, so, daß Gene sehen konnte, was ich sah.

„Ein Ball. Wie die Sonne. Glänzend.“ Ich wies auf den Mann, der im Hintergrund des Bildes so eben gerade noch zu sehen war. Ein kahler Mann mit einem Schädel ... der aussah, als hätte Belinda doch gewußt, wovon sie sprach. Der Schädel sah aus wie ein glänzender Ball. „Angeblich waren Sie in jener Nacht in Pittsburgh.“

„Wovon reden Sie eigentlich?“ Gene riß mir das Foto aus der Hand und warf es zu den Resten des Abendbrotes der Band auf den Tisch. „Dann bin ich also mit Damon auf einem uralten Foto zu sehen. Was ist schon groß dabei?“

„Dann war die Überdosis, die Damon genommen hat, vielleicht doch kein Unfall. Warum hätten Sie sonst lügen sollen? Damon wollte raus aus der Band, und ich wette, darüber waren Sie ziemlich sauer. Da wollte sich doch glatt Ihr bestes Pferd im Stall vom Acker machen! Das paßt alles wie die Faust aufs Auge, warum bin ich nur nicht schon früher darauf gekommen? Aber Damon ahnt ja auch nicht, daß Sie ein Lügner sind. Er glaubt nach wie vor, Sie seien in Pittsburgh gewesen, weil Sie das immer behauptet haben. Wenn er einen Verdacht gehegt hätte, wenn er irgendwie vermutet hätte, daß Sie in jener Nacht gar nicht fort waren, dann hätte er mir das doch gesagt.“

Dieser Kommentar brachte Gene auf, genau wie ich erwartet hatte. Seine Augen weiteten sich, aber eins mußte man dem Mann lassen, er wußte, wie man die Ruhe bewahrt. Er schaffte es doch glatt noch zu lachen! „Was rauchen Sie denn so, Kleine? Damon und Ihnen etwas erzählen! Der Mann war schon lange vor Ihrer Geburt tot.“

„Tot, aber nicht von uns gegangen. Ich habe mich mit ihm unterhalten. Sagen Sie mir nicht, das sei nicht möglich!“ fügte ich hastig hinzu, als Gene Anstalten machte zu verkünden, ich hätte wohl nicht alle Tassen im Schrank. „Sie wissen, daß so etwas möglich ist, Sie haben sich mit schwarzer Magie befaßt. Das weiß ich von Vinnie. Nur dachte ich, er meinte nur die Band, als er von allen sprach. Dabei sind Sie genauso Teil von Mind at Large wie die Musiker. Sie waren ebenso beteiligt wie die Jungs. Ich rate jetzt mal: Ich würde sagen, Sie wußten, daß Vinnie Damons Songs channelte. Er sagte, der Gedanke ans Channeln habe ihm anfangs Angst gemacht. Haben Sie ihn dazu gedrängt?“

Ich wartete gar nicht erst ab, ob Gene meine Fragen beantwortete, das war auch nicht nötig. Ich erkannte schon an der Art, wie sich seine Augen ein wenig verengten, daß ich den Nagel auf den Kopf getroffen hatte. Da stand ich nun, allein auf weiter Flur mit einem Mörder, und war ganz aufgeregt und glücklich – an und für sich der reine Wahnsinn, das ist mir schon klar. Aber ich konnte nichts dagegen tun. Die ganze Zeit über hatten alle Fäden dieser Ermittlung dicht vor meiner Nase gebaumelt, jetzt endlich war ich in der Lage, sie zusammenzufügen und vielleicht Damon zu ein wenig Frieden zu verhelfen.

„Ihnen war es doch egal, wie Vinnie an die Sachen rankam!" plapperte ich weiter. „Sie haben an den Liedern ein Vermögen verdient. Aber dann teilte er Ihnen mit, er wolle nicht mehr channeln. Ich wette, da waren Sie fuchsteufelswild. Genau wie damals, als Damon Ihnen mitteilte, er werde die Band verlassen. Deswegen haben Sie Vinnie umgebracht, und deswegen sind Sie in meine Wohnung eingebrochen – und in Belindas! Verdammt!"

Wie blöd ich doch war – ich hätte mir selbst in den Hintern treten können! „Sie wußten, um Damon zu channeln, brauchten Sie etwas Persönliches von ihm. Sie wußten, daß Belinda Vinnie in seiner Wohnung besucht hatte und daß ich auch dort gewesen war. Sie dachten, eine von uns hätte Damons Sachen. Das Zeug, mit dem Vinnie gechannelt hatte. Danach suchten Sie in meiner Wohnung – und ich dachte, mein bescheuerter Ex sei bei mir eingebrochen! Nein!" Ich hob die Hand. „Dazu sage ich nichts weiter." Auf eine Unterhaltung über Joel würde ich mich ganz bestimmt nicht einlassen.

„Ich habe Neuigkeiten für Sie. Ich hatte die Sachen wirklich, und ich habe jedes einzelne Teil vernichtet."

„Dann sind Sie ebenso hirntot wie Belinda."

„Die gar nicht so hirntot ist." Diese Aussage stimmte nicht unbedingt, wenn ich nach all meinen Erlebnissen mit der Frau gehen wollte, aber es konnte nicht schaden, Gene im Glauben zu lassen, ich hätte einen Plan B und jemanden, der meine Theorie untermauern konnte, im Ärmel. „Früher oder später wird Belinda wieder einfallen, wer mit Damon auf dem verschwundenen Foto zu sehen ist. Deswegen hatten Sie auch vor, sie umzubringen. Sie hatte bereits angefangen, sich bestimmte Sachen zusammenzureimen." Mein Blick glitt zu Genes kahlem Schädel. „Von ihr weiß ich das mit dem glänzenden Ball."

„Die blöde alte Kuh!"

Ich hatte Gene provozieren wollen, vielleicht sogar so weit, daß er ein Geständnis ablegte. Ich hatte nicht damit gerechnet, daß er die Fassung verlieren würde. Als er mit mordlüsternem Blick zur Tür herumfuhr, wußte ich, er war wild entschlossen, Belinda zu finden, und wenn er sie fand, dann würde ich sie nicht mehr beschützen können, auch das war klar.

„Nein!" Mit einem Satz war ich bei ihm und hatte seinen Arm gepackt. Gene mochte klein sein, war aber auch sehr kräftig, was ich bestimmt schon erwähnt hatte. Er schüttelte mich ab wie ein lästiges Insekt.

Als hätte mich das aufhalten können. Ich packte mit beiden Armen zu, wild entschlossen, nicht wieder loszulassen.

Woraus sich natürlich die ganze bekannte Nummer mit Aktion und Reaktion entspann: Ich klammerte mich fest, Gene versuchte mich abzuschütteln. Nicht lange, und wir tanzten als komplett verrücktes Duo durch das Zimmer, stießen gegen den Tisch mit den Abendbrotresten, knallten gegen das Klavier. Im bestmöglichen denkbaren Szenario hätte jemand den Lärm gehört, den wir veranstalteten, aber leider ließ unser Szenario zu wünschen übrig: Kaum hatten wir unseren seltsamen Tanz begonnen, als über uns die Bühne zu zittern begann und ein Gitarrenriff, darauf angelegt, die Massen zum Kreischen zu bringen, aufheulte. Die Massen reagierten wie gewünscht: Wildes Toben setzte ein, und ich wußte, daß uns jetzt niemand mehr hören konnte.

Ich trat Gene gegen das Schienbein. Er versetzte mir einen wuchtigen Fausthieb gegen die Schulter.

Ich mußte an das Handy in seiner Jackentasche herankommen. Dann war es egal, ob ich Gene weiter festhalten konnte oder nicht. Dann konnte ich den Notruf wählen, und in Null Komma nichts war Verstärkung da.

Ich nahm eine Hand von Genes Arm.

Falsch, ganz falsch!

Sobald er sich freier bewegen konnte, schnappte er sich eins der großen Metalltabletts vom Tisch und schlug es mir über den Schädel.

Das letzte, woran ich mich erinnere, sind Sterne, die hinter meinen Augen explodierten.

Ach ja: und daß ich wie ein Sack zu Boden ging.

„Echsenhaut und Teufelsschwingen.
Blutige, verdorbene Seele.
Ich überlasse, Liebste, dich jetzt deiner Hitze, deinem Schweiß.
Satt, befriedigt.
Mein schwarzer Schmetterlingsleib,
Naß von der Puppe."

Ich war tot und im Rock 'n' Roll-Himmel.

Oder war es die Hölle?

Ich war nicht sicher, ich wußte nur, daß mir die vertrauten Textzeilen durch den Kopf dröhnten, zusammen mit dem mitreißenden Beat von Alistairs Schlagzeug und dem Jaulen von Mikes Gitarre. Für einen Mann, der den Großteil seiner Tage volltrunken verbrachte, rockte der Typ echt noch ganz schön heftig.

Wenn sich dies alles absurd und irgendwie auch unzusammenhängend anhört, dann ist das kein Wunder. Mein Kopf fühlte sich so an, als wolle er gleich in tausend Stücke springen.

Stöhnend schlug ich die Augen auf. Dieser eine kristallklare Moment, in dem mir klarwurde, daß ich nicht tot war, hätte mich aufheitern müssen. Nur mußte ich zur selben Zeit auch noch erkennen, daß ich weder Arme noch Beine zu bewegen vermochte. Jemand hatte mich in jede Menge schwarzes Kabel gewickelt, und Gene Terry stand über mich gebeugt.

„Gut, du bist wach." Als wöge ich nichts (ehe es jetzt zu Spekulationen über mein Gewicht und meine Kleidergröße kommt – ich bin perfekt proportioniert und trage Kleidergröße 36, aber selbst mir ist klar, daß ich nicht nichts wiege), hob er mich auf und hievte mich wie einen Sack auf seine Schulter. Als er mich zur Zeltplane trug, geschah das sicheren Schrittes, ohne Schwanken, ohne Stolpern. „Macht mehr Spaß, wenn ich weiß, daß du wach bist.“

Spaß? Was denn?

Das hörte sich nicht gut an und gefiel mir noch weniger, was ich ihn umgehend wissen ließ. Ich fing an, wie wild zu zappeln, um mich zu treten und mich zu winden. Vergebliche Liebesmüh – immerhin waren mir Arme und Beine gebunden.

Was mich aber nicht daran hinderte, weiter zu zappeln und zu treten, als Gene die Zeltplane zurückschlug und ich aus einer gewissen Vogelperspektive heraus unter mir den See liegen sah.

„Vielleicht lehrt dich das, die Klappe zu halten!“ knurrte Gene, ehe er mich in die Luft warf.

Er irrte.

Von wegen Klappe halten – ich schrie mir die Lunge aus dem Leib.

Leider spielte Mind at Large so laut, daß niemand das Platschen hörte, mit dem ich auf dem Wasser aufschlug.

Wasser? Verdammt!

Mein Haar würde beschissen aussehen.

Wenn man weiß, daß man sterben wird, passiert etwas Seltsames. Man freundet sich sozusagen mit dem Gedanken an, und eine Art Frieden überkommt einen.

Für etwa zwei Sekunden.

Dann setzt die Panik ein, und der Kampf beginnt.

Es war dann so ungefähr auch das, was ich tat: kämpfen und in Panik geraten, wenn auch nicht notwendigerweise in dieser Reihenfolge.

Ich verfluchte mich selbst, weil ich im Fallen geschrien hatte, wo ich jetzt jedes bißchen Luft so dringend brauchte. Ich trat mit den Beinen um mich und versuchte, mich in einen Propeller zu verwandeln, um wieder an die Oberfläche zu kommen. Aber das

Gewicht des Kabels zog mich unerbittlich nach unten. Über mir schimmerten kleinen Diamanten gleich die Lichter der Rock Hall. Die Musik von der Bühne klang gedämpft und verzerrt. Schade. Ich erkannte einen von Damons alten Songs. Es wäre schön gewesen, ihn noch zu genießen, war er doch das Letzte, was ich je hören würde.

In meiner Lunge brannte es wie Feuer. Der Hals wurde mir immer enger. Ich brauchte so dringend Luft, auf der Stelle.

Immer weiter trieb ich hinunter ins trübe Wasser, und zum zweiten Mal innerhalb nur weniger Minuten hatte ich das Gefühl, bereits tot zu sein.

Was wohl auch das Platschen erklärte, das ich zu hören meinte, den Schatten, der zwischen mich und die glitzernden Lichter der Oberfläche trat, und die Gestalt, die neben mir auftauchte, ganz in Weiß, so hell, daß mir die Augen schmerzten. Ich wollte sie gerade schließen, als die Gestalt nach mir griff.

Ich weiß nicht, wie lange wir brauchten, um durch die Wasseroberfläche zu brechen. Ich weiß nur, als wir oben waren, hingen mir die Haare in die Augen, und meine Lunge drohte zu platzen. Ich rang nach Luft, bekam gleich noch eine Ladung Wasser mitgeliefert, und wer immer mich hochgeholt hatte, packte noch fester zu, während ich hustete und keuchte und um mich trat. Wenig später stellten mich feste Hände auf trockenen Boden.

„Der Krankenwagen ist da!“ hörte ich jemanden rufen. „Zur Seite, jetzt sind wir dran.“

„Gleich, ich will nur erst sicher sein ...“ Eine Hand strich mir sanft das Haar aus den Augen, und als nächstes erkannte ich Quinn Harrison, der auf mich heruntersah. Er trug ein weißes Anzugshemd und war bis auf die Haut durchnäßt.

„Du ...“ Ich konnte nur hoffen, daß er es nicht übelnahm, als mir ein Schwung Seewasser hochkam und sich über ihn ergoß. Ich nehme mal an, er nahm es nicht übel, denn als mich die Sanitäter auf ihre Bahre legten, war Quinn noch an meiner Seite. Sprechen tat weh, aber ich mußte es wissen. Noch ein paarmal schnappte ich nach der kostbaren Luft. „Wie ...?“

Jemand legte Quinn eine Decke um die Schulter, in die er sich seufzend hüllte. „Gutes Timing! Ich war eingetroffen, um Gene Terry zu verhaften, als ich sah, wie er dich in den See warf."

„Verhaften?" Die Sanitäter trugen mich im Laufschritt zum wartenden Krankenwagen, und meine Stimme hüpfte im Gleichtakt zu ihren Schritten. „Wie hast du ..."

„Er war unvorsichtig. Wir haben im Lagerhaus seine Fingerabdrücke gefunden."

Selbst in meinem geschwächten Zustand erkannte ich, daß das nicht reichen konnte. „Er war doch auch da ..." Als Quinn in den Krankenwagen kletterte und die Sanitäter hinter uns die Tür zuklappten, konnte ich meine Argumentation fortsetzen. „Natürlich findet ihr da Fingerabdrücke von ihm ... er war schließlich im Lagerhaus ... du hast ihn doch selbst dort gesehen."

„Das stimmt, er war im Lagerhaus." Die Sirene fing an zu heulen. Quinn beugte sich zu mir herab und legte mir die Hand auf die Stirn. „Aber angeblich nicht oben im zweiten Stock."

Ich weigerte mich, die Nacht zur Beobachtung im Krankenhaus zu bleiben. Mir ging es den Umständen entsprechend gut, und außerdem konnte ich nicht einfach herumliegen, dazu machte ich mir immer noch viel zu große Sorgen um Damon. Er hatte so sehr gelitten, als ich ihn das letzte Mal sah, und jetzt wußte ich auch, warum: Gene hatte ihn gechannelt. Aber jetzt saß Gene Terry hinter schwedischen Gardinen, das hatte Quinn mir versichert.

Was hieß das für Damon?

Mitgenommen wie ich war – immerhin war ich gerade fast umgebracht worden – schien es mir nicht sinnvoll, selbst nach Hause zu fahren. Außerdem hatte ich kein Auto. Eigentlich hatte ich gehofft, Quinn würde für mich den Chauffeur spielen, aber da hatte ich ihn wieder einmal unterschätzt. Daß ich auch immer wieder den gleichen Fehler mache!

Wir waren noch keine fünf Minuten im Krankenhaus, da hatte mein Retter schon Ella verständigt, wonach klar war, wer sich um mich kümmerte. Da war keine Debatte mehr möglich.

Irgendwie schaffte es meine Chefin, Jeans, ein Sweatshirt und Turnschuhe in meiner Größe aufzutreiben und bestand darauf, mich nach Hause zu fahren. Aber so leicht ließ ich mich nicht erweichen. Ich spielte die Mitleidskarte aus und brachte sie dazu, einen Abstecher zum Garden-View-Friedhof einzulegen.

„Du gehörst nach Hause ins Bett, Pepper!" protestierte Ella halbherzig, als wir durch den Seiteneingang für Angestellte rollten. Ihre drei Töchter saßen mucksmäuschenstill auf dem Rücksitz. Entweder standen sie noch im Bann ihres ersten Mind at Large Konzerts (was ich allerdings zu bezweifeln wage), oder sie waren total schockiert von dem, was mir widerfahren war, und von der radikalen Wende, die ihr Abend genommen hatte. Statt einer Reise in die Vergangenheit ihrer Mutter mit heißem Kakao und anschließendem Plattenkonsum ein versuchter Mord und ein hektischer Trip in die Notaufnahme – das kann selbst einem Teenager die Sprache verschlagen. „Ich verstehe wirklich nicht, warum du noch im Büro vorbeiwillst."

„Nicht im Büro." Als wir an der entsprechenden Kreuzung ankamen, deutete ich Richtung Tal. „Ich muß zum Grab von Damon Curtis."

Ella nahm wohl an, ich stünde noch unter Schock oder mein Hirn habe durch den spätabendlichen Ausflug ins Wasser Schaden genommen. „Damon gehört nicht mehr zur Band, wenn du ihm also irgendwie die Ehre ..."

„Darum geht es nicht."

„Außerdem kannst du da immer noch morgen früh hin."

„Kann ich nicht."

„Aber ..."

Glücklicherweise – für mich! – ist Ella der mitfühlende Typ und hat auch ein ganz bißchen was von einem gutgläubigen Trottel. Sie brachte es irgendwie nicht fertig, sich mit einer Frau zu streiten, die gerade um ein Haar umgebracht worden wäre. Als ich darauf bestand, daß sie ihren Wagen an einer Stelle abstellte, von der aus sie Damons Grab nicht im Blick haben konnte, protestierte sie nicht.

Immerhin hatte ich einen Schlag auf den Kopf bekommen. Man hatte mich in den See geworfen, wo ich fast ertrunken wäre.

Ich verdiente ein paar Zugeständnisse, egal wie verrückt sie schienen.

Als ich endlich allein und sicher war, daß niemand mir zusah, tastete ich mich vorsichtig durch die Dunkelheit zu Damons Grab vor. Dort flackerten zum Glück ein paar von Belindas Kerzen, weshalb ich Damon finden konnte. Er lag auf der Grabplatte vor seinem Grabstein und rang nach Luft.

„Ist alles in Ordnung?" Eine blöde Frage, ich weiß, aber Schock und Besorgnis bringen einen dazu, blöde Fragen zu stellen. Auch das hatte ich in meinem Nebenberuf als Detektivin gelernt. Ich eilte an Damons Seite. „Du hast Schmerzen!"

„Nein." Damon lächelte, als er mich sah. „Nicht mehr. Ich hatte Schmerzen. Genes Talent fürs Channeln war nicht so groß wie Vinnies. Als er mich channelte, fühlte sich das total falsch an."

„Er hat Schuld daran, daß noch mehr von dir verschwunden ist!" Man sah Damons gesamte linke Körperhälfte nicht mehr – als mir das endgültig klarwurde, bildete sich ein dicker Kloß in meinem Hals. Das schmerzte fast so sehr wie das Wasser in meiner Kehle, als ich im See versunken war und nicht mehr hatte atmen können. „Was wird denn jetzt?" fragte ich hilflos.

Damon setzte sich auf. „Es ist Zeit zu gehen."

Ich schluckte schwer. Es tat weh. „Das darfst du nicht."

„Weil ich dir fehlen werde?"

„Weil ich dich liebe." Jetzt, wo ich es endlich ausgesprochen hatte, ging es mir besser. Ich setzte mich neben ihn auf den Stein und nahm mir ein paar lange Minuten Zeit, um noch einmal an alles zu denken, was geschehen war, und zu überlegen, was es bedeutete. „Weil ich dich liebe, muß ich dich gehen lassen, ja?" fragte ich leise.

Damons Lächeln strahlte durch die Dunkelheit. „Das mit uns hätte sowieso nie hingehauen“, behauptete er.

„Vielleicht doch.“ Ich zuckte Achseln. „Wenn du nicht tot wärst.“

„Vielleicht.“ Sein Lächeln wurde traurig. „Aber nichts und niemand kann ändern, was wir hatten. Nichts kann die Tatsache umstoßen, daß du mutig und wunderschön bist. Oder daß du alles, was du in unserer Beziehung gelernt hast, nehmen wirst, um eine noch bessere, noch stärkere Frau zu werden. Komm schon, kleines Mädchen.“ Seine Stimme lockte, verführte – unwillkürlich sah ich zu ihm hin. Sah ihn flackern, wie er es getan hatte, wenn Vinnie oder Gene ihn channelten. Aber diesmal friedlich und sanft, wie eine Kerzenflamme.

„Sehne dich nach allem, was möglich ist.“ Damons Stimme klang tief und verhalten, als käme sie von weit her. „Lache, renne nackt ...“ Flackernd verblaßte er langsam.

„... über die fruchtbaren Wiesen.“ Inzwischen konnte ich ihn nicht mehr sehen. Ich hörte nur noch seine Stimme. Sie war überall um mich herum, schlang sich um mein Herz, wo sie, das wußte ich genau, mein Leben lang bleiben würde.

„Berausche dich an deiner Macht. Öffne dich mir. Gib mir deinen Leib, deine Seele, deine Liebe. Gib mir alles, was du bist.“

KAPITEL 19

Es gibt kaum etwas Geeigneteres als ein gebrochenes Herz, um die schlechten Eigenschaften eines Mädchens zum Vorschein zu bringen.

Ich muß es wissen, ich habe es durchgemacht, und wenn sich mir auch nur die geringste Chance geboten hätte, so wäre ich nach jener Nacht auf dem Friedhof in meine Wohnung geeilt und hätte mich dort so lange es ging verkrochen. Tür zu und niemanden reinlassen! Ich hätte mich mit Eis und Schokolade vollgestopft, mich gefragt, wo Damon wohl sein mochte, und gehofft, er sei in seinem Nirwana – egal wo – glücklicher als ich auf Erden. Vielleicht hätte ich sogar auf den Süßkram verzichtet und mich schlicht dem Blues hingegeben, hätte mir die Decke über den Kopf gezogen und nur noch daran gedacht, wie sehr er mir doch fehlte.

Was ich getan hätte, spielt in dieser Geschichte keine Rolle, denn ich erhielt keine Gelegenheit dazu. Der Luxus des Selbstmitleids war mir nicht vergönnt, und um die Wahrheit zu sagen: Daran war Damon schuld.

Denn er hatte mich gelehrt, daß das Leben dazu da ist, in vollen Zügen gelebt zu werden. Wenn ich meins nicht bei den Hörnern packte und zusah, daß ich nicht wieder losließ, ganz gleich, wohin die Fahrt ging, würde ich enden wie Belinda, und eins können Sie mir glauben: Von den modischen Fehlentscheidungen mal ganz abgesehen, die diese Frau tagtäglich traf, war Belindas Schicksal nicht das, was ich für Pepper Martin im Auge hatte.

Ich wußte auch genau, was ich zu tun hatte. Es war Zeit, mit der Vergangenheit zu brechen, sie ruhen zu lassen. Diesen Gedanken fest im Kopf und in vollem Bewußtsein der Tatsache, daß ich besser aussah als jede andere Frau, die mir begegnete, obwohl ich meine Einkäufe aus beschränkten Mitteln zu tätigen gezwungen war, lief ich am folgenden Samstag im Hotel Intercontinental auf, wo ich dem Maître im Schwalbenschwanz, der mir den Zugang zum Founder's Ballroom verstellte, mein strahlendstes Lächeln zuwarf.

Hatte ich erwähnt, daß ich ein kleines Schwarzes trug? Tief ausgeschnitten hier und aufgeschlitzt bis sonstwohin dort? Ich glaube, mein Lächeln hat der Mann gar nicht gesehen.

„Da muß ein Fehler vorliegen", seufzte ich. „Unmöglich, daß ich nicht auf der Gästeliste stehe. Es sind meine besten Freunde."

„Sicher, aber eine Martin haben wir hier nicht." Er ging die Liste noch einmal durch, was mich nicht entmutigte, obwohl ich genau wußte, daß er meinen Namen dort nicht finden würde. Klar versuchte der Mann, streng nach Vorschrift vorzugehen, aber er wankte bereits. Das war ihm anzuhören.

Ich beugte mich ein wenig vor. „Könnten Sie nachfragen? Würden Sie das für mich tun?"

Okay, ich gebe es zu: Ich klimperte mit den Wimpern. Auf so plumpe Mittel greife ich in der Regel nicht zurück, aber jeder kennt doch den Spruch mit den Zeiten der Verzweiflung, in denen drastische Methoden angebracht sind.

Ich versprach, brav zu warten, aber sobald er mir den Rücken zuwandte, huschte ich in den Ballsaal.

Dort kam ich gerade noch rechtzeitig. Die Gäste hatten die Sektgläser erhoben und warteten auf den entscheidenden Trinkspruch.

„Meine Damen und Herren, dies ist ein besonderer Abend. Ich kann Ihnen gar nicht sagen, wie sehr ich mich freue, daß Sie alle gekommen sind, um ihn mit uns zu feiern."

Das hörte sich vertraut an. Welch Wunder: Joel brachte es doch wahr und wahrhaftig fertig, bei der zweiten Verlobungsfeier seine Rede von der ersten aufzuwärmen!

„Simone und ich ..."

Klar, der Teil war anders. Soweit ich mich erinnerte, hatte er auf unserer Party meinen vollen Namen genannt: Penelope. Aber nur, weil er ein angeberisches Arschloch ist und die Gäste beeindrucken wollte.

„Simone und ich sind glücklich, Sie alle hier bei uns zu wissen. Wir würden nun gern ..." Joel versagte die Stimme – kein Wunder, er hatte mich entdeckt. Ich bahnte mir einen Weg nach vorn, zu ihm und Simone. Aber keine Bange, Joel kann zum Helden werden, wenn es um gesellschaftliche Ereignisse und um die Vermeidung peinlicher Momente geht. Auch jetzt versuchte der arme Liebling, sein Bestes zu geben.

„Simone und ich würden nun gern ..."

Inzwischen war ich nur noch einen Katzensprung vom Haupttisch entfernt, und im Saal hatte sich ein leises Raunen erhoben. Eine Menge Leute, die jetzt auf dieser Verlobungsparty saßen, hatten damals auch auf unserer gesessen.

Joel wurde bleich. Er fing sich aber sofort wieder, stellte sein Glas ab und tätschelte Simones Schulter, während er ihr etwas ins Ohr flüsterte.

Ehe er sich jedoch aufmachen und mir den sprichwörtlichen Weg verstellen konnte, hatte ich mich bereits vor dem glücklichen Paar aufgebaut.

„Hi!" Anscheinend war mir mein Ruf vorausgeeilt. Simone reagierte auf meinen Versuch, höflich und freundlich zu sein, indem sie wie von der Tarantel gestochen aufsprang.

Ich war dreißig Zentimeter größer als sie, und da sie wie ein Püppchen in cremefarbener Seide daherkam, während ich, wie gesagt, Schwarz trug, sahen wir, nehme ich mal an, aus wie die leibhaftige Konfrontation zwischen Gut und Böse. Ehe irgendwer diesen Gedanken zu seinem logischen Ende verfolgen und den Wachdienst rufen konnte, kam ich zur Sache.

„Ich wollte nur kurz vorbeischauen. Um euch beiden alles Gute zu wünschen."

Joel wirkte nicht überzeugt. Er schlang schützend den Arm um Simone. „Du willst mich doch verarschen, oder?"

„Nein." Ich griff in meine Handtasche, woraufhin sich den Massen ein kollektives Keuchen entrang. Sie waren wohl alle ziemlich baff und erleichtert, als ich statt einer UZI ein Holzschächtelchen herauszog, auf dem eine lächelnde gelbe Sonne prangte. Nämliches Schächtelchen überreichte ich Joel.

„Das gehört dir", sagte ich.

Ich wartete nicht ab, bis er die Schachtel geöffnet hatte oder auch nur etwas hatte sagen können. Meine Arbeit war getan, ich verließ erhobenen Hauptes den Ballsaal. Oma Panhorst, schick in Schale, erwartete mich in der Nähe der Tür, was mich nun gar nicht überraschte. Sie hatte sich in das türkise Ballkleid geworfen, das sie auf meiner Verlobungsfeier getragen hatte. Ihr Haar umstand den Kopf steif wie Styropor, und in der Lippenstiftfrage war ihre Wahl an diesem Abend auf ein lebhaftes Rosa gefallen.

Oma scherte sich keinen Deut um das Schild in ihrem Rücken, das ein rauchfreies Umfeld proklamierte. Genußvoll zog sie an ihrer Zigarette und stieß eine heftige Qualmwolke aus. „Hast dich entschieden, was?" wollte sie wissen.

„Ich habe mich in dem Moment entschieden, in dem Joel mich verließ." Auch wenn ich das noch nie zuvor in Worte gefaßt hatte, wußte ich, es war die Wahrheit. „Ich mußte wohl nur noch ein paar Sachen zu Ende bringen, ein paar Unklarheiten regeln."

Lächelnd sah sie hinüber in den Saal, wo Joel gerade die Schachtel öffnete, die ich ihm überreicht hatte. Simone stand auf den Zehenspitzen und sah ihm mit offenem Mund zu.

„Ich bleibe beim Ring", sagte Oma. „Ich hoffe, das macht dir nichts aus."

„Nein. Komm ruhig vorbei, wenn du wen zum Klönen brauchst."

Sie zwinkerte mir zu. „Ich denke dran, Kleines."

Im Saal war Joel inzwischen aufgeregt blubbernd beim Eiffelturm und den Nazis angelangt.

„Glaubst du, sie finden es je heraus?" fragte ich Oma.

Die grinste. „Ist auch egal, oder? Darum geht es doch eigentlich: Wo der Ring herkommt spielt keine Rolle. Wofür er steht, darauf kommt es an. Glaubst du, die beiden werden glücklich miteinander?"

Ehe ich durch die Tür ging, warf ich einen Blick über die Schulter auf Joel, der Simone gerade Großmamas Diamantring über den Finger streifte.

„Das hoffe ich", sagte ich leise zu Oma. „Ich hoffe es wirklich."

Die Sache konnte kaum länger als zwanzig Minuten gedauert haben, aber als ich aus dem Hotel trat, war es empfindlich kühl geworden. Ich hatte keinen Mantel dabei, da ich die modische Aussage meines kleinen Schwarzen auf keinen Fall hatte ruinieren wollen, also hängte ich mir die Handtasche über die Schulter und rubbelte mir mit den Händen die bloßen Arme warm.

Eine Sache galt es noch zu erledigen, dann konnte ich Feierabend machen.

Zunächst jedoch fegte eine Böe um die Ecke, die mich fast ungeworfen hätte. Ich hielt mich mit einer Hand an einer Laterne fest und kniff die Augen zusammen, denn der Wind hatte allerhand Dreck und Staub aufgewirbelt. Ich öffnete die Augen erst wieder, als ich spürte, wie etwas mein Bein berührte.

Als ich mich bückte, um nachzusehen, entdeckte ich eine Postkarte. An und für sich keine große Sache, nur daß diese hier nicht mit einem der Wahrzeichen Clevelands geschmückt war, wie ich es ehrlich gesagt von einer frei in der Stadt herumflatternden Postkarte, die jemand gekauft und verloren hat, erwartet hätte.

Auf dieser Postkarte war ein beeindruckendes Granitsäulenensemble zu sehen. Es erinnerte mich an einige der Monumente, die bei uns auf dem Garden-View-Friedhof herumstehen.

Neugierig drehte ich die Karte um. „Graceland-Friedhof", stand dort aufgedruckt. „Chicago."

Schräg, was? Aber warten Sie, es kommt noch schräger. Dort, wo man gewöhnlich sein „Ich wollte, du wärst auch hier" hinkritzelt, stand mit roter Tinte ein einziges Wort geschrieben.

„Hilfe!"

Mir lief ein eisiger Schauer über den Rücken. Aber besorgt – nein, besorgt war ich eigentlich nicht.

Ganz und gar nicht!

Zum einen war Chicago weit weg, und ich hatte nicht vor, dort in nächster Zeit hinzureisen, und zum anderen ... zum anderen hatte ich weit Wichtigeres im Kopf.

Ich versenkte die Postkarte in meiner Handtasche und zog zwei Papierfetzen heraus: die Visitenkarte, auf der Quinn seine Privatnummern notiert hatte, und die Serviette, die Dan mir bei seinem letzten Treffen überreicht hatte. Die mit seiner Handynummer, und wo ich nun schon mal dabei war, schnappte ich mir gleich auch noch mein Handy.

Es war an der Zeit, mein Leben wieder in den Griff zu bekommen, zu lachen und zu rennen. Plötzlich sehnte ich mich mit heißer Begierde nach all den Möglichkeiten, die das Leben zu bieten hatte, und ich wußte genau, wo ich anzufangen hatte.

Ich tippte die erste Nummer ein.